光文社文庫

占魚亭夜話
鮎川哲也短編クロニクル 1966 ~ 1969

鮎川哲也

光 文 社

占魚亭夜話●目次

赤は死の色

1

「何かしら？　あのジューイチって啼《な》いているの」

先程から喰べる手を休めて聞き入っていた昭子《あきこ》が、ふとわれに返ったように訊《たず》ねた。吊り上った眼に合わせて眉を跳《は》ねるようにひき、それは赤くぬったうすい唇とともに、どこか薄情な印象をあたえていた。

「啼き声どおりジュウイチさ。別名は慈悲心鳥《じひしんちょう》だ。慈悲ぶかい心の鳥、と書く」

秋山《あきやま》がそう説明したのは、彼が東京の下町の生まれでシとヒとの区別をまちがえる癖があったからだろう。鼻がたかく、男のくせに色が白い。二、三代前で西洋人の血が混ったのではないか、と噂されている。

「そんなに人情にあつい鳥なの？」

人情という言い方に、秋山は鼻にしわをよせてちょっと苦笑した。

「その逆だよ。ウグイスの巣のなかに卵を生み落として、あとは知らん顔をしているんだから」

「ホトトギスみたいな習性だわね」

「そりゃそうさ。カッコウも筒鳥《つつどり》もジュウイチも、みんなホトトギス科の鳥だもの」

「へえ。じゃ筒鳥ってどんなの？」

「ほら、聞えるだろう？　ポンポンポン……と啼いているやつが」

つられて中倉緋紗子《なかくらひさこ》も耳をかたむけた。カッコウ、ホトトギス、それにいま説明されたジュウイチの声にまじって、のんびりとした単調な反復音がつたわってくる。竹筒をてのひらで叩くような、啼き声というよりも音といったほうがふさわしいものだった。

このあたり標高は二千メートルを越えている筈である。はるか前方の、濃いみどり色の樹林におおわれている細根山《ほそねやま》がこれから登ろうとする目標の山で、その裾野はいちめんの灌木《かんぼく》の林だった。鳥の声は、主としてそこから聞えてくるのだ。

ホトトギス科の鳥のほかにも、緋紗子の知らない野鳥がたくさん啼いていた。彼女に解るのは辛《かろ》うじてノビタキ、コヨシキリ程度でしかない。こうした鳥の声が一つのこらず識別できたなら、ハイキングもいっそう楽しくなるだろうと思うのだけれど、都心の会社につとめる身ではその余裕もなければ、勉強する機会もない。

「さて、出かけるとするか」

秋山はチロリアンハットをかぶりなおすと、立ち上ってリュックを背負った。グリーンの上衣に紺のズボン、黄色いソックスに白い革の登山靴といういでたちは、背広姿で仕事をしているときの彼とは別人のように颯爽《さっそう》としてみえた。

緋紗子も昭子も、秋山にならってリュックに手をとおそうとした。緋紗子は肥《ふと》り気味だからこうしたことは苦手だ。一度ですっといったためしがない。見かねた昭子が手伝ってくれ、どうにか背負うことができたけれど、それだけのことでもう息をはずませているのである。

「おばさん、幾《いく》らだい？」

「はい、ラムネが三本にゆで卵が五つだから、三百二十五円だね」

「ここにおくよ」

ポケットから出した小銭を縁台にのせた。老婆は、ぬれた手を黄色くなったエプロンでふきながら出てきた。

「はい、どうも」

丸まった背中をのばすようにして空を見上げると、愛想のつもりだろうか、なんだか変なお天気だねといった。

「大丈夫だろ、今朝の天気予報じゃ降るってことはいってなかったよ」

東京の家をでるときはまだ暗く、放送は始まっていなかった。ここへ来る途中の電車のなかでポケットラジオを聞いたのである。

「でもねえ、近頃の気象台のいうことはあてにならないからねえ」

「それもそうだ。じゃさよなら」

「気をつけてね」

歩きかけた三人を見送っていた老婆は、ふと昭子の服装に眼をとめた。

「おや、お嬢さん」

「あたし？」

「あんたたち、あの山に登りなさるのかね？」

「そうだわよ」

昭子は我儘《わがまま》な性格だ。田舎者の婆さんにひき止められたことが不服とみえて、吊った眼がきびしい表情になった。

「どうしたのよ」

「山にいきなさるんなら、その赤いジャケツは止《よ》したほうがいいよ」

「なぜですか」

と、先頭に立った秋山がふり返って訊いた。緋紗子も、まる顔に不審げないろをうかべている。

「なぜって、悪いことはいわねえから脱いでいきなよ」

「なぜなのよ」

「あの山んなかにはよ、おかしなのがいるからだよ」

「おかしなの？　あそこに？」

緋紗子はちょっと怯《おび》えた顔になった。まるまるとした顔の女にペシミストはいない。彼女もよく笑う楽天的な性格の持主だったが、他面ひどく臆病《おくびょう》でもあった。

昭子は依然として忠告を無視しようとした。その、歩きかけた昭子の腕を秋山がとらえた。彼は老婆の話に興味を感じたらしく、不満そうな昭子を目顔でなだめた。

「それがこのカーディガンとどんな関係があるんですか」

と、緋紗子がおだやかに問いかけた。茶店の老婆はちょっとためらい、くちごもった。

「人の噂だからよくは知んねえけどもよ、赤い色を見るとカーッとなっちまって、前後の見境なしに暴れだすちう話だからね」

「面白そうなお話じゃないの」

勝気なたちだけに、素直にいうことを聞こうとはしない。相手の忠告を馬鹿にしきっている様子だった。

「なんの面白いことがあるもんかい。悪いことはいわねえ、脱いでいきなよ」

「高沢《たかざわ》さん、おばさんのいうとおりにしたほうがよくはないかい？」

と、脇で秋山が昭子の腕をたたいた。

「何かわけがありそうね、おばさん」

「人から聞いた話だけんどよ、奥さんがいけねえんだ、ヨロメキ夫人とかいうやつだよ。旦那さんをおっぽり出して男の友達と旅へでたりしたもんでの」

「奥さんに裏切られた旦那が、しまいにノイローゼになったというわけかい」

「殺しちまったんだよ、カミソリで喉を切って……」

昭子もさすがにぞっとしたらしく、緋紗子と顔を見合わせた。初夏だというのに、急に肌がぞくりとしてきた。

「すげえな、ほんとの話かい？」

「ああ、その奥さんが赤いジャケツばっかり着てたもんだからよ、ご亭主はいまでも赤いジャケツを見ると逆上して乱暴をはたらくんだとよ」

「刑務所へははいかなかったの？」

昭子が訊いた。

「ああ。そのかわり病院に入れられたって話だね」

「すると、もう全快して退院してるってわけだな」

「なおったかどうか知らねえ。だけど普段はおとなしいのさ、赤いジャケツを見ないかぎりはね。だからお嬢さんも、ここで脱いでいったほうがいいだよ。山んなかでばったり出くわしたら、それこそことだからね」

「あたし、信じられない」

蒼い顔をしながらも、まだ強情をはっている。昭子には昭子の面子《メンツ》があるからだった。

「脱いだほうがいいな。着替えのセーター持って来たんだろ?」

「ええ、寒いといけないから……」

昭子はリュックをふたたびおろすと、なかから白いセーターを取り出した。ついで赤いカーディガンを脱ぎ、それをリュックに詰め込んで、白のセーターを着用した。

「なにをジロジロ見てるのよ。馬子《まご》にも衣裳っていいたいんでしょ」

「ご名答。急にこう品がよくなったような気がするから不思議だ。中身はおんなじなのにね」

「何とでもいいなさいな」

セーターの袖を折り返しながら、彼女はさからわなかった。ともかくこうした冗談をかわしたせいか、危険なカーディガンを脱いだせいか、三人とも以前の明かるさをとり戻したように見えた。

秋山は腕時計に眼をおとし、顔を上げると細根山の稜線のあたりを見やった。

「四時間であの山を越さなくちゃならないんだ」

「四時間あれば充分だわよ」

と、昭子は脚に自信がありそうだった。リュックを背負うのを待ってから、三人は老婆に手をふって歩き出した。

ふと、遠雷のとどろくような音がした。雷嫌いの緋紗子は反射的に足をとめた。

「雷じゃない？」

「そうだな」

と、秋山もむずかしい顔で山を見た。頭の上は真蒼《まつさお》な空がひろがっているのに、細根山の頂きのあたりは暗く曇って、そのためだろうか先程まで緑一色だった山容がいまは紫色にかげって見えた。

「降られるといけない、急ごう！」

決然とした口調で秋山がいった。

2

ひどい土砂降りだった。谷川沿いのこの路はそばみちとでもいうのだろうか、せまくて凹凸がはげしい。下手をすると足をとられ、真逆様《まつさかさま》に転落しそうだった。しのつく雨の音にまじり、はるか下のほうでとどろいて聞えるのは、増水した谷川の水が岩にぶつかる音だった。落ちれば命はない。

片側の木々が大きくゆれている。一度、路の上に倒れていた朽木に足をとられた昭子が、それと気づかず転倒して、頭も顔もびしょぬれになってしまった。尤《もつと》も、あとの二人もずぶ濡れだからおなじようなものだけれど、恐しいのはバランスを失って谷にころがり落ちることだった。

緋紗子は立ち止まって袖をめくった。防水の腕時計がとんだときに役に立つわけだが、いくら指先でガラスをこすっても、針がにじんで時刻の確認ができない。

「おーい、何してるッ」

秋山のどなる声がした。といっても声は雨の音にかき消されて聞えない。歯をむきだしたその顔から、どなっていることが解るのだ。

「いま何時よーッ」

「三時すぎだよーッ」

まだ三時なのか。意外な気がした。

あたりは夕暮のように暗い。それにお腹《なか》もすっかりすいているので、五時はとうに過ぎたものと思っていた。

「早く歩けよ、ぐずぐずしていると迷い子になるぞッ」

とぎれとぎれにそう聞えた。昭子は振り返りもせずに歩きつづけている。止ると、それっきり歩けなくなりそうな気がするのだ。

空腹なのは秋山も昭子もおなじことである。谷川の岩場の上で昼めしにしようということになり、三人で手分けをして薪《たきぎ》をさがしているうちに、食糧をつめておいた秋山のリュックが流されてしまったからだ。あっという間の増水であった。茶店でたべたゆで卵はとうの昔に消化されて影も形もない。緋紗子のポケットにあったガムを三人でわけてむしゃむしゃやっていたが、それもすでに噛みつくしてしまった。

「ものは考えようだよ、水だけはうんとあるんだからな」

耳元に口をおしつけて秋山がいった。

「砂漠でさまよっていることを思ってみろ、これでも天国だ」

「あたし暑いほうが羨ましいわ。さむくて肺炎になりそう。靴のなかが水びたしだもの」

緋紗子も口を相手の耳によせて答えた。オプチミストの緋紗子だが、いまは泣き出しそうに歪んだ顔をしている。

「あたしたちも地図を持ってくればよかった。それに喰べ物も……」

地図もまた秋山のリュックとともに流失してしまったのだ。この谷川に沿って歩いているのも、確とした当てがあるわけではなく、そこに路があるからにすぎなかった。路がある以上、どこかの人里に出るだろう……という当てずっぽうの判断なのである。

「ものは考えようだよ。雷が鳴っていてみろ、歩くこともできやしない。どこかの木の下でひやひやしながら雨宿りをしていなくてはならないよ」

緋紗子は返事をしなかった。返事をしたくとも声がでない。

秋山も、彼女の返答を期待しているわけではなさそうだった。下をむき頭をたれ、黙々として歩いている。

急に、先頭にいた昭子が止った。秋山がぶつかりそうになり、慌てて声をあげた。危ないじゃないか、とでもいったのだろう。

「あかりが見えたわ」

「どこに?」

「あの見当よ」

指さすほうを秋山は伸び上って見た。谷の向う側である。

「見えないな」

木がゆれ枝と枝とがぶつかり合っている。その隙間から、小さな灯が明滅した。

「あたしにも見えたわ」

緋紗子も生き返ったような声になった。

「また見えた。山小屋かなにかだわよ」

「こっちへ来てご覧なさいよ、ほら、ね」

ようやく秋山の眼にも映ったらしい。彼もはずんだ調子になった。

「あれか。見える、見える。電灯だな。ランプとは違うね。明かるいもの」

「じゃ——」

「山小屋じゃない。それに、上と下と二段になって見えるから、二階建ての家だよ」

言葉にはずみがついている。二人の女性もすっかり元気づいていた。

「食糧もあるわね」

「泊めてもらえるわよ、きっと」

「よっぽど不人情なやつでなければ泊めてもくれるし夕食も喰べさせてくれるさ。財布をなくさなかったのが幸運だよ」

「ねえ、どう行けばいいのかしら」

「まず谷をわたることだな。橋があるかないか、話はそれからだ」

人里に近づけば橋は架かっているに違いない。秋山のそういう言葉にはげまされて昭子たちは疲れを忘れてしまった。が、そうかといって急ぐとまたつまずく怖れがある。三人は互いに注意をし合いながら歩きつづけていった。ときどき立ち止り、木陰にちらちらする電灯に眼をやる。三人にとってそれは文字どおり希望の灯でもあった。

「近くなったようね」

「そうだな」

「あたしの第六感だと、三百メートルぐらいのところに橋があるわ」

しかし彼女の第六感はあっさりとはずれてしまった。雨で見通しがきかなかったから無理もないが、その橋は眼と鼻の先にあった。山びとが架けたのだろうか、藤づるかなにかで編み、細長い板をわたしたきりの簡便なものである。

三人はちょっと躊躇《ちゅうちょ》した。

「最初にぼくが渡ってみる。三人いっしょだと、蔓《つる》が切れるかも知れないからな」

だからといって秋山の体重に耐えるかどうかも判らないのである。

「気をつけて頂戴」

「大丈夫だ。とにかく手すりをしっかり握っていることだな。もし途中で切れたとしても、ぶらさがっていればどうにかなる」

二人の女は黙って肯《うなず》いていた。ふと秋山は昭子達のリュックに気づいた。

「失敬失敬、うっかりしていた。リュックを貸したまえ」

「いいのよ。その分だけ重たくなるわ」

「遠慮するなよ。たかがリュックの一つや二つなんということもないさ」

奪いとるようにして一つを背負い、もう一つを腕にかけると、慎重に橋の上に一歩をふみだした。その姿も、横なぐりの雨にかき消されてすぐに見えなくなってしまった。

3

曲りくねっていたが一本路だから迷う心配はなかった。灯は進むにつれて明かるさを増してゆき、三十分ほどすると、山林を切り拓いた平地にでた。家はそこに建っていた。秋山がいったとおり二階家で、暗いから外観は解らないけれども、への字型の急勾配の屋根をもった山荘ふうの建物だった。後で知ったのだが、こうした屋根の形を「招き」というのだそうである。そういわれてみると、おいでおいでをするときの手の形に似ている。

三人は灯りのついているポーチに駆け込んだ。屋根があって雨を避けることができるのはそこだけだったからだ。体のしんまで濡れているのだからどうということもないのに、本能的に走ってしまうのだった。秋山が扉をたたいている間に、二人の女性はハンカチで顔のしずくを拭いた。そのハンカチ自体がびしょびしょなのだが、それに気づく余裕もなかった。

ドアを開けたのは四十五、六の男だった。ふとぶちの近眼鏡をかけ、鼻の下に黒々としたヒゲを生やしている。その角ばったいかつい造作の顔と、灰色の上衣とニッカボッカ姿からうける違和感が、秋山をちょっとたじろがせたようだった。

「あの……」

呼吸をととのえ、あとをつづけた。

「路に迷ってしまったんです。このとおりずぶぬれで風邪をひきそうなんですが」

一宿一飯の恩義にあずかりたいという意味のことをのべた。男は、口からパイプをはずすと、意外に狎《な》れなれしい調子で笑いかけた。

「わたしも同様です。やっと濡れた服をかわかしたとこなんですよ。親切なご主人だからいやとはいうまいが、わたしが訊いてきて上げましょう。ちょっと待ってて下さいよ」

スリッパの音をたてて板張りの広間をぬけていった。玄関からは見通しがきかないが、どこかの部屋のドアを叩く音と、話しかける声が聞えてきた。

「大丈夫かしら。ここまで来て玄関払いをされたんじゃ悲劇だわ」

「追いだされたら死んじゃうもの、人道上の問題よ」

「でも、ご主人は親切なひとだっていうじゃない？　きっと泊めてくれるわ」

「ついでに温かいご飯もね。贅沢《ぜいたく》はいわないわ、おみおつけにおしんこがあれば沢山」

平素は口の奢《おご》ったことばかりいっている昭子だが、ぎりぎりの立場に追い込まれると、みそ汁にタクアンということになるのである。緋紗子はそっと微笑した。

「福村恭平《ふくむらきょうへい》さんというんだな、ご主人は」

秋山がいい、女たちが背をむけている壁をさした。ふり返ってみると、名を刻んだ青銅板がはめこんである。渋味があってなかなか凝った好みだった。このことから、福村という主人が気取った趣味の持主であることを緋紗子は想像した。

彼女の勘はある程度あたっていたといえる。出てきた福村はひどく痩《や》せた憂鬱そうな風貌の男で、黒のベレーをかぶり、らくだ色のフラノの服を着ていた。両手を上衣のポケットに突込んだきり、終始気取ったポーズを崩そうとしない。

が、親切な男であることはたしからしかった。愛想はないが、口調にあたたか味が感じられるのだ。

「遠慮しないで上って下さい。団《だん》さん、使いだてをして悪いけど、バケツに水を入れて持って来て下さい。それから雑巾も。浴室のドアを開けたところにあります」

「いいですとも。ちょっと待ってて下さいよ、すぐ持ってゆきます」

「わたしは家内に氷枕を用意してやらなくてはならない。熱があるのです」

福村はそういうと、かるく会釈して正面の扉に消えた。間もなく冷蔵庫の扉を開閉する音がし、つづいて氷を取りだす音が聞えた。

「こんな山のなかで病気になったら大変ね。お医者さんだって来てくれないし」

「戸板にのせて運ぶにしても、ご主人ひとりじゃどうにもならないものね」

「やっぱりわたしは都会のほうがいいな」

声をひそめて語り合っているところに、団がバケツに入った水を持ってきてくれた。左腕に雑巾とバスタオルを抱えている。緋紗子と団が正面きって視線を合わせたのは、このときが初めてだった。すると団は明らかに虚をつかれたような心理的な動揺をみせ、バスタオルを床の上に落としてしまった。昭子がすばやく腰をかがめて拾ってやり、団は恐縮してそれを受け取っている。

「足を洗ったら火のそばで服をかわかすんですな。その後で紅茶のご馳走にあずかる。それで生き返ったような気持になれるんですよ」

彼はさりげない口調でいった。煉瓦《れんが》でかこんだ煖炉《だんろ》のなかに、四、五本の丸太が無造作に突込まれ音をたてて燃えている。

「こうなったら礼儀も恥ずかしさも無視しなくてはいかんですよ。パンティもとっちまって、バスタオルで体をつつむんです。煖炉というやつは火のそばに寄らないと暖まることができないですからな、もっと近くへおいでなさい」

団がなにくれとなく世話をやいてくれ、小一時間もした頃に、ようやく三人は人心地をとり戻すことができた。福村に劣らず団も親切なたちの男らしかった。かくばった顔からうける感じとまるきり反対なのである。

妻が病気ならば当然だが、福村はこうした仲間には加わろうとしない。二階の寝室から降りてくることはあっても、客たちのほうは見向きもしないで、浴室か炊事場へ入ってしまう。相変らずポケットに両手を突込み、顎を胸に埋めて考え込むような姿なので、緋紗子たちはどうも近よりがたかった。

「奥さまのお加減はいかがですの?」

思い切って声をかけた。福村は足を止め、鬱々とした杏色《あんずいろ》の瞳で昭子たちを見た。

「大したことありません。もともと虚弱な体質なのです」

「ご不自由で大変ですわね?」

「なれていますから」

「お医者さんを呼ぶときはどうなさるんですの?」

昭子は先程の疑問を口にした。福村は、意外なことを訊かれたとでもいう表情を蒼白い顔にうかべた。

「医者の必要はないのです」

「じゃお薬で？」

「薬の必要もないです」

　そう答えるとちょっと肯いてみせ、炊事場に入っていった。間もなく、製氷皿から氷をとりだす音がした。

　昭子たちは医者も薬も不要だという福村の言葉にこだわっていた。とするとそれは、加持《かじ》祈禱《きとう》かハリ灸《きゅう》のたぐいで癒《なお》しているという意味なのだろうか。山中だから薬草はいたるところに生えている筈だ、それを煎じて、漢方療法をこころみているのかもしれない。それにしても、この詩人だか画家だか知らないが、一見芸術家ふうの男とお灸の組合わせは、なにか調和を欠いているようだった。

「そう、この辺で自己紹介をさせて頂きましょうか。われわれ三人は東京のある水産会社につとめています。魚を獲っているのは北氷洋でして、われわれ本社の人間はもっぱら事務関係ですがね」

　秋山が三人の仲間の紹介をおえると、かわって団が趣味で山歩きをやっており、今日もその途中で雨に遭ったのだと説明した。

「幸いなことにこの辺は前にも歩いたことがあるもんですから、ここに結構な山荘が建っているのも知っていたのですよ」

「羨ましいご身分ですな、歩くということは何よりの健康法ですからね」

と、秋山は秀麗な顔に如才ない笑みをうかべた。

「そう、脚のほうは自信があります。ところで……」

炊事場の扉があき、福村がでてきた。片手に氷嚢《ひょうのう》をさげている。

「ところでご主人はどんな仕事をやっておいでですか。俗塵をさけて悠々自適されておるのは、これこそ羨ましい気がするのですがな」

団は自分の職業については言葉をにごしているくせに、他人のことは気になる様子だった。

ベレーの主人は不承不承足を止めた。

「無職です。少しばかり財産があるのでそれで喰べています」

「でも、どうしたわけでこんな山のなかに引退されたのですか」

「引退という言葉はあたりません。以前は家内と二人でオカリナをつくっていました。ここの土質がいいから家を建てたまでです」

「オカリナ？」

「あれです」

と、彼は眼で正面の書棚をさした。いちばん上に妙な形のものが並べてある。

「泥でつくった楽器です。音がいいというので、その頃はウィーンにまで送り出していました」

「いまは製造しておられないのですか？」

「家内が病気勝ちですから」

「どんな音がするものですかな？」

「吹いてお聞かせしたいのだが、病人がうるさがるといけません。手にとるだけならいいです、自由に見て下さい」

団は早速そのオカリナという楽器を手にして戻ってきた。

「これですよ」

「吹くといってたから笛の一種だとみえますな」

大きさは鳩ぐらいで側面に孔《あな》がいくつか並んでいる。ふっくらとふくらんだ形は、強いて例をもとめればやはり鳩に似ていた。頭に相当する部分のてっぺんに、吹き孔があいている。

「どんな音がでるのですかね？」

まだそこに福村が立っているのに気づくと、秋山がおなじことを訊ねた。

「おだやかな、鳩みたいな音です。ところでお嬢さん、勝手なことをいうようですが、夕食の仕度をお願いできますか」

二人の女性は同時に立ち上った。それをいい出そうとしていたところなのである。

「あ、それならわたしがやりますわ」

「わたしがするわよ。もうすっかり温まったんだもの」

緋紗子と昭子がコックの当番を主張してどちらも譲らなかった。

「じゃこちらの肥ったお嬢さんにスパゲティ料理をつくって貰いましょうか。材料はそろっています。高沢昭子さんは朝食をたのみます。ベーコンエッグに珈琲という簡単なものですが。たまにはわたしも女の人の手料理を喰べてみたい」

ベレーの主人は無表情にいった。

「それから、わたし共の食事は二階に運んで下さい。階段を上った左側の、いちばん手前の部屋です。あなた方は台所で喰べて頂きます」

ダイニングキッチンになっているから、というのだった。喰べ物さえあれば場所はどこだっていい。とにかくたべることが大切なんだ、と緋紗子は思った。スパゲティ料理には自信がある。

4

食事のあとで二階の部屋をわりあてられた。

「むかしは東京から友人たちがよく遊びに来てくれました。だから空いた部屋がいくつもあります。といってもベッドはキャンバスベッドだし、夜具というのも毛布程度のものですが……。あの頃は賑やかだった。家内も元気でした。友達も愉快なやつばかりで……」

　家具がないから殺風景な部屋だったが、各室にトイレがついている点がホテル並みであった。緋紗子はひとりになると窓に近よってプリント模様のカーテンを払った。山奥だが、昨今はやりのアルミサッシがはめてあるので雨は一滴も入ってこない。あれだけすさまじかった雨脚の音も、ほとんど聞えなかった。そのガラスにひたいを押しつけるようにして、緋紗子は外の様子をうかがった。窓の下が裏庭になっている筈だけれど、暗くてさっぱり様子が解らない。

　腹はいっぱいだし、体のしんまでほかほかしている。こうやって夜の雨の庭を見おろしていると、あの谷川のほとりをみじめな気持におしひしがれて彷徨《さまよ》っていたことが、夢のなかの出来事みたいな気がしてくるのだった。もしこの山荘がなかったら三人はまだ歩きつづけていただろう。そして暗闇で足をふみはずし、三人が三人とも谷川に落ちて命を失っていたかもしれないのである。

　急に寒くなってきた。煖炉の火が恋しくなった。緋紗子は廊下にでると階段のほうへ歩いていった。と、一つおいた隣りの秋山の部屋から思いがけなく昭子の声がした。緋紗子が思わず足を止めたのは、昭子の声がいつになく激していたからである。

「卑怯だわ、卑怯だわよ。それじゃ最初から遊びのつもりだったのね？」

　それに対する秋山の答は、ぼそぼそとしていて文句が解らない。

「あなたは誰も知らないと思ってるようだけど、わたしはちゃんと知ってるのよ」

何を知っているというのだろうか。この段階から、緋紗子は耳をそばだてて、意識して立ち聞きをした。秋山がまた小声でなにかいっている。

「帳簿に穴をあけたことよ。金庫のお金を株につぎ込んで四百万ちかい損をしてるじゃないの？」

今度は秋山も沈黙したらしく、なにも聞えてこない。緋紗子はときどきあたりに眼をやった。誰かに立ち聞きしているこの姿を見られたら恰好がつかないからだ。

「ふん、図星でしょ。経理課長がそんなことしているとは、誰も思わないもの。あなたは堂々と使い込みができたわけよ」

「…………」

「いいのよ、そう深刻な顔をしなくても。ね、結婚してくれるわね？　そしたら黙っていて上げるわ。わたしの大切な背《せ》の君《きみ》ですもの」

依然として秋山は答えない。

「それにわたし貯金もあるのよ。あなたが穴をあけた分を補ってあげる。ほんとは花嫁衣裳を買いたかったんだけど、借り着でいいわ。あなたのためなら裸でお式を挙げたって平気なのよ」

まだ黙っている。

「ねえ、どうなのよ」

「…………」

「黙ってちゃ解らないじゃないの。それとも好江《よしえ》さんのほうがいいっていうの？」

高森《たかもり》好江。会社随一の美人でしかも気立てがいいという評判のタイピストだった。緋紗子自身が、好江と秋山の二人がむつまじそうに歩いているのを目撃したことがある。好江と昭子とでは、誰がみても月とスッポンだった。昭子に勝味はない。

「嫌ならいやでもいいわ。そのかわり部長さんにいいつけてやるから、よくって？　あなたなんか忽《たちま》ちその場でクビよ」

しばらく沈黙がつづき、やがてどちらかが立ち上る気配がした。緋紗子は足音をしのばせて扉の前をはなれると、そそくさと階段をおりていった。

煖炉の前に坐っているのは団ひとりだった。かたわらに黒革のくたびれた鞄をおき、とろとろとまどろんでいるように見えた。この鞄には何が入っているのだろうか、と緋紗子は思う。考えてみると、二階へ上っていくときも降りてくるときも、いっときとして鞄を手から放したことがないのである。それにしても先刻みせたあの驚愕はどういう意味なのだろうか。揺すぶって眼をさまさせ、わけを訊ねてみたかった。

そばに坐っても団は気づいた様子がなく、上体をゆすぶって眠りつづけていた。よほど疲れているらしい。緋紗子は声をかけるのをはばかって、黙って手を炎にかざしていた。

炊事場のドアが開き、福村が片手に氷嚢を持ってでてくると、二人を無視したように、脇目もふらずに二階へ上っていった。電気冷蔵庫があるから氷はいくらでも造ることができる。が、これが本で読んだことのある昔の冷蔵庫だったらどうだろう。その頃の冷蔵庫は製氷能力はゼロなのだから、熱のある病人をかかえた福村はなすすべを知らずに、ただおろおろする他はないのだ。平素は考えてもみなかった電気冷蔵庫のありがたさを、緋紗子は思わぬところで嚙みしめていた。

二階の二人はどうしたのだろうか。そう考えているところに、ぱたり、ぱたりとスリッパの音をたてて秋山がおりてきた。立ち聞きされたことは知らないから、すました顔をしているが、それが緋紗子には滑稽《こっけい》でならない。

「おや？」

階段をおり切ったところでかがむと、小さな金属片みたいなものを拾い上げた。

「カギだ。誰のだろう？」

その声で団も眠りからさめ、そっと鞄をひきよせた。

「団さんのですか、これ」

「いえ。わたしの鞄は錠がこわれている。カギは要らないんです」

「じゃ福村さんのよ、きっと。あたしが降りて来たとき、そんなものなかったもの。届けて上げるわ」

緋紗子は手をさしだしてカギを受け取ると、秋山と入れ違いに立ち上った。

「頼むよ。それにしてもこの雨は止みそうにないな」

「弱りましたね」

男同士ですぐ話をはじめた。それを後に、緋紗子は階段へ向った。

階段をのぼると廊下が右と左とに走っている。福村夫妻の部屋が左手にあることは、先程夕食をとどけたことから解っていた。その扉をノックすると、隣室で福村の返事がした。

「あのう、階段の下にカギが落ちていましたけど……」

「カギ？」

ポケットでも探している様子だった。それから思い当った声で、少しあわてたふうにちょっと待ってくれという声が戻ってきた。

扉があいた。福村は、表情のとぼしい顔をむりに微笑させようとしていた。

「ありがとう、よく落とすのです。ポケットに穴があいているのかもしれない」

もう寝る仕度をしていたのだろうか、ベレーのかわりにナイトキャップをかぶっていた。肩からケープを羽織っているが、裾がみじかいので水玉模様のパジャマのズボンが見える。

「奥さまいかがですの？」

緋紗子は声を小さくして訊いた。福村も囁くように声をしぼった。

「やっと眠りました。どうです、ちょっと寝顔を見てやってくれませんか。美人ですよ」

長身をずらせて迎え入れようとした拍子に、ベッドの横のサイドボードが眼に映った。その上に、革でつくった義手が一つ、ごろりとのせてあるのが見えた。緋紗子は、予期しないところで福村の恥部を覗いてしまったようなとまどいを感じた。急いで眼をそらすべきか、あくまで何も見なかったふうをよそおうべきか、その判断さえつかなかった。

緋紗子の狼狽《ろうばい》に福村が気づかぬ筈はない。一瞬はっとした表情をみせたが、すぐに観念したように、ケープを脱ぎ捨てた。パジャマの袖は左の肩のつけ根のあたりでダラリとさがっている。

「蝮《まむし》にやられたのです。命をとられることを思えば、腕だけですんだことを感謝しなくてはならないのですが」

「お気の毒に……」

この男はスタイリストなのだ。片腕のないことを知られまいとして、客と一緒に食事をしなかったに違いない。オカリナを吹いてみせなかったのも、病妻をいたわるためより、腕のないことを知られたくなかったからではないか。だが本人がつとめて隠したがっている以上、緋紗子も誰にも喋らないで口をつぐんでいようと思った。

「睡っていらっしゃるのに、お邪魔して悪いわね」

腕のことなど意識していないというゼスチュアで、話を病人へもっていった。が、一歩なかに入りかけ、ベッドに視線をなげた途端に、思わず立ちすくんでしまった。そこに寝かされていたのは、ショーウィンドウで見かけるマネキン人形だったからだ。やわらかそうな金髪が枕いっぱいにこぼれている。皮膚はチョコレート色だった。鼻の先が拗《す》ねたようにツンととがり、長いまつ毛が弓なりにそっている。

「どうです、美人でしょう？」

と福村は声を殺して同意をもとめた。これが変質者特有のニヤニヤ笑いをうかべていたなら、彼女も悲鳴をあげただろう。が、福村の顔には病的な翳《かげ》りはどこにもなかった。

「ねえ、美人でしょう！」

「美人ですわ。羨ましいくらい……」

緋紗子も冷静さを失うことなしに、囁き返した。悲鳴をあげそうになるのを、必死で自制している。頬の筋肉がゆがみそうになる。それを無理に抑えつけて微笑してみせた。

福村は扉を背にして立ちはだかった。緋紗子はすばやくあたりを見廻したが、逃げ口はない。微笑が、まる顔に凍てついた。

「こんな綺麗な顔をしているくせに、ぼくを裏切ったんですよ。招待したぼくの友達とぼくの眼をぬすんで……」

緋紗子はじりじりと後ずさりをした。唾をのみ込むと、喉がびっくりするような大きな音をたてた。そうだ、二階には昭子がいる。いざというときには大声で叫ぼう。昭子が駆けつけてくれれば、相手は非力な男だから何とかなるだろう。

「ぼくは復讐してやったんです。ぐっすり眠っているあいつの喉を、ゾリンゲンの剃刀《かみそり》でスパッと切ってやったんですよ」

福村が身をうごかした。緋紗子は思わずとびのいたが、せまい室内だから自由がきかない。サイドテーブルに顔を叩きつけてしまった。が少しも痛さは感じなかった。

福村の行動を誤解したことに気づいたのは、その直後である。彼は緋紗子には眼もくれず、ベッドに近よると花模様の布団をずらせてみせた。

「ほら、ご覧なさい。家内はいまもって喉に繃帯《ほうたい》をしているんです」

彼がいったとおり、マネキンの頸《くび》には白い繃帯が捲きつけてある。その喉にあたる部分が赤インクで染められていた。

緋紗子は視界に白い霞がかかったように思った。ベッドの端につかまって体を支えようとしたがどうにもならない。急に全身からちからが抜けてゆき、くずれるように床にうずくまってしまった。

「お嬢さん、お嬢さん」

耳元で福村の声がした。ついで口のなかに酒が流し込まれた。ウイスキイの芳香が鼻をつき、ひりひりした強い刺激が舌にのこった。

緋紗子はようやくわれに返った。

5

昭子の部屋の扉をノックすると返事も待たないで転げ込んだ。

「誰よ」

「わたし」

昭子はベッドに寝たまま瞼をとじている。緋紗子の蒼白な顔が見えるわけもないのだ。

ラジオがニュースをやっている。ポケット型の小さな黒い函《はこ》が昭子の胸の上にのせてあった。

「天気予報を聞くのよ。雨が止まなかったら帰れないじゃない？」

「そうだわね」

短く答えて耳をすませた。アナウンサーの声は交通事故をつたえた後、つぎのニュースに移っていった。

「昨日の午後、千代田区神田神保町《じんぼうちよう》の協同銀行から現金一千万円余りを強奪した銀行強盗貝原十五郎《かいばらじゆうごろう》は、すでに東京から脱出して近県に逃げ込んだ模様であります。貝原は四十一歳、押出しのきく一見重役タイプの男で、左腕に桜の花のいれずみをしているのが特徴です。……つぎ、今夕七時に……」

むっくり起き上った昭子が、眼をキラキラさせて緋紗子を見た。

「ね、似てると思わない？」

「え？」

「いまのギャングよ。あの団という男にそっくりじゃないの」

「そういえばそうね」

緋紗子はうつろな声で応じた。彼女の心を占めているのは頸に繃帯を捲きつけられたマネキン人形のことだった。いまのニュースもほとんど耳に入っていない。

「ギャングの齢は四十一歳で重役タイプだというのよ。団さんは四十五ぐらいだけど、世の中にはふけて見えるひとが幾らでもいるわ」

「………」

「あのひとが鞄を大事そうにしていることに気づかない？」

「そういえばそうね」

「中身は紙幣のたばなのよ。もしそれを覗かれたらアウトじゃない？　だから必死なんだわ」

そうかもしれない、と思う。しかし違うかもしれない。偶然の一致ということもあるのではないか。

「でも、符合することが一つか二つだけだったら偶然の一致といえるかもしれないわよ。だけどあのひととの場合、年齢と人相と鞄と、全部で三つも該当してるじゃないの。間違いなしだわよ」

昭子の自信にあふれた声に、緋紗子もいつしか押し切られていた。

「犯人だったらどうするの？　このお家に電話あるかしら」

「あらいやだ、すぐに警察に知らせやしないわよ」

「なぜ？」

「馬鹿ねえ。もう少し泳がせておくのよ」

と、彼女は刑事みたいな言葉づかいをした。

「そのうちに懸賞金がつくじゃないの。そうしたらガッポリ儲《もう》けてやるのよ」

「それまでの間、ずうっと尾行をつづけるつもり？」

「そこまではまだ考えていないけど。でもね、さし当って犯人かどうか突きとめなくちゃ」

昭子は成算ありそうな顔つきだった。会社の女子社員の間ではガメツイひとだと陰口をきかれているだけあり、もう懸賞金を貰《もら》ったように眼をかがやかせている。

「どうする気よ」

「明日の朝お風呂をわかすの。あのひとが入るところをこっそり見てやるの」

なるほど名案だ。

「でも油断しないと思うな。本人も必死だもの」

「そんなら、あの鞄をそっと覗いてみるわ」

「扉にカギがかかってるわよ」

昭子はちょっと考え込んでいたが、すぐになにかを思いついたようにニヤリとした。

「もっと簡単なやり方がある」

「どうやるの？」

「肩をポンと叩いて、おい貝原君！ といってやるの。返事をしたり顔色をかえたりしたら間違いなしだわ」

「旨《うま》くいくかな」

「考えるわよ。わたしって、わりかし頭がいいの」

握りこぶしでコツコツとおでこを叩いてみせた。

「でもこの情報は内証にしておくのよ。秋山さんにも喋っちゃ駄目だわ」

秋山の名を口にするとき、気のせいか眼が憎しみにギラギラと光ったように思われた。勝気な性格だから、憎むとなったらとことんまで憎むだろう。いい加減のところで妥協することは考えられなかった。

「約束するわ。誰にもいわない」

「お金をもらったら四分の一あなたに上げる。じゃ指切りげんまんしましょう」

二人の細い小指がからみ合った。と、何を思ったかその指をふりほどいた昭子は、はだしのまま扉口にとびついてドアを開け、廊下の左右を見た。

「うっかりしてたわ。立ち聞きされたら大変だもの」

「びっくりした。誰もいなかった？」

「いない、大丈夫」

自信ありげな断言だった。だが緋紗子は先程の自分の行動を思い出して、そう単純に断定していいものかどうか心もとない気がした。

「ね、誰か立ち聞きしている気配がしたの？」

「気のせいだったのよ。念のために確かめてみただけ」

昭子は大きくかぶりを振り、ラジオの音に耳をすませた。ニュースは終わって天気予報をつたえている。

「わあ嬉しい、朝から晴れるんだって」

聞き終わると昭子は歓声をあげた。わずか一日だけ東京を留守にしたにすぎないのに、昭子も緋紗子も早く帰りたくてたまらないのだ。

緋紗子もこの家を出られることを思うと、それだけで胸がはずんでくる。しかし、一緒に声をあげて笑うことはできなかった。先程の出来事が心に重たくのしかかっている。

福村恭平がすっかり正気を失っているなら扱いは簡単だ。下山して、村の駐在さんに茶店の老婆が警告した犯人がこの家の主人なのだと、一言そう伝えればことはすむのである。だが、福村は部分的には正気なのだ。あの人形を緋紗子に見せたことすらが、うらわかい乙女をびっくりさせて楽しもうという罪のない悪戯《いたずら》なのではないか、という気もしてくるのだった。

「ねえ、あなた間違っても赤いカーディガンを着ちゃ駄目よ」

と、緋紗子は遠廻しに忠告した。

「だしぬけに妙なことをいうじゃないの。それどんな意味よ」

「意味なんてないわよ。茶店のおばさんのことを思い出したまでだわ」

「まだあんなこと気にかけているの？　呆れた」

「呆れてもいいから、夜中にふらふら赤いカーディガンを着て廊下に出ないことね」

「ひどい。まるでわたしが夢遊病者みたいなことをいうじゃないの」

と、昭子は喰ってかかるような言い方をした。この手で彼女は職場の同僚たちからけむたがられているのだ。

「あなたのことを心配していってるんじゃありませんか」

「そう、じゃあなたにお礼をいわなくちゃならないのね」

「そんなことをいってやしないわよ」

いやに絡んでくる。緋紗子はいい加減腹立たしくなった。が、考えてみると昭子はつい一時間ほど前に失恋したばかりなのだ、気が立っているのも無理はないではないか、と思い返した。自分だってこうした立場におかれたら冷静ではいられまい。

「ご免なさい、昭子さん。わたしの言い方がまずかったけど、そんなつもりじゃなかったの。でも、あのおばさんのいったことを馬鹿にしちゃいけないと思うのよ。お願いだから、この土地をはなれるまでは赤いカーディガンを着ないと約束して頂戴」

した手にでた緋紗子の態度に、昭子も自分の非を悟ったようだった。きりりと吊っていた眼の光が急速になごんできた。

「わたしも悪かったわ、安心してよ、あのカーディガンを着ないってこと誓うから」

「よかったわ、仲直りができて。じゃおやすみなさい。疲れたからもう寝るわ」

6

コマドリの声で眼をさました。窓の近くまでやってきて、すんだ朗《ほがら》かな声で啼いているのである。遠くのほうで山鳩の声もしているけれど、これは武蔵野《むさしの》のアパートでも聞くことができるから、そう珍しくはない。

緋紗子は寝ているのが勿体《もったい》ないような気になり、起きて窓をあけた。

まぶしい朝の陽光といっしょにオゾンをたっぷり含んだ甘い空気が入ってくる。昨夜の鬱陶しい気分がいっぺんで洗いながされてしまった。

この裏庭は百坪ぐらいの広さだろうか、やはり林を拓いたものらしく、ところどころに木の伐《き》り株《かぶ》がのこしてある。その高さから判断すると、幸福だった頃の福村はこれを腰掛けに利用したり、上に板をのせてテーブルがわりにしていたらしかった。面白いアイディアだな、と思う。

しかしこの庭には花木や果樹のたぐいは、一本も植えられていない。いたるところが掘り返され、素人眼には粘土としか思えないような白っぽい泥が露出していた。この土をこねて妻と共同でオカリナを造っていたのだろう。だがいま妻は亡く、片手しかない彼にはオカリナを造りたくともつくるすべがない。

右手の隅にトタンで屋根をふいたバラックがある。これが工房なのだろうと見当をつけた。土をこね型をとる。二つ合わせておいて孔をあければ、あとは窯《かま》に入れてやき上げるだけなのだ。縄文土器時代の原始産業みたいなものだから、大した設備がいるわけでもない。

身づくろいをすませて階段をおりると、玄関から前庭にでた。

朝食当番は昭子である、それもベーコンエッグに珈琲という献立なのだ、大して手はかからない。緋紗子は安心して散歩をたのしもうとしていた。

前庭も、いわゆる庭らしい造園はなされていない。雑草がむしり取られているのと、山百《やまゆ》合《り》と山吹《やまぶき》がまとめて植えられているのとで、辛うじて庭らしく見えるのだった。

その庭を横切った端に立つと、振り返って建物を眺めた。昨夜は暗くて判然としなかったけれど、いま見ると屋根はブルウで壁はチョコレート、窓枠と前庭にむけて張り出しているバルコンは白というふうに、三つの色に統一されていた。緑の林をバックにしたとき、ひときわ冴えてみえるよう周到な配色なのである。緋紗子はしばらくその場に立ちつづけて、この美しい山荘を鑑賞していた。

ポーチの扉があいた気配に眼をむけると、団がでてくるところだった。

「お早うございます」

と、緋紗子は持前のほがらかな笑顔で挨拶をおくった。

「や、お早うございます。いいお天気ですな、昨日の雨が嘘みたいに晴れ上っている」

庭のところどころの水溜りをよけながら、緋紗子のほうに近づいて来た。洗面をすませているとみえ、ヒゲをきれいに剃り、オーデコロンか何かの香料をにおわせている。

「散歩ですか」

「はあ」

「わたしも少し歩いてみたいと思っているんです。よろしかったらご一緒にどうですか」

「おともしますわ」

彼女が素直に応じたのは、昨夜みせたあの驚きの理由を訊いてみたかったからだった。仮りにこの男が昭子のいうような銀行強盗だとしても、特に緋紗子だけを警戒するような眼で見るのは納得できない。

「どうですか。吊橋のほうへ行ってみませんか。昨日はキモを冷やしながら渡りましたよ」

団は別人のように愛想がいい。が、緋紗子にしてみればそれが不気味だった。相手は男である。腕力ではかなわない。谷川へ投げ込まれてしまえばそれきりだ。

「間もなく朝食になりますわ。この近くにいたほうがいいと思いますの」

「それもそうですな。では、そこら辺を歩くとしますか」

緋紗子は、青い屋根が見えている範囲内に行動半径を限定した。いざという場合には悲鳴をあげればいい。秋山と昭子が聞きつけて救けに来てくれるに違いない。そう思うと左程こわくなかった。

団はふと歩みを止め、空を仰いだ。視線の先をたどると、梢の間に小さな鳥影が動いている。

「都会生活をしておいでだと、野鳥の声を聞く機会はあまりないでしょうな」

「ええ。ですから暇を見つけてはハイキングに出るんですけど」

「そうですか。あそこにいるのはコムクドリですよ。小型の椋鳥という意味ですね。ふだんはギャーギャーと啼くんですが、雨が上って嬉しいのか今朝ははしゃいでいますな」

ピイピイ、ピョオピョオ……。複雑な声で啼いているのは細身の、首の白い、背と尾の黒い鳥だった。頬が茶色っぽい。

「あれは雄なんです。それからホイホイという声が聞えるでしょう？　あれが三光鳥《さんこうちょう》です。月、日、星とさえずってその後にホイホイホイとつづけるわけですが、これは色彩ゆたかな美しい鳥ですよ」

ちょっとの散歩の間に、彼はキビタキ、ルリビタキ、メボソムシクイ等の声を教えてくれた。慣れない緋紗子には、濃緑の林のなかを飛びかう姿を眼でとらえることは容易でなかった。ようやくのことでキクイタダキの特徴をつかんでも、つぎの鳥の説明をされているうちに、前に聞いたことはすっかり忘れてしまうのだった。

緋紗子がとっておきの質問を持ちだしたのは鳥の話が一段落したときである。団はパイプをくわえ、それにライターで火をつけようとしていた。

「昨日はなぜびっくりなさったんですの？」

「昨日？」

眼をしばしばさせている。

「バスタオルを落としてしまったじゃありません？」

「あ、あのことですか」

照れたように歯をみせた。タバコを吸うからやにで黄色く染ってはいるが、いかにも清潔な感じの歯だった。

「じつをいいますとね――」

いいかけてはっとしたように口をつぐんだ。男の叫ぶ声がしたからだった。二人は顔を見合わせ、あたりを見廻した。

「おーい、中倉《なかくら》くーん。帰ってきてくれ、大変なことになったんだ……」

「秋山さんの声だわ」

「ご一緒の男のひとですね？」

「ええ」

走りながら答えた。ただならぬ気配を察して団も駆け出した。四十歳は越していると思われるのに、若い緋紗子とかわらぬくらい速く走れた。

庭にさしかかると、足音を聞きつけた秋山が二階のテラスに飛び出してきて、うわずった叫びを上げた。

「高沢君が殺されてるんだ」

立ち止ろうとした緋紗子は勢いあまって倒れそうになり、その体を団がすばやく右手で抱きとめた。

「昭子さんが殺された……」

あえぐように緋紗子はくり返した。屍体を見ないせいか、実感として受け取れないのだ。

「後ろから喉をしめられているんだ。両手でしめつけた痕《あと》がついている」

「ひどい！」

「それに……」

秋山は手すりから身をのりだすようにすると、掌を口にあててメガフォンをこしらえ、そのくせ囁くように声をセーブして告げた。

「あの赤いカーディガンを羽織っているところを殺《や》られたんだよ」

まことに唐突ですが、作者の特別大サービスとして、本篇は挑戦なしです。安心してお読みください。

7

二階から虚ろな笑い声が断続して聞えてくる。それに耳をむけていた秋山は、白い顔をくもらせると、吐きだすようにいった。

「ああいった人だから仕様がないのかもしれないが、むごいことをしたもんだ」

屍体を見た途端、頭のなかの歯止めがはずれたように福村はけたたましく笑い出し、自分で部屋に走り込むとなかから錠をおろしてしまったのだという。

「とにかく警察に通報しなくちゃならない。わたしは多少地理にもつうじているし脚にも自信がある。近くの家で電話を借ります」

いま煖炉の前にいるのは団と秋山と緋紗子の三人きりだった。戸外はよく晴れている日だというのに、家のなかは昨日にもまして陰鬱に翳っている。秋山は小指の爪をかみ、緋紗子は頭をたれている。

団が出かけようとすると、緋紗子は不意に頭をあげた。

「ちょっと。駐在さんに知らせて福村さんを連れていかせるつもり？」

「止むを得ませんよ」

「そうじゃないの。わたしがいうのは犯人でもないのに逮捕させるのかってことよ」

二人の男は緋紗子の正気をうたがうようにまじまじと彼女の顔を見つめた。

「あの人は片腕がないのよ、義手をつけているの。片手しかないひとに扼殺《やくさつ》ができるわけないでしょう」

昨夜のことをくわしく語った。団も秋山もはじめて知ったらしく、団は興味ありそうに眸をかがやかせ、秋山は気むずかしげに黙々として聞いていた。

「鬱病の気があるんじゃないかとは思っていたけど、本物だったんだなあ」

「ですからね、昭子さんが赤いカーディガンを着ていたために襲われた、という考え方は成立しないのよ。つまり、この三人のうちの誰かが昭子さんを殺して、その犯行を福村さんになすりつけるために、カーディガンを屍体のそばに投げだしておいたことになるんだわ」

「このなかの三人がね……」

秋山は警戒するような眼で団を見た。

「昨夜、高沢君の声があまり大きかったものだから聞えてしまったんだが、この団さんが銀行強盗じゃないかと疑っていたね。鞄の中味は札束じゃないかというんだ。彼女の追及にあって追いつめられたきみが、逃げきれなくなって殺したのじゃないのか」

「馬鹿なこといっちゃいかん」

「団さん、潔白なら左の腕をみせて下さいません？　銀行ギャングは刺青をしている筈ですから」

「不愉快だが止むを得ないな」

上衣をとりシャツをまくってみせたが、毛深い腕にはなんの異常もない。

「これでシロになったわけだな。満足かね？」

「いや、動機はまだ他にあるかもしれない。早い話が夜中に彼女の部屋へ忍んでいって、怪しからぬ振舞いに及んだということも考えられるじゃないか。気づいた高沢君が叫ぼうとしたので殺してしまったのだ」

秋山は立ち上ると威嚇《いかく》するように団を見おろした。

「理屈は何とでもつけられるさ。しかしそれは簡単に否定できると思うね。第一にぼくはこの山荘の主人のことなんてなにも知らない。まして赤い物を見ると逆上するという噂なんて聞いたこともなかった。第二に、高沢さんがリュックのなかに赤いカーディガンを持っているなんて知るわけがないのだ。乱暴狼籍をはたらきそこなって人を殺したぼくが、居直った空巣狙いみたいにリュックをかき回していたというのか。そのくせ何も盗らずに、赤いカーディガンを屍体の上に投げ出しただけで逃げ帰ったというのか」

「それじゃ中倉君はどうなんだ」

と、秋山は緋紗子に喰いついてきた。

「あたしが……？」

「そうさ。さっきもいったように声が大きいから聞くまいとしても聞えてしまったんだが、きみと高沢君は口論をしていたじゃないか。両方ともひどく感情的になっていたな」

「終わり頃には仲直りしたわ」

「表面はね。心に期するところあってきみのほうから仲直りをしたのじゃないかな。高沢君が赤いカーディガンを持ってることも、福村さんが赤いものを見ると逆上するという話も、きみは知っていた筈だからな」

人の好い緋紗子もこのときはさすがにむっとしたようだ。秋山の執念にとりつかれたような眼も尋常ではない。

「そういうあなただって同じことよ。あなたと昭子さんの声が大きかったものだから、わたしの耳にも聞えてしまったんだけど……」

皮肉っぽい口調でいった。

「会社のお金を使い込んだことを昭子さんに指摘されていたじゃない？」

「男はそんなことで人殺しはしないよ。あの程度の金は郷里の田畑を叩き売ればできる」

「できるできないの問題じゃないの、する気があるかないかが問題なのよ。叩き売るかわりに、昭子さんを絞め殺したのじゃなくて？」
昨日まで仲良く一緒に歩いた男が、たった一夜でこうも変るものなのだろうか。激しくい
い返しながら、緋紗子はそれが哀しかった。
「きみとぼくとはお互いに動機もあれば機会もある。おまけにカーディガンのある場所まで
知っているのだから、勝負はつきそうもないな」
「でも、わたしは福村さんが義手なのを知ってるのよ。あんな工作をしたのは、片方の腕の
ないことを知らなかったからじゃないの……」
緋紗子は声をはり上げた。これでとどめが刺せたと思った。しかし秋山は動じなかった。
白皙《はくせき》の顔をしかめ、緋紗子を軽蔑したような表情をしただけである。
「そうくるだろうと思った。そこがきみの狙いなんだからな。元来きみは頭のいい女性だ。
会社の女子社員のなかでもきみに敵《かな》うものはいない。だから今回も、この家の主人が片腕で
あることを知ると、この知識をもっとも有効に利用するにはどうすればいいかという解答を、
優秀な頭脳をフルに回転させて、短時間のうちにはじき出してしまったんだ」
「くすぐったいわ。まるでコンピューターみたい」
「そのとおり、正にコンピューターだよ。高沢さんを扼殺して赤いカーディガンを羽織らせ
ておくだけで、おれは自動的に犯人に仕上げられてしまう。まるでベルトコンベアにのせら
れた未完成の商品みたいにね！」

彼の頭のほうが一段上だと思った。やがて警察に連絡をとり、警官がやってくれば、苦もなく緋紗子が犯人にされてしまうだろう。秋山の巧みな弁舌には敵対するすべがないのだ。

すると、それまで黙って聞いていた団が不意に口をひらいた。それもタイミングのずれた質問をして、緋紗子の沈んだ気持をかき乱してしまったのである。

「先程の返事をまだしておりませんでしたな、お嬢さん」

「え?」

「ほら、なぜあなたの顔を見たわたしがびっくりしたかということですよ」

「…………」

今更そんなことはどうでもいいじゃないか。

「産業スパイというと大袈裟になるけども、じつはわたしの仕事のライバルである或る男の秘書が、あなたにそっくりなのです。いや、わたしも二度ほどチラリと見たきりだから並べてみればそれほど似ていないのかもしれないが、てっきりその女性がわたしの後をつけてきたのかと思った。秋山さんの会社の同僚だというふうに紹介されたが、それを信じてよいかどうか解らない」

「…………」

「狙っているのは勿論わたしの鞄の中味です。しかもあの雨がつづく限りわれわれはここを出られないわけだから、一刻も油断はできない。そこであなたがスパイかどうかをテストしようと思って、鞄のカギが壊れているということを故意に申し上げたのですよ」

「……………」

「あなたをおびき寄せるためです。わたしは電灯を消した部屋のなかで鞄をかかえながら、大きな眼をあけて待っているつもりでしたが、その気配に気づいたあなたが計画を中止して、戻っていくことも予想されました。せっかく徹夜をしようと意気ごんでいるのに、それでは頑張った甲斐がない」

「……………」

「そこでですね、お嬢さんのドアの外側に、こっそり細工をしておいたのですよ。殺された高沢さんにお願いをして、シャツの破れたところを修理するという口実で縫い針を拝借しますと、それをあなたの扉口の前の床にそっと突き立てておいたのです。幸いこの建物のドアは外側にむかって開きますから、あなたが夜中に部屋からでれば、針はドアに押されて倒れてしまうのです」

「……………」

「夜が明けると、あなたが起きられる少し前にその針をしらべにゆきました。それが前の晩のとおりちゃんと立っていたことから、あなたに対する疑惑が解けたのです。と同時に、わたしのこの申し訳けのない工作が、あなたの潔白を証明することにもなったわけですよ。なにしろあなたは、夜中には一度も廊下に出られなかったのですから……」

「ありがとう、団さん」

と、緋紗子は声をふるわせた。

「なんだね、鞄の中味は？」

秋山はドスのきいた言い方をした。明らかに虚勢をはっている。

「わたしは山師だ。中味が何であるかはっきりしたことはいえないが、ウラニウム鉱かもしれないしヒスイの原石かもしれない。鉱山師や冶金《やきん》会社が知ったら眼の色を変えるようなものが入っている。しかしね、鞄の中味を心配するよりも、自分の身を心配したほうがいいのじゃないのかね」

そういうと団はパイプをくわえ、ライターを鳴らして火をつけた。

「さてお嬢さん、わたしはこの男を見張っています。谷川を下ったところの集落までひとっ走り行ってきてくださらんかな」

「はい」

緋紗子は立ち上った。

いっとき静かだった天井から、またけたたましく笑う声が聞えてきた。

濡れた花びら

1

「田口《たぐち》君、どうだね。帰りに一杯つき合ってくれないか」

係長の網代《あじろ》が声をかけた。あと十分ほどで退社時刻になる。総務課のこの大きな部屋の雰囲気も、なんとなく落着きを欠いていた。女の子がやたらにトイレへ立つ。そして化粧をすませ、見違えるような美人になって戻ってくるのだった。田口はそうした女たちにぼんやりした視線をなげながら、心のなかで、幸子《さちこ》と約束した温泉旅行のことを考えていた。

「田口君！」

「何でしょうか」

ようやく気がついて立ち上がった。

「いや、仕事のことじゃない。帰りに呑もうではないかといっているのだよ」

「結構ですな」

即座に応じた。酒量は大したことはないけれど、あの解放感が好きだった。週に二度は途中下車をして、汚れた赤のれんをくぐる。

「係長、わたしもご一緒していいですか」

ゴマスリの巧い光岡《みつおか》がしゃしゃり出たが、網代はかたくなに首をふって退けた。

「また別の日にしてくれ。今日は田口君とじっくり釣りの話をするんだ。ヘラ鮒《ぶな》がくうようになったからね」

「はあ」

と、釣りに趣味のない光岡はすごすごと引きさがった。肥って動作の緩慢な係長とスポーツマンの田口との間には、ほとんど似たところがなかったが、唯一つの共通点は釣りが好きなことだった。網代のほうは、ソ連へ釣魚《ちようぎよ》旅行をするのが長年の夢である。カスピ海でチョウザメを釣りたいのだそうだ。

「いい竿を手に入れた。ぜひ見てもらいたいもんだね」

網代は大儀そうにイスから立つと、上衣の袖に手をとおした。

連れ立って社をでた。係長が案内したのは、すぐ隣りのブロックにある信乃《しの》という小粋な料理屋だった。路地を曲ってつきあたりの格子戸をあけると、水を打たれた石の庭がしっとりと濡れていた。新宿あたりの呑み屋を想像していた田口には、ちょっと当てのはずれた思いがした。係長クラスの人間がいくところとしては、少し贅沢にすぎるのだ。

厚い絨毯《じゆうたん》をしいた廊下をぬけて、凝ったつくりの座敷にとおされたとき、こいつはいよいよ唯事ではないなと思った。

「おいでやす」

と仲居が三つ指をついて挨拶をすると、係長はとってつけたようにそっくり返って、「今日はいい天気だったね」と、間のぬけた相槌《あいづち》をうった。

「ここは京風の料理が専門でね、フだとか湯葉なんかを喰わせるんだ。じゃきみ、運んでくれたまえ。ビールは腹にたまるから、酒がいい」

しきりにハンカチでひたいを拭きながら、網代は慣れぬ口調で注文した。

酒がでた。田口にとって京風の料理ははじめてだった。勿体ぶった皿小鉢に、少量の得体の知れぬ喰い物がおさまっている。どれも淡泊で、味があるんだかないんだかはっきりしない。夢のなかで喰っているような気がした。係長が胸中でなにかを企んでいることを思うと、なおさら味がわからなくなる。

小半刻もした頃、係長は目顔で仲居をさがらせた。いよいよおいでなすったな、と田口は腹をきめた。

「光岡君の手前、釣談議だといったけれど、今日は釣りの話をするために呼んだんじゃない」

「それはわかってます。釣りにしては大袈裟すぎますからね」

田口は箸をおいて、白い歯をみせた。スポーツをやるだけあって、いい体格をしている。

陽に焼けた顔色は、いかにも健康そうだった。決して美男子ではないが、鼻筋がとおり、笑うと柔和になる目に魅力があった。

鞄をひきよせると、係長は白い洋封筒をとりだし、キャビネ型のカラー写真を田口の前においた。痩せぎすの、わかい女性の全身像であった。田口はまず脚の形に目をやり、ついで胸のふくらみをみ、最後に顔をみた。面長の目の大きな、田口の好きなタイプだ。

「どうだね、この女性に見覚えあるか」

「あ」

みじかく叫んだ。

「去年の秋の運動会で――」

「そう。きみと二人三脚を組んで走ったお嬢さんだ」

「思い出しました。一等になって電気スタンドをもらいましたよ。このひとは、そうだ、化粧品のセットでした」

「このとおり掛け値なしの近代美人だ。車の運転もできるし、ピアノも弾ける。お茶やお華はいうまでもない。学校は、ある私大の経済学部をでている。文字どおりの才媛だよ」

縁談であった。近代的な美人であることは、係長のいうとおりである。姿も顔かたちも申し分ない。お茶やお華はどうでもよいが、音楽好きの田口にとって、妻がピアノを弾けることは魅力であった。

「どうだね？」

「はあ……」

田口は返事をためらっていた。同棲こそしていないけれど、彼には砂原《すなはら》幸子という女がいた。二年前にある役人の接待役を命じられて、代々木《よよぎ》のマンションの一室でひらかれる秘密ショーに行ったことがある。幸子は、そこの出演者の一人だった。田口が彼女と深い仲になったのは、一つは美貌と肉体の線のうつくしさに魅せられたためだが、もう一つは、幸子が一千万あまりの銀行預金を持っていたからであった。実業家やプロのスポーツ選手、名の知れた文化人だけを客にするだけあって、収入は田口の十倍あまりだったのである。

だが、自分に女のいることは秘密にしていた。幸子もその点は心得ていて、みだりに会社に電話をかけてくるようなことはしない。田口に女がいることを、しかもその女が撰りによって秘密ショーのダンサーだったことを知っているものは、一人もいないのだ。

「どうだね？」

と、係長は催促するように訊いた。田口は前とおなじように「はあ」と答えた。彼が幸子の預金に目がくらんだのは事実だが、彼女を本気になって愛していることもまた事実であった。縁談を持ち込まれ、それが申し分のない条件をそなえた女性であっても、幸子を捨てて結婚する気にはならなかった。

「このお嬢さんを誰だと思うかね？」

「業者の、でしょう？」

あの運動会には、関係業者とその家族を招待してある。田口は、てっきりそうだと思っていた。

「とんでもない。目沼秋子《めぬまあきこ》さんだ。出しゃばらない性質のお嬢さんだから顔を知らないのも無理はないが、社長の三番目のお嬢さんだよ……」

田口は目をむいたきりで、声がでなかった。

「あれ以来、いくつか縁談があったんだが、片っ端からことわってしまう。妙だなと思って問いつめたところ、きみに一目惚れしていたというわけだ。大正時代の話を聞いているような気がするが、いってみれば深窓《しんそう》の令嬢だからな、その辺でゴーゴーを踊っている小娘と同日に論じることはできない」

「…………」

「願ってもない話だと思うが、どうだね？」

「…………」

「これはここだけのことだけれど、このお嬢さんの婿《むこ》になると、きみは出世コースに乗ったも同様だ。二、三年アメリカ支社詰めになって、帰ってくれば、すぐに部長だろう。その後はとんとん拍子で昇進する。重役のイスは決定的だよ」

「…………」

「おいどうした。掛け値なしの美人だし、健康そのものなんだ。考えるまでもないじゃないか」

「はあ」

「それとも、婚約者でもいるというのか」

「いえいえ」

あわてて否定した。現実ばなれのした話だったので、にわかには信じることができずに、呆然としていたのである。

「話が話だから、びっくりしただろう。返事をいま聞かせろというんではない、ゆっくり考えておいてくれたまえ。しかし社員にあたえる影響もあることだ。ここだけの話にしておいてもらいたい。わかったね?」

そう念を押すと、網代は重荷をおろしたようなほっとした表情をうかべ、手を叩いて酒の追加を命じた。

2

田口繁《しげる》は、自分が決して有能な社員ではないことを認めていた。仕事関係の書物を買って勉強する暇があったら、幸子のマンションを訪れて、彼女の豊満なヌードを鑑賞しているほうが楽しく、生き甲斐があった。田口はひそかに、快楽主義者をもって任じていたのである。

どう出世したところで、課長止りであろう。そう諦観《ていかん》していた。欲がないといえば欲がなかったが、それよりも、怠け者といったほうが当を得ていた。大学時代は運動部にいたから、ほとんど勉強らしい勉強もしていない。その彼に、予期もしなかった昇進の道がひらかれたのだ。しかも相手は幸子のようなグラマーではないにせよ、彼女に劣らぬ美人であり、しかも幸子にはない知性をもっている。

いままで彼が幸子の存在を隠していたのは、教養がないということも理由の一つになっていた。友人たちに、これが自分の愛人だといって紹介するだけの勇気を、持ち合わせていなかったのである。だが、目沼秋子となると話が違う。どんな場所にでても、胸を張って誇らかに同伴できるのだ。ひょっとすると、自分のほうが格が落ちてみえるかも知れない。

アパートに帰ってからも、興奮はさめやらなかった。座布団を枕がわりにごろりと寝ると、預ってきた秋子の写真をとりだして、飽かず眺めた。聡明そうな大きな目も、少しめくれ気味の可愛い唇も、なにもかもが好ましかった。これに比べると、幸子はグラマーというより白豚だな、と思う。テレビの漫才を見ながら、俗悪なくすぐりに腹をかかえて転げまわる彼女を思い浮べると、なんとも興ざめの気持になってくるのだった。

それまで希望にふくらんでいた彼の胸も、幸子のことを考えはじめると、急にしぼんでしまった。勝気で気性の人一倍はげしい女だから、下手なことをすると藪蛇《やぶへび》になりかねない。しかも彼女はいったん怒ると、手がつけられない。恥も外聞もなくわめき散らし、手当り次第にものを投げつけて暴れるのだ。田口自身も、浮気をしたという誤解から、文鎮で前歯を叩きおられた経験がある。

なかに二日おいて、係長に承諾の返事をした。幸子と別れる方法についてはまだ思いつけなかったが、ぐずぐずしていて、またとない良縁をとり逃してはならない。

「そうかい、それはよかった。こんないい話を断わるわけはないと思っていたが、それでも返事を聞くまでは心配でねえ」

係長は目をほそめ、ヤニで黄色くなった歯をむきだして喜んだ。ただちに部長に報告する、というのである。

「見合いは済んだも同様だからな、こんどは結納《ゆいのう》の交換ということになるんだが、その前に健康診断書をとりかわさなくてはならない。きみを疑るわけではないから、気を悪くされては困る。しかし近頃は、たちのよくない病気がはやっているというから、用心をするにこしたことはないのだよ」

「どこの病院でもいいから、指定して下さい。ふしだらなことをした覚えはないですから」

胸を張っていい切った。事実、幸子以外の異性にはふれたことがない。そして幸子が病気持ちでないことは、誰よりも自分が知っているのだ。

その日の昼休みを利用して病院をたずね、採血をしてワッセルマン反応をテストしてもらい、翌日結果がでた。予期したとおりマイナスである。

「きみが俯仰《ふぎょう》して天地に恥じない男であることは、ぼくにもちゃんとわかっていたんだよ。しかし、一応は形式を踏まないとな」

係長は言いわけめいた口調になり、よかったよかったとくり返しながら、田口の肩をぽんと叩いた。相手は未来の重役なのだ、網代の言い方には早くも部下の機嫌をとるような響きがみてとれた。

身体検査もパスした。組合員ではあるが、大して興味がないので、組合活動をしたこともない。加えて、この会社の組織は多分に御用組合の色彩が濃かった。その面でも、問題となるものはないのである。

正に順風満帆であった。その本人が一向にはればれとした顔つきでないのは、砂原幸子との関係をどう清算すべきか、依然として名案が浮ばないからだった。係長や、事情を知る上役の前では幸福の絶頂時にあるようににこにことしていなくてはならないが、いったん自分のアパートに戻ると、別人のような渋面になった。スポーツマンらしい明朗さは、どこにもない。大好きなテレビの西部物もみないで、ただ頭をかかえていた。

田口が岸《きし》譲《じょう》二《じ》と顔をあわせたのは、新宿のレストランでひらかれた同窓会の席上であった。大学をでて五年もすると、殆《ほとん》どのものが結婚して落着いた家庭におさまってしまうのに、岸はいまもって独身でいた。学生時代の彼は、田口がスポーツに熱中したように、懸命に女の後を追いかけた。飽きっぽいというのか、一人の女を陥落させて一週間もすると、もう別の女を追いかけているという有様だった。のっぺりはしているが、とりたてて美男でもなく、舌ったらずの喋り方をするこの男のどこに魅力があるのだろうか、級友たちは軽蔑の目で、あるいは羨望《せんぼう》の目で、このことを語り合ったものだった。

「目下のところ、女が二ダースもいるからな、所帯を持ちたくともそれができないんだ。そのうちの一人と結婚すれば、あとの二十三人から命を狙われる。そいつが恐ろしくてな」

ビールの酔いが廻ってくると、岸は自慢らしくそんなことをいった。化粧品のセールスをしており、月収五十万を豪語したときは、会場がしーんとなった。化粧品のセールスは岸にとってうってつけの仕事であり、彼ならばその程度の成績をあげるのは易々《やすやす》たることに違いない。誰もが、そう判断したからだった。

九時半に散会になった。気の合った連中で二次会をやり、さらに三次会をやった後で、田口はこの色男をゆきつけの焼鳥屋にさそった。岸はいくら呑んでも、酔うということをしない。赤くもならず、そうかといって青くもならず、呂律の乱れもみせないのである。相変わらずのっぺりとしていて、清潔で、朗かに声をたてて笑い、甘ったれたような舌ったらずの喋り方をした。

「こうやって二人っきりで呑むのは、学生時代にもなかったな」

「おれはサッカーをやっていたし、きみは新聞部だったからな」

「いや、部が違うなんてことは問題じゃない。要するに、気が合わなかったわけだ」

「それもあるかも知れないが……」

事実を指摘された田口は黒い顔を苦笑させると、コップの酒を一気にあおった。岸は、焼鳥のタレが服におちないように気をつかっていた。

「親しくもないおれを呼んだのは、何か目的があるからだと思うんだが、そいつを聞かせてもらおうじゃないか」

と、彼は田口の胸中を見ぬいたいい方をした。

「用があるってわけじゃない。ただ、先刻からきみの自慢話を聞いていると、ついむかむかしてきてね。モテない男のひがみかも知れないが……」

「ふん」

鼻をならして肉を口に入れた。頬の筋肉がゆがんだのは、明らかに田口を嘲笑しているからであった。

「で、それがどうしたというんだ」

「どうだい、賭をやらないか」

「なんだって？」

「賭け金は十万だ。きみが勝てば即金で支払う。しがないサラリーマンだが、十万ぐらいの貯蓄はあるからな」

「ふん……」

あまり興味のなさそうな顔つきをしている。彼にとっての十万円は、はした金にしかすぎないのだろう。

「おれの知ってる二号さんに、いまどき珍しい貞淑なやつがいる。そいつを征服できるかどうか、というのが課題だよ。おれは絶対に不可能だ、というほうに賭けるんだが」

ハンカチで唇をかるく押えると、岸はまた頬をひくりと歪めた。

「ばかな！　十万円を只取《ただ》りされたいのか」

「自信があるから賭けるんだ。カラーテレビを買いたいと思ってね。みんながいる前で挑戦してもよかったが、きみが尻込みするんじゃないかと考えたもんだから……」

故意に、自尊心を傷つけるようなことをいった。相手がどう反応するかは、充分に計算ずみである。

「よし、その挑戦を受けようじゃないか。美人かね、そいつは美人でないと、ファイトが湧かないからな」

「美人だよ。それに飛びきりのグラマーだ」

「知ってるのか？」

「うん、ちょっとな。ここだけの話だが、肘鉄砲をくらったことがある。思い出しても、むかついてくるんだ。あん畜生！」

岸は、嘲《あざ》けるような目つきをした。あるいは、憫笑《びんしょう》したつもりなのかも知れない。

「相手をすっかりのぼせ上がらせておいて、その後であっさり捨ててやってくれ。徹底的に恥をかかせてもらいたいのだ」

「お安いご用だ」

「いいか、恥をかかせるんだぜ。本人のきみが鼻の下をのばされたんじゃ困る」

釘をさすと、岸は失笑して酒にむせた。しばらく咳込んでいたが、それがおさまると、こんどは尖《とが》った目をして田口を見つめた。

「冗談をいっちゃいけない。二ダースの女がいるというのは事実なんだ。女に不足をしていると思われるのは心外だ」

「いや、失言だ」

「その二号を征服したという証拠は、どうするんだ？」

すぐに機嫌をなおして、そう訊いてきた。田口は、その答も準備してあった。

「そうだな、写真にとるというのは操作が面倒だから、テープに録音するのがいいだろう。小型のやつを鞄のなかにしのばせておけば、二時間ぐらいは大丈夫だ」

「馬鹿にするなよ。堅気《かたぎ》の娘じゃあるまいし、相手は二号じゃないか。ほんの十分あれば充分だ。いや、五分でたくさんだな」

「明日にでもレコーダーを用意しておこう。うまく音がとれたら、そいつを肴《さかな》に一杯やるつもりだ。こいつは楽しいことだろうなあ」

にやにやしながら、相好《そうごう》をくずした。だが、田口の真意がほかにあるのは、勿論のことだった。その録音を証拠に、有無をいわさず別れてしまおうというのである。

3

翌《あく》る日の昼休みを利用して、秋葉原へタクシーを走らせた。安売り屋を漁って、性能のいい器械を入手しようというわけである。いざという場合になって、テープが動かなかったり、リールは回転したものの、肝心の音が入らなかったりするのでは困る。マイクも、おおっぴらに幸子の鼻先につきつけることはできないのだから、離れたところでも充分に音をキャッチしてくれるような、感度のいいものでなくてはならなかった。

時間にせかされながら三、四軒の店をあるいた末に、ようやく手頃のレコーダーを見つけた。操作は簡便で、小さなスピーカーのわりにしては再生音がリアルだった。上下を逆にしても、机から落してみても、テープはけろりとした顔で回転をつづけていた。

店員のすすめで、別にワイヤレスマイクを買おうとした。これを上衣の衿のうしろにそっとはさんでおけば、たかまった呼吸の音までがとらえられるというのだった。だが考えてみると、相手はやたらに裸になりたがる幸子なのである。幸子がヌードになれば、それに応じて岸も服をぬがなくてはなるまい。裸になった彼には、ワイヤレスマイクの隠し場所がないことになる。

なおも陳列棚を見廻しているうちに、腕時計型のマイクが目についた。マイクとして展示されているから、マイクであることがわかるのである。黙って手にはめていれば、誰の目にも腕時計として映るに違いなかった。田口は躊躇なく、それを包ませた。

退社後、有楽町の喫茶店で待ち合わせると、それ等の秘密兵器をわたした。岸は昨夜とおなじようにノリのきいたワイシャツを着、派手なエンジのネクタイをしめていた。田口も服装には凝るほうだが、岸にはかなわない。一分の隙もないのである。

「ちょっとかさばるが、ま、いいだろう」

不満らしい口調でそういうと、アタッシェケースにしまい込んだ。

「しっかり頼むぜ」

「まかせとけ」

「よく操作できるように、練習しといてくれよ」

何といってもたよりになるのは、この男だけである。ぜひとも、成功してもらわなくてはならない。

「いつ訪ねてくれるかね?」

「場所にもよるが……」

「世田谷だよ、経堂《きょうどう》だ」

「都内ならば話は早い。明日にでも寄ってみよう。そうだな、明日の火曜日の晩には、戦果を報告することができるだろう」

例によって、自信満々といった岸であった。

用件がすんで雑談に移ったが、もともと気の合わない同士だし、昨晩おそくまで語り合った後だから、話題もタネ切れになっていた。ともすると、会話はとぎれ勝ちになる。

「まあ、楽しみに待っていてくれよ」

略図をしるした手帳を閉じると、岸は菓子にはまるきり手をつけずに、そそくさと立って出ていった。その姿が扉から消えた途端に、田口の心は急にうきうきしてきた。馬鹿とハサミは使いようだというが、至言《しげん》だと思う。岸のような顰蹙《ひんしゆく》すべき女蕩《たら》しにも、このような使い途《みち》があるではないか。すべてをその遊蕩児《ゆうとうじ》にまかせた以上は、腕をこまぬいてなりゆきを見守っていればよいのである。田口はゆっくりした足取りで銀座にでると、高価なこととうまいことで評判のビフテキ専門店に入り、生ビールと上等のサーロインステーキを喰い、ひとり祝盃をあげた。

その翌日の田口繁は、きわめて多忙だった。網代夫人につきそってもらってデパートへゆき、結納の品をえらんだ。相手が社長の令嬢ともなると、タイピストを嫁にするようなわけにはいかない。結納品を決めるにしても、網代夫人の適切なアドバイスがあったからこそで、田口ひとりではもて余したに相違なかった。郷里に母親はいるが、これは田舎者だから、まるきり役に立たないのである。

社長邸に正式に招待されるのは、十二日後の日曜日ということになっている。そのときの服をつくらねばならなかった。網代夫人と夕食をつき合った後、神田の服屋へタクシーを走らせて、ドスキンの三つ揃いを注文した。顔なじみの店員に寸法をとらせながら、田口は小声で流行歌をくちずさみ、足で拍子をとっていた。嬉しくて、じっとしていることが出来ないのだ。

「ご結婚ですか」

さすがに店員は察しがよく、そう訊ねた。田口の黒い顔は、いっそうしまりがなくなった。だが、彼のにこにこ顔はそう長くはつづかなかった。約束の日がすぎて、二日になり、三日になっても、岸からなんの連絡も入らなかったからだ。不審に思って金曜日に勤務先に電話をしてみると、水曜日から病気のため入院しております、といわれた。

受話器をおくと、田口はじっと考え込んだ。岸という男の性格からいって、本来ならば熱があろうと盲腸が痛もうと、こと女の話になると、自慢たらたらで報告してくるはずなのである。その彼が、うんともすんともいってこないところをみれば、かなりの重症であることが想像された。こうなった以上は、当の幸子に逢って、それとなく様子をさぐるほかはない。

もっとも、浮気したことを見抜ける眼力が自分にある、とは思われなかった。態度に微妙な変化でもあれば察しがつくけれど、秘密ショーのダンサーをしていたくらいのしたたか者だから、根が図太くできている。鎧袖一触《がいしゅういっしょく》ということにもなりかねないのである。

会社がひけると、手土産をさげて経堂へ向った。来訪することを予期していなかった幸子は案に相違して、両手をひろげて飛びついてきた。大きなゼスチュアで田口の頸を抱き、まだ靴をぬいでいないのに、声をはずませて訴えかけた。

「この間、たちの悪いセールスマンがきたのよ。扉をあけたら図々しく上がってきて、クリームや香水をすすめるの」

岸のことをいっているのだ。田口はうるさそうにうわの空で肯きながら、その実、熱心に耳をそばだてていた。

「そんな高価な化粧品は要らないと断わったのよ。百円のクリームも千円のクリームも、中身はおんなじよっていってやったの。そしたら、奥さまはお綺麗ですなあ、なんていって手を握るの」

「ほう」

「いい加減にあしらっていたら、調子にのって胸に手を入れたりしたわ」

「怪《け》しからん男だな。しかし、きみがグラマーだからいけないんだぜ。きみの肉体そのものが、男性を挑発するようにできているんだ。で、どうした？」

「あなたという大切な背の君がいるんだもの、指一本さわらせなかったわ」

「本当かい？」

「ビールをご馳走するように見せかけると、いきなり瓶で頭をぶん撲《なぐ》ってやったの。ギャッと叫ぶと、五分間ばかり気絶してたわ」

靴をぬいだ田口は、スリッパもはかずに棒立ちになっていた。

「それからどうなった？」

「気がついて起き上がったから、もう一発やってやろうとしたら、悲鳴を上げて逃げていったわよ。はだしで、靴をぶらさげて……」

酷いことになったものだ。入院したというのは、そのせいかも知れない。

「可哀想だな」

「むこうが悪いんだもの、平気よ。窓から見おろしていたら、この真下で靴をはいているの。だから狙いさだめて金魚鉢をおとしてやったわ。そしたらずぶ濡れになって、走っていった。いい気味。スーッとした」

色男の慌てふためいた様子を想像すると、笑いがこみ上げてくる。腹をかかえていた田口は、岸の失敗がとりもなおさず自分の失敗であることに気づいた瞬間、絶望的な挫折感におそわれた。

「あのセールスマン、鞄を忘れていったのよ。開けてみたら、小さなテープレコーダーが廻ってるじゃないの。いやらしい趣味だわ」

幸子は、田口がうけたショックには少しも気がつかない。

「あとで聞かせて上げるけど、面白いわよ。ポカリと撲る音につづけて、キャッていう悲鳴が入ってるの。あたし、涙がでるほど笑いころげちゃった」

そう語りながら、思い出し笑いをして、マニキュアをした指で目尻にあふれた涙をふいている。田口はズボンのポケットに両手をつっ込み、にがい顔をして立ちつくした。

4

一カ月ちかくたった頃に、田口ははじめて目沼秋子とデートをした。良家の子女だからゴーゴー酒場やアングラ劇場などは避け、浜離宮《はまりきゅう》で語らったのち、東京タワーに昇るという面白味のないコースだった。夜歩きは信用を失うことにもなりかねないので、早目にレストランで夕食をとると、陽が沈まないうちに別れた。

この、太陽のもとでするデートはすこぶる健全だというわけで、社長夫妻の間でも好評を博した。いきおい、その後のデートは日曜日ごとにくり返されることになったのだが、ここに困った問題が生じてきた。

いままでの田口は、土曜日になると経堂のマンションに一泊し、翌る日曜はつれだってデパート巡りをしたり、郊外へ出かけたりすることにしていた。気がむきさえすればウィークデーであっても会社の帰りに寄ることにしていたのだが、土曜と日曜は欠かすことなく幸子を訪ね、一緒に過すことに決めていたのだ。その習慣が、目沼秋子とデートすることによって崩れてしまったのである。

土曜日に一泊する点は変わりないが、日曜の朝になると朝食もくわずに、そそくさと帰っていく。最初の二、三回は、会社の仕事が溜っているとか、郷里から上京した友人に東京案内をするのだという口実も通用したものの、そのうち口実にこと欠くようになってきた。幸子としてもそれほど馬鹿ではないから、やがては訝《おか》しいと思うようになるだろう。そうでなくとも、田口の浮気には異常なほど鋭く勘をはたらかせる女なのであった。

田口は、秋子との婚約がバレたらどうなることか、想像してみる。勿論、ヒステリーを起して武者ぶりついてくるだろうが、それだけで済まないことは明らかである。彼女のことだから会社なり社長邸なりと乗り込んでゆき、一切のことをぶちまけるに違いなかった。その結果、婚約が破棄されるばかりでなく田口はエリートコースから真逆様に転落する。そして、もしその間の事情が洩れたなら、同僚からまで軽蔑の目でみられるようになるのである。考えただけで気が滅入ってくることであった。

くる日もくる日も、会社からアパートに帰ってくると、頭をかかえて考え込んでしまう。スポーツマンだけに食欲も旺盛なほうだったが、近頃は何をくってもうまいと感じたことがない。戸棚のなかのサラミソーセージは腐って、表面がぬるぬるになってしまった。

砂原幸子がこの世から消えてなくなったら、どれほどさばさばすることだろうか。そうした考えが脳裡にうかんでは消え、消えてはうかんだ。それが、彼を幸子殺しへ駆り立てる小さな芽になった。

晩秋であった。武蔵野に霜がおりたということが、新聞に報じられていた。そうした頃、くしゃくしゃした気分をまぎらせるために、久し振りで呑もうと思いたって新宿で下車した彼は、伊勢丹前の通りでひょっこりと岸に出会った。

「なんだ、退院してたのか。退院したなら退院したで、何とか挨拶してもよさそうなものじゃないか」

詰問《きつもん》する声が大きすぎたらしく、ゆきかう人びとが一様に、二人をふり返った。

「悪かった、謝まるよ。入院してたら仕事が溜ってたもんで、つい一日延ばしにしてたんだ」

「どこが悪かったんだい」

「ここだ。車に跳ねられて、ここを打ったんだよ」

頭に手をあてて、顔をしかめてみせた。

「轢き逃げだ。気がついたら、救急病院のベッドに寝かされていたというわけだ。それから絶対安静の状態がつづいてね」

「女のほうはどうだった？」

「訊かなくたって、結果は判ってるじゃないか。五分後には帯をといた。十分後には失神していたよ。われながら凄腕だと思ったね」

「テープは？」

「それがさ、事故に遭ったのはその帰り途のことなんだ。騒ぎにまぎれて誰かが持っていってしまったらしい。面白い音が入ってるからな、こたえられないよ。ま、戻ってくるあてはないいね」

洒々《しゃあしゃあ》としていた。失くしたテープレコーダーのことを、詫びようともしないのである。そののほほんとした態度が、田口を怒らせた。

「すると、十万円の賭け金はどうなる？」

語気を鋭く追及した。少しいじめてやろうと思ったのだ。

「いいよ、いいよ。肝心の証拠をなくしたんでは話にならないからな」

「おい、とぼけるのは止せよ。車にはねられたと称するのは嘘だろう。女に撲られたんじゃないのか」

明らかに、どきりとした顔つきをした。逃げ口をみつけるように、せわしなく周囲を見廻している。

「テープも聞かせてもらったぜ。確かに面白い音が入っていたよ。これをクラスの連中に聞かせてみろ、抱腹絶倒することうけあいだな」

岸は、しきりにまばたきをした。田口のいう事情が、素直に呑み込めない様子だった。

「まさかあの女が――」

「ちょっとした知り合いさ。肘鉄砲をくらったなんて嘘だよ。きみが余り自慢をするものだから、テストをしてみたんだ」

小気味よさそうに笑った。岸は情けなさそうに、唇を噛んでいた。

「きみが入院していたときに、彼女に逢って結果を訊いてみたのさ。そしたら、げらげら笑いながら、武勇伝を聞かせてくれたよ。命が無事だったのはなによりだが、レディーキラーを自称するきみにしては、ちょっとだらしなかったな。こうなると二ダースも女がいるって話も、眉唾《まゆつば》ものだ」

「まあ、待ってくれ。あれにはあれで、事情があるんだ。立ち話もなんだから、バーにいかないか」

あわてて袖をひいて黙らせると、花園《はなぞの》神社の近くにある小さな酒場につれ込んだ。バーテンが愛想よく挨拶をしたから、岸のゆきつけの店であることはわかるが、五十万の月収を豪語する男にしては貧弱にすぎた。二人いるホステスはどちらも年増で、ひらべったい顔を立体的にみせるべく、アイシャドウを濃くぬりつけていた。

「あらキーさん」

他に客がいないせいもあって、ホステスは声を上げて寄ってきた。

「なるほど、色男だけあってよくもてるな。二ダースというのも、本当のことかも知れないぞ」

「その話は止してくれ、頼むから」

先夜のような颯爽《さつそう》たる英姿はみるべくもなかった。頸をちぢめ、そっと小声で哀願するのである。

「キーさんたら、元気ないわね。しっかりして頂戴よ」

肥ったホステスはそういって、腕を岸の背にまわすと、ぎゅっと抱きしめながら、田口にウインクしてみせた。その拍子に、つけまつげがポロリと落ち、田口はいよいよ興ざめになった。

はこばれたブランディをすぐに呑まずに、岸はいっぱしの通ぶって目をほそめ、グラスを鼻先に近づけて、あたためている。そうやって何とか刻をかせごう、という作戦かもしれなかった。会話がとぎれると、小さなバーのなかはしんと静まり返り、バーテンのタンブラーをいじる音だけがしていた。

「あれは何かしら？」

ふいにホステスの一人がいい、それに応じて痩せたほうが小腰をうかべて、あたりを見廻した。

「何よ」

「あのスースーいってる音よ」

「まあ、火が消えている！」

痩せているだけに敏捷だった。部屋の隅においてあるガスストーブのところに飛んでいくと、すばやくコックをねじって、噴出するガスを止めた。

「あなたがホースを踏んだのよ」

肥ったほうが、とがめる目つきをした。

「そうかしら」

「そうよ。ブランディを取りにいったのは、あんただもの。そのときに踏んづけたに決ってるわ」

「そんなことよりも換気が先だ。お客さん、ちょっと冷えますが、ご辛抱ねがいますよ」

愛想のいい声をかけると、バーテンは窓を開けた。ガスの臭気はコックを閉じた頃から、いっそう強くにおってきた。

「こちら、お酒お嫌いなの？」

ホステスの手が、田口の指をまさぐっていた。しかし田口は、ブドウ酒色のランプのシェードに放心したような虚《うつ》ろな目を投げかけたまま、返事もしなかった。彼はまったく別のことを考えていたのである。砂原幸子の部屋にもまた、ガスストーブのあることを……。

5

酔った体を夜具によこたえた。アルコールが燃焼しているので、体のしんまで暖かい。電気毛布のスイッチを入れずに、布団のつめたい感触をたのしんでいた。

ガスストーブの事故に見せかけて殺す。これに限る。こんな簡単なことを、なぜ思いつけなかったのだろうか。それが自分でも、不思議でならなかった。幸子を殺して自殺にみせかけるてもないではないけれど、そのためには遺書をかかせることが必要だった。が、どんなに知恵をしぼってみても、その口実が思い浮ばない。下手なことを言って、こちらの心底を見すかされてしまったのでは、何にもならないのである。ガスによる事故死ならば、遺書の問題で、頭をなやませることも要らない。

無理もないことだが、その夜の彼は興奮していた。眠ろうと努めればつとめるほど、目は冴えてくる。秋子との次回のデートのことを考えて眠ろうとしてみても、いっこうに瞼は重くならなかった。遂に眠ることを諦めた田口は、ガスストーブで幸子を殺す手段について、あれこれと考えてみることにした。

危機は、一週間ごとに訪れてくるのである。事実彼は、こんどの日曜日をどんな口実でぬけ出せばよいのか、それに苦慮していた。思いつく限りのつくりごとを並べてしまい、もういまでは、逆さになっても鼻血もでない。完全なタネ切れになっていた。だから、幸子殺しを実行に移すとするならば、今週中にやらなくてはならない。その日を、田口は十一月十一日と決めた。

いい工合に、その日が幸子の誕生日にあたっている。祝いの酒をすすめて酔いつぶし、ストーブの炎をそっと消して帰ってくればよかった。平素はほとんど呑まない彼女だが、誕生日ならば羽目をはずすのは当り前の話だ。酔った揚句《あげく》にガス管を踏み、気づかずにそのまま寝込んでしまったとしても、別に田口が怪しまれなくてはならぬ筋はない。毎冬、どこかの都市で発生するありふれた過失死にすぎないからである。

その翌日、会社の帰りに睡眠薬を求めてきた。勿論、酒にまぜて幸子に呑ませるのが狙いなのだ。睡眠薬のなかにはほろ苦い味のものが多いが、これは微《かす》かに甘く、ジュースかサイダーに混入して呑ませれば、絶対に気づかれる心配はなかった。部屋の扉にカギをかけておいてから、十錠の白いつぶを乳鉢に入れ、入念にすりつぶした。三錠で効き目があらわれる薬なのだ、十錠のませれば三十分間でぐっすりと寝込んでしまうことは間違いない。

出来上がった白い粉末を薬包紙にとると、こんどは炊事場からカマボコ板をとってきて削り、小さな木片をこしらえた。そしてこの仕事がすむと、風呂に入ってさっぱりした気分になってから、床にもぐり込んだ。準備は万端ととのっている。こんどこそ、邪魔ものは退場していくのである。田口は充ちたりた気持で目をとじた。昨夜の睡眠不足のこともあって、二分とたたぬうちに軽い寝息をたてていた。

待ちに待った十一日は、朝からからりと晴れ上がった上天気だった。まるでそれは、彼の成功を暗示しているようであった。田口はいい機嫌になり、鼻唄をうたいながらヒゲを剃った。人を殺すとはいうものの、ナイフを使ったり、ロープを用いたりするわけではない。血をみないで済むばかりか、現場にいなくてもよいのである。それだけに、殺人の恐怖は稀薄であった。鼻唄がでたとしても、不思議はなかった。

一日の勤務時間が、いつになく長いように思われた。殊に、四時から五時までの時計の針のすすみ方がひどく遅いような気がして、壁の電気時計と腕の時計とを、何度となく見比べた。

「妙にそわそわしているわね。おデート？」

タイピストにからかわれた。目沼秋子との婚約は完全な箝口令《かんこうれい》がしかれているため、関係者のほかは誰一人として知るものはいない。この女も真相を知ったら、びっくりするだろうな。田口はそう考え、すると頰の筋肉は、ひとりでにゆるんでくるのだった。

「ほーら、図星だ」

タイピストは得意げにいって、手を叩いた。

退社すると、まずデパートの地階におりて幸子の好きな洋菓子を買い、さらにウイスキーの肴としてキャビアの瓶詰を二個求めた。今夜は男の客もくることになっているから、キャビアが役に立つことは間違いなかった。その他に、誕生日の贈物として二万円もする香水を買ったが、幸子はどうせ死んでしまうのだから、後でそっと取り返して、あらためて目沼秋子にプレゼントすればいい。そのつもりでいた。地下鉄と小田急をのりついで経堂におりたときには、もうすっかり暗くなっていた。彼はオーバーの衿を立て、胸を張ってマンションへ向った。

扉を叩くと、真赤なドレスを着た幸子が飛んで出てきた。美容院にいったとみえ、入念な化粧をしている。もともと目が大きいから、化粧映えのする顔なのである。

「遅かったわ。もう皆さん見えているのよ」

「失敬、失敬」

と、彼は奥に聞えるように大声でいった。

「これは酒の肴のキャビア。それからこっちはみやげの洋ナマで、この小さいのはお祝いの品だ、香水だよ」

「まあ素敵。やはり、愛してくれるのね」

「え？」

「だって日曜日になると、外出しちゃうでしょ。あたしが嫌いになったのかなあ、と勘ぐっていたの」

「馬鹿をいえ。そんなことがあるもんか。じゃ、つぎの日曜はずっとここにいて、きみのお相手をしようじゃないか」

どうせ今夜かぎりの命なのだから、どんな無責任な約束でもできる。

「わあ、嬉しい」

「それとも、水戸の偕楽園《かいらくえん》にいこうか。まだ梅は咲いていないが魚がうまい」

「素敵！」

「あそこは鮟鱇《あんこう》なべが名物だからね、それを喰ってこよう」

「嬉しいわあ、げんまんしましょ。嘘ついたら承知しないから」

脅すような目をして、彼をみた。

「おうい、どうした？」

奥の部屋から声がかかったのをしおに、田口は靴をぬいだ。そして、幸子がはずんだ足取りで入っていったのを見届けておいてから、ポケットから取りだした木片を、ドアの錠の受け孔にそっと押し込んだ。この扉は自動錠だから、閉じさえすれば、ひとりでに施錠できるシステムになっている。だが、受け孔がふさがっていると、扉を閉じた場合にいかにも施錠されたように見えているが、事実はそうでない。だから扉を押しさえすれば簡単に開いてしまうのである。それだけの用意をすませた後で、スリッパをはいた。

呑んだり、喰ったり、騒いだりの誕生会は、十時すぎまでつづいた。壁が厚くできているので、どれほど大きな音をたてても、苦情をいわれる心配はなかった。その夜の呼び物は、幸子が大切にとっておいた秘密クラブ時代のショーのスライド映写だった。それがはじまると男も女もいっせいに沈黙してしまい、ときどき溜息や感嘆の声がおこった。

「すごいわ、いい体をしてたのね」

「もう駄目よ」

「そんなことない。体の線なんか、全然くずれていないもの」

女同士の間でそうしたやりとりがあり、カラースライドはなおも十分ちかく映しつづけられた。

散会は十一時ということになっている。その三十分ほど前に、田口は秘かにかくし持ってきた睡眠剤の粉末をとりだして、手早く、誰の目にも触れぬように、幸子のオレンジエードのコップに落し入れた。粉はすぐに溶解して消えた。しかし、それを無理に飲ませようとすると、怪しまれることになる。田口はコップから離れ、あとはなりゆきにまかせた。ガスストーブの熱気で室内はかなり乾燥しているから、すぐに喉がかわく。いずれそのうちに、飲むに決っていた。果して、五分ほどすると、幸子はひと息でそれを飲みほしてしまった。少くともそこまでは、田口が計画したとおりに、何の障害もなくすらすらと運んだのである。彼は気をよくしていた。これから後のことも、スムースにいくに違いないと思った。

散会になる寸前に、座はまたひとしきり騒がしくなった。別れの挨拶がかわされ、女の客は忘れ物がないかとあたりを探して廻り、幸子はまめに動いて男の腕にオーバーの袖をとおしてやったり、マフラーをかけてやったりした。

田口は靴の紐がむすべないふりをして、故意に最後に部屋をでた。もう一度サヨナラがいいかわされて扉がとじられると、急に酔いが廻ったようにせつない息づかいをしながら、そのドアに寄りかかっていた。幸子が、施錠できたかどうかを確認するために、内側から扉を押してみるかも知れない。その場合、外側で田口ががっちりとおさえていれば、扉は微動だにしないのである。幸子は安心して、奥にもどっていくという寸法であった。

他の客は車で帰っていった。田口は経堂駅から電車にのるのだといって別れると、その辺をぶらぶら歩いて時間をつぶした。幸子が眠りにおちた頃合いを見計らって、もう一度マンションに戻らなくてはならないからだ。できるだけ人目を避けて、淋しい道を歩いた。吐く息が夜目にも白くみえたが、少しも寒さを意識しなかった。成功を目前にして、彼の気持はややもすると昂《たか》ぶりそうになる。それを無理に押えつけて歩きつづけた。

途中で道路工事かなにかを始めるらしく、通行止めの柵にゆき当ったので、迂回して戻らなくてはならなかった。それやこれやで幸子の部屋の前に立ったときは、予定した三十分という時間を大幅に二十分ちかくオーバーしていた。少し急いだので、呼吸がみだれている。

ベルボタンを、そっと押してみた。応答がない。もう一度、少しながく押してみた。やはり返事がない。薬の効果があらわれたことは明らかだった。息をととのえ、廊下の左右を見廻しておいてから、田口はノブをゆっくり回転させた。扉をあけると、すばやく身を辷《すべ》り込ませる。そして木片をナイフでほじくり出してポケットにおさめた後、施錠して、靴をぬいだ。先程までの喧騒が嘘のように、室内はしずまり返っている。居間をのぞくと、幸子は新調した赤い服を着たままの恰好で、寝穢《いぎたな》く絨毯の上にころがっていた。かすかにいびきが聞えてくる。田口は手を伸ばして体に触れると、遠慮がちにゆすぶった。ついで口を女の耳元に近づけ、小声で名を呼んでみた。だが、依然として反応はない。ひょっとすると狸寝入りをしているのではあるまいか、と思って警戒したのだが、間違いなく本当に眠り込んでいるのだった。

田口は足音をしのばせてガスストーブに近よって、そっと管を踏みしめた。快い音をたてて燃えていた青い炎が消え、足をはずすと、かわってシューという気体のもれる音が聞えた。スリッパごとチューブを踏むだけだから、コックをひねるのとは違って指紋も残らない。犯人が田口であることを証明するものは、何一つないのであった。

予想していたよりも遥かに急速に、ガスの臭気は充満してきた。田口は冷静な目であたりを見廻した。窓が開いていたのでは目的を達することができないし、どこかに火の気があったら間もなく爆発が起る。幸子が火傷を負うのは当然だが、半死半生で病院へ担ぎ込まれ、やがて全治退院ということにもなりかねないのである。特に灰皿の吸殻を入念にしらべ、どこにも手落ちのないことを確認して、ようやく満足そうな顔つきになった。

幸子は身動きもしないで、眠りつづけている。やや厚目の唇はなかばルージュが剝げ、その間から白い歯がわずかにのぞいて見えた。セットした髪が少しくずれているのは、床に倒れたときのショックのせいだろうか、無心に眠る顔は幼児のそれのようにあどけなかった。

満二十三歳か！　心のなかで呟いた。田口は職業的な犯罪者ではない。彼にしてみれば、保身のための止むに止まれぬ犯行なのであった。だから、何も知らずに熟睡している女を見おろしていると、ふっと惻隠《そくいん》の情が湧いてくるのである。

軽い目まいを覚えて足がもつれた。あわててハンカチを取りだすと鼻孔をおおい、もう一度室内にすばやい視線を投げておいてから、そそくさと靴をはいた。

6

さすがに気がたかぶって、眠れなかった。瞼をとじると、ガスを吸い込んで苦悶《くもん》している幸子の姿が浮んでくる。そうした場面を小説で読んだこともなければ、映画やテレビで見た覚えもないのに、彼の空想力は意外にゆたかだった。もがき苦しんだ幸子は、両手で服をひき裂いていた。掻きむしられた喉のあたりは、みみず脹《ば》れが何本も走っており、あえぐ度に唇の端から赤い血が吐きだされた。

起き上がって睡眠剤をのむ。その効目のおかげでどうやら眠れたが、幸子の幻は浅い睡りのなかまで入り込んで、執拗《しつよう》に彼を悩ましつづけた。

時計のベルで目がさめたときは、生き返った思いがした。脂汗《あぶらあせ》でパジャマがぐっしょりと濡れている。乾いたタオルで体をぬぐってから、洗面所に立った。鏡をみると、気のせいか顔色が蒼白く、一夜で頬がこけたようだ。睡眠不足だから無理もないが、目は赤く濁り、生気をなくしていた。

食欲もない。無理に牛乳をのんで、さてネクタイを結び終わったときに、電話のベルがなった。幸子のことを誰かが知らせてきたのだ、と直感した。一瞬、緊張のために表情がこわばった。

「お早う、あたしよ、幸子。とんでもない目にあったの、危ぶなく死ぬところだったのよ。ガスストーブの火が消えていたの」

異常に昂ぶった口調だが、まぎれもない幸子の声だった。田口は歯の根もあわないほど真蒼になっていたが、辛うじて自制していた。真相を悟られたら一大事だ。巧みにとぼけて、押しとおさなくてはならない。

「もしもし、聞いてるの？」

「……ああ、聞いてる。驚いて声がでないのだよ。一体、どうして——」

どこでミスをやったのか、そこを知りたかった。幸子はそれには答えないで、自分勝手なことを喋りだした。人の発言には耳をかそうとはせず喋りたいだけ喋る。それが彼女の流儀なのだ。

「あんたたちが帰った後、急に酔いが廻ってきたのね。床の上に倒れて眠ってしまったのよ。そのとき、よろけてガス管を踏んづけちゃったんだと思うわ。あれを吸い込んでいたら、いま頃は冷たい屍骸になっていたはずよ」

「無事でよかった。ほんとにびっくりしたよ。厄払《やくばら》いに、もう一度盛大なパーティーをやりなおさなくちゃいけないな。……で、どうして助かったんだい？」

「あたし、まだ気分がわるいわ。頭痛がするし、吐気もするし。死ななかったけど、かるいガス中毒にかかっているのよ。それに一晩中ごろっと寝ていたもんだから、風邪をひいたらしいの」

「大丈夫か。病院にいけよ。おれ、会社を休んでつき添ってやってもいいんだぜ」

心にもない世辞をいった。声の調子から判断したところでは、自分の過失による事故であることを、本気で信じているらしいのだ。それが田口をほっとさせた。

「ところで、どうして助かったんだね？」

「それなのよ。昨夜は午前零時から今朝にかけてガスの工事があったの。本管をとり替えるんだという知らせが廻っていたのよ」

「………」

「だから、ガスが止められていたってわけ。あたし寒かったもんだから、今朝はやく目が覚めたの。そしたら、お部屋のなかが少しガス臭いじゃない？　よく調べてみたら、ストーブが消えてるでしょ。そこでガス工事のことを思い出したというわけなのよ」

黙って肯いていた。昨夜、時間つぶしに歩いているとき見かけた工事は、電気でも水道でもなく、ガスの工事だったことに、いまになって気がついたのである。午前零時にガスが止められたとすると、それは田口がストーブの火を消してマンションから逃げだした、ほんの三、四分後ということになるのだ。その程度では幸子が死ぬわけもないではないか。

「ねえ、好意に甘えてわるいみたいだけど、会社を休んで看病にきて頂戴ね」

「ああ、行くよ、行くとも。なにか栄養になるものを買っていってやるが、何が喰いたい?」

はずんだ口調でいうと、いまいましそうに下唇を嚙みしめていた。

彼がその失敗にもめげずに、二度目の殺人計画に挑んだのは、それから半月もたたぬ頃のことだった。事情はいよいよ切迫し、田口は追いつめられていたのである。事故死に見せかけることが不成功に終わったので、こんどは止むなく自殺にみせかけることにした。ピストルで射殺したのち、その兇器を屍体の手ににぎらせておこうというわけだ。

この計画を思いつかせたのは、幸子が無届けの小型拳銃を持っていて、こっそり見せてくれたことがあったからだった。ショーに出ていた時分、日本語の巧い不良外国人からもらったもので、掌《てのひら》に入るくらいの小型である。威力はそれほどではないにしても、胸につきつけて接触発射すれば、即死することは明らかだ。自殺に見せかけるには遺書をかかせることが必要だが、それが不可能にちかいことは先般来よくわかっていた。遺書なくして、しかも自殺であることを認めさせるには、死の動機を強烈なものとして、それで偽装するほかはなかった。

その頃、通勤の電車のなかで読んだある自殺の記事がヒントになった。自殺したのは中年の家庭の主婦であり、彼女は単なる胃腸病にすぎなかったのに全治不能の病気にかかったものと信じ込んで、物置で縊死《いし》をとげたのである。それが幸子への連想を呼んだ。

幸子にヒポコンデリアの傾向があることは、仲間うちでも有名な事実であった。新聞の家庭欄に腎臓病のことが書いてあると、忽ち彼女は腎臓の様子がおかしくなる。心臓病の特集記事を読むと、もうそれだけのことで左の胸部が疼《うず》いてくるといった按配《あんばい》なのだ。だから彼女が、この主婦のように異常もないのに異常があるものと思い込み、悲観のあまり自殺したとしても、それを疑惑の目でみる仲間は一人もいないはずだった。

まる一日を投入して、綿密に考えを練った。そしてつぎの日に出社すると、暇をみて医務室をたずね、浮かぬ顔をして質問した。

「ぼくじゃないんですが、友人にノイローゼになっているのがいるんです。つまりその、×××病じゃないかって」

思いがけぬことを訊ねられた医師は、思わず田口のほうに向き直った。ヤブだが如才がないということで、社内の評判のいい医者である。

「×××病だって？」

「はあ、×××です」

「きみ、時代おくれなことをいってはいかん、いまは結核と同様に特効薬もできてるし、恐しくも何ともない。だいいち日本では、あたらしい患者の発生がほとんどないのだよ」

「ですから、ノイローゼだと思うんですが、当人は真剣なんですよ。すっかり考え込んじまって……」

「わたしの専門は内科だから、皮膚科のことで責任の持てる返事はできないがね」

そう前置して、乞われるままに常識程度の話をしてくれた。田口はいちいち肯きながら、熱心に耳をかたむけていた。

「よくわかりました。早速その友人に説明して、安心させてやります」

聞き終わると礼をのべ、明るい顔になって医務室をでた。その夜、会社の帰りに幸子のマンションを訪れた。ノイローゼどころか、ステレオの音に合わせて、一人でゴーゴーを踊っていた。くわえタバコの灰が、動くたびに床に散った。

「ああ、おなかすいちゃった」

「後で中華料理でもご馳走するから、少し待てよ」

そういって軽く抱擁《ほうよう》してやった。陽気なレコードを鳴らしていても、隣家には聞えないから、その点は差支えない。しかし、厭世観《えんせいかん》から自殺したはずの彼女が、死ぬ前に鱈腹《たらふく》喰っていたとしたら、話がおかしくなる。田口としては、幸子がふたたび空腹を訴える前に、することをしてしまわねばならなかった。

居間のソファに腰をおろしていると、幸子は陶製のキング・オブ・キングズの瓶と、氷をいれたタンブラーを一つ持ってきた。悠長なことをしている場合ではなかったけれど、殺意を悟られぬために、呑むことにした。

「チーズで我慢してくれる？」

「肴はいらないよ。それよりも、先に話をすませてしまおう」

彼がチーズをつまめば、幸子もそれにならって機械的に口に入れることは考えられるのである。彼女がこの世の名残りに、大して好物でもない乳製品をくっていたとなると、これまた刑事の疑惑を招くことにもなりかねないのだ。

「話ってなによ」

かたわらに腰をおろすと、田口の肩に手をかけてきた。いつもならば、ここで彼女のいう接吻儀式がはじまるところである。が、田口はその白い手をそっとはずした。

「田中っていう男の話をしたことがあるだろう？　大学の演劇部にいたやつだが、卒業するとプロの演出家になっちまいやがった」

「はじめて聞いたわ」

「そいつが、こんどやる芝居で婦人用の小型拳銃を使いたがってるんだ。小道具の玩具では役者の気分がのらない、ぜひとも冷たい肌ざわりの本物が欲しいとね。おれも酔ってたもんだから、つい口が軽くなって、きみのやつを借りてくると約束してしまったんだ」

「いやよ、ことわるわ。不法所持ってことが知れたら、あたしが警察につれていかれるもの」

「馬鹿だな。そいつで人殺しをしようっていうわけではないんだぜ。舞台の上で使うだけなんだ。問題が起るものかい」

説得され、ようやくその気になって寝室へ立っていった。

「ちょっと。弾丸はこめてあるのかい？」

「危いから別にしてあるわよ」

「ついでに弾丸も持ってきてくれよ。おれもそいつも、ピストルなんていじったことがないんだ。弾丸のこめ方を覚えておかないと、役者に演技をつけることができない」

くどくどした言い方になったが、幸子は別に気にもかけずに隣室に入った。簞笥をあける音、それにつづいてなかを掻き廻す音がしたと思うと、ケースを持って戻ってきた。

「弾丸をこめるなんて、簡単なことなのよ」

「やってみせてくれよ」

と、田口は心細そうな声をだした。幸子は白い顔に少し得意そうな微笑をみせ、器用に弾丸をこめてみせた。

「なるほど、思ったよりもやさしいもんだな。おい、ふり廻すのは止せよ。暴発したら大変だ」

「馬鹿ねえ。安全装置がついているのよ、ほら」

なおも得意そうな顔で、銃口を天井にむけて引金をひいてみせた。田口は大袈裟に溜息をついた。そして女をいざなって隣に坐らせると、彼のほうから左腕を幸子の胴にまわしていった。

「大切な儀式をわすれていたよ」

「お馬鹿さんね」

女が目をふたぐのを待ちかねたように、すばやく右手でテーブルの上の拳銃をまさぐり、音を立てないように安全装置をはずした。そして銃口を幸子の左胸に押しつけておいて、引金をひいた。

カチリという金属的な音がしたのと、危険を直感した幸子が田口の手をふり払ったのとは殆ど同時だった。悲鳴があがる。田口が口をふさごうとする。幸子がその指に嚙みつき、こんどは田口が悲鳴をあげてたじろぐ。女が男をつきとばし、田口はあやうくソファから転げ落ちそうになる。すべてが一瞬のうちに起った。勝気な女であるだけに、救けを呼ぼうとはしない。それとも、いくら叫んでも壁のあついこのマンションでは、無駄であることを知っているからだろうか。

「殺す気だったのね！」

「そうさ。お前がいては邪魔だからな」

「訝しいと思っていたわ。女ができたのね」

「お前とちがって、上品な令嬢だ。教養もある。持参金もたっぷり持ってきてくれる。その上、おれはエリートコースに乗れるんだぜ。だから、死んでもらうんだ」

いい終わると同時に、二発目を射った。こんどは不発ではなかった。その途端、幸子はソファの隅で踊り上がるような恰好になり、ついで糸をゆるめた操り人形みたいに、へなへなとくずれてしまった。胸から血が吹きだしている。ピンクの花の形をした飾りボタンはちぎれて、床に飛び散っていた。

……銃声を聞かれた心配はない。だから田口は落着いて、しかし迅速《じんそく》に事後の処置にとりかかった。まず即死したことを確めてから、タンブラーを持って炊事場にゆき、中味を捨てて水洗いをした。田口が訪ねてきた痕跡は完全に払拭しておかなければならないのである。

水気をぬぐったタンブラーから自分の指紋をふきとってしまうと、ふたたび居間に帰って死人の指紋をつけておき、食器棚にしまった。ついでウイスキーの瓶に栓をはめ、これも飾り棚の上にのせた。ウイスキーのほうは田口の専用なのだから、そこに彼の指紋がついているのは、当然なことなのである。

遺書がない以上、それは発作的な自殺ということになる。だが、いくら発作的に死んだにせよ、死ぬからには多少とも室内を整頓することだろう。そう考えると、ダイニングキチンと寝室を覗き歩いて、投げだしてあるふきんを掛けたり、ミシンの上に読みさしのままになっている小説本のページを閉じ、きちんと置きなおしたりした。そして、どこにも遺漏《いろう》のないことを確認した上で、靴をはいた。

廊下にでたとき、思いがけなく最後の危機に直面した。エレベーターをおりた中年の男女が、デパートの包みらしいものを持って歩いてくるのだ。ここで慌ててはならぬ。落着いて行動することだ。咄嗟《とっさ》の判断で、田口はくるりと後ろに向きなおった。

「いいかね、わかったね。元気をだすんだよ」

ドアの内側に話しかけながら、横目で様子をうかがった。男のほうが顔を上げて田口をみている。

「ぼくのことは心配いらないよ。寄り途をしないで真直に帰る。じゃ、おやすみ」

扉をとじた。カタリと錠のかかる音がした。

7

「皮膚がむずむずする。蟻走感がする……。そんなことを打ち明けられました。そのうちに、通俗医学書でもみたのでしょうか、どうも×××らしい、思いあたる症状がいくつかある……。そういうのですよ」

葬儀のあった翌日、田口はみずから協力を買ってでて、現場でいろいろと説明をした。最後の訪問者が彼であることはマンションの住人に目撃されているのだから、下手に隠れていないで、むしろ積極的にでたほうが得策だと判断したのである。

屍体がないこと以外は、すべてがあの夜のままになっている。さすがの田口も血のついたソファが目につく度に、胸のあたりが痛んだ。だが、それを気取られてはならないのである。そうかといって、なにも感じないような冷酷非情なふうをよそおっても、怪しまれるもとになりそうだった。彼は、つとめて自然に振舞うことにした。

「あの日、会社の嘱託医からいろいろと×××病の説明を聞いたもので、それを話して元気づけてやろうと思ったわけです。ぼくの己惚《うぬぼ》れかも知れないけど、そのときはかなり元気をとり戻したようにみえました。さては、ぼくの激励が効を奏したな、そう考えて帰ったのですよ。まさか、その後ですぐ自殺をするとは……」

二人の刑事が、どちらも酒に目のなさそうな顔つきをしていることに気づくと、とっておきのキング・オブ・キングズを馳走して、喜ばせてやろうと思った。

「勤務中ですから――」

「いや、固いことをおっしゃらずに。これはぼく専用のスコッチなんです」

栓をぬいて二つのタンブラーを充たしてやり、ついで自分のタンブラーに注いでいるときに、コハク色の液体とともに楔《くさび》形をした小さなかけらがでてきた。

「おや！」

一人の刑事が目ざとく気づいて、声をあげ、タンブラーを窓のほうにかざすと、二、三度ゆすぶってみた。

「これはあの人の胸についていた飾りボタンの破片ではないですか」

刑事は職業的なするどい視線をかわし、ずんぐりしたほうがただちに床の上を這い廻って、砕けたボタンを拾い集めた。血まみれの破片をテーブルの上で復元してから、楔形の一片を欠けた部分にあてがった。血にまみれて赤黒く変色したボタンのなかで、ウイスキーにひたっていた花びらだけが、ピンク色に濡れていた。

「ご覧のように、ぴったり合います。つまり、自殺したときに砕け散った破片の一つが、この瓶のなかに飛び込んでいたわけですな」

年輩の刑事は、ねちっこい言い方をした。

「被害者は、心臓を射ぬかれているから即死です。指一本も動かすことはできなかった」

「…………」

「すると、ウイスキーに栓をしたり、そいつを棚の上にのせたりしたのはだれでしょうな？」

田口は、ごくりと唾をのみ込んだ。刑事の唇がぺたぺた動いているのを、他人事のような無関心な目でながめていた。

てんてこてん

1

「困るなあ。会社に電話をしないって約束じゃないですか」

とがめる口調になっていた。小学校で六年間をいっしょに学んだ仲なのだ、つい、友達のような口をきいてしまう。

「ごめんなさい。でも、あたし独りではどうにもならなかったのよ。主人にはいえないことだし……」

後楽園遊園地の観覧車のなかだった。ここなら話を聞かれるおそれはない。そういって千《ち》恵《え》子《こ》が指定した場所なのである。

ゆっくりと回転するにつれ、東京の夜景が眼下にひらけてくる。とくに車のテールライトがルビーをまき散らしたような美しさだった。が、ふたりともそれを楽しんでいる心のゆとりはなかった。

「あたし達のことをテープにとった男がいるの」

「恐喝か」

千恵子は答えるかわりにこっくりをして見せた。ふたりの間の情事については、どちらもなみなみならぬ気をつかっている。それを、いつ何処《どこ》でだれがみていたのか。

「五十万よこせというの。そのくらいの金額ならお小遣いで払えるわ。でも、そんな男に会うのがこわいのよ」

「口座を指定してこなかったのかい？」

プロの強請屋《ゆすりや》だとすると、やることがしみったれている。おそらく素人なのだろう、と見当をつけた。

「お願いだから代りにあなた会って下さらない？」

「いいとも。どんなツラをしたやつか見てやる」

「引きかえにテープをもらって頂戴ね。そういう約束だから」

「しかし責任はぼくにある。五十万はぼくが出すよ」

場合によっては払わずに叩きのめしてやろうと思っていた。上背があり、水泳の得意なスポーツマンだから腕力がつよい。たいていの男には敗けない自信がある。

「責任はあたしにあるわ。誘惑したのはあたしですもの」

「待ってましたとばかりに応じたのはぼくだ」

苦い顔で笑った。

二流の電機会社の経理部第一課長の椅子に、佐倉《さくら》は懸命にしがみついている。たといそれが幼な馴染《なじ》みであったにせよ、千恵子とよろめくなどとんでもないことだった。

明朗で、少し他人のいうことを信じやすい欠点がある反面、浮いた噂一つない、まじめな男としてとおっている。その佐倉にこうした冒険をさせたのは、妻の美矢子《みやこ》が、化粧品のセールスマンと手をたずさえて家出したことがきっかけになっていた。それまで美矢子を信じきっていただけに、置き手紙をよんだときに受けたショックは大きかった。

当の美矢子は間もなく男に捨てられ、大宮近辺の安キャバレーで働いているという噂を聞いたが、佐倉はもう見向きもしなかった。平素、あまり会などにでたことのない佐倉が小学校の同窓会に出席してみる気になったのも、家にいるのが退屈だったからに他ならない。

爆撃にあわなかった講堂はむかしのままであり、強いていえば全体が少しくすぶった感じだった。旧師も健在である。そして、そこで佐倉は二十数年ぶりで千恵子に対面した。

「いまだからいうけど、あなたが初恋の対象だったのですよ」

美矢子の気のつよそうなきりっとした美貌とはちがい、千恵子には、中年女性特有のおっとりした、におうような美しさがあった。子供の頃の丸顔がたおやかな瓜実顔《うりざね》になっていることをのぞけば、黒瞳がちの大きな目も、すきとおるような白い歯も、両頰にうかぶえくぼも、むかしと少しも変っていない。

「あたしに初恋？　あら、おんなじじゃないの。あたしも佐倉さんが好きだったわ。片想いだと思ってあきらめていたのよ」

まわりの仲間がはやしたてた。早いやつはもう髪が白くなりかけたり、薄くなりかけている。女のなかには世帯やつれが見えているのもあったが、千恵子だけは小じわ一つない。

二次会から三次会になり、酔った彼女を送りとどける途中で間違いをおこした。そして彼女が営業担当の近藤《こんどう》専務夫人であることを知ったのは五度目の逢瀬《おうせ》のときであった。

2

指定された場所は神田の裏町にある小さな喫茶店だった。北側の、一日中ほとんど陽のあたりそうもない陰気な店である。窓にならべられた珈琲豆《コーヒービーンズ》の瓶は埃《ほこり》をかぶり、変に白っぽく見えていた。

ドアをあけると、隅のボックスで背をむけていた男が、みじかい頸をねじ曲げてふり返った。他に客がいないから、多分こいつが坂内芳之助《さかうちよしのすけ》と名乗る強請屋に違いなかった。

「坂内って人がきてるかね？」

ウェイトレスにそう訊くと、彼女は無愛想に顎で猪頸《いくび》の男をさした。

「坂内さんだね？　近藤の代理のものだが」

高飛車《たかびしゃ》にでた。弱味をみせればつけ上ってくることは明らかだ。

「やあ、判りますよ。声でね」

不精《ぶしよう》ヒゲのまばらに生えた頬にうすい笑いをうかべ、坂内はテーブルにのせたハトロン紙の封筒を指さした。そのなかに、問題のテープが入っているというゼスチュアなのだ。こんな小汚ない男に睦言《むつごと》を聞かれてしまったのか。そう思うと、象の足の裏をなめさせられたような、ささくれ立った不潔感をおぼえるのだった。

「五十万、耳をそろえて持ってきてくれたですかね?」

佐倉は黙って上衣の胸にふれてみせた。

「テープはこれかね?」

「偽物でだますと思われちゃ心外だからね、とっくり聞いてもらいましょうや。このイヤホーンを使えば、ウェイトレスにゃ聞かれずにすむ」

坂内は黄色い歯をむきだしにすると、いやらしい笑いをしてみせた。中年肥りをした、脹《は》れた瞼《まぶた》とうすい眉をもった男である。ひとかけらの知性もなさそうな顔つきをしている。

「どうやって録音した?」

「簡単ですよ。ホテルの部屋に案内されるとマイクを仕掛ける。その後で部屋に文句をつけて変えさせるんです。今度はそこで録音するというわけだ。近頃はマイクもレコーダーも小型になったから、なにかと便利だね」

坂内は得意そうに喋りつづけた。佐倉の軽蔑した視線など、まるきり気にしていない様子だった。

「あたしはどっちかというとテープを集めるのが趣味でね。しかし中年の紳士淑女となると話はべつだ。婚前交渉ってがらじゃないから、十組が十組ともよろめきですよ。それに若造のカップルと違ってかねを持ってる。いってみれば趣味と実益をかねたカモだね」

「声で中年ということが判るのか」

「ま、話の内容ですよ。たいていの場合、亭主の噂がでてくるからね、あ、こいつはよろめきだなってことが判る。身づくろいをする気配がしたら、こっちも仕度をして先にでて待っているんです」

「後をつけるのか」

「女のほうをね。なんてったって弱いのは女なんだ。旦那ってものがありますからね」

「なるほど、悧巧《りこう》なもんだな」

佐倉は棘《とげ》のある目で相手を見つめた。

「ところで疑問がある。この金を払うのはいいとして、後々またゆすられるのでは耐らない。その場合の保証をどうする気だね？」

その反問を、おろかな強請屋は計算にいれていなかったようだ。ちょっと鼻白み、ついで嚙みつくようにいった。

「だからテープを渡そうとしてるじゃないか」

「ふざけちゃ困る」

と、佐倉も声を荒らげた。

「テープなんてものは幾らでも複写ができるんだ。百本でも二百本でもな。そのたびに金をしぼられていたんじゃ、こっちは一生涯びくびくして過さなくちゃならない」

「そこはあたしを信用して――」

「冗談じゃない。きみは犯罪者だ。どこの世界に犯罪人を信用する馬鹿がいる？　その保証がないかぎり、一文だって払うことはできない。ドブに捨てるようなものだからな」

強請屋は返事に窮したように黙り込み、しきりに珈琲のスプーンをいじっていた。

「いままでの被害者はきみのいうとおりになっていただろう。だがおれは違う。世の中にはホネのある男もいるんだ、覚えておけ」

佐倉は席をたった。

「あの――」

出ようとするときレジに声をかけられた。

「珈琲代はあいつからとってくれ」

肩を張っていった。

3

坂内からは一週間あまり音沙汰《おとさた》がなかった。

「諦めたのかもしれないわね」

千恵子は、電話口で安心したようにそんなことをいった。あれ以来、ふたりは極度に用心ぶかくなり、恋しくなると電話をかけてたかぶる気持をおさえていた。

「さあ、そいつはどうかな。われわれは金の卵をうむ鵞鳥《がちよう》みたいなものだからね、簡単にあきらめるかどうか……」

その佐倉の予感は、十日目に事実になってあらわれた。会社がひけ、部下をつれて呑み屋にいこうということになってビルをでたところに、坂内が音もなくよってきたのである。

「お話があるのですがね」

来たな、と思った。さりげない笑顔をつくって部下に先にいってくれるようにいうと、坂内をふりむき、冷たい眼をして顎をしゃくった。

会社のものと顔を合わせるのはまずい。そう考え、数ブロックはなれた大きな喫茶店へつれ込んだ。退《ひ》け刻《どき》なので客の数は少ない。

「なんだい」

「五十万を五百万に訂正させて頂きました」

「なんだと」

「先日、あのあとであなたを尾行したのですよ。そしていまのビルに入るのを見とどけた。あたしをどやしつけたあなたは、正に意気揚々としていましたからね、あとを振り返る気もおきません。だから、楽々とつけてきたのです」

虚をつかれた思いがした。佐倉は心の動揺をみせまいとするのが精一杯のことだった。

「おどろきましたね。近藤夫人の旦那さんとおなじ会社に勤めているんだから」

「…………」

「一週間かかってあなたの地位や収入をしらべ上げました。五百万というのはきわめて妥当な金額ですよ。少し安すぎるくらいだな」

佐倉はホゾを嚙んでいた。いかにもあのときは有頂天になり、肩で風を切って歩いてきたのだ。いまのいままで、尾行されたとは想像もしなかったのである。

「あたしの勝ちのようだね」

「…………」

「もしあなたが払わないというなら、それで結構。あたしにも覚悟がある。近藤重役に一切合財をぶちまけるからね」

「待ってくれ」

声のうわずっているのがわれながらいまいましかった。

「待つ必要なんかない。二週間後に間違いなく五百万を頂くよ」

「そんな預金は――」

「やりくりすればいいじゃないか。近藤夫人の指輪を売っても、そのくらいのかねはすぐにできるはずだ」

「しかし――」

「信じる信じないは勝手だが、テープの複製はつくらない。あたしにもあたしなりのプライドってものがある。卑怯な真似はしないよ」

先日みせた負け犬のような姿勢はどこにもない。みじかい頸を反らせ、堂々としているのである。そしていうだけのことをいうと、返事も待たずに、伝票をつかんで立っていった。

五百万という大金はない。株券をすっかり整理しても、半額がやっとのことである。が、それをいかにして支払うかという難問よりも、いまの佐倉には、軽蔑しきっていた男に手もなく押しきられたことが大きな打撃であった。

一時間ちかく遅れて呑み屋にあらわれた佐倉は、早いピッチで呑み、たちまち酔ってしまった。悪酔いだった。そして看板になるまでねばり、夜更けの街にさまよいでたところを、平素あまり目をかけていない部下に抱えられて、武蔵野の自宅に送りとどけられたのである。

簞笥《たんす》の上には埃がたまっている。花瓶のカーネーションは黄色くしなびて首をたれていた。

テーブルの上のバター容《い》れはふたをとったままである。稲垣《いながき》というその部下は呆れた顔つきでそれを眺めていた。近眼鏡のなかの眸《め》が、ちり一つ見逃すまいとするようによく動いた。

「課長、こいつは索莫としていますな。早く奥さんをもらわなくちゃいかんですよ」

「ほう、本当にそう思ってくれるのか。ありがとう、ありがとう……」

その一言が身にしみて嬉しかった。彼をひき止め、アスパラガスの罐を切らせたりチーズを出させたりして、またしたたか呑んだ。

4

その夜どんなことを喋ったのか佐倉の記憶にはなにも残っていない。多分に絶望的な心境にあったのだから、荒れたことは間違いないと想像するだけである。それについて稲垣平八《へいはち》に訊いてみようかと思わぬでもなかったけれど、いままで冷たくあしらっていた部下に笑顔をみせることがおもはゆく、つい声をかけそびれていた。

一方、稲垣も従来の態度に少しも変化をみせなかった。依怙地《いこじ》といってもいいほど頑《かたく》な様子をみせている。本来ならば課長を送っていったことや、そこで再び痛飲したことを同僚に吹聴《ふいちょう》するはずなのに、稲垣は黙りこくっているのである。

約束の二週間があと二日できれるという日の夕方だった。佐倉がゆきつけの呑み屋で酒を呑んでいるところに、のれんをはね上げて稲垣が入ってきた。まんまるの肉づきのいい顔に、ひと握りの髪をひたいにたらしている。することが何かふてぶてしく、人を喰ったようなその容貌が、いまもって佐倉にはどうにも好きになれないのだ。

「この間はだいぶ荒れましたなあ」

横に坐ると目をほそめて笑いかけた。

「なにをいったか全然記憶にないのだがね」

すると稲垣は油断ない視線をあたりに投げておいて、そっと耳元に口をよせてきた。

「坂内という男にゆすられていることや、そいつを叩き殺してやりたいということを話しておられましたよ。おれはもう破滅だ、なんてね」

「そんなことをいったのか」

酔うと舌の回転がなめらかになるたちである。それにしても、少し軽率にすぎはしないか。佐倉は自分に腹をたてていた。

「ま、呑めよ」

カキの二杯酢をとってやった。佐倉の好物であり、手軽に調理できるというので、かつては美矢子がしばしばつくってくれたものだった。

稲垣は、しかしその小鉢には目もくれずに、囁きかけてきた。

「こんなことを訊いては叱られるかもしれませんが、あの件、かたがつきましたか」

ニべもなく首をふってみせた。どこまで喋ってしまったか見当もつかぬだけに、不安な思いがする。

「ぼくはぼくなりに考えてみました。できることなら課長のお役にたちたいですからね。でも、ぼくはあまり頭のいいほうではない。考えついたことといっても、ありふれた平凡なことでしかないのです」

「何だね?」

「アリバイ工作ですよ」

稲垣はふたたび周囲に目をやると、いちだんと声を小さくした。

「いまいったとおり名案じゃないんですがね、課長があいつを殺しにいっている間中、ぼくがあなたと一緒だったということにしてはどうですか」

「よく呑み込めないが……」

「ですから刑事に訊かれたら、稲垣とふたりで新宿の裏通りを呑み歩いていたと、そう答えればいいのですよ。ぼくも口裏を合わせて、それに間違いないことを力説しますから」

「ふむ……」

「それもですね、仲よく呑んでいたというんじゃなくて、ぼくのほうから口論を吹っかけられて喧嘩しながら歩いていた、ってことにしたほうがいいと思うんです」

「なるほど」

「ぼくと課長とはそれほど仲よしではなかった。いいかえれば、ぼくが課長のために嘘の証言をするほどの義理はない。課の連中はそう思うでしょう。そしてその雰囲気が刑事に作用すると、ぼくの証言が本物らしくみえてくるわけですよ」

佐倉もすばやく辺りに目をやった。板前は赤貝の剝き身を叩きつけており、女中は酒の燗《かん》に夢中だった。くたびれた服を着た、梲《うだつ》の上りそうもないサラリーマンが濁《だ》み声をはり上げて上役の悪口をまくしたてている。佐倉たちの話を聞いているものはどこにもいなかった。

「ぼくが課長を送っていったことはだれも知っちゃいません。いわんや、ぼくがあんな打ち明け話を聞いたことを知るものはひとりもいないのです。だれもが、従来どおりの課長とぼくという関係でぼくらを眺めているわけですよ。ここがつけ目なのです」

稲垣がいうとおり名案ではないが、そこには刑事を納得させるだけの真実性がある。小説にでてくるような凝ったアリバイを用意するよりも、こうしたありふれたアリバイ工作のほうがリアリティが感じられるのだ。

「すると何だな、口論の内容を決めておかなくちゃいかんな」

「いえいえ、そんなことをはっきり覚えていたら逆に怪しまれるもとになりますよ。酔っていたから忘れてしまったというに限るのです。ただ漠然と、ぼくが平素からうとんぜられていたことを根にもって絡んできた……というぐらいのことはいったほうがいいと思いますが」

熱っぽい口調で口説かれた。だが、こと殺人ともなると、万引きをやるのとはわけが違う。そう簡単には決心がつかないのだ。

「課長、あなたは土壇場に追い込まれているんですよ。もう逃げる道はないのです。躊躇している場合じゃない。ぐずぐずしているとあなたが失脚するばかりか、近藤夫人まで巻きぞえを喰うことになるじゃありませんか」

ことが露見すれば近藤重役もただではおかぬだろう。自分が美矢子を追い出したように、千恵子もまた離別されるに違いなかった。

「課長、決断して下さい。これは殺人教唆ですからね、オーバーに表現すればぼくは命を賭けていっているのです。あなたのためを思って……」

重々しく佐倉は頷いた。たしかに稲垣のいうように、あの強請屋を殺すほかに逃げる道はないのである。しかも坂内がいる限り、今後も犠牲者が生まれることは必定《ひつじょう》だった。あの男を殺すことは、社会正義のためにも肯定されるべきではないか。

5

さらにくわしい計画を立てるために、翌る日の夕方、場所を変えて落ち合った。おなじ店で会合したのでは人目に立ってよくない。

「坂内と話をつけておいたよ。明日の夜の七時に、彼の家の近くにある小料理屋であうことにした。途中で待ち伏せして、やる予定だ」

稲垣は黙って酒を呑んでいる。が、レンズの奥の目はまばたきもしないで、相手の話を熱心に聞いていた。

「料理屋へ上げてしまっては万事休すだ。札束の用意はしてないんだから、いいわけのしようがない。どうしても途中で襲わなくてはならない」

「そうですな」

「その間、きみはずうっと新宿をぶらついていてくれ。念のためにいっておくが、アパートへ帰ってはいけないよ。ぼくらのアリバイの嘘だってことがばれてしまうからな」

「大丈夫です、そんな心配はしないで下さい」

「ぼくがこの会社にいるかぎり、将来の面倒はみさせてもらうよ」

「課長。この際そんなことは考えないで下さい。課長はあいつを殺すことだけに専念して頂きます」

きっぱりした口調でいった。

アリバイを本物らしく見せかけることを主題に、ふたりはさらに詳細な点までつっ込んだ意見を交換した。灰皿はたちまち吸殻であふれてしまい、女中はたびたびそれを取りかえねばならなかった。

いよいよ当日になった。佐倉はいくらか緊張した面持ちで会社をでると、喫茶店で時間をつぶしてから、新宿の『蛸八《たこはち》』というゆきつけの店に顔をだした。いうまでもなく親爺や小女とは顔見知りである。

ハマチの刺身を注文し、さて熱燗で一杯というときに、筋書きどおり稲垣が入ってきた。酔って赤い顔をしているのも、台本に指定されてあるとおりである。

「親爺ッ、水だ！」

だされたコップを口にもってゆきかけ、ふとそれを宙にとめると、酔眼をせい一杯に見ひらいた。

「課長！　課長じゃないですか、課長！」

「なんだよ」

うるさそうに、素気なく答える。相手のほうを見もしない。

「なんだよとはなんですか。前から訊いてみようと思っていたんですが、あんたは一体なんの恨みがあってぼくを冷たい目でみるんですか」

ふらふらと寄ってくると、どすんと坐った。

「きみ。おい稲垣君！」

「課長、そもそもあんたという人は――」

閉口した表情で立ち上ると、佐倉は親爺に目顔で頷いてみせ、酔った部下を引きずるようにして連れ出した。空は暗く、いまにもひと雨きそうだったが、この一帯の雑踏ぶりはいつもと変らなかった。千鳥足の稲垣をささえ、何度か酔漢にぶつかったりしながら、ようやくのことで花園神社の裏まできた。

「なかなか上出来だったぞ」

「そうでしょうか。芝居なんてやったことがないんですが。学芸会の舞台に立たされた記憶もないですからね」

「あの調子でいいんだ、後もたのむよ」

「まかせて下さい。ご成功をいのります」

「ありがとう」

「現場に証拠となるようなものを落とさないで下さいよ。指紋、タバコの吸殻……」

「判ってる、判ってる」

「では、九時にまたここで」

他人に聞かれまいとするから、いきおい会話も断片的なものになる。

日暮里駅下車。開成《かいせい》中学のすぐそばに坂内は住んでいる。佐倉は長身をちぢめ、学校の正門のかげに隠れて待った。あの男が小料理屋『酔月』にいくには、いやでもこの前を通らなくてはならない。夜光時計の針を幾度となくのぞき、靴音がするたびに息をつめた。不安と緊張感が胸をしめつける。心臓が踊って口からとび出しそうな気がする。だが、近づく人影は学生だったり警官だったりした。佐倉は落胆したような、そのくせほっとした思いになりながら、ふたたび闇の底に身をひそめるのだった。

六人目に強請屋があらわれた。猫背気味だから闇夜でも見誤ることはない。やりすごしておいて、用意してきたストッキングで絞め上げた。いっぱしの悪党ぶって大口をたたいたくせに、坂内は呆気ないほど簡単にこと切れてしまった。

九時に花園神社の裏で落ち合うと、たがいに絡み合いながら、もう一軒の呑み屋に顔をだすことになっている。どちらもへべれけ状態、という設定であった。佐倉は新宿の一駅手前の新大久保で下車すると、駅前の酒屋で一級酒を一合ひっかけ、顔を赤く染めておいてから、あらためて国電に乗った。

6

帰宅するやいなや、兇器のストッキングは焼却してしまった。目撃したものはないはずだし、遺留したものもなし、まず、完全犯罪の自信がある。仮りに強請屋のメモに佐倉の名が記入してあって、そのことから刑事が訪ねてきたとしても、犯行時刻には新宿を酔って歩いていたというアリバイがあるのだから、なにも怖れることはないのである。

花についたアブラ虫に殺虫剤をかけ、その結果、良心をいためてノイローゼになったという園芸家の例はない。佐倉もまた、害虫を踏みつぶしたことに少しの呵責《かしやく》も感じていなかった。火照った体を夜具に横たえ、思いきり大きなノビをしてから、ストッキングが坂内の頸にくい込み、軟骨がくだけた手応えを反芻《はんすう》して、ひそかに楽しんだくらいであった。

　ぐっすりと眠り、翌朝なにくわぬ顔で出勤した佐倉を、意外な出来事が待っていた。前夜、経理部に賊が侵入して金庫をあけ、今日の給料日にそなえて銀行からおろしておいた五千余万円をそっくり盗んでいったというのだった。ふたりの守衛は、いずれも犯人に頭をなぐられて昏倒《こんとう》していた。

　経理部の前の廊下は通行を遮断され、窓越しに鑑識係や刑事の動き廻る姿がみえた。出勤してきた部員はみんな怯えた表情をうかべ、廊下のそこここに小さな群れをつくって立ちつづけていた。一時間あまり待たされて入ることを許されたが、仕事はまったく手につかない。固い面持ちで囁き合う声が終始絶えなかった。

　正午前に小会議室に呼ばれた。部長と、刑事らしい目つきの男がテーブルをはさんで佐倉を迎えた。

「坐りたまえ」

　平素は肥って血色のいい部長も、さすがに今日は蒼ざめている。

「早速だが、きみの部下に稲垣平八というのがいるね。刑事さんの調べでは競輪や競馬にこってかなり荒れた生活をしているらしいのだ」

モチはモチ屋ということをよくいうが、もうそこまで調べたとみえる。早いものだ。

「彼がやったと決ったものではないが、襲われた守衛の申し立てる人相風体がまた、稲垣に当てはまるのだ。頭から絹のストッキングをかぶっていたそうだけれどもね」

次第に佐倉も蒼ざめていった。掌にじっとりと汗がにじみでてきた。無意識でズボンにこすりつけている。

「金庫に大金が入れてあることを知っているのはきみの部下に限られる。それに彼は、合せ文字を知らなくても金庫をあける特技を持っているそうではないか」

「はあ」

そういわれて思い出した。三年ばかり前になるが、暗号を変更した直後にそのメモを紛失してしまい、金庫の開扉《かいひ》ができなくなって困り果てたことがある。そのときに名乗り出た稲垣が、わずか十分ほどで見事にそれを開けてくれたのだった。

「これをやると皆に警戒されちゃうんでね」

稲垣は満更でもなさそうに頭をかき、一同の質問に応じて、高校時代の先輩に原理をおそわったこと、自分の家の金庫で練習したことなどを語って聞かせたのである。稲垣は質屋の倅《せがれ》なのだった。

「無闇にひとを疑るのは褒められたことではないが、稲垣の場合は条件がそろいすぎているように思うのだ。きみの見る稲垣観を聞こうではないか」

　佐倉はそっと唇を噛んだ。彼が急に狎《な》れなれしく接近してきたのも、佐倉に熱心に殺人を教唆したのも、すべてが計算しつくされたものであったことに、いまようやく気がついたからだった。稲垣の眼鏡越しにじっと見つめる冷たい眸を、佐倉はあらためて思いうかべ、あの男を敬遠していた自分はやはり正しかったのだと考えた。

「どうだね、佐倉君」

「はあ。でも、彼は潔白です」

「え？」

「襲われたのは八時頃だという話ですが、それが事実だとすると、稲垣君は絶対にシロです」

「課長さん、どういう根拠でそうおっしゃるのですか」

　初めて刑事が口をきいた。鋭いが、おだやかな口調でもあった。

「新宿の呑み屋でひょっこり出会いましてね、相当酔っていたせいか、わたしに絡むのですよ。わたしもいいたいことがあったものですから、喧嘩をしながら呑み歩きました。七時頃から九時過ぎまで……」

　そう語りながらひどく虚しい気がした。自分が、テンテコと打つ稲垣の太鼓の音に合わせ、赤いチャンチャンコを着て踊らされているサルのような気がした。

ガラスが割れた

1

「深雪《みゆき》さん！　深雪さんでしょう？」

人混みのなかでだしぬけに声をかけられた。あれから十年もたっている。が、深雪には忘れることのできない声であった。

「佐助《さすけ》さん！」

反射的にそう叫んでいた。

「どうも似ていると思って声をかけたんだけど、やっぱりきみだった。その後どうしてる？幸福かい？　旦那さんはいいひと？」

佐助はつづけさまに質問した。すぐ隣で買い物をしていた中年の女性が、鋭い目でじろりとふたりをみた。デパートの駅弁大会の会場は今日が最終日のせいか、いつにない人出だった。蟹《かに》めし弁当などはとうに売り切れている。

「一度に答えられやしないわ。ね、お茶でも飲みながら話さないこと？　買い物はすんで？

あら、なにを買ったの？」

深雪も少し興奮気味だった。頰が赤らみ声がうわずっている。

「烏賊《いか》めし弁当を二つばかり。徹夜で仕事をしているときに、こいつで緑茶をのむ。旨いし、量が少ないから腹にもたれないし、手頃だよ」

お互いに昔のままの口調だった。構えたところがない。

「徹夜というと、どんなお仕事なの？」

「ま、喫茶店でゆっくり話そうじゃないか。時間に縛られる商売じゃないんだ」

ふたりはうなずき合い、ひとの群れをかきわけて会場からぬけ出した。深雪も佐助もデパートの駐車場に車をあずけている。だがそれには乗らずに、銀座通りをあるいて、裏側の地下の喫茶店に入った。和菓子で抹茶を飲ませる、ちょっと凝った店であった。テーブルの上には盆景《ぼんけい》が飾ってある。

「お客が少ないわね」

見廻してからいった。ほかに年輩のカップルが二組入っているきりである。それだけに、落ち着いて話ができる雰囲気をもっていた。

「そう。わかい連中にとって和菓子なんて魅力がないからね。しかしこれは、無闇矢鱈《むやみやたら》に砂糖をぶち込もうとする菓子屋の罪だと思うな。甘味が勝っていると菓子の味の特長が消されてしまう。どれを食べても同じことなんだ。砂糖のかたまりを齧《かじ》っているのと変りがないんだな」

そうした佐助のお喋りを、深雪はなつかしげに聞いていた。以前から甘味に目のない男性だったが、その嗜好《しこう》はいまもって変っていないようであった。深雪は、相手の幾らかとび出したような大きなおでこや、憂鬱そうなトビ色の眸や、やわらかそうなピンク色の唇を、感情をこめた目でじーっと見つめていた。

「昔とおんなじだわ、ちっとも変っていない」

「きみだってそうさ。別れたときのまんまだ。ほら、あのときもレースの手袋をしていたじゃないか。忘れたかい、駅の改札口まで送っていったことを」

佐助は白い歯で笑いかけた。深雪ははっとして口にもってゆきかけた抹茶茶碗を宙にとめた。十か月におよぶ同棲生活にピリオドを打ち、さっさと他の男のもとに走っていく深雪を、佐助は怒りもせずに見送ってくれたのである。乗車券を買って深雪にわたし、手をふって微笑してみせた佐助の白い歯を、いまでもはっきりと思い出すことができる。

「忘れるもんですか」

と、深雪はゆっくりと呟いた。

その頃の佐助にはほとんど収入がなく、深雪は渋谷のキャバレーでホステスをしていたのだが、そこに現われたのが根岸俊司《ねぎしとしじ》だった。自動車練習場の経営者で月収二十五万というふれ込みである。むっくりと肥った栄養のよさそうな男で、いつも酒を呑んだような赤い顔をしており、冗談をいってホステス連中を笑わすのがうまい。その根岸が深雪に求婚したのは、通いはじめてひと月ほどした頃のことであった。

「ほかの女なんかどうでもいい、あんたの顔を見るためにやって来るんだ」

と根岸は口説いた。

どちらかというと深雪は、下級官吏の家に生まれたせいか金銭に執着のつよい性格である。友達から借りて読んだアラビアンナイトのなかの姫君のように、一度でいいから思い切り贅沢な生活をしてみたいというのが少女時代からの夢であった。ひょっとすると根岸俊司というこの男は、自分の願いをかなえてくれる王子さまなのかもしれない、と思った。

周到な深雪は、車を運転して帰っていく根岸のあとをタクシーで尾行して住居をつきとめ、そのモダーンで大きな邸宅に度胆をぬかれた。そこで探偵社に依頼して身元をあらわせた結果、根岸は土地成金のひとり息子で、両親は数年前に死んでしまい、月収二十五万が決して嘘でないことを知った。深雪はためらうことなしに求婚を受け、同時に佐助との関係を清算したのである。

「きみが幸福になるのはぼくの望むところだよ。いまのぼくには、残念だけど深雪を妻にする資格はない」

あっさりと佐助は深雪の乞いを容れ、なけなしの財布をはたいてスキヤキパーティを開いてくれたのだった。それから十年……。

「先程の質問の答だけど、ぼくは服飾デザイナーをしているんだ。その合間には雑文も書く。原稿を書くときはたいてい徹夜をするな。だから夜食の用意をするわけだが……」

佐助は小さな包みに目をやってみせた。

「あら、女上位なの？」

「え？」

一瞬とまどったように目を大きくしたが、すぐに笑いだした。

「女房はいない。独身だよ」

「まあ」

と、今度は深雪がおどろいた表情をした。瓜実顔で目に険があるけれど、笑うと柔和になる。

「なぜ結婚しないのよ」

「そう訊かれると困るんだが」

佐助はほんとうに困惑のていで、しばらく返事を考えるように黙り込んでいた。

「……なんといったらいいかな。きみに嗤《わら》われそうで」

「笑わないわ」

「バカみたいで、正直に答えるとキザみたいに聞こえるに違いないんだが、実をいうときみ以外に好きな女がいなかったのだよ。だから結婚しなかった」

「まさか」

「信じてくれなきゃそれでもいい」

そういうと、それ以上この問題にかかずらっているのをいとうように、ほかのことを話題にしはじめた。

2

食事どきの根岸は、ただもう夢中で猫舌を鳴らし、箸を動かすのだった。元来が食欲のかたまりみたいな男だから、膳に向うと目のいろが変る。皿の上にかがみ、口もきかずに、肘を張ってごはんをかき込むのである。そして満腹すると茶碗に番茶をそそいで音をたてて飲む。口のなかに指を入れて歯の掃除をする。その揚句、からになった食器を卓に伏せ、おれの茶碗はきれいになっているから洗わないでいいぞというのが毎度のことであった。

「百姓のせがれなんだもの、育ちはあらそえないわ」

深雪は十年間というもの嘆息しつづけてきた。食事のマナーは一つの例にすぎない。万事につけて夫は粗野であった。朝、洗面もしないで教習所に出勤してゆく。かと思うと、浴槽のなかでパンツを洗ったりする。中年になるに及んで、ますますその度を加えていくようであった。深雪の心は、そうした夫からとうに離れている。

今夜の根岸もおなじことだった。箸を番茶のなかでかき廻すと、ぺろりとなめて水気を切り、箸箱にしまおうとした。それまで細い眉をひそめていた深雪は、とうとう我慢がしかねたように、きつい調子で叱言《こごと》をいった。

「止して頂戴よ、不潔だわ」

「おれの箸でおれが喰うのだ、なにが不潔なものか」

「そのお箸を見るとこっちまで胸がわるくなるの」

「愛情がうすれた証拠だな」

根岸はとがめるような目つきをした。深雪は夫のあから顔を見やりながら、心のなかで、とうの昔に愛情は失せているのよと言い返した。いま頃になってそれに気づいた夫の鈍感さを、歯をむいて嘲笑してやりたい衝動にかられ、辛うじてこらえていた。そうした妻の心を根岸が知るわけもない。食事はすんだというのに意地汚なく小鉢に手をのばすと、新香をつまみ、さも旨そうに下品な音をたてて嚙みつづけていた。

この日以来、深雪は欲に目がくらんで佐助を捨てたおろかさを幾度となく思いうかべては、そのたびに後悔するようになった。佐助の仕事がもっぱら男性だけを対象としたものである上に、ペンネームで作品や文章を発表しているものだから、そうと聞かされるまでは、昔の恋人が著名なデザイナーとなっていることを少しも知らなかったのである。気になるままにそっと探らせてみると、独身というのが事実であることも浮いた噂ひとつないことも判った。

それに加えて探偵社の社員は、佐助が売れっ児のデザイナーとして月収は七十万を越え、高輪の一流マンションに住む身であることを報告するのだった。深雪はくらくらと目まいがして、思わずひたいに手をあてた。

それは佐助と出会ってからふた月ほどした日曜日の晩のことだった。深雪がデージーの苗に水をやるのを忘れたのがもとで口論となり、一向に非をみとめようとしない妻の態度に怒った根岸がかっとなって手を上げた。深雪の頰が派手な音をたて、痛みが脳髄をつきぬけた。深雪にとって初めての経験だった。粗野な夫ではあったけれど、妻を撲《なぐ》ることはそれまでになかったのである。痛いということよりも、軽蔑していた田吾作に叩かれたことがショックだった。

「別れましょうよ、性格が合わないのにこれ以上一緒にいるのは意味ないわ」

「いやだね」

と根岸はにべもなく首をふった。

「水を忘れたのは今日だけのことではない。近頃のお前はへんだぞ。だれか好きな男でもできたのか」

「いやしい想像は止して頂きたいわ。性格が合わないからだといってるじゃないの」

「人間は鋳物《いもの》じゃないんだからな、おなじ性格の持主なんていやしない。性格の違うのが当然のことなんだ。それを我慢してやっていくのが夫婦じゃないか」

「我慢するにも限度があるわ」

「それにね」

と、夫は深雪の反論を無視してうす気味のわるい微笑をみせた。

「おれはお前が好きだ。離婚したあとで、どこかの男と再婚して幸福にやっているのを指をくわえて眺めるなんて、考えただけでもむかむかする」

「どうしてもいやだというの？」

「ああ、絶対にいやだね」

頑とした口調でそう答えると、根岸は思い出したようにヤスリを手にして爪をみがき始めた。教習所の女事務員から誕生祝いに贈られたセットだった。それまでは指の先に黒い垢《あか》をためていたこの男が、以来、いそいそと爪の手入れをするようになったのである。白い微細な粉末のとぶ様子が、光線の加減でよくみえる。しかし注意しても素直に止めてくれる夫ではなかった。深雪はつんとした面持で居間をでた。

寝室に入って小型テレビのスイッチをねじると、しばらく歌謡番組をながめていたが、いっこうに興がのってこない。つくづくいまの夫に愛想のつきる思いがするのだ。そして、それに反比例して佐助への思慕はますますはげしく燃え上っていくのである。深雪はそっと掌をなでてみた。そこには、三度目の逢い引きのとき遠慮がちに握りしめてくれた佐助の体温が、いまも温く残っているような感じがした。

深雪は本気で離婚を考えるようになっている。が、いまの夫の反応ぶりでは容易に承諾してもらえそうもないことが判っていた。では、どうすればいいのだろうか。ベッドの端に腰をおろして考えているうちに、深雪の頭には唐突に、夫婦が互いを受取人として加入している生命保険のことがひらめいた。それは遠くから目撃した水爆実験の閃光のように、瞬時ではあったが、消しがたい残像を心のなかに刻みつけた。

深雪の心に夫への殺意が芽生えたのはこのときのことだった。佐助と結ばれたいのと、一千万という保険金を手に入れたいのと、狙いは二つである。金銭にふかい執着を示す深雪の性格は、このときも激しい勢いで火を吹きあげた。

3

秋も深まった頃であった。死にぞこないのカネタタキがかすれた声で鳴いているのを聞いていた深雪は、ふと夫をかえりみた。根岸は熟れた柿にかぶりつき、ぴちゃぴちゃと舌をならしていた。

「ねえ」

「う……」

曖昧な声をだしたきり、こちらを見ようともしない。

「あたし達の仲が冷たくなったことをどう思う?」

夫はようやく顔を上げた。唇のまわりがびっしょり濡れている。

「どう思うって……、いいことではないと考えているよ」

「それなのよ」

と深雪は上体をのりだすようにして説いた。

「あたしの考えでは、平穏に狎《な》れすぎて結婚生活の有難味を忘れたせいじゃないかと思うの」

「それもあるな」

「だから刺激が必要になってくるのよ」

夫はようやく興味を感じたように、唇のまわりを手拭いでふいた。

「つまりね、環境をかえてみたらどうだろうかって思いついたの。いつも同じベッドじゃつまらないからホテルへ行くのよ」

「ふむ」

「昼さがりの情事ってことにするのよ。ふたりとも夫なり妻なりの目を逃れて冒険してるみたいで、わくわくするんじゃないかしら」

「面白そうだな。なんだか小説にでもありそうな筋書だが」

「あるのよ、有名な流行作家が書いているの。でなかったら、どうしてあたしが思いつくもんですか」

　と、深雪は小説家の威を借りた。

「でもね、相手があたしでは情事って感じがでないでしょ」

「おいおい、おれをよろめかせようっていうのかい」

「そうじゃない。あたしがそのときだけ情婦に化けるわよ。名前も変えるし、お化粧の仕方も服装も、みんな変えてしまうの。それに……」

　夫婦でなければいえないようなきわどい文句で夫の心をあおりたてた。元来、根岸はそうしたことの好きな男であった。すぐに目の色をかえてきた。

「しかし、おれも変装しなくてはお前のほうも困るだろう」

　自信がなさそうに訊いた。不器用な根岸には、他人に化けるような真似のできるわけもないのである。

「いいの、いいの」

　予想された発言だったから、落ち着いてかぶりを振った。深雪はぜひとも架空の女性にならなくてはならない。と同時に、夫はあくまで夫でいてくれないと、この殺人計画は成立しないことになるのだ。

「あなたが燃えれば、それに応じてあたしも燃えるわよ。だからあなたはあなたのままで結構なのよ」

十年間も結婚生活をつづけてくれば夫の心理は手にとるように解る。根岸を誘導してさだめたコースに乗せることは、深雪にとっては易々たるものであった。

その思いつきを実行に移したのは六日のちのことだった。夫を殺し、罪をその夫とともにホテルに入った女性にかぶせるのが狙いなのだから、深雪の化け方は徹底していなくてはならない。しかしいくら巧みに化けたとしても、ホテルの側にマジックミラーなりテープレコーダーなどが秘かにとりつけられていたのでは、思いがけぬところで深雪の正体がばれてしまう。それを考えに入れると、その辺のいかさまホテルや連れ込み旅館を利用することは無謀だった。といって、名のとおったホテルではこの種の客は歓迎してくれない。六日間という日数は、ホテルの選定のためと、変装用の服装をととのえることで費やされた。

変装とはいっても、アルセーヌ・ルパンの物語にでてくるような大袈裟なものではない。たかだか高校時代の学芸会でリヤ王に扮した程度の経験しかないのだから、せいぜい洋服を和服に替えるくらいのことだが、問題は、服を着替える場所であった。それ専用にアパートの一室を借りることも考えないではなかったが、洋服を着てやってきた深雪が小半刻《こはんとき》のちに着物姿でしゃなりしゃなり出ていったのでは人目に立ちすぎる。ひいては、深雪の犯罪計画そのものが危うくなるのだ。

深雪はこの難問を、車を利用するということで解決した。自宅をトヨペットクラウンを運転してでると、途中の手頃な場所にパークさせてシェードをおろし、そのなかで服を着替える。そして別人となってホテルへ向うのである。この、せまい座席で服をぬいだり着たりしなくてはならぬという条件から、和服のかわりにスラックスを着用することに決めた。

スラックスはできるだけ人目をひくために、ピンクを求めた。そして夫の根岸が出勤したあとでこっそりとガレージに入ると、幾度となく車のなかで脱いだり着たりの練習をくり返した。

ホテルは駒込の高台にある八千代荘を選んでおいた。純粋のホテルでありながら、一部の有名人がこっそり女性を連れ込んでいるという噂を聞いたからである。早速偵察におもむくと、六階建の白亜の建物は国電を眼下に見おろす崖のふちに立ち、室料もかなり高価なものであった。えげつない設備を持ったホテルにはない品位を、深雪はそこに見出した。

教習所をぬけ出してきた夫にひと足おくれて、深雪はそのホテルに到着した。フォックス型の白枠のサングラスは濃いスモークグリーンだった。銅粉をぬったような髪はいうまでもなくカツラである。唇をことさら朱《あか》くぬり、くちゃくちゃと音をたててガムを嚙んでみせた。だれが見ても、これが世田谷の奥まったところに裕福な居をかまえる人妻であると思うものはいないだろう。その演技に、深雪は自信を持っていた。

ふたりのひそやかな情事は水曜日ごとにつづけられた。その間、自宅ではきびしく禁欲生活を送った。

かなりの出費によっていとなむ情事なのだから、充分にエンジョイするためにはそれだけの心構えが必要なのだ。深雪はそういう口実で夫を同意させたのである。こうした作戦が図にあたったのか、それともホテルの個室における大胆な振舞いが気に入ったのか、根岸は七日間がすぎるのを指おり数えて待つようになった。

「おい、精をつけておこうや、精を」

夫はそんなことをいい、二日前あたりからしきりにビフテキを作らせたりする。

「止したほうがいいんじゃない？　コレステロールが溜るわよ」

口では心配そうに答えながらも、深雪は厚く切らせた脂身のたっぷりついた肉を、せっせと網で焼いた。

ホテルの様子がかなり判るようになったのは三度目のときである。ベッドのサイドテーブルの上には水さしがおいてあり、八千代荘の文字が小さく入った無色のコップが添えてあった。おなじコップが廊下のはずれの化粧室のなかにも備えてある。深雪が思いついたのは、このコップを利用して謎の犯人の存在をより明確なものにしようとすることだった。まずコップをこっそり持ち出してどこかの女性に触れさせておく。夫を殺したあと、現場にそれを遺棄しておけば、犯人はその指紋の持主だということになり、当局は血眼で彼女の行方を追及するであろう。捜査の目が見当違いの方向へそそがれれば、それだけ深雪の立場は有利になるのだ。

つぎの一週間を、似たようなコップを探すことに投入した。無色透明の、比較的ありふれた型の品だから、三日目に下町のガラス器具店で手に入れることができた。もちろん、八千代荘の文字は入っていない。帰宅した深雪は、それを床に落して割ると、若干の破片をひろい集めて小さな紙袋に入れた。

四度目にホテルの客となった深雪は、夫が入浴している間に、こっそり廊下のはずれの化粧室にゆき、目星をつけておいたコップを手袋をはめた手でハンドバッグにしまい込むと、かわりに、棚の下のあたりに用意してきたガラスの破片をばらまいた。後刻メイドが掃除をするとき、水さしのコップがなくなっていることに気づく。そして棚の下の破片に目をやった彼女は、いとも平凡に、客のだれかがコップを落して割ったものと想像して、べつに怪しむこともなく、あたらしい品を補充するに違いないのである。こうして、深雪は一個のコップを自由にする機会を摑んだのだった。

4

だれの指紋をつけようか。コップを持ち帰ったその日から、深雪は考え込んでしまった。後日このコップが問題になったとき、当人がのこのこ警察に出頭して、あれは自分がいじりました、根岸さんのお宅に八千代荘のコップがあるのが妙だと思いましたなどと喋られては一切がブチ壊しになる。それと気づかずにコップに触れ、あとで少しも記憶に残さないというのが上策であった。さらに欲をいえば、身辺にいるものよりも、顔も名も知らぬ女性の指紋をつけさせることが望ましかったが、いくら頭をひねってみても、ゆきずりの他人にコップを持たせる方法が思いつけなかった。こうなると、いやでも手近かの人間を利用するほかはない。

犯人が犯行現場にのこしたものである以上、指紋は新しくなくてはならない。干からびて脂気の失せた痕跡であっては、たちまち鑑識課員に怪しまれてしまうはずである。こうしたことに思い至ると、この工作はいよいよ困難さを増すようであった。深雪は、ホテルへ出かけていく直前に「新鮮な」指紋をつける手段を考えなくてはならなくなった。だが、困ったことにその方法がどう知恵をしぼってみても浮んでこないのだ。きわめて日常的なことでありながら、いざとなると、解決策が発見できないのである。深雪は次第にあせってきた。

思いつけないのなら殺人をずっと先に延期すればいいわけだが、肝心の夫が、この遊びにそろそろ飽きてきて、ホテル行きを億劫がるようになっていた。あと一度きりという約束で、どうやら最後の情事に漕ぎつけた有様なのである。これを逃すと、夫殺しの機会はいつ巡ってくるか解ったものではない。深雪には、あせる理由があった。

指紋の件が片づかない以上は犯人製造をあきらめる他はなく、だがいまとなってみると、コップの指紋という物的証拠がないことには心細くて、犯行に踏み切るだけの勇気がでないのである。深雪は、水曜日の朝を寝不足の冴えない顔でむかえた。

近頃は出勤する夫を門のところで見送ることにしている。あの刺激が功を奏して、このとおり夫婦仲が円満になりかけてきたという示威でもあった。

「じゃ、またホテルでね」

「遅刻するなよ。ホテルもいいが、お前は時間をもて余しているんだから、なにか他の刺激を考えてくれ」

と、夫はまたその話を蒸し返して車に乗った。

深雪は家に入ると食器を洗うこともせずに、不貞腐《ふてくさ》れたようにタバコをくわえ、寝椅子に横になった。コップのことを考えると頭痛がしてくる。舌が荒れているとみえ、タバコの味がいつになく辛かった。

午前いっぱいをそうした自堕落な恰好ですごしていたが、正午をすぎると思いなおしたように起きなおり、鏡の前で入念に化粧をすませて外出の仕度をした。

夫は飽きたといっている。深雪もおなじような倦怠を感じていた。目標に向って意欲を燃やしていた前回までとは異なり、今日は少しも気がのらないのだ。よほど電話で中止を申し入れようかと思ったが、変に怪しまれても藪蛇になると考えなおして、不承不承ガレージの扉をあけた。まぶしそうに飛び上った冬のハエを、持っていた週刊誌で叩きおとすと、パンプスの底で踏みにじった。

深雪が機嫌をなおしたのは、偶然な出来事がきっかけになっていた。神田を走っていたときに、ふと視野に映った薬局と白い仕事衣を着た女薬剤師の姿とが、深雪の脳裡に名案を思いつかせたのである。そのブロックをひと廻りしているうちに計画を練り上げると、車を薬局の少し先にパークさせた。

「車酔いのお薬ありません？　つれが吐き気がするといって苦しんでいますの」

「それはお困りですわね。これなんかどうでしょうかしら。十分ぐらいで効いてきますのよ」

薬を受けとって料金を払うと、持っていたコップを渡して、水を入れてもらい、走るようにして店をでた。そして車でしばらく行ったところでコップの水を捨て、大切そうにバッグのなかにしまい込んだ。思わぬ場所で待望の指紋をつけることに成功したのだ、慎重にあつかわなくてはならない。

水を注いでもらう際に薬剤師をせかしておいたから、ホテルの名前に気づかれた心配もない。しかも深雪は終始手袋をはめたままだった。自分の指紋は一個も残っていないのである。考えあぐね、あきらめかけていた難問が、最後のぎりぎりの瞬間に、いともあっさり解決されてしまったのだ。深雪は自分の幸運をひそかに祝福して、唇をとがらせると、下手な口笛をふいた。そして王子駅前の地下駐車場に車をのり入れ、そのなかでスラックスに着替えてから、階段を上って上のビルにぬけ、外に出た。このコースだとだれの目にも咎められることがないのである。

王子から駒込までは国電で十分余の距離であった。いよいよ決行となるとさすがに平静ではいられなかったが、佐助のトビ色の眸をじっと思いうかべていると、ふしぎに波立った胸もおさまってくるのだった。

5

腕力ではとうてい夫の敵ではない。だから、深雪は相手の虚をつくことに決めていた。情事の前に風呂に入るのが根岸の習慣であり、このホテルでもバスを使うことにしている。深雪はそこに狙いをつけた。ずっと以前に、なにかの本で読んだイギリスの殺人鬼が発明した方法を、そっくりそのまま踏襲しようというのであった。ジョセフ・スミスというその男は、おなじやり方で三人の妻を殺し、持参金をわがものにしているのである。そのことからも、浴槽殺人がいかに容易であり成功率もたかいかということが解る。躊躇なく深雪はこの殺し方を応用することに決めていた。

夫をじらすのが効果的であることを計算に入れ、いつもは故意におくれていく深雪だったが、この日は少し早目に着いた。そしてまず化粧室をのぞいて新品のコップが補給されているのを確認しておいてから、部屋にもどると、ハンドバッグのなかの指紋のついたコップを取りだした。それを水さしにかぶせ、水さしからはずしたコップは入れかわりにハンドバッグにしまい込んだ。

これで準備は一応ととのったことになる。しかし深雪はまだ満足していなかった。コップに残されたのが犯人の指紋だけとあっては、いかさま作為の痕がみえすぎる。夫がこのコップで水を飲んでこそ、間然《かんぜん》するところのない工作になるのではないか。胸中深雪は、喉がかわいていようがいまいが、夫に水を飲ませる方法を考えていた。後は当人がやってくるのを待つだけであった。

依然として深雪は手袋をはめていた。当の深雪が現場に指紋をのこしていったのでは、せっかくの苦心が水泡に帰すことになる。どんなことがあっても手袋をはずしてはならない。ノックもなしに扉が開いた。窓際に立って走る電車をながめていた深雪は、はじかれたように飛び上った。

「なんだ、来ていたのか」

「そうよ、二十分ちかく待ったわ。……ねえ、このお部屋あつすぎると思わない？」

「そういえば少しあついかな。それとも急いでやって来たせいかな」

「喉がかわいてたまらないのよ。お水のませて」

「水さしに入っているじゃないか」

オーバーを脱ぎながら、根岸はサイドテーブルを顎でさした。

「そうじゃないの、口移しに飲ませて欲しいのよ」

精一杯の媚をふくめて夫をみた。根岸は怪訝そうにふとい眉を上げ、何をいまさら……といった表情をうかべたが、すぐ思いなおしたようにコップに水を注ぐと、それを口にふくんでから深雪を抱きよせた。深雪は目をつぶって不潔感をこらえ、なまぬるい液体をのみ下した。

下着一枚になった夫はいつものようにバスルームに入っていった。二分ほど待ってから、深雪も裸体になって後につづいた。怪しまれぬためには、つまり相手を油断させるためには、裸になるのがいちばんだと考えたのだ。

「あたしも入るの」

「おいおい、無理だよ」

「大丈夫よ、あなたの脚のほうから入るわ。足を互い違いにすれば面白いじゃないこと？」

そういいながら足元に廻ると、かがみ込んで、不意に夫の両足頸をつかんで手前にひいた。不安定なバスのなかだから堪らない。根岸は抵抗することもできずに、つるりと辷って頭を湯のなかに沈めた。

深雪の動作はすばやかった。立ち上ると反対側にとんでゆき、もがいている夫の首を湯の底に押しつけた。根岸の両手が二、三度ばしゃばしゃと湯を叩いたと思うと、すぐにそれも止んだ。小さなあぶくを鼻の孔から吹きだしたのを最後に、土地成金は、琺瑯《ほうろう》びきのバスチューブの底で人生に終止符を打った。

この夫殺しの間にも、深雪は決して指紋をのこすような真似はしなかった。根岸の体のほかには手を触れたものはないのである。絶命したことを確めると手早く服をつけ、手袋をはめた。そして犯行の動機を物盗りにみせかけるために、乱れ箱のなかからガラスにひびの入ったオメガの時計と紅サンゴのカフスボタン、オパールの結婚指輪をとり上げ、さらに三万円入っている財布をそっくり自分のハンドバッグに移した。ただの一度も深雪は中途で迷ったりためらったりすることがなかった。台本は十二分に練り上げてあり、一切がその計画どおりに実行されていった。

6

夫が殺されたことは、帰宅して一時間ほどしたときに知らされた。持っていた免許証から簡単に身元が判明したというのだった。

深雪は脱いだ服にふたたび腕をとおすと、パトカーで大塚にある監察医務院につれてゆかれ、冷んやりとした一室で変りはてた夫と対面した。女性だから涙腺をコントロールすることはお手のものである。派手に泣いて未亡人誕生の演技を披瀝《ひれき》してみせた。

ついで駒込の警察署につれてゆかれると、色の黒い、目と目の間がひどく離れた感じの係官から事情を聴取された。深雪はときどき思い出したようにハンカチで目を押え、鼻をぐずぐずと鳴らして、今朝、家の門のところで送ったのが見おさめだったといって嗚咽《おえつ》の声をこらえた。

「すると、ご主人のよろめきには少しも気づいておられなかったのですな？」

「はい。そんな気配はちっとも見せないで……。あたくし、裏切られていたんですわ」

ヒステリカルに声を張り上げた。

「いや奥さん、腹を立てられてはいかんですよ。よろめいているのはなにもご主人ばかりではない。だからああしたホテルが繁昌しているのです。ところで、二十七、八歳のスラックスがよく似合う美人に心当りはないですか。目下ホテルのクロークが前科者の写真をみていますから、そっちのほうで何か判ると思っているのですが」

「あたくしには思い当るような女性はおりません。……もしかすると……」

「何ですか。おっしゃって下さい」

「会社の女事務員ではないかと……。爪切りセットをプレゼントされる程度に親しくしていたひとがおりますから……」

「早速しらべさせます。ところでもう一つお願いがあるのです。盗難にあった品が何と何であるか、それを教えて頂きたいのですよ」

係官が声をかけると、扉があいてわかい警官が金属の函に入った夫の服をもってきた。深雪ははなをすすりながらポケットを改め、時間をかけて夫の所持品を思い出して告げた。だが日本の警察がどれほど優秀だろうと、それの行方をつきとめることは不可能なはずであった。深雪が、そのうちに機会をみて一切を処分してしまうことにしていたからだ。その場合も、欲をだしてケチな気を起すといけない。時計は叩きつぶす、高額紙幣は焼却する。結婚指輪にしても同じことである。だから深雪は怖れることなしに、時計はオメガでガラスにひびが入っていたことや指輪はオパールだったことなど、その特徴をいちいち詳細に語って聞かせたのだった。

「すると、犯人は時計を修理に出すことが考えられますから、さっそく時計屋のほうにも手配しておきます」

係官は期待を抱かせるような言い方をして、この未亡人をはげました。

それは葬儀もことなくすんで、佐助が花束をもって慰めに来てくれていたときであった。目の離れた、どことなく狸を連想させる係官が、予告もなしにひょっこり訪ねてきた。しかし、あの怯懦《きょうだ》な動物とちがってこの男はみるからに押しがつよそうで、図太そうな印象をあたえた。

「お話し中ですが奥さん、失礼して疑問の点を片づけてしまいたいのです」

「どうぞお話しになって」

「いや、お茶は結構です。それよりもここにお坐りになって下さい」

係官は深雪が腰をおろすまで沈黙していた。

「なんでしょうか」

「奥さんは事件のあったあの日、門のところでご主人を見送られたのが最後の別れになったと言われましたが、それは思い違いではないでしょうか」

「いいえ」

大きく首を振って否定した。

「その後ご主人がちょっと帰宅されたとか、奥さんのほうから会社を訪ねてご主人に会われたとか、そんなことはなかったのですか」

「……いいえ」

妙な質問を受け、深雪は相手の真意をはかりかねて、いささかとまどい気味だった。すると係官は、さも満足そうに二度うなずいてみせた。

「なるほど、なるほど。するとあの日ご主人がお宅をでられてからは、話をしたこともなければ、会ったこともないというわけですな」

「もちろんですわよ」

ホテルのことを勘繰っているな、と直感した深雪は、一言のもとに否定した。

「先日あなたはオパールの結婚指輪が盗まれていたとおっしゃった。それに間違いはありませんか」

なぜそんなことを改めて訊くのだろうか。

「ございませんわ」

「では、オメガのガラスにひびが入っていたことも確かでしょうか」

「はい」

係官は咳払いをした。いかにも満足気な咳払いであった。

「ちょっと説明しておきますが、ご主人が時計のガラスを割られたのは事件当日のことなのですよ。ホテルへ行こうとして会社を出られるとき、ロッカーのかどにぶつけたのですが……」

係官は、いやに余裕のある口調でものをいった。わけがわからぬままに、深雪は罠に追いこまれたような不安を感じ、落ち着きを失った目であたりを見回した。佐助もまた、事情がのみこめぬ顔つきで、係官を見つめている。

「あなたはご主人と電話をしなかった、会ってもいなかった、とおっしゃった。とすると、時計のガラスの割れたことを知る機会がないのです。にもかかわらず、その事実をご存知だったというのはなぜでしょうかね」

係官はそういうと、絶句している深雪をこころよげに眺めながら、勝ち誇った笑いを浮べた。

殺人コンサルタント

1

「相良《さがら》さん。映画の相良秋彦《あきひこ》さんですね？　先日はどうも……」

だしぬけに声をかけられ、思わず足を止めた。相良秋彦。一時はアヴァンギャルドのホープといわれた演出家であるだけに、見覚えのない人から懐しそうに声をかけられることがしばしばだった。彼のほうでも慣れっこになっているから、いつもそつなく挨拶を返すことにしていた。一、二分喋っていれば、どの映画を演出していたとき一緒に働いたかということが判ってくる。

だが、先日はどうも……というのは何の意味なのだろうか。そのような心当りはない。

「相良ですが、あなたは？」

相手は三十四、五歳のやせた男だった。黒いふちの近眼鏡をかけ、色白で、みるからに弱々しい。着ているオータムコートも上物であった。

「わたしですよ、お忘れですか。忘れるのも無理ないなあ、あれだけ酔っておられたのだから……」

「………？」

相良はどう受けていいか迷っていた。酔っていたというと、それは四日前の演出家仲間の会のときに違いない。気の合った仲間と二次会をやったところ、どうしたわけか例になくアルコールの廻りが早く、ひとりバーを脱けだして酔いをさましていたのである。

「どうですか、相良さん。立ち話もなんですから、あそこの喫茶店にでも入って……」

男は目をほそめて笑いかけ、なれなれしく誘った。一体、酔っているときにどうしたというのだろうか。それが全く記憶から消えているだけに、相手の言葉をむげに拒《しりぞ》けることができなかった。話をきいてみたいという好奇心もある。

場所は銀座の首吊り横丁だった。もっとも、いまは明るい名称に変えられているのだけれど、戦後の一時期は軒なみに商店がつぶれ、店主達が首をくくったというので、不吉な名前がつけられていたのである。

ふたりが入ったのはモンプチという喫茶店だった。店の名がフランス語でありながら、自慢の飲み物はウィンナ珈琲というチグハグな店だ。

「話というのは？」

クリームをかきまぜながら、話を促した。暇をもて余している昨今だけれど、といって見ず知らずの男と珈琲を飲むほど暇でもない。早く帰宅して、買ったばかりのモダンジャズの

LPを鳴らしたかった。

「あのとき伺った件について、ご相談にのろうというわけですよ」

「あのときの……？　何ですか、それは」

「奥さまのことですよ」

「家内の？」

いよいよ話が解らない。相良は幅のひろい顔にうすい眉をよせた。

「やはり覚えておられませんなあ」

相手は珈琲をひとくちすすると、女みたいに紅い唇をなめた。

「あの晩、あなたはひどく酔っていらした。数寄屋橋《すきやばし》の、菊田《きくた》さんの『数寄屋橋此処にありき』という碑が建っている公園のベンチで、なにやらしきりに怒っておられたのです。たまたま通りかかったわたしが介抱して上げようとするとです……」

やせた男は思わせぶりに顔をつきだし、声をひくめた。

「女房を殺してやりたいということをわめいておいでだったのですよ」

「………」

「わたしも商売上きき捨てにはできませんから、くわしく話をうかがいました」

「商売上というと、刑事――」

「いやいや、その逆ですよ。名刺を差し上げたはずですが」

酔っているときにもらった名刺を持っていたら、それこそ奇跡だ。すると男はそれを察したように、あらためて名刺をとりだした。中村《なかむら》コンサルタント所長、中村太郎としてあるきりで、町名も地番もしるされていない。見るからにインチキ臭いが、一概にそう考えられないのは凹版《おうはん》で刷ってあるからだった。凸版《とっぱん》とは違って高級印刷だから費用がかかる。そうだれもが刷らせるものではないのだ。

「何のコンサルタントですか」

「小さな声でねがいます。殺人のコンサルタントですよ。わたしだってこんな物騒な仕事はやりたくありませんが、世間が要求するのです」

「殺人コンサルタントか。どういうことをやるのです？」

中村はさらに顔をつきだして声をおとした。かすかにニキビの痕があるものの、まずは美男の範疇《はんちゅう》に入る男である。タバコを吸わないとみえて歯がきれいだった。

「どなたにも程度の違いこそあれ、殺してやりたいという敵がいるものです。そのライバルなり怨敵《おんてき》をいかにして殺すか、という方法をお教えするのがわたし共の仕事ですよ。勿論ただではありません。殺しが成功した場合に限って謝礼を頂きます」

当り前だ。失敗して警察にとっ摑えられたのに礼が払えるか。相良は腹のなかで歯をむいた。

「しかしきみ、ぼくには殺したい人物なんていないですよ」

中村は気の弱そうな微笑をうかべると、囁くようにいった。
「そうお隠しにならなくてもいいですよ。あなたには青井美那子《あおいみなこ》さんという愛人がいること
も、美那子さんと結婚なさるために奥さまと別れたがっておいでのことも、すっかりお聞き
しました。奥さまは慰謝料としての世田谷の邸宅のほかに、一千万円を要求していらっしゃ
るが、あなたはただの五百万円に値切りたい。そのためいつまで待っても片がつかない、と
おっしゃっていたではないですか」
演出家は鼻にしわをよせ、まのわるそうにうす笑いをうかべた。いくら酔っていたとはい
え、とんでもないことまで喋ってしまったものだ。ひょっとするとこの男は誘導訊問の天才
なのかもしれない。
「早速部下に命じて調査をいたさせましたが、嘘ではございませんでしたね」
「すると、家内を殺してくれるというのか」
「いえいえ、殺し屋なんてものは暴力団の片われみたいな、知性のゼロな連中がやることで
す。わたしは先程も申したとおりコンサルタントでして……。その場合場合の情況に応じま
して、絶対安全の殺人方法あるいはアリバイの作り方などを考案して差し上げるのです。わ
たし自身の手を赤く染めるようなことは致しません」
「すると、仮りにだよ、やるとすればぼくが自分で――」
「そのかわりあなたが犯人であることは決して知れないような手段をお教えします」

「成功した例があるのかな」

「疑りぶかいお言葉ですな。相良さん、あなた筈見健吉《はずみけんきち》という作曲家をご存知ではありませんか」

名前は聞いている。ファッションモデルと結婚したり、それと別れて女流作家と一緒になったり、とかく派手な噂をまいた男だが、たしか三か月ほど前にマンションの寝室で服毒自殺をとげたはずであった。

「あれもわたしがやりました」

「創作にゆきづまって自殺したのじゃなかったのですか」

「奥さんの依頼ですよ。あのご主人がゆきづまって苦しんでおられたのは事実です。その話を聞いたものですから、そいつを利用することにしました。そこで、奥さんにアングラバーへ行くように、そしてLSDによって生れる幻覚のすばらしさを吹き込むようにおすすめしたのです。後日、その気になられた筈見氏に、ＬＳＤのかわりに青酸化合物をお嚥《の》みいただいたと、こういうわけですよ」

声を殺し、そのくせ得意そうに胸を張っている。威張るだけあって手際がよかった。

「いかにも家内とはウマが合わない。だが、あなたの世話になりたいとは思わないですな」

と、相良はすげなくいった。中村は気をわるくした様子もなく、おだやかに、気が弱そうに微笑した。

「どなたもそうおっしゃいますよ。そして十人が十人とも思いなおしてわたしに援助をお申し出になられます。わたしがこれぞと目をつけたお客様は、さし迫った情況のもとにおかれた方ばかりですから」

「この名刺には電話番号が書いてないが……」

相良は矛盾したことを訊き、しかし自分ではそれに気づいていない。

「電話はいけません、わたしの身が危険になりますので」

「ではどうやって連絡する?」

「ホームズの故智《こち》にならって、わたしが指定する新聞の朝刊に三行広告をだして頂きます。文面はなしで、ただOPQとして下さい。その日の正午きっちりに、わたしのほうから電話を差し上げます」

「家にかけてくれちゃ困る!」

思わず声を大きくすると、中村太郎は目でそれをたしなめた。

「ですから、ゆきつけのレストランでも病院の待合室でもいい、ご都合のよろしい場所の電話番号をしるして頂くのです。広告をみたわたしはそこにダイアルを廻します。忘れるところでしたが料金は三百万で結構です。それも後払い。いかがです? 慰謝料とくらべてずっとお安くなっているはずですが……」

そう語りおえると、新聞の名前を告げ、用はすんだというふうに会釈をして、伝票をつかんで立っていった。あとに残された相良は、毒気をぬかれた顔つきで坐りつづけていた。非現実的な話でありながら、部分的には現実的な話が混っている。ひとのわるい悪戯みたいにもみえるが、三日間を投入して身辺捜査をしているところから考えると、あながち出鱈目だとはいえないのである。

「あの、ここ空いてますかしら？」

わかい女性に声をかけられた相良は、それが耳に入らぬように、まだぽかんとしていた。

2

かつての明美《あけみ》はニューフェイス女優としてはなばなしく登場した。黒くぬれた眸と異性を誘い込まずにはおかぬ朱い唇とが印象的で、宣伝部は、刺激的な謳《うた》い文句で売り込もうとした。が、持って生れた広島訛りを克服することができずに、間もなく消えてしまったのである。相良にとってみても、勝気で我儘《わがまま》な性格の彼女が妻として理想的なタイプでないことはよく見抜いていた。それでいながら結婚したのは、明美がそっと仕掛けておいたワナにまんまとおち込んだことになるのだった。この結婚を、相良は初めから悔いていた。

明美がたった三本の映画に出演したきりのはかない女優生活で覚えたのは、浪費という名の悪徳であった。主として服飾品なのだけれど、それを片端《かたはし》からツケで買うのだ。買って帰ると鏡の前に立ち、気に入らないものは手もふれないでひとにやってしまう。

三度ほど、たまりかねて注意したことがあった。すると腹を立てて夫をケチだと罵《ののし》り、揚句の果てにハンストを始めるのであった。死んで世間の笑いものにしてやる、というのである。最初のうちは知らぬ顔をしているけれど、一週間から十日もつづくと相良のほうが慌てだす。機嫌をとり消化のいいものを喰わせ、遂に全面降伏ということになる。そうした明美に、いまではすっかり嫌気がさしていた。その頃、青井美那子を知ったのである。

美那子は彼よりも十歳齢下の三十五歳で、死んだ父親は公使をつとめた外交官だった。彼女自身もブラジル生れのブラジル育ちだから、ポルトガル語は流暢《りゅうちょう》に話すことができ、夫と死別して以来、その才能を生かして観光ガイドとして身を立ててきた。ふたりが知り合ったのも、ブラジルからロケ隊がやってきたときの歓迎会の席であった。

視線が合い、どちらからともなく微笑した瞬間に、相良の胸に灯がともされた。皮膚は少し浅黒いけれど、目もとが涼しく聡明そうで、しかも優しかった。明美の彼をみる冷たい眸に、いい加減いや気がさしている折りでもあった。帰途、玄関ホールで偶然に一緒になったふうをよそおって声をかけた。アヴァンギャルドの演出家というタイトルは、いまでも通用するのである。

第一印象のとおり思いやりのある、しかも頭のいい女性だった。それから一年が経過したいま、互いに一日も早く結婚したいと考えている。だが、それが明美によって拒まれていることは中村太郎が指摘したとおりなのだ。相良としては美那子の存在は秘めておき、ただ性格が違うことを理由に離婚を主張するのだけれど、明美は高額の慰謝料とこの邸宅の譲渡を条件に、頑として引かないのである。相良の齢のわりには白髪の多い頭のなかを去来しているものは、つねに美那子のことであり明美のことであった。酔ったあまりにぺらぺらと喋ってしまったのも、軽率であったのはいうまでもないが、無理ないことだと思う。

モンプチで痩せた男と会ってから二週間あまりがすぎた。相良は、青井美那子とデートしているときでも、このところ冷戦状態にある妻と押し黙ったままお茶を飲んでいるときでも、彼の話が念頭をはなれることがなかった。といって、指定された新聞に広告をのせようという気にもならなかった。

悪くいえば優柔不断、決断力のない男だということになるが、あの男の一見インテリ風で、虫一匹殺せぬ神経質そうな顔つきをしているくせに、人殺しを商売にしているところの違和感が、どうにもうす気味わるくてならないのだ。明美がこの世から消えてなくなったら、さばさばしてさぞかし気持がいいことだろうと思う一方では、あんなやつに依頼したらのちのちどんな恐喝をされるか判ったものではないという警戒心がはたらく。古来、君子は危きには近よらぬものではないか。

その中村太郎のほうからも、何もいってこない。押しつけがましいところがないのだ。それは彼が豪語したように、いずれは相良のほうから誘惑に敗けて頼んでくるものとたかをくくっているせいかもしれないし、また、あの話が全くのつくり話で、有名人をからかって反応をためしてみようというセンスのない冗談なのかもしれない。相良としては、どちらとも判断できるデータがないのである。そうした心理状態にある相良に、何がなんでもあの男に会ってみようという気持が生じたのは、それから更に五日後のことであった。悪戯ならいたずらでもいい、とにかくOPQという広告を載せてみよう、そう考えたのだ。

十月の初めであった。相良秋彦は美那子と銀座で昼食をとったあと、秋の京浜国道を三時間あまりドライブした。

美那子を家に送りとどけて相良も世田谷の自宅にもどった。ガレージの扉を開けると明美の車がなく、コンクリートの床がさむざむとした肌を剝きだしにしていた。派手で社交的で遊び好きの女だから、家を留守にするのはしょっちゅうのことである。気にもとめなかった。

「奥さんは？」

茶をいれていた女中にそう訊ねたのも、明美の行先を気にかけていたからではなく、習慣的な質問にすぎなかった。彼女も、主人夫婦のなかが面白くないことは知っているから、話題が明美のことになるとなにか遠慮勝ちになる。

「はあ、何処ともおっしゃらずに……」

そういいかけたときに車の停る音がした。居間の窓から下を覗いてみると、妻であった。家に入り、服を着かえた明美は目が異様にかがやいていた。

「一緒に乗っていた女はだれ？」

最初から喧嘩腰である。感情をセーブすることを知らないのだ。

「なんのことだい？」

虚をつかれた夫は、しかしすぐに態勢をとり戻した。

「ぼくは脚本家の井上君と──」

「とぼけないで！　男らしく白状したらどうなの！」

「白状しろといわれたってきみ──」

「ちょっとした美人だったじゃないの。あたしずっと後をつけていたのよ」

「なんだと？」

「性格が違うから別れようなんていってたけど、本当はあの女と結婚したいのね！」

「刑事みたいな真似は止せ！」

「慰謝料を倍にするわよ」

「こっそり尾行するなんて卑怯だ」

「よくもあたしの面子を踏みにじったわね。三倍にしてやる」

「まるでゲペウだ。ゲシュタポと変らん」

「いい？　三千万くれるなら別れてやる。あんたなんかに未練はないんだから」

興奮のあまり勝手なことを言い合い、相手の発言など聞いていなかったが、三千万という金額が耳に入ったとたん、相良ははっとして口をつぐんだ。明美の意地っぱりな性格はよく知っている。いったん口に出したからには撤回することはないのである。

その夜から相良は眠れなくなり、眠ろうとつとめるとますます頭が冴えてくる。彼が中村太郎に通信してみようと思い立ったのも、ベッドのなかにいるときであった。

一日おいたつぎの日の正午すぎに、ふたりは新宿の洋菓子店の二階で落ち合った。中村は赤いボヘミアンネクタイをしめ、それが色白の顔によく似合っていた。

「あなたにしろわたしにしろ、まだお互いを信用するところまでいっていません。あなたはわたしを警戒しておいでだろうし、わたしにしても、一応の用心はしなくてはならない。早い話がポケットのなかで録音テープを回していらっしゃるかもしれないからです。あとでわたしを恐喝するために、ですね」

「馬鹿をいっちゃ困る。やせても枯れてもぼくは相良秋彦だ。低級な悪党と一緒にするとは――」

「まあ、お怒りにならないで下さい。わたしはただ、信用して話し合えるまではお互いに用心したほうが賢明だと申し上げているだけです。近頃は小型のマイクやレコーダーが簡単に手に入るようになりましたからね、悪い時代になりました」

「では、どうする?」

「あなたにお好きな旅館をえらんで頂きます。そこの風呂場で、お互い裸になって話し合うのですよ」

なるほど、そうすれば相手が隠し持っているかも知れない録音器のことを心配せずに、商談をすすめることができるわけである。プロともなるとよく考えているものだ。相良はそう思って感心しながら、いわれるままに職業別電話帳をひらいて、千駄ケ谷の旅館をえらび出した。

行ってみると想像以上に立派な旅館で、檜《ひのき》づくりの湯舟はまだ新しく、木の香がよくにおった。中村太郎の裸体は思ったほど貧弱ではなかったが、ほとんど無駄毛がない。女のように脛《すね》毛《げ》も生えていないのである。

「決心はつきましたか」

眼鏡をはずしたせいだろうか目をほそめて、眩《まぶ》しそうな顔をしている。

「ええ」

「途中で気が変っても、三百万円は頂きますよ。一度お教えしたアイディアは感光したフィルムみたいなものですからね、二度と使い物にはならないのです」

「気が変ることはない。手付金を持って来ているくらいだから」

「いえ」

と、中村太郎は白い掌をたてて制した。

「料金は後払いで結構です。こちらで指定した銀行に払い込んで頂きます。後払いということが、あなたを信用している証拠だとお考えねがいます」

「うむ。だが、失敗したときはどうなるんです？」

「やがて五十件になりますが失敗例は一度もございませんよ。いってみればこなれのいい献立をつくればよいので、危険性のあるものや実行性に乏しいものは最初からオミットしております。ですから料金もお高くなるわけで……。ちょっとご注意を申し上げますが、謀叛気《むほんぎ》を起して契約違反をなさらぬように。わたし共をそれほど甘くご覧になってはいけません」

そう止めをさしておいてじっと相良をみた。

「解ってる。そんな真似はしませんよ」

「結構です。わたし共はナンバーで呼んでおりますが、相良さんの計画は三〇三号です。ところで車はお持ちでしょうな？」

「勿論」

侮辱されたような気がして憤然と答えた。夫婦とも外車である。

「失礼しました。三〇三計画では自家用車のほかに、アリバイの証人として信憑性のある証人をふたりほど用意して頂きます。あとで刑事に調べられた場合に、その証言であなたの容疑が吹きとぶような……。奥さまが殺されたとなると、やはり旦那様が疑いの目でみられるのは止むを得ないことですから」

「面倒なもんですな」

「わかい、当世風の女の子が理想的です。チンピラ女優なんかにお知り合いは？」

「ありますよ、幾らでも」

「結構でございます。それからもう一つ。奥さまに内緒で、お客様用の紅茶カップにスプーンを一つずつ提供して頂きます」

これもまた、妙な注文である。相良の大きな顔いっぱいに、いぶかしそうな表情がひろがった。

「どうも解らん。きみ、計画を説明してくれないですか、もっと精《くわ》しく！」

3

決行の日を次週の土曜日ということに決めた。女中の定休日で、泊りがけで日立市の実家に帰るからである。

証人としてのわかい女性は、ゆきつけのバーのホステスから選びだした。酒を呑みながら何気なく誘ったほうが自然で、作為の跡が目立たないからだ。

「そう、土曜日だ、いいね？　まず横浜の南京町《なんきんまち》で中華料理をたべてから、海沿いにドライブをやる。ただし、お店を休まなくてはならんがね」

「わあ、嬉しい。あたし中華料理って知らないの。ラーメンと肉饅頭《にくまんじゆう》しか喰べたことないんだもん」

菊江《きくえ》と勝子《かつこ》は手をとり合って黄色い声をあげた。どちらも注文どおり十九と二十で、膝小僧をぐるりと出してミニスカートをはいている。ミニの流行が今年いっぱいで去るという情報が耳に入って以来、せめて年内にはき潰してやろうというわけでもあろうか、寒いのを我慢しているのだ。中村太郎が、そうした女性を狙うよう入れ知恵してくれたのだった。

木曜日までに準備を完了した。猿ぐつわ用の太いバンソウコウを買ったり、犯行時にはめる木綿の手袋を車の運転台のポケットに入れたり、幾つかのこまごまとした雑件である。

明美が、やがて冷たい骸《むくろ》となることも知らないで気儘に振舞っているのをみると、いまに見てろよ、と心で呟く。が、たまに女らしい優しさをみせたりすると仏心が湧いてきて、ちょっと不憫《ふびん》な気がしないでもなかった。そうしたときの相良は、ポケットからそっと美那子の写真を取りだして眺め、あらたな勇気をふるい立たせる。そしてコンサルタントから噛んで含めるようにコーチを受けた殺人計画を、心のなかで何十回となくくり返してみるのであった。中村太郎がいったとおり、個条書にしたプランをくり返すにつれて、最初の不安感はうすれてゆき、しまいには跡形もなく霧散してしまう。そしてそれにかわって絶大な自信が湧いてくるのであった。これで明美を葬ることができるのなら、三百万は安いものだと思った。

コンサルタントが提供してくれたプランは次のようなものである。

土曜の夜のドライブに出発する前に、相良自身が明美をおそって自由を奪い、車のトランクに押し込める。一方、家のなかには来客があったように紅茶や菓子などをテーブルにのせておくのだ。そして出発。やがて東京を遠くはなれた場所まで行った頃、証人のホステスたちには気づかれないように、トランクの蓋をあけて明美を絞殺する。

ふたりの証人をそれぞれ自宅にとどけ、相良も家に帰る。そしてトランクから屍体を運びだして客間に転がし、はじめて兇行を発見したように狼狽して一一〇番するのだ。客間には客を接待した痕があるから、当然その客が犯人だとみなされる。つまり、犯行現場は相良家の応接間だということになるのである。だから、当時ドライブを楽しんでいた夫には完全無欠のアリバイが出来上るのだった。

ここでコンサルタントは二つの知恵を貸してくれた。その一つは犯行現場が客間である点を強調するため、兇器には窓のカーテンの紐を用いること。もう一つは、紅茶カップとスプーンに犯人が飲んだ痕跡をつけることであった。

「指紋を消して逃げるのは犯人の常識ですよ。しかし、自分が口をつけた痕は消し忘れるものです。ですから、適当な男に実際にお茶を飲ませて、唾液をつけさせます」

そういって中国製のカナリア色をした高価なカップを持って行ったのである。紅茶の銘柄を訊き、さらに相良の血液型がO型であることをメモしていくという入念さには、さすがにプロだなと感心したものだった。

「あなたがO型でわたしがB型ですから、一応OとBは避けて、A型の男にやらせます。なに、A型なんて所員のなかに幾らでもおりますよ」

カップのほうは出発するまでに返してくれることになっている。指紋にせよ唾液にせよ、何日も前に付着したものはすぐ判ってしまうから、なるべく新鮮なものに越したことはないのだ。

だが、肝心の明美に外出されてしまっては話にならない。だからこれはあらかじめ口実をもうけて引き止めておくことにした。

「久し振りで山田君が上京するんだとさ」

「あら、いつ?」

「土曜日だ。夕方から暇になるというので寄ってもらうことにしたよ。女中がいないときで悪いが、ホステスをつとめてくれないか」

山田は数年前に映画会社をとびだすと、名古屋の民間テレビのカメラマンになってしまった。むかし、ニューフェイス時代の明美を綺麗に撮ってくれた縁もあって、好意を持っていた。夫のそうした申し出を、客好きの彼女が断わるわけがないのである。

「何年ぶりかしら」

独りごとのようにいい、指を折っている。

山田は甘いものに目のない男だった。それを覚えている明美は、自分で菓子を焼くことを考えていたようだったが、途中で気をかえ、駅前の菓子屋で洋ナマをどっさり買ってきた。客間を念入りに掃除し、三人分の紅茶茶碗を洗ったり砂糖つぼに角砂糖を補給したり、いそいそと働いた。買ってきたレモンが気に入らないといい、ふたたび経堂の果実店まで出かけていくという気の入れようである。もし山田の来訪がデマにすぎぬことを知ったら、どんな大騒動が始まるか解らない。相良はそっと頸をすくめた。

夕方になると、念入りに化粧をすませ、白いコーデュロイのワンピースを着てあらわれた。

「どう？　似合うでしょ」

腰のあたりにちょいと手を当ててポーズをとると、くるりと廻ってみせた。これほど浮きうきしているのは近頃めずらしいことだった。カメラマンと会うのがそんなに嬉しいのか。

「見たことのない服だな」

「先月つくったのよ。お誕生日に着ようと思って」

また黙って注文したのである。が、今度ばかりは文句をつけなかった。誕生日のためにこしらえた服が死出の衣裳となる皮肉な巡り合わせに、相良はこみ上げてくる笑いを押えるのに必死であった。

四時を少しすぎた頃に電話がなった。近くに待機していた相良がすばやく受話器をとった。

「祖師ヶ谷大蔵《そしがやおおくら》の駅前からかけています。すぐ到着します」

約束どおり中村太郎がかけてきたのだった。

「やあ、元気かい。新幹線が走るようになってから名古屋も近くなったもんだ。ああ、明美も元気だ。待ってるよ」

受話器をおくと、明美がはずんだ声をだした。

「山田さんでしょう」

「ああ。正午に着いたんだそうだ。いま打ち合わせがおわったといってる」

前もって考えておいたセリフだから、嘘がすらすらと出てくる。

「泊って下さるかしら」

「そうすすめてみよう」

父親ゆずりの大きな家だから、二、三人の客なら気がねなく泊ってもらえるのである。

「何時にみえるか訊いてくれればいいのに」

「うむ。いきなりかかったもんだから思いつけなかった」

「あんたっていつもそうなのよ」

また、平素の憎々しい言い方になった。相良はそれを無視して、誘うような微笑をみせた。

「喉がかわいた。紅茶を飲もうじゃないか」

現場には、客と話し合っていた彼女の紅茶がなくては不自然である。相良はそれを用意させたかったのだ。

「駄目よ、せっかく仕度したんだから」

「飲んだあとはおれがちゃんと洗っておくから」

そうした返事を予期して用意しておいたものを見せた。明美が目のないエクレアである。

「まあ、いつ買っといたのよ！」

声をはずませ、嬉しそうに手を叩くと、忽《たちま》ち妥協して紅茶をいれた。リプトン茶をカナリア色の陶器で飲むと、それはいっそう香りがよく、味もいいような気がした。

カップに指紋と口紅の痕がつけば、もう用はない。そっとはずしておいたカーテンの紐を片手に、何気なく背後から接近して床に押し倒した。

「なにすんのよ、バカ、バカ、バカ……」

初め明美はなにか誤解をしていたらしい。が、相良の吊り上った目と異様な形相《ぎょうそう》とをみて、それが冗談でないことを悟ったようだ。激しく抵抗しながら悲鳴を上げようとする。無理矢理に口をおし開き、ハンカチを突込み、手早く用意したバンソウコウで封をした。

三分もたたぬうちに明美は絨毯《じゅうたん》の上にぶざまな恰好で転がっていた。両手はカーテンの紐で縛られていて自由もきかなければ声もだせない。

明美は目を大きくあけ、夫の動作を追っていたが、相良がもう一本のカーテンの紐をはずすのを見ると、自分の運命を悟ったように身をふるわせた。この場で殺されると思ったらしい。

4

ガレージには打ち合わせどおり中村が待っていた。二台の外車のそばに、彼が乗ってきたカローラがそっと停めてある。相良の手がふさがっているのを見ると、気をきかせて電灯のスイッチを入れ、内部からシャッターをおろした。

「女優さんだっただけに、美人ですな」

コンクリートの床に転がされた明美を冷ややかな目で眺めながら、世辞をいった。

「美醜よりも性格だ。散々なやまされたものですよ。勝気で意地っ張りで、その上に根性がわるいときている」

吐きだすように相良はいい、自分の車のトランクを開けた。中村は心得たようにかがんで頭を抱え、相良と力をあわせて車にのせた。明美は脚をタオルでくくられているので、芋虫のように全身をくねらせてはかない抵抗を試みたが、相良も中村太郎も意に介さなかった。

蓋をとじ、錠をかけてしまうと、相良は忘れずに紅茶のカップを催促した。中村もまたそれを届けるためにやってきたのである。彼は自分の車の運転席からボール箱をとりだした。カップとスプーンはビニールの袋につめられていた。

「いいですか、扱うときにあなたの指紋をつけないようにして下さい」

「解った」

「犯人は今夜ここで紅茶を飲んだわけですから、茶碗の底に紅茶がのこっていないといけません」

「ああ」

「紅茶の量に比べて砂糖の量が多すぎたりすると怪しまれるもとになります。ですからいい加減なことはやらずに、まず新しいカップにいっぱいの紅茶と適量の砂糖をいれて、それを少量このカップに注いで頂きます。レモンはすくい上げて、こちらのスプーンにのせておいて下さい」

「ああ」

「いうまでもないことですが、先程あなたがお飲みになったというカップと、これから紅茶をいれようとするカップは、用がすみ次第きれいに洗ってもとに戻しておいて下さい」

「解ってますよ」

うるさそうにいったものの、家に入ると彼はいわれたことを忠実にたどりながら、紅茶をいれ、中村持参のカップに注ぎ込み、用済みの茶碗を洗って食器棚にのせた。応接間のテーブルの上には飲みかけた二人分のカップの他に、洋菓子とエクレアをのせた皿がおいてある。だれがみても来客があったものと思うに違いなかった。

五分ほどしてガレージに降りていくと、彼は自分の車の前でタバコをふかしていた。そして計画的に遺漏のないことを確認するまで、いろいろなことを質問し、返答を求めた。

「結構です。あとはあなたが落ち着いてしっかりおやりになることですな。運がわるいと交通取締りにひっかかりますが、そんなときには図々しくかまえることです。トランクのほうに視線を向けたりすることは墓穴を掘るようなものですから、注意なさるように」

「解ってます」

「いま四時半ですから、あなたが横浜の南京町で食事をするのが六時……。殺人は八時頃がよろしいですな。ぴたりと注文どおりにはゆかないでしょうが、大体その頃がよろしい。これを表面からみると、奥さまは来客と話がはずんで夕食を喰べることも忘れた。そして、そろそろ店屋物《てんやもの》でもとろうかというときに殺されたことになります」

「そう」

「こうした状況設定を何度となく頭のなかで考えておかれるとよいと思いますな。では行ってらっしゃいませ。ご成功をいのります」

丁重に挨拶をして去っていった。何気なく車に目をやるとナンバーの前に「わ」の字の符号がついている。明らかにレンタカーだった。

「車は使いませんよ。ナンバーから正体をつきとめられるといけません」

そういった言葉を思いだしていた。

セルモーターをかけた瞬間、恐怖のためか興奮のためか、戦慄が体をつき抜けた。が、くじけてはならない。サイはすでに投げられたのだ。ただ前進あるのみである。問題は、緊張のあまり固くなって運転を誤らぬよう注意することだった。事故を起して自分は病院に担ぎこまれ、トランクのなかから屍体がでてきたというようなことになったら、もう逃れる道はない。

最初のうちこそぎごちなかったが、強いて気を楽にするようにつとめた。そのせいか五分も走らぬうちにいつもと変らぬようになり、池袋のアパートでふたりの女性をのせた頃には歌でもうたいたいほどだった。明美から解放されたことがこんなにも楽しいのか。

菊江と勝子を拾うと、車のなかは忽《たちま》ち陽気になった。着る物の話。喰う物の話。バーの客の話。ひとこと喋るたびに、女性は陽気であけっぴろげな笑い声をたてるのだった。大して面白くもおかしくもない話だったけれど、相良はみずからその雰囲気に溶け込んでおなじように明るく笑った。笑いながら、トランクの金属製の床に転がされた明美にも、この笑い声は聞こえているだろうと思った。暗い、息のつまるような空間のなかで、明美は一体なにを考えているのであろうか。殺される恐怖か、我儘だったことの後悔か。それとも夫に対する怒りと憎悪か。

品川から第一京浜国道をぬけて横浜にでた。左折して港のほうへ向い、途中で南京町に入るのだが、このコースは中村太郎と同乗して四度も走っていたから、迷うことはなかった。

電車道からそれて石の橋を渡り、極彩色のアーチをくぐると、そこはもう南京町である。

通りは通行禁止区域なので、かねて目星をつけておいた川端の空地にパークさせた。ここならば仮りに猿ぐつわがはずれて悲鳴を上げても、紐が切れて内側からボディを叩かれても、だれの耳にも入らぬはずであった。

南京町まで歩いて五分あまりかかった。土曜だから人出が多く、日本人のなかにまじって何国人とも見当のつかぬ外国人が歩いていた。左右に並ぶ菜館には扉や柱を赤くぬった豪華な店もあるかわりに、わずかの品をならべた貧相な店もあった。

「わあ凄い。端から端のお店まで喰べたら何年かかるかしら」

「お菊さんなら三日ぐらいのもんじゃないかね」

「まあ酷い」

「たいていが北京料理だが、あそこにあるのが広東《かんとん》料理でその向側が四川《しせん》料理だ。そのうちにまた連れてきて上げるから、今夜は四川料理にしようじゃないか」

ふたりの女はただ目を奪われてきょろきょろしているだけだった。相良が話しかけても、上の空でろくに頷くこともしない。

四川料理というものがまだ普遍的でないせいか、土曜日のわりにしてはすいていた。相良は先に立って奥の窓際のテーブルについた。その窓をとおして、女達には気づかれることなしに、パークしてある車をそっと監視できるのである。

はこばれた豚肉と魚の皿を前にしたふたりの女はあらためて歓声を上げた。だが、いくら喰い気が旺盛だとはいっても、そこは女だから胃袋の大きさもたかが知れている。二皿の料理をたいらげたときはさすがに満腹の様子だったが、相良はさらに湯麵《たんめん》を注文して、無理に押しつけた。

「ああ、おなか一杯だ。いまだったら思い残すことなく死ねるな」

勝子が切実な感想をもらした。

「散歩しましょうよ。なんだか香港へきたみたい」

「それはまた今度のことにしよう。どうだい、港の見える丘公園と外国人墓地にいこうじゃないか」

女達はまた歓声を上げて相良の手にぶらさがり、それをゆすぶった。

車にのると公園も墓地も五分とかからぬ距離にあった。しかし相良は車を停めて説明をしただけで、車扉をあけようとはしなかった。時間を無駄にすることが惜しかったからだ。

途中の酒屋の前で停めると、罐詰のジュースやペプシコーラを沢山買い込んだ。四川料理は塩辛いから、あとで喉がかわくことは明らかだった。そうなると無闇にジュースを飲みたくなる。これもコンサルタントが案出した作戦の一つなのだった。

湘南《しようなん》遊歩道路を走る頃から、果して喉がかわいたらしく、ふたりはしきりにコーラを飲んだ。

「なくなればまた買うさ。遠慮なく飲みなさい」

気前よくいわれ、小田原に入るまでにふたりで一ダースあまりも飲んだ。相良は効果のあらわれることに期待をかけて山道を登った。右の谷底に、早川の流れが岩を嚙んでいた。

晩秋の山の夜道は霧でぬれていた。フォグランプのスイッチを入れ、ワイパーを動かしてみるがほとんど効果がなかった。速度を落して、身をのりだして運転した。客席のふたりは夜霧が珍しいらしく、左右の窓に顔を押しつけて外をみている。が、どちらも口数が少なくなってきたことに、相良は気づいていた。

「ねえ、この辺にガソリンスタンドないの?」

菊江がたまりかねたように訊いた。あれだけ飲んだのだから、催してくるのは当然だ。それに加えてミニスカートである。山の冷気が肌にしみて一層の効果を上げるのだ。

「元箱根まで我慢するんだな」

「もっとスピード出ないの?」

「無理だね。転落したらイチコロだ」

勝子も寒そうに身ぶるいした。シートに体をまるくして黙りこくっている。

それから五分もたつと、どちらも辛抱しきれなくなり、悲鳴にちかい声をだした。

「よう、まだなの?」

「あと、三、四十分はかかる」

「待てないのよ、降ろして」

「いいのかい、そんなことして」

「田舎じゃ平気なのよ。あたしも故郷へ帰ったつもりになれば、なんてこともないわ」

相良は、仕様がないなというふうに舌打ちをして停車させた。あたりは暗く、新道が開通して以来ほとんど通る車のない道である。

「だれもいないからいいだろう。車は五十メートルばかり先に行って停めておくからな。これがエチケットだ」

ふたりはものもいわずに降りると、小走りに霧のなかに消えた。相良はきたるものがきたと思い、少し緊張した気持になって、車をスタートさせた。五十メートルといったものの、あまり距離が近いとまずい、百メートル近く走ってからパークした。もう一度あたりの様子をうかがい、だれもいないことを確めておいてから、後部に廻った。キイをさし込んでトランクを開ける。明美はぐったりと伸びている様子だった。

相良は臆病な小動物のように、絶えず聞き耳をたてながら仕事にとりかかった。女達がやってくる前に仕事をすませ、運転席にもどって何喰わぬ顔をしていなければならないのだ。

まず手袋をはめる、ついで右手をオータムコートのポケットに入れてカーテンの紐をとりだした。そして左手を明美の首の下に廻しておいて抱え上げると、手早く紐を頸に巻き、ふたたび床に横たえた。明美はかすかに呻《うめ》いて身をくねらせ、テールライトの反射光のなかにほの白い服が波をうつようにうねった。

背後で靴音がしたようだった。相良はぎょっとして上体を起すと、ふり向いて闇のなかをうかがった。やはり空耳だった。また向きなおると体をかがめ、紐の両端をつかんで喉の前で交叉させておいて、力まかせに絞め上げた。なにかが砕けるようなにぶい音がした。

今度こそ間違いなく足音がした。ひとりではなくふたりの靴音だ。

「相良さあん」

菊江の声だが、まだ姿はみえない。

「おうい、こっちだ、こっちだ……」

明るく返事をしておいてから、もう一度絞め上げて、顎の下で紐を結んだ。音のしないようにそっと蓋を閉じて前に廻り、扉の前に立つと、タバコをとりだしてくわえた。まだ手袋をはめていることに気づき、慌てて脱ぐとポケットに押し込んでおいてから、さりげない様子でマッチの火をつけた。ついでに時計をのぞくと、八時に少し前だった。

「相良さあん」

「ここだ、ここだよ」

テールライトをつけているのに、それが判らぬらしいのである。トランクを開けている様子が目撃されたわけがなかった。相良はほっと息をつくと、タバコの煙をふかぶかと吸い込んだ。上気した頬を霧のつぶが快く撫でた。

5

元箱根にでて少し休憩をしてから十国峠《じっこくとうげ》を降り、三島経由で車首を東京へむけた。途中で意地のわるいジャリトラックに邪魔をされたが、あえて追い越そうとはしなかった。下手なことをして事故を起すよりも、安全運転に徹したほうがいい。

真鶴《まなづる》のドライブインで珈琲を飲んだ。ミニスカートの女達はかなり寒かったらしく、熱い飲み物で蘇生したように元気づいた。

帰途は第三京浜を走って渋谷に廻り、さらに池袋のアパートへ向った。

「なんだか名残り惜しいみたい」

高田馬場を通過したときに勝子がいった。カフェインが効いてきたので眠気がとれたとみえ、女の間では映画の話がはずんでいた。

「ドライブがおわりになると、だれでもそう思うものなんだ。よかったらまた行こうか」

「そうね、春になったらお願いするわ」

菊江はそういい、コンパクトをとりだしてルームライトの下で化粧をはじめた。

アパートの前でふたりを降ろしたのが、午前一時をかなり廻った頃である。手を振る菊江たちにうなずいてみせ、ターンして世田谷へ向った。

これで片がついた。ほっとした思いで一服する。そして、美那子との楽しい結婚生活のことをあれこれ空想してみた。相良は結婚運が悪いというのか、最初の妻とは死別しているから、美那子とは三度目に当るのである。

「三度目の正直か」

思わずそう呟いた。背後の屍体にはわるいけれど、結婚は何度やりなおしてもいいものだと思う。生活の垢がおち、人生が新鮮に感じられる。あらたな希望が湧いてくるのだ。

しかし、と思い返してみる。中村太郎が忠告してくれたように、警察はまず自分を疑ってかかるだろう。夫婦仲がわるかったことは周知の事実なのだから、一応は動機もある。アリバイは完璧だから心配はないけれども、妻を殺された夫の役をやりとおすにはかなり高度の演技力を必要とするのだ。いがみ合っていた妻が旨い工合に殺されてしまったのだから、そう大袈裟に悲しむわけにはいかない。悲しみと、勝気な女房から解放された喜びとを、巧みにミックスして演じなければならないのである。

演技を指導することは商売だから慣れているけれども、自分は役者ではないのだ。むずかしい、と思う。だが、とにかく全力をあげてぶつからなくてはならない。これも美那子のためなのだ……。相良は熱くなった頭を冷やそうとして窓をあけた。

祖師ヶ谷大蔵の自宅についたのは、二時半に近かった。ガレージに車を入れると、まず玄関の扉をあけ、さらにホールと客間とに電灯をつけておいてから、トランクの屍体を担ぎ上げた。庭は植込みにかくされて外からは覗くことができない。安心してはこべるのだった。屍体を扱うのは慣れていない。音のしないようにそっと床に置くだけでもひと苦労である。火の気のない家のなかはかなり冷えているというのに、相良の大きな顔一面に汗がじっとりと吹きだし、天井の灯りにきらきらと光ってみえた。

立ち上り、ポケットのハンカチで汗をふいてから、タバコに火をつけた。自分の家のなかなのだ、どこで一服しようと勝手だが、客用の灰皿のなかに相良の吸殻が捨ててあると、怪しまれるもとともなりかねない。自分用の灰皿をもとめて応接間を出ようとした彼は、扉をあけたとたんに棒立ちになった。

「あら、なぜそんなに驚いた顔をしているのよ」

殺したはずの明美である。手にグラスを持ち、糸切り歯をちらとのぞかせて上機嫌に笑っている。相良は反射的に床の死体をみた。おなじ白のコーデュロイの服を着ているが、髪型、生え際、眉の形、よく見れば全くの別人であった。

「悪いひと。あなたがやったのね」

「いや、おれは、つまり……」

頭がくらくらしていた。驚愕《きようがく》と混乱から速やかに恢復することができないのだ。

笑っている明美のわきから、音もなく男が辷《すべ》り込んだ。中村だった。感覚が麻痺しているためか、相良はそれを見てもべつに意外だとは思えない。前々からこういう結末を予期していたような気さえするのだった。

「おや、驚きませんね。あなたのびっくりした顔をみるのが楽しみだったのに、がっかりだなあ」

ずかずかと入ってくると、ソファに腰をおろした。立ったままの相良を見上げた恰好で、得々と喋りだした。

「奥さんとは三年越しの恋仲でしてね。ぼくにはあなたという人間が邪魔だったし、明美さんはぼくの女房が邪魔だった。女房ってのは、そこに転がっている克巳《かつみ》という女ですよ。だから一計を案じて邪魔者を一挙に葬ってしまおうと、こんなお芝居をしたのです。明美さんも久し振りでスリラードラマに出演したいというし……。でも、こんなに旨くいくとは思わなかったなあ」

「ほんと。これで克巳さんは殺されちゃったし、相良はおかみが処分して下さるし……」

赤い酒をなめなめ、明美は上機嫌だ。

「ねえ。相良さん、酔ったあなたを尾行して数寄屋橋で名刺をわたしたのは事実だけど、なにも喋ってはくれませんでしたよ。モンプチでお話ししたのは、あなたから聞かされたことではなくても、ぼくが知っている情報なんです。だがあなたは感心した顔つきでぼくをみていた。本当のコンサルタントだと思ったんですね」

「紅茶のカップもさ、あなたをガレージから追い上げるための口実なのよ。その間にあたしは紐をといてもらってこの人の車にかくれたの」

「そのかわりに克巳をトランクに入れといたわけですよ」

中村は弱々しそうな微笑をうかべ、人差指を立てて、それをムチのように振りながら説明をつづけた。

「克巳の手を結びなおしたり、バンソウコウを貼りかえたりして、できるだけ似せたわけです。暗い山道でみたぐらいでは、替っていることに気づくわけはないですよ。服だって同じだし……」

「そうなの。克巳さんと同じ生地を縫わせたのよ。でも、今度のお誕生日に着るのは本当よ。あなたに見せられないのは残念だけど」

明美はグラスを卓上におくと、ソファに肩を並べて坐り、男の手をまさぐっていた。それを眺めても、腹も立たなければ口惜しいとも感じなかった。

「つまり、筋書はこうなんだなあ。あなたはぼくの家内に横恋慕をして――」

「おれには意中の女性がある！」

「ですから、これは明美さんとぼくが立てたストーリイなんです。ついでにいっておきますが、青井美那子さんのことなんぞ、先刻ご承知なのですよ。ぼくも明美さんもね。知らないふりをして、いざというときの切り札にとっておいたのです」

「狎れなれしく彼女の名をだすな！」

思わず怒鳴った。が、中村はにやりとしただけだった。

「あなたは性多情なんだ。美那子さんという女性がありながら、克巳に横恋慕した。ところが貞淑な彼女に肘鉄砲をくらわされて憎さが百倍、そこで誘拐して殺してしまったんですよ」

「そう。悪知恵のはたらく人だから、ホステスを証人にして偽アリバイまで用意してるの」

突っ立っている夫を、明美は小気味よさそうな目でねめ廻した。

「あたし達はこの事件がきっかけで知り合うのよ。どちらもやもめですものね。お互いの立場に同情して恋が芽生えてもふしぎはないわ。少くとも世間はそう考えてくれるわよ」

相良の胸のなかに、ようやく怒りが沸き立ってきた。しかしその怒りは自分に向けられて、自嘲となってあらわれた。

「おれも齢をとったもんだよ、こんな青二才になめられるとはな。すると、筈見健吉の話も嘘なんだな？」

「筈見？　ああ、あの音楽家の先生ねえ。ぼくがお聞かせしたのはつくり話ですけど」

やせた男は白い顔をにやにやさせた。

「でもね、あの奥さんがＬＳＤだと騙して青酸加里をのませたという話は真相かもしれませんよ。広い世間に、殺人コンサルタントなるものがないとはいえないですからねえ」

かみきり虫

1

上野から急行で北へ向ってほぼ二時間。さらに、各駅停車に乗りかえて一時間あまり。ようやくのことで到着した。朝食はロールパン一個と珈琲でかるくすましたので、かなり空腹を覚えていた。

フォームに降りた客は土地の農夫らしい老人とわたしのふたりきりである。改札口をぬけようとしたら、いきなり屋根の上のあたりで山鳩が啼《な》きだした。東京では、鴉《からす》の声さえめったにきく機会がない昨今なのだ。一瞬わたしは切符をわたす手をとめ、好人物そうな、どこか間のびのした啼き声に耳をかたむけていた。そのあいだ、駅員は片手をさしだしたままで待っていてくれている。これが東京だったら、忽ち怒られてしまうところだ。

駅前の空地に立ってあたりを見廻した。その温泉宿の案内書によると〝乗用車にてお客様の送迎〟をすることになっているのだが、幾らきょろきょろしても見当らないのである。車といえばただ一つ、ライトバンに似た小型車がポストのそばにつくねんと停車しているきりだった。何気なく見ると、横腹に稲並温泉、青葉荘の文字が目についた。ボディも窓ガラスもほこりまみれのこのオンボロ車が、お客を送り迎えする乗用車だというのであろうか。いささか呆れた思いで近づいていった。

運転台にはいやに頭の大きな五十男がいて、週刊誌に読みふけっているふうだったが、ふとわたしの気配に気づいたように顔を上げた。後で判ったのだけれど、これが青葉荘の主人だった。目がくぼんでおり、いやにまつ毛が濃い。大阪出身の友人から教わったのだが、関西ではこうした目つきを〝おくめ〟と呼ぶのだそうだ。奥目と書くのではないか、と思っている。

「稲並温泉にいきたいのだけどな」

「どうぞ、どうぞ」

急に笑顔をつくり、それまでかぶっていた野球帽をとった。黄色いひさしの上部に、交通安全の黒い文字が縫いとりされている。

「もう十分ばかりすると上りの列車が入るんです。すみませんが、それまで待ってやってくれませんか」

反対側に回って車扉《ドア》をあけながら、そういった。喋る言葉は標準語だが、アクセントやイントネーションにははっきりと東北訛がでている。

「いいとも」

と、わたしは快く答えた。急ぐ旅ではないのだ。鞄の中身は着がえのシャツ類と原稿用紙であった。以前、ある新聞に随筆を書いたことがあり、それを出版社が覚えていてくれて、南米旅行の印象を肩のこらない漫談風なものにまとめて欲しいという依頼をうけた。三百五十枚という注文は、ちょっと重荷ではあったけれど、稲並温泉に一か月ほど滞在してなんとか書き上げてしまおうという心づもりであった。

車はシートが四つしかない小さなものだった。もしつぎの上りで三人の客が降りてきたとしたら、三人目の男はいやでも乗り残されることになる。もっとも、客席の後ろに古タイヤをおいた若干のスペースがあるから、そこに坐らされるのかもしれなかった。

駅の前は閑散としていた。間もなく列車が到着するというのに、人影ひとつ見えなかった。運転手はお世辞のつもりか、ハンドルの輪に片手をかけて、しきりに話しかけた。わたしがいまでも覚えているのは、雪の晩、こうやって客を待っているのがひどく辛いという一言だけである。

「お客さんも水虫ですか？」

「ああ。中学時代からのつき合いでね、弱っている。痛くて眠れないときもあるんだな」

「もっと早く来なされればよかったのに」

彼は医者のような自信ありげな口調でいった。この、皮膚病によく効くというのが稲並温泉のキャッチフレーズであった。パンフレットにも、そのことがくどくどと述べてある。国会議員と、ある中年の作家とが提灯《ちょうちん》をもっていた。代議士のいうことはともかくとして、文士の話は嘘ではあるまいと思った。喰い気の旺盛な作家だとみえ、水虫の効き目の他に、宿の鮎料理の旨《うま》いことまで書きたてているのであった。

「作家ですか」

「いや、わたしは絵かきですよ」

何となくベレに手をやって答えた。だが、作家といわれて悪い気がしなかったのは事実であった。

「ちょうどいい季節に来なさったですね。夏場だと、水虫患者で満員になるのですよ。自慢するわけじゃないけど、うちの湯は霊験あらたかでしてね、二か月も入浴すればどんな頑固な水虫でも完全になおります」

話をきいてみると、夏の客はほとんどが学校の教師だという。先生が水虫にかかり易いのではなくて、長期の休暇がとれるからやって来るのである。教師だとかわれわれ画家だとかを別にすると、一般のサラリーマンは痛む指に塗り薬をつける程度の姑息な手段しかないことになる。わたしはちょっとばかり彼らに同情した。

「二か月というのは長すぎるね。わたしの予定はひと月なんだが」

「いえ、二か月というのは重症の人ですよ」

彼はそう答えながら伸び上って改札口のほうをすかして見た。列車がでていく音は聞えたが、降車客の姿は目にとまらなかった。

「どうもどうも、お待たせしました」

元気のいい声で会釈をすると野球帽をかぶりなおした。これから三キロ余りの山道を走るのである。

2

ほこりっぽい田舎道を二分ほどいったかと思うと、左に折れて鉄道をわたった。道はすぐに上り傾斜になった。左手は岩膚が露出した山の腹であり、右手は急な断崖になっていて、その底に幾枚かの水田が光って見えた。農婦がひとり、身をかがめて雑草とりをしていた。

「去年の今頃だが、多幡《たばた》という客が殺された事件があったでしょう」

嫌な顔をされることは承知で話しかけた。果して運転している男の肩のあたりがぴくりと動いた。

多幡香二《こうじ》は、旧制中学をわたしと同期にでた男である。画家志望のわたしと違って作家志望であったから、大学の英文科にすすんだ。学生時代から映画雑誌やレコード雑誌に評論めいた雑文を発表し、それがアルバイトのかわりになっていたらしく、結構いい小遣いをかせいでいる様子であった。わたしも音楽会の切符をもらってメヌーヒンを聴いたことがある。

しかしその器用さが結局はマイナスにはたらいたのだと思うが、純文学志望の彼がほとんど作品らしいものも発表しないで、当人にいわせると〝雑文屋になりさがった〟のであった。二年前のクラス会で久し振りに会ったときは髪もすっかりうすくなり、酒やけのしたその顔からは、セドリックというニックネームが似合った白面の貴公子然とした面影はどこを探しても見当らなかった。ウイスキーの呑みっぷりも、からむような喋り方も、以前とは別人のようであった。

その多幡が稲並温泉に滞在中、何者かにおそわれて殺されたのは、一年前のちょうど今頃のことであった。社会人になってからほとんど交際もなかったけれど、いざ死んでみると、少年時代の些細な表情や言葉の癖までが意外なほどにはっきり思い出されてきて、二、三日は仕事も手につかぬほどであった。葬式に顔を出したとき、ホステス出身という未亡人が案外しっかりしているのを見て、妙に安心したことを覚えている。ただ、どの参列者にもふっきれない表情がみえていたのは、多幡の死が他殺であることは明らかであったにもかかわらず、犯人の見当すらついていなかったからだった。田舎の警察だからね、などという囁きがあちらこちらできかれたものだった。

「噂によると、入浴中をおびき出されたということだけど……」

「裸で死んでいたのは事実ですよ。庭下駄をはいてでていったのです。でも、誘い出されたという警察の考え方は疑問だなあ。東京の人には螢が珍しいでしょう。だから窓の外を飛んでいるのをみつけて、追ってでたんじゃないかと思うんですよ。庭に螢光灯があるんだが、生憎そいつが消えていたもんで、足を踏みはずしたのが真相じゃないですか」

青葉荘は谷川の水力を利用した自家発電なのだそうだ。昨年の今頃は水量が少くて電圧がおち、庭の螢光灯はほとんど役に立っていなかったのだという。

「風呂からでていくのを目撃したものはないのですか」

「家族風呂だったんです。だからだれもいなかった。他のお客さんがドアをあけて入ろうとするでしょう、と、脱衣籠に浴衣がぬいであるし、スリッパもおいてある。それで皆さんは遠慮して大浴場のほうにいってしまう。多幡さんの屍体発見がおくれたのは、そんなわけがあったからですよ」

「夜だったという話だね」

「お医者の話では九時前後というみたてでした。わたしともうひとりの男は運よく外出していたもんで疑われずにすんだんですが、七人いたお客さんの他に女中と板前がこってり絞られましてね。わたしが幾ら殺しじゃないって主張しても、相手にしてくれないのですよ」

車窓を、ときどき黄色い花のむれが流れていった。山吹であった。東京の庭で見かけるのは八重《やえ》だけれど、このあたりの野生は一重ばかりだ。木洩れ陽をうけた花弁は蠟細工のようにかがやいて見えた。

水田があったのはほんの入口だけだった。山道は杉木立のなかをうねうねと伸びていた。

都会と違って追突される心配はないが、車台がたえずバウンドするから油断をしていると舌をかむおそれがあった。

「後頭部をなぐられたのが致命傷だそうだが」

「ええ。他にも幾つかの生傷があったって話ですがね」

と、彼は急に無愛想に答え、それきり黙り込んでしまった。客商売だから、できることなら事故死で片をつけておきたいのだろう。だが多幡が殺されたのであることは否定できぬ事実であった。後頭部の一撃が転落した拍子に岩にぶちあたって生じたものならば当然出血しているべきなのに、頭蓋骨がへこむほどの打撃をうけていながら、外部からみたところではほとんど損傷がなかった。いうまでもなくこれは他殺であり、靴下に砂をつめ込んだような砂袋が兇器ではないかと考えられていたのだ。

捜査が難航したのは動機がはっきりしないためでもあった。多幡とは、泊り客のすべてがこの宿ではじめて顔を合わせたのだ、動機が伏在するはずもないのである。また、客は所持金の一切を帳場の金庫に預けることになっているから、金銭が目当ての犯罪だということも考えられない。

主人はみじかくクラクションを鳴らした。にわかに緑の視界が左右にわれたかと思うと目の前に小さな二階建の旅館があらわれた。

荷物を二階の部屋におき、なにはともあれ湯に入ることにした。建てつけの悪い廊下をみしみしさせながら、壁にはられた矢印にみちびかれて右に曲り左に曲った。何回か建増しをしたとみえ、曲折は迷路のように複雑であった。途中で手洗いに入ると、とぐろを巻いていた子蛇がわたしの気配に驚いて逃げようとするが、タイルの壁にすべってどうにもならない。その慌てふためいたさまがいかにも滑稽で可愛らしかった。山の宿にきたという感じをつよく受けた。

3

多幡が殺される直前まで入っていた家族風呂は、トイレと同様に白いタイルで張ってあった。どこの宿ででも見かけるありふれた造りである。沸《わか》し湯だから量が豊富というわけにはいかないが、浴槽の底には湯の華らしき得体の知れぬかたまりが沈んでいた。手足を伸ばしてからふと顔を上げると、天井から吊りさげたプラスチックの看板が目に入った。水虫に卓《たつ》効《こう》があるという宣伝文句が、小さな文字で刻まれてあった。

流しに立って庭に面した扉をあけてみた。足もとに多幡がはいたと同様の庭下駄がおいてある。青葉荘の焼印がおしてあり、鼻緒はシュロですげてあった。庭は築山《つきやま》ひとつあるでなし、ローラーで押しならしたような面白味のない平地であった。右手前方に玄関と、その横に駐車した送迎用の小型車がみえ、左手のはずれから絶えずせせらぎの音が聞えていた。
汗を流したあと、浴衣をひっかけて庭にでると、谷のふちまで行ってみた。べつに柵も手すりもなく、二基の庭園灯がたっているきりである。およびでのぞいてみたが、渓谷といった大袈裟なものではなくて、辷って転倒すれば頭を打つことも考えられるけれど、それほど危険なものともみえなかった。警察が事故死説を無視したのも肯《うなず》けぬことではないのである。

事件のあった夜、これらの螢光灯は消えていたというけれど、浴室や廊下、それに客室の窓から灯火が洩れていたのだから、まったくの闇だったとは考えられない。彼が裸体のままでていったことから思うと、それはかなり緊急な出来事だったのではなかったか。同時にまた、多幡がいささかの危険性をも予想しなかったことから推測するならば、彼をさそい出した出来事というのもきわめて日常的なものであったに相違ないと思われるのである。ふとわたしは、相手は女ではなかったかと考えてみた。それも、彼がふらふらとでていったところをみると、若い女性でなくてはならない。多幡は女好きの男であった。可奈子《かなこ》といういまの細君がありながら、テレビの下っ端女優に子を生ませたという噂をきいたことがある。そうした話を思い出すと、彼をおびき出したのは女に違いないという気がいよいよ濃くなってくるのだった。

夕食には待望の鮎がでた。ほかに鯉《こい》のあらいと、横の谷川でとったというヤマメの塩焼きが並び、ちょっとした川魚のコンテストの観があった。給仕の女中の酌でいい気持になったが、魚に感激したのは最初の二、三日だけのことで、四日目あたりから食傷することになる。鰈《かれい》のムニエルや鮪《まぐろ》の刺身、それに厚いビフテキなどに恋い焦れるようになるのだった。

多幡をさそい出したのが若い女性ではないかという思いつきを、わたしは捨てることができずにいた。

「客のなかにそんな女はいなかったかい？」

「あのときのお客さんは男ばかりでしたわ。だって水虫なんてえげつない病気にかかるのは男の人が多いじゃないの」

片手に盆を持ち、もう一方の手でまるい膝をかくそうと努力していた。こうした山奥でも、若い女性はミニスカートをはいているのだ。

「多幡って男は女道楽でね。だから女中さんなどにもちょっかいを出したと思うんだけど、あの当時、なにか変ったことはなかったかな」

すると彼女は赤い頰にはっとした表情をうかべた。盆が手をはなれて畳の上にころがった。

「どうした？」

「変なことを思い出したんです。お客さんが訊きたがっているのと違うかもしれないけど」

「どんなことだい」

「梅《うめ》ちゃんのことなんです。あの頃から急に金廻りがよくなって、ブラウスを買ったりカーディガンを買ったり……。そのお金で宝クジを買ったら三十万円が当っちゃって。みんな、あれは口止め料に違いないって噂しているんです」

彼女がぺらぺらと喋ったのは、わたしがすすめた酒に酔ったせいかもしれなかった。べつにそれを狙ったわけではないが、この女中は酒は嫌いではないらしく、呑むほどに陽気になってくるのだ。盃をやりとりしているうち、それでも銚子の一本ぐらいはからにしただろう。

「口止め料というのは、犯人のかい？」

「他にお金をくれる人はいないでしょう」

「警察には黙っていたのか」

「滅多なこといえやしないわ。番頭さんが話してたけど、警察っていまでも拷問をやるんですって。刑事なんてろくな死に方できないわよ。ねえ？」

「うむ、まあ刑事の話は止めにしようや。せっかくの料理がまずくなるよ」

わたしは鯉に酢味噌をつけた。鯉は佐久《さく》が旨《うま》いという話だけれど、わたしは味覚神経がにぶいせいか、どこの鯉もおなじような味にしか思えなかった。芸術家や文士のなかにはどこそこの料理でなければ舌に合わないなどと聞いたふうのことをぬかすやつがいるが、気障《きざ》なかぎりだ。

「どうだい、もう一杯。遠慮するなよ」

盃をつきつけたが、もうこれ以上は呑めないとことわられた。義理にもいい器量だとはいえぬ。だが酔いが廻ってくると動作にも目つきにも色っぽさがにじみでていた。

「赤い顔しているのを見られたら、主人に叱られますわ」

「なに、構うもんか。それよか、そのお梅ちゃんとやらに会ったらここへ来てくれるように伝えてくれないかな。だが、口止め料のことを訊きたいなんていったら駄目だぜ。なにかこう適当の口実をもうけてさ」

そうしたことを依頼したのは、わたしも酔っていたからに違いなかった。食事がすみ、酔いがさめてみると、刑事でもないのに、多幡の死の真相を追及しようとする自分が馬鹿みたいに思えてきた。だが、後悔するのは遅すぎた。床《とこ》をしきに入って来た丸顔の女中が、そのお梅ちゃんだったからである。

4

「そんなことを喋ったんですか」

と、彼女は怒ったようにいった。細面《ほそおもて》で目がほそく、眉が撥《は》ねるような形をしている。そのせいか勝気な女にみえた。

「酔った勢いだから勘弁してやりなよ」

「怒っちゃいませんけど、へんに勘ぐられては腹が立ちますわよ」

「すると、口止め料をもらわなかったというのかね？」

「そうじゃありませんけどもさ、多幡さんの事件とはなんの関係もないことですわよ。だから刑事さんにも黙っていたんですわ」

布団をとりおえるときちんと坐ってわたしを見た。色白できりっとした顔をしている。言葉づかいも純粋の東京弁であった。

「どうして無関係だと断言できる？」

「だって、そのお客さんが着いたのは多幡さんが殺されなすった翌日ですもの。あの事件があった晩は、まだ東京のお宅にいらっしゃったんですわ」

「ほう、アリバイがあったってわけか」

と、わたしは推理小説のなかの人物のようなことをいった。推理小説と現実とを混同したわけではないけれど、小説では、アリバイのあるやつが怪しいことになっている。

「潔白だというのに口止め料を払ったのは怪しいじゃないか。一体、きみはその旦那のなにを見たというのかね？」

「そうじゃないんですよ。お客さんは誤解していらっしゃる」

彼女は眉を上げると膝でにじり寄った。

「あれから一年たっているのですもの、もう喋ってもかまわないと思うんです。梶木《かじき》さんというそのお客さんは、玄関に入ったときから目が血走っていてなにか興奮していました。わたし、警察の人や新聞社の人が大勢いたもんだから、それであがっているんだとばかり思ったんです」

「ふむ」

「ところがそうじゃないことがすぐに判りました。お部屋にご案内してお茶とお菓子をもっていきますと、いきなり掌をつき出して、こんなもの見たことがないかとおっしゃるんです」

「こんなもの？」

こんなものとは何か。わたしは興味を感じて身をのり出した。

「ええ。それが首のとれた昆虫の胴体だけなんです。たかが一匹の虫のために大の男が目の色を変えているんだと思うと、可笑《おか》しくなって笑ってしまいました」

袖を口にあてる仕草をした。先程の女中がミニスカートをはいているのと違って、彼女は紺色の単衣《ひとえ》に赤の帯を恰好よくしめていた。

「汚ならしい虫でしたわよ。その辺にいくらでも這っていそうな」

「でも、興奮していたというんだろう？」

「ええ。なんでもひどく珍しい虫なのですって。見かけたら捕まえてほしい、一匹につき五万円で買うからって。そのお話を聞いたら、今度はこっちが興奮してしまいましたわ。うまく見つければ忽ち百万長者になれるんですものね」

わたしにとってもそんな虫の話を聞くのははじめてのことだった。こうなると多幡のことは後廻しだ。

「虫は見つかったのかい？」

すると彼女は曖昧な笑みをうかべて、肯くでもなし否定するでもなく、煮えきらない態度をみせた。

「見つからなかったのかね？」

「それがねえ、見つかったような見つからなかったような……」

「はっきりしろよ」

わたしはいい加減いらいらしてきた。

「暇をみては庭を探したんですけど、目につくのは蛇かバッタぐらいで……。最初のうちの意気込みはどこかへいってしまって、しまいに嫌になりました。そのあたりにざらにいる虫ならば、五万円も払うわけがないでしょ」

「それはそうだ」

「そこで梶木さんにあなたはどこで拾ったのですかと訊くと、ここに来る途中の山道に落ちていたとおっしゃるんです。あのときは旦那さんが警察の人にいろいろと質問されていたものですから、駅までお迎えの車を出すことができなかったんですの。仕方なしに梶木さんはてくてく坂を登っていらしたんですが、その途中で、あれを見つけたんです」

「首がとれたやつをかい？」

「はい」

「それにしても妙な話だな。昆虫の首なんてそう簡単にとれるもんじゃないがな」

「妙な話はほかにもあるんです」

と、彼女は意味ありげに微笑した。

「わたし、その首を発見しました。梶木さんは首の代金と、このことをだれにも喋らない口止め料として、五万円下さったんです」

「ふむ、胴が落ちていたあたりへ探しにいったわけか、大変だな」

「いいえ、そうじゃないんです。首はこの旅館のなかで見つかりました」

「ほう」

「どこだと思います？」

「解らないな。じらさずにいいなさい」

「それが、多幡さんのお部屋なんですよ」

「なんだって？」

予期しないところに多幡の名が出たものだから驚いた。

「奥さんが遺体を引き取りにみえたとき、あたし多幡さんの服をハンガーからはずして、ブラシをかけて差し上げたんです。そのとき、ズボンの折返しからぽろりと出ました。あの虫だなってことがすぐ判ったので、梶木さんにお見せしたんです」
どうして多幡の服に入っていたかということについては、彼女も見当がつかないらしかった。首をむしったのは多幡のしたことなのか、多幡はその虫が高価なことを知っていたのかどうか、その虫をどこで見つけたのか、判らぬことばかりである。いや、判らないといえば、その昆虫の名前すらわたしには判っていなかった。

5

十日間で百五十枚ばかり書くことができた。職業作家ともなると、そのくらいは一晩で書きとばす人もいるようだが、わたしのような素人にはこれでも驚異的なスピードであった。テレビやラジオのない世界にいると、他にすることがないから、いやでも能率があがる仕組になっていた。

近頃の雑誌には、セックス記事が多い。そのなかでも不思議なのは、どうみても艶福家《えんぷくか》とは申しかねるご面相の持主が、海外にでたとたん女性にもてて困ったという話の多いことだった。目撃者のいない土地での話だから筆者としても思う存分にホラを吹けるわけだし、読者のほうでもそれを承知で面白がっているに違いないのだ。で、わたしの旅行記もそのひそみにならい、チリ、ブラジル、アルゼンチン、果てはタスマニアの原住民のお嬢さんにまでちやほやされ、骨と皮ばかりになって帰国するという話になる予定であった。しかも装丁はわたしに委《まか》されている。大きな太陽をオレンジイエローに描き、南米のおてんと様は黄色であったというオチにするのだ。無責任な駄ボラを吹きまくるだけだから、筆が早かったのは当然のことかもしれない。

しかし、明けても暮れても川魚ばかり喰わされるのには閉口した。板前のほうでもいろいろと気をつかっているらしいのだが、どう目先を変えたところで、鮎は鮎でしかない。まだ水虫の効き目もあらわれてこない十一日目に、いたたまれなくなって山を降りて東京へ戻ったのは、ただただ厚いビフテキが喰べたくてたまらなくなったからである。

上野に着いたのは正午すぎだったが、手近のレストランに飛びこむと、しんまで火の通ったやつを二枚焼いてもらい、芥子《からし》をたっぷりとつけて頬ばった。満腹してズボンのバンドをゆるめるとき、つくづく生きていてよかったなあと思ったものだ。わたしの友人に、痛風にかかって一生涯肉断ちをした悲愴なのがいる。漢方薬をあびるほど飲んで顔をしかめ、口なおしにチョコレートを齧っているのだけど、わたしにいわせればこんなのは生きている屍骸にしかすぎない。さっさとくたばったほうが細君もよろこぶだろうと思っているのだが……。

レストランをでると電話を二か所にかけた。一つは女房にだが、もう一つはけったいな虫に五万円を払ったという梶木辰朗《たつろう》にである。電話帳の名を指でたどっていくうちに、彼が音楽家であることをはじめて知った。そういえば、チェリストのなかにそんな名前の人がいたような気がしてきた。四、五年前にテレビのリサイタルで、バッハの《無伴奏チェロ組曲》の演奏を聴いたような覚えがある。

さいわい在宅していたので、例の昆虫についての説明をきかせてほしいと頼み快諾を得た。梶木辰朗は、虫の話を持ちだしたとたんに、相好《そうごう》をくずしたような喋り方に変った。余程の昆虫マニアに違いない。

渋谷の高台の家をたずねると、すでに応接室のテーブルの上にはガラス箱に入れた甲虫の標本が並べてあった。

「これですよ、これ。稲並温泉へいく途中で拾ったやつは」

カミキリ虫ばかり集めた箱のなかの一匹を指で示しながら、頭の禿げた音楽家は歯をむきだして気取りのない笑顔になった。その虫は体長十五ミリばかり、黄褐色の見映えのしない姿をしている。目を近づけると、首と胴とをくっつけたとみえ、接着剤がはみ出ていた。

概して昆虫には興味がないわたしだが、なかでもカミキリ虫は見た目もなにかグロテスクだし、キイキイという きしんだような鳴き声からして不愉快であった。

「これが五万円……？」

「いや、値段はあってなきが如しです。これは世界で五頭しか発見されていないカミキリで、わたしが拾ったのはじつはその五頭目にあたるやつなんですよ」

わたしには、ライオンか犀《さい》狩りにでもいったみたいな一頭二頭という表現が面白かった。

続いて彼は稀少価値のゆえんを力説した。

「ご覧のように見たところはぱっとしない虫ですが、正式には《クロサワヘリグロハナカミキリ》といいましてね、いまから十年前に新種として登録されたのです。三頭までがひきつづいて北海道で発見されましたが、四頭目は奥多摩の倉沢《くらさわ》で山脇《やまわき》さんというかたが採集なさった。俄然、本州でも手に入れるチャンスがあることになってマニア共が張り切ったわけですが、まさかこのわたしが五頭目をつかまえるとはねえ。稲並へ行ったのはトンボを取るのが目的だったんですよ。カミキリはかなり集めていたもんですから、関心があったのですよ。道端に転がっているのをひと目みた瞬間《クロサワヘリグロハナカミキリ》だなってことがぴんときました。胸が躍りましたね。と同時に、首がとれているのが残念でたまらなかったものです」

その首が多幡のズボンから発見されたわけについては、チェリストは小首をかしげるだけで、満足な説明はできなかった。

「ですが、首を切った犯人は判っていますよ」

「だれです」

「ボイラーマンです、あの宿屋の」

「鉱泉を沸かす罐焚《かまた》きですか」

その男とは、わたしも二、三度口をきいたことがある。農家の次男坊らしい気さくな若い衆であった。

「多幡さんとかいう被害者が殺されたとき、アリバイがあったのがそのボイラーマンと旅館の主人の二人だけなんですが、あの日の彼は非番でしてね。近くの町まで映画を見にいったわけです。帰りは主人が運転する送迎用の車に便乗させてもらうのが例になっているそうですが」

それは当然なことだ。三キロの夜道を歩くことは大変だし、毒蛇でも踏んづけたら一命を落しかねない。

「ところが途中まで来たときに、あのカミキリがルームライトに誘われて飛び込んだ。その虫が昆虫マニアが血眼《ちまなこ》になって探し求めているカミキリだとは知らないものですから、ボイラーマンは胴体をつまむと、指で首をはじき飛ばしたというわけですよ。なにも殺さなくてもよさそうなものだけれど」

われわれは芸術家ではあるけれども、心理学者ではなかった。青年期の人間の衝動的な殺意を解明するのはわれわれの専門外のことだった。

「すると口止め料を払われたのは――」

「いや、いくら珍しい昆虫であってもですね、棲息地には群生しているものなのですよ。ただその場所が判らないから稀少価値があるにすぎません。もし棲息している場所が発見されれば、全国の昆虫採集家がわっとばかり殺到することは明らかです。わたしのエゴイズムかも知れないが、それを避けたかった」

チェリストはそういうと、標本の上のガラスをいとおしそうに撫でていた。節くれだった、ヘラのような恰好をした醜い指であった。だが、このずんぐりした男をチェロ弾きらしく見せるのは、左手のひらべったい指先だけなのである。

ふいに彼は血色のいい顔を上げた。

「わたしもね、あの事件には一応の興味をもちましたよ。それで女中達から話をきいてみたんですが、多幡という人はですね、その前にも青葉荘にやって来ているのです」

「ほう」

「ところが水虫を治しに来たにもかかわらず、その翌日になるとそそくさと東京へ戻っているのですよ」

わたしは曖昧に肯いてみせた。それがどうしたというのだろうか。

「そして数日後に再び稲並へ行って殺されたわけです。ということはですよ、東京へ帰ってなにか調査をしたのではないか。その結果をたずさえて稲並へ赴《おもむ》くと、犯人にそれをつきつけたのではないか。とすると、それは余程重大なことに違いない。多幡さんを殺してまで防がなくてはならなかったほどの、大きな秘密に違いないのです」

いままでだれも知ることのなかった多幡殺しの動機に、このチェリストが触れてきたのは予想もしないことだった。わたしは期待をもって話の展開を待っていた。

「いや、これは臆測ですよ。素人の思いすごしかもしれません。当時泊っていたお客達と多幡さんのあいだには面識のなかったことは明らかにされています。また、あの人が稲並へ来たのもあれが最初のことなんですから、従業員と接触があったわけでもない。要するにいまお話ししたことはわたしの思いすごしに過ぎないのですよ」

わたしがあまり真剣な目で見つめるものだから、梶木はてれたようにそういうと、大きな手を振った。わたしは彼の気持を汲んでそれ以上は追及することを止めた。

わたしは話題を変えた。よく聞いてみると、われわれはほとんどおなじ頃に音校と美校をでていることが判った。彼がふけて見えるものだから、少くとも五歳は年上だと思っていたのである。

「いい時代でしたな。上野の動物園にはしばしば只《ただ》で入ったものですよ」

「おや、あなたもやりましたか」

と彼は声をたてて笑った。落語を地でいくような話になるが、われわれは動物園の塀によじ登ると外を向いて腰かけて、係員のやって来るのを待つのである。彼らはわれわれを見つけると、

「学生さん、そんな処からでてはいけない」といいながら園内へ引きずり戻してしまう。授業をエスケープしたわれわれは、こうして無料で半日を遊ぶことができたのだった。

「しまいに動物園側も気づいたようですな」

「あのときの園長は古賀《こが》さんでしたかね、林《はやし》さんでしたかね、美校の校長あてにこわもての抗議文がとどいて……」

「わたしも担任の教師からこってりと油を絞られました。よき時代だった、ほんとによき時代でした」

チェリストもわたしも少し感傷的になっていたようだった。

青春とは、後でふり返ってあれがそうだったのかと気づくものなのだそうだ。当時、すでに満洲事変は日中戦争へと拡大の一途をたどっており、われわれの前途には暗雲が濃くたれこめていた。どうみても、わたし達には青春と呼べるような結構なものはなかったはずなのである。

そうなのか、あれが青春だったのか、とわたしも思った。

6

水虫を根治させる必要もあり、わたしは再度稲並へもどる予定にして、燻製《くんせい》の鮭や干し肉、罐詰などを買い求めた。少し荷が重くはなるけれど、途中で逃げ帰ることを思えば辛抱しなくてはならない。物置から古いリュックを出してきて埃《ほこり》を払ったりした。

すっかり準備が整ってしまうと、また気になりだしたのは多幡のことである。チェリストの梶木はしきりに自分の臆測にすぎないといって否定していたが、それが思いすごしかどうかは調べてみれば判ることであった。

わたしは思い立つとじっとしていることが出来なくなり、多幡の未亡人のアパートに電話をかけた。噂によると彼女はまたホステスに逆戻りをして自活しているという。だからわたしがダイヤルを廻したのは午後の二時をすぎた頃であった。

多幡可奈子は、最初のうちはわたしがだれなのか思い出せない様子だった。無理もない、死んだ夫とさえほとんど顔を合わせたことのない男からの電話なのだ。

「お葬式のときお目にかかったのですよ。画家の人見圭介《ひとみけいすけ》です。多幡君とは中学が同期でした」

「ああ、あの人見さん？　やっと思い出しましたわ」

可奈子は愛想のいい声になった。職場で身につけた如才のない言い方であった。

わたしが例の件をもちだすと、可奈子は一変して翳《かげ》った口調で相槌を打った。死んだ夫のことは、あまり思い出したくない様子だった。

「そういわれてみれば、確かにそうでしたわ。稲並に一、二泊したかと思うとひょっこり帰って来て、忙しそうに出歩いていていました」

「どんな用事だったのですか」

「考えていることを喋るような人ではありませんもの、訊ねもしませんでした」

彼女の声の背後からは、洗濯機でも廻しているような音が聞えていた。わたしは少しせきこんだ口調になると、このことが判れば多幡殺しの謎が解けるかもしれないと述べた。

可奈子はちょっと沈黙した。

「……そういえば病院へ行くような口吻でしたわ。診察を受けるためではないんですの。むかし入院していたときの看護婦さんに会ってなにかを訊くとか、そんなふうのことをいってました」

「入院したことがあるというと、どこか悪かったのですか」

「ええ、悪い病気をうつされて困ったことがあったんですの。それで無理矢理入れてしまったんですけど」

多幡が何を追求していたかは、その看護婦に会いさえすれば容易に判明するはずである。わたしは病院の名と看護婦の名をメモすると、通話を切った。

病院は神田の駿河台《するがだい》にあったが、受付で意を通じてもらおうとすると、看護婦の山崎絹江《やまざききぬえ》はあの直後に退職して郷里の千葉県に帰ったというのだった。わたしは溜息をつき、ともかく千葉の住所を教えてもらって手帳にしるした。いまから千葉県へ出掛ければ、今夜のうちに帰宅することは難しいかもしれぬ。一瞬ためらいを感じたが、乗りかけた舟だ、行けるところまで行ってみようという気になった。帰れなくなれば木賃宿でもどこでも泊ればよい。たとえ宿にあぶれたとしても、駅で夜明しをすればいいではないか。

御茶ノ水駅から総武線に乗って千葉までゆき、ここから房総西線にのりかえた。すでに五時半をすぎていた。このぶんだと千倉《ちくら》に着くのは夜になる。無計画にのり出したことを、わたしは少しばかり後悔した。これが芸術家気質とでもいうのだろうか、あらかじめ設計図をひいてその通りに行動するというのはどうも苦手なのである。生れつき衝動的に、でたとこ勝負をやりたがる性格なのだ。

千葉駅から各駅停車のガソリンカーでほぼ三時間、ようやく千倉に降りることができた。駅前のパン屋で道をたずね、舗装された道路を海のほうに向って一キロほど行った青果市場のそばで、ようやく山崎絹江の家を探しあてた。姓は変っていないが結婚していた。国鉄職員を婿《むこ》養子にむかえたのであった。

山崎絹江は大きな腹をしていた。苦しそうに肩で呼吸をし、そのたびにせつなそうに呻いた。予定日はもうすぎているのだという。わたしはとんでもないところに来たと思った。

入口のかまちに腰をおろした。茶を出してくれたのは糊のきいた簡単服を着た母親であった。

「悪いですなあ、すぐ失礼しますから」

と、わたしは不器用に頭をさげた。

「患者の多幡香二という男を覚えていらっしゃるでしょう。あいつは中学時代の親友でしてね、学校の帰りには教師の目をぬすんで今川焼を喰ったものでしたよ」

ありもせぬことをいい、その多幡を殺した憎い犯人をつきとめたいのだというふうに話をもっていった。この場合、彼女の同情にすがるほかに手がないと考えたからだ。

「どうも品行のよろしくない男でね、入院中も我儘《わがまま》をいってあなた達を手こずらせたのではないですか」

相手の気持をほぐすために、わたしは努めてくだけた口調で語った。

「で、あの男があなたに会った二、三日後に、東北の温泉で殺されてしまったということはご存知だと思うのですが……」

「はい」

「一体、どんなことをあなたに質問したのでしょうか」

「お隣の部屋に入院していた大島《おおしま》さんという人のことですわ。大島さんの住所がどこで、病名は何であったかということなどを……」

「隣というと、その大島さんも皮膚科の患者だったわけですね？」

「はい。あたくしは皮膚科に勤務しておりましたから……」

大島 某《なにがし》の病名を知ってどうするつもりだったのだろうか、わたしにはまだ見当がつきかねた。多幡の意図が理解できかねた。

「大島さんの病名は何でした？」

「それはお答えできませんわ。患者の秘密ですもの」

と、山崎絹江は予期したとおりのことを答えた。

「でも、いまは看護婦さんではないでしょう」

「看護婦だった頃の患者さんでした」

「住所はどこでした？　これは話しても差支えないでしょう？」

絹江はカットした短い髪に手をあてた。長方形の顔をしているから、髪は長くたらしたほうが似合うはずであった。おそらく、切りつめたのは産院にいくための用意なのだろうと思った。

「町の名も番地も覚えていません。たしか足立区の千住大橋の近くだったような気がします。寿荘というアパートでしたわ」

絹江はそれだけ喋るのも苦しそうであった。母親が、もういいだろうといいた気に、追い立てるような目つきでわたしを見た。

「どうも」

と、わたしは立ち上ってお辞儀をした。寿荘という名が分れば町名などはどうでもいい。

「これで多幡の仇が討てるというものですよ。しかし山崎さん、大島某の病名が判るともっと助かるのですがね」

絹江は首をふって一言も答えなかった。わたしはその頑固さに落胆し、足を引きずって帰ろうとしたときに、何気なく彼女のほそい指に目を落した。指は、黄色くなった畳の上におなじ文字をくり返し書いていた。

7

酒は好きだが、うわついた雰囲気というものを好まぬたちだから、いまだかつてキャバレーには行ったことがない。多幡可奈子と会うために、わたしは止むなく腰を上げた。場所は銀座の裏に当っている。わたしが学生時代にはたしか木挽町《こびきちょう》と呼ばれていたはずだけれど、いまは銀座西とかいう、ひどく散文的な名前に変っていた。

時刻が早いせいか客は数えるほどしか入っていない。空いたテーブルばかりがいたずらに目についた。

「指名して下さってうれしいわ」

坐るなり、可奈子はそういった。三十を幾つか越しているのだから大年増なわけだが、小柄で丸顔で大きなくりくりした目をしているせいか、二十四、五歳にしか見えない。ピンクのドレスを着ているのはなかなかゴージャスな感じだった。が、ストラップなしなので、なにかの拍子にずっこけるのではないかと余計なことが心配になった。

可奈子は、わたしのシガレットケースから黙って一本引きぬいた。

「……お話、承りましょうか」

やがてベルモットに口をつけると、改まった口調でうながした。わたしは幾分息をはずませ、真相に到達したことを誇るように、事情をかいつまんで説明した。

「そんなわけでですね、多幡君が水虫をなおすために稲並温泉へでかけて、駅前で出迎えの車に乗ったとたん、びっくりした。いや、驚いたというよりも呆れ返ったといったほうがいいでしょう。運転席に坐っている宿の主人がですね、多幡君が駿河台の病院に入っていた頃、やはり皮膚科に入院していた男なんですから」

「…………」

可奈子はまだ事情が呑みこめぬらしく、黙ってタバコをふかしている。マニキュアした指が綺麗だった。

「そこで多幡君は急いで東京に戻ると、入院していたのが確かに青葉荘の主人に相違ないかを確かめたのですよ。相手の病名は判っているから、人違いか否かをはっきりさせることが第一だった。入院していた当時の名は大島鶴雄《つるお》で、住所は足立区となっている。多幡君は足立区のアパートを訪ねてみると、そこは人目をあざむくための仮りの住居であり、大島鶴雄というのも仮名であることがはっきりしたのです」

「…………」

「水虫で入院していた大島鶴雄は、間違いなく青葉荘の主人であることが判ったのですよ」

「……すると」

「そうです、稲並温泉が水虫に効くなんてことは嘘なのですよ。水虫にかかった客が沢山やって来るから、スリッパにも浴室のマットにも水虫菌がいっぱいついているでしょう。だから宿の主人が水虫に感染したのは当然のことですが、温泉が水虫になんの効果もないことは本人がいちばんよく知っている。そこで迷わずに上京すると、皮膚科に何か月か入院して徹底的に治療したわけです。ですから変名を使い、さらに東京の人間であるように見せかけたのですな」

可奈子は黙ってこっくりをした。空疎な客席に景気づけるためか、バンドが大きな音で演奏をはじめた。わたしの知らないポピュラーかなにかであった。

「……解ったわ。香二は恐喝する気だったのね?」

「恐喝?」

わたしは声を高めた。恐喝とは意外だった。多幡が動き廻ったのは、稲並温泉の非を叩くだけの、正義感にもとづくものと考えていたのだ。

「あら、ご存知ないの? あのひと、殺される二、三年前からすっかりぐれていたのよ。でなければどうして東京まで戻って来たり病院を訪ねたりするもんですか。それとも、あれが月光仮面みたいな正義のおじさんだと思っていたの?」

「いや……」

と、わたしは返事を濁した。そこまで堕落したとは思いたくない一方、あの男なら恐喝ぐらいはやりかねないという気がしてきた。

「じゃ、犯人は大島鶴雄だわね？」

「そう。本名は大原茂《おおはらしげる》というんだがね」

「……でも怪しいじゃない。香二が殺された頃、あの人は三キロも離れた駅前で客待ちをしていたんでしょ？」

突くべきところを突いてきた。わたしは唇をなめた。

「そう、問題はそのアリバイですがね、わたしはこう考えるんです。多幡君が殺されたのは浴室ではなくて、駅の近くの暗がりではなかったか、とね」

「…………」

「つまりですよ、脅かされた宿の主人は、ここでは客がいることだし工合がわるい、とかなんとか口実をもうけて駅前まで車にのせていった。呑み屋で一杯やりながら話し合おうといえば、多幡君もよろこんで出掛けたでしょう」

「そうね」

「出発する前に、大原茂は二つのことをしたと思うのですよ。一つは兇器の砂袋を用意したこと。もう一つは、あらかじめ家族風呂の脱衣籠に浴衣をなげこんだことと、スリッパをぬぎ捨てておいたことです。これは、なにも多幡君のものでなくてもいい。旅館には予備の浴衣やスリッパがいくらでもあるから、それを利用したのかもしれません。ともかく、多幡君が家族風呂に入っていたように見せかければいいのですから」

「でも屍骸は旅館のそばの谷川で発見されたんですのよ」

「ですからさ、死体は車にのせて運び帰ったのですよ。客席のうしろにそのくらいの空間があります。むしろに包んで転がしておけば気づくものはいない。宿に帰ると、服を剥いで谷底にころがしておいたのですよ。この服は多幡君の部屋にもどしておけばいい。こうやって、いかにも浴室から出て来て転落したように見せかけたのですね」

女性は論理的にものを考えるのが不得手だと評されるが、可奈子も例外ではないようだった。わたしの話すことがよく解らぬらしく、赤い唇をあけ、焦点がさだまらぬような目つきをしている。

「犯人は宿の主人ですからね、女中の目をおそれる必要はない。どんな自由なことでもできたわけですよ。脱衣籠に前以て浴衣をほうりこんでおくことも、剝ぎとった服を多幡君の部屋のハンガーに戻しておくことも、大手を振って行なえたはずです。泊り客がそんな真似をやったら、たちまち泥棒扱いされますがね」

「……でも、推理だけではどうにもならないわ。証拠がなくっちゃ」

わたしとは逆に、可奈子は熱のこもらぬいい方をした。声にも態度にも、お義理に反問している様子がみえる。話を聞くより、ベルモットをなめるほうが楽しそうだった。

「もちろん、ぼくの推理を裏づける証拠はありますよ」

わたしは一段と声にはずみをつけた。ボイラーマンがカミキリの首をはねたとき、それが飛んで多幡のズボンの裾に入ったことが、とりもなおさず屍体がおなじ車に積まれていたことを示しているのではないか。ここがわたしの推理のサワリともいうべき個所なのだ、わたしの言葉には演技でなしに熱がこもっていた。

「それでどうなさるおつもり？」

「宿屋の主人に告げて自首をすすめますよ」

「そう。でもね、そんなことを知れば自殺するわよ。運転を誤ったふりをして、崖の上から車ごと水田に突っ込むわ」

いままでのもの憂げな態度を放擲《ほうてき》すると、どうしたわけか可奈子は俄かに積極的な調子に変った。

「ふむ」

「寝ざめが悪いことよ。それに、土地の警察もいい顔をしないわ。面子《メンツ》ってものがあるじゃない」

可奈子は更にわたしに水をかけるようないい方をした。

「あたしにとっても迷惑だわ」

「なぜ」

「目下縁談が進行中なのよ。出戻りのあたしにとっては勿体ないくらいの縁談なの。ちょっとしたシンデレラみたい」

「ふむ」

「でも、あたしが恐喝者の妻だったことが知れてご覧なさい、いっぺんで破談になるわ。それでなくても、先方のご両親はこの縁談に難癖をつけたがっているんですもの。お葬式のときのこと覚えているかしら。あたしが泣いていて？　むしろさばさばした顔をしてたと思うんだけどな。多幡との愛情はとうに冷たくなっていたのよ。いまさら真相が判ったってどうってことないわ」

「ふむ」

わたしは返事に窮して唸るように肯いた。てっきり喜んでくれるものとばかり思っていたのだ。とんだ道化役を演じたことになる。

「それに、昆虫マニアの音楽家だってそうでしょう、証拠物件として大切なカミキリ虫を取り上げられたら、あなた恨まれるわよ。検事なんて、昆虫の標本の取り扱い方を知ってないのよ、ばらばらに壊わしてしまうわ」

「ふむ」

「ねえ、どうなさるおつもりなのよ」

可奈子はわたしの手をとり、テーブルの上で激しくゆすぶった。わたしは呆けたようにされるがままになっていた。

黒い版画

1

明らかに映子《えいこ》はいらいらしている様子だった。珈琲カップの横に紙のストローがおいてあるから、それまでにジュースか何かを飲んだに違いない。つつましやかなたちの彼女が、喫茶店で二杯の飲物を注文することはいままでになかった。まず、一時間は待たせたことになる。

「すまない。どうしても手がはずせなかったもんでね」

「いいのよ」

映子はおわりまでいわせなかった。都のコンテストで準ミスまでいっただけにどぎつい原色がよく似合う美人だが、その近代的な派手な顔立ちとは反対に、日本風のおとなしやかな性格の女性だった。長時間待たされていながら、いらいらした思いを素振りにあらわすまいと努めるのである。それがまた卓二《たくじ》にはいとおしくてならない。ときどき、おれにはすぎた恋人だぞと考えることがあった。

卓二はウェイトレスに指を上げて合図した。

「ね、何にする？」

「もう欲しくないわ」

「クリームぐらいなら入るだろう。きみ、アイスクリーム二つ」

注文をしておいて顔を近づけた。映子は髪をセットしたばかりとみえ、かすかにヘアローションの香料がにおった。

「話ってなんだい？」

「母からきびしくいわれたのよ。お式をいつにするか、はっきり訊いておいでって。季節によっては予約が殺到するでしょ。だから早目に申し込まなくちゃならないし……」

「それもそうだな」

卓二の陽焼けした顔から微笑が消えた。ふとく黒々とした眉の間にたてじわがよった。はこばれたクリームにもすぐには手をつけようとしなかった。

しかし卓二の黙考は、結婚の日取りを案じているためではない。彼の前にたちふさがっている障害をいかにして乗り切るか、それを思っていたのだった。いや、容易なことで越えられる障壁ではなかった。卓二は手をこまねき、それを見上げてただ吐息をしていたのである。

昨今の若者にしばしば見られるように、卓二も多分にある種の道徳観念を欠いていた。彼が高校時代の仲間にさそわれて、窃盗団の一味をそっと会社の倉庫に手引きをしたことについても、ほとんど良心の呵責《かしやく》を感じたことはなかった。会社が、そのために三百万を上回る欠損をしたにもかかわらず、である。彼が自分の行ないをはじめて後悔したのは、その事実をつかんだ石野征子《いしのゆくこ》から取り引きを迫られたときであった。

征子は交換室勤務である。とって二十八歳だから、番場《ばんば》卓二とおなじ齢になる。色が白いのが唯一の取りえだという不器量な女だった。どういうつもりか知らないが、ときどき思い出したように和服を着て出社する。その着物はつねに同じ柄であり、古着のように色があせていた。見ろよ、センスのない女じゃないか。若い社員たちは廊下で彼女とすれ違うたびに、こういって囁き合った。

女子社員の多くは、出社するときに庭に咲いた花を切って来て、それをみなの机に配ったりした。いつだれが始めたのかは判らないけれど、いまではそれが彼女たちのしきたりのようになっていた。アパート住まいなどで、花畑のない女の子たちはそれに負けたくないのだろう、ときどき財布をはたいて切り花を買って来た。女の見栄であった。

だが、石野征子だけは超然としていた。高円寺に亡父からゆずられた小さな家があり、そこには猫のひたいほどではあったが庭もついている。それを花壇にすれば四季おりおりの草花が咲くはずであった。ただ彼女は花を愛するというような女性らしい感覚を持っておらず、庭は雑草が生えるにまかせてあった。そのことについて、仮りに花好きであるとしても、日曜日以外には暇な時間がないのだから、庭いじりをするわけにはいくまいじゃないかなどと解ったようなことをいうものもいたけれど、要するに征子は、花に関心がないのだった。

そうした征子であったが、夏になると思い出したように、ひと束の花を抱えて出社することがあった。死んだ父親がどこかからもらって植えたという、朝鮮ダリアと俗称される黄色い駄花である。草丈一メートル余りになるその植物は、葉にも茎にもうるおいがなかった。優しさもなかった。黄色い八重咲きの花は匂いもなければ蜜もなく、蝶や虻《あぶ》ですら無視した。おなじ黄色でも、レモンイエローならまだ見られる。しかしこの花色は南瓜《かぼちゃ》をわったような下品な黄色であった。そうした花を抱え、満員の通勤電車に得々として乗ってくる彼女の神経が、周囲のものには理解できかねた。一輪挿しの花瓶にいけられたその花を見た人々は、やはりセンスがないなと頷き合った。いや、むしろ石野征子にふさわしい花ではないかという社員もいた。不器量なその女には、いつしか「朝鮮ダリアの君」というニックネームがつけられてしまった。

番場卓二がはじめて彼女に呼ばれたのは二月の終りの、まだ肌ざむい日のことだった。日本海に沿った地方では連日大雪に見舞われており、孤立した山村に自衛隊のヘリコプターが食料を空輸した、という記事が紙面をにぎわしているころのことである。

《お昼の休みに屋上で待ってます。この件だれにも内証》

メモにはそう書いてあった。不美人のくせに、字だけはいやに枯れた達筆だ。

彼の机は入口にちかいから、扉をあけてひょいと手を伸ばせばことはすむ。それにしても、目礼をかわす程度でしかない征子が、こうした行動にでたのは思いがけないことだった。あの女がおれをなんだと思ってやがるんだ。卓二は腹を立てていた。狎《な》れ狎れしい口調も不快である。

「おい、朝鮮ダリアの君から手紙がきたぜ」

「つけ文《ぶみ》じゃないか、彼女、がぜん攻勢に転じたね」

「艶福家にはかなわないな。妬《や》けるね、全く」

無口な課長もさすがに意外だったとみえ、そういって笑った。前の倉庫課長は先般発生した盗難事件の責めをおわされて営繕《えいぜん》課長に左遷されている。いまの課長が口数少ないのは、まだ部屋の空気になれていないせいもあった。

昼休みまであと三十分しかない。卓二はほとんど仕事をせずに、どんな口実でことわってやろうかと、そのことばかり考えていた。たとい顔は怪獣に似ていても女性であることには相違ないのだから、恥をかかせたり、失望させたりしてはいけない。ここはやはり穏やかに、ぼくにはもう婚約者が決っているからといって、婉曲《えんきょく》にことわるのが最上ではないか。

「それにしてもタクちゃんに目をつけるとは図々しすぎるな。おれたちに申し入れるんならわけが解るけどもさ」

同僚はまだその話をしていた。番場卓二は学生時代にバレーの選手をしていただけあり、均整のとれた長身だった。色こそ黒いが鼻すじがとおっている。女子社員の間でもよく噂にのぼるが、自分でも意外だったのは玄人《くろうと》の女に騒がれることであった。忘年会の席ではじめてそれを知ったのである。

卓二は故意に時間をかけてコロッケランチを食うと、のっそりと階段をのぼって屋上にでた。快晴にもかかわらず、スモッグにさえぎられた陽の光は海底のようににぶかった。風が冷たい。見回すとはるか正面の稲荷《いなり》神社の鳥居のわきに、色のさめたネッカチーフで髪をつつんだ女が後ろをむいて立っていた。他に人影はないからそれが征子に違いない。

卓二がかなり接近したとき、ようやく靴音が聞えたとみえ、灰色のネッカチーフが振り返った。頬の幅がひろく鼻がまるくて、正面きってみるといよいよ不細工な顔立ちだった。にっと笑うと前歯の金冠がぎらりと光った。

「用って何ですか」

優しくいおうと思っていながら、つい詰問《きつもん》の調子になってしまう。女は腕の時計に目をやると、笑みを引っ込めて、なじるような口調になった。

「待たせるじゃないの。時間がないから手っ取りばやくいうわ。番場さん、この一月に倉庫に入った窃盗団のこと知ってるわね？」

思いもかけぬ質問だったので内心ぎくりとした。

「知ってますとも。ぼくは倉庫課ですからね」

「犯人が山本《やまもと》と名乗る男の一味であるといったら、あなた驚く？」

あっと思った。そこまで知られていてはもうどうにもならない。征子という女が、にわかに不気味に思われてきた。

「びっくりすることないわよ。わたし交換手だもの、外部からかかってくる電話がなにかの拍子で聞えることはよくあるのよ。だから、あなたと山本の通話もみんな聞いちゃった。電話であんなこと喋るなんて無茶よ」

山本が電話してよこしたのは、盗品の分配についての打ち合わせのときだけであった。それを盗聴されたとするならば、一切の秘密をつかまれてしまったも同様である。

卓二は話の先を待っていた。

「あなたは結婚資金が欲しかったようね。婚約者がいて、そのためにマイホームが必要だった。無理をしてマンションを買いたかったのね」

「…………」

卓二は答えなかった。しかし、否定しないことが相手の言葉を肯定していた。征子は風にみだされたおくれ毛をかき上げた。男のような無骨な指をしている。

「どう？　このこと警察にいいましょうか」

「…………」

「いわれたらおしまいだわね。あなたは刑務所ゆきだし、その娘は愛想をつかしてあなたを捨てる。刑期はせいぜい二、三年でしょうけど、もうどの職場も相手にしてはくれないことよ」

「…………」

辛うじて立っていた。征子がいうとおり警察に知られたら一切が破滅だ。

「いいのよ、そんなに心配しなくても。好きな男性にいやな思いをさせるなんて、あたしにはできないことだもの」

「好きだっていわれても……」

用意してきたセリフを言いかけて言葉を呑み込んだ。わずか二分の間に事情は一転していた。

「婚約者がいるというんでしょう？　でも、こうなったら一方を諦めるほかはないのよ。女と手を切ってあたしの夫になるか、それとも前科者になって一生を棒にふるか。番場さんはたしか二十八歳だったわね。まだまだ前途はながいのよ。ながい人生を日陰者として送るなんて、考えただけでも気が滅入るじゃない？」

強引にすぎる求婚だ。が、卓二は拒否することはできない。うすみっともない女のいいなりになる他はなかった。卓二は歯嚙みしたかった。

「わたしもそろそろ身をかためたいと思っていたの。きっと神様がひき合わせてくれたんだわ」

「…………」

「マンションの心配なんてしなくてもいいのよ。せまいけど家を持っているの。お風呂もついているし……。ほんとは小さな家ほどいいという話だわね。夫婦がいつも一緒にいられるんだもの」

征子は大きい口をしている。口紅が、ほかの女の倍は要りそうな口であった。その大きな唇が休みなく動いているのを、卓二はぼんやり眺めていた。どうもがいてみたところで、逃れる途はなさそうだった。

一日おいて返事をした。もちろん征子の求婚を受け入れたのである。身を救うためにはいやでもそうする他はなかったからだ。ただし、仲間のものから冷やかされるのはいやだからという口実で、結婚するまでは一切を秘密にしておくという約束をさせた。こんな女と婚約したことを知られるくらいなら、むしろ自殺したほうがいいとさえ思っている。

つき合ってみると、征子は勝気で嫉妬ぶかくて、そのうえ吝嗇《りんしょく》ですらあった。貯蓄の心のあるのは美徳に数えられるのだろうが、征子の場合は度がすぎていた。あれ以来まだ二か月にしかならないというのに、早くも卓二の服装が贅沢だといって苦情をつけるのである。やれネクタイを買いすぎる、やれ靴下は三足あればたくさんだ、ワイシャツを洗濯屋にだすのは無駄だなどと叱言をいう。どんなに文句をつけられても、この婚約ばかりは破棄することができない。征子にしてみればそこを計算に入れた上でのことであったろう。それが見えすいていればいるほど、卓二は耐えられなくなってくるのである。

高林《たかばやし》映子との関係はすでに絶ったことにしていた。映子がこれほどの美人であることを知っていたなら、征子も簡単には信じなかっただろう。しかし、卓二が定期券入れからとりだして示した写真は赤の他人の、征子と比べてどちらともいえないような女のものだった。鼻があぐらをかいているわね。卓二の計略にかかった征子は軽蔑したように呟き、二度と映子に関心をみせなくなった。

こうして卓二は、比較的自由に映子との逢う瀬をたのしむことができた。が、万一あの女の目にふれたらどうしようかという恐怖はつねにつきまとっていた。嫉妬ぶかい性格だけに、知られたらばただではすまされまい。この喫茶店に来るときにしても、卓二は刑事の尾行をまこうとする犯罪者のように、二つのビルを通りぬけているのである。

「ねえ、どうなさったの?」

声をかけられてわれに返った。みるとクリームは溶けかけている。ウエハースは水分を吸って軟かくなっていた。

「迷信にこだわる気はないけど、黄道吉日《こうどうきちにち》がいいんじゃないかな」

「わたし、伊勢《いせ》神宮の暦をもってるのよ」

ハンドバッグを開きかけた手を押えるように、卓二はそそくさと声をかけた。

「式はいつでもいい、きみに委せるよ」

そういってから、いかにも無責任な、気のない口調だったことに気がとがめ、あわてていい添えた。

「そのかわり新婚旅行のプランは一緒に練ろうよ。できれば九州一周をしたいもんだね」

だが、卓二の声は自分でもおやと思うほどに気が入らぬものだった。

2

せまい家だと征子がいったのは謙遜かと思ったがそうではなく、事実であった。居間兼用の茶の間と、八畳の座敷のふた部屋しかない。夜になると座敷は寝室にかわった。夜具はひと組しかないから、共寝するときは窮屈で閉口だった。

「野暮なことといわないでさ、泊まっていきなさいよ」

蓮っ葉な調子でそうすすめられるたびに、なんとか口実をもうけて逃げ出すことにしていた。窮屈なこともいやだったけれど、それにもまして不愉快なのは、朝になって脂のういた寝顔をみせられることであった。女の寝顔を見ると、ただでさえ千年の恋もいっぺんに醒めるといわれている。それが征子なのだからなおいけない。

四月の末の日曜の晩だった。招かれて夕食を馳走になっているうちに、春雷をともなった雨がはげしく降りはじめ、それは傘一本ではどうにもならぬほどの凄まじさであった。

「泊まればいいじゃないの。濡れて肺炎にでもなってご覧なさい、馬鹿をみるのはあなたよ」

肺炎になるとは思わなかったがかみなりが恐ろしかった。高校時代のクラスにかみなりに打たれて即死したのがいる。蝙蝠傘の先端の金具におちたのだった。それ以来、彼のクラスの人間はいい合わせたようにかみなり嫌いになっていた。

テレビが終ってしまうと征子は八畳の襖をあけて床をのべた。枕は一つしかないから客用の座蒲団を折り、それにバスタオルを巻いて代用する。そうした動作を、征子は嬉々としてやった。フランス語のシャンソンらしきものが聞えてくる。異性の友人のなかった彼女はこれまで時間をもて余していたのだろうか、初級のフランス語とドイツ語、それにごく初歩のロシヤ語が喋れるといい、なにかというとリーダーの一節を引用する。その気障で軽薄なところが鼻持ちならないのだ。卓二は興ざめの苦い顔をしてテレビのコマーシャルをみていた。あかぬけのしない見飽きた画面だったが、それでも征子のシャンソンよりはましであった。

「お風呂わいたんじゃない？　先に入ってよ」

そういわれて慌てて湯に入った。ぐずぐずしていると征子が押しかけてくる。白くてぶよぶよした裸体と触れ合うと、それだけのことで卓二は鳥肌がたちそうになるのである。いつも、さっと流してすぐあがることにしていた。

今夜もそうだった。座敷をのぞくと征子は枕もとに水差しをおいているところだったが、振り返って、ほんとにあなたのは烏の行水だわねといった。早くでられてしまったことが幾らか残念そうな口ぶりに聞えた。

「死んだ父が着てたんだけど、ものは上等なのよ。丈がおなじくらいだからよく似合うわ」

ネルの単衣をすすめておいて、自分もタオルのパジャマを抱えて湯殿にいった。

亡父が着たという寝巻を着てみた。くるぶしの遥か上までしかない、短いしろものだった。卓二はおもしろくもなさそうな顔で蒲団の上に腹這いになると、タバコを引きぬいた。火をつけ、所在ないままにあたりを見回しているうち、ふと畳におちている赤い表紙の手帳に目がとまった。かがんで夜具をのべているときに、するりと辷り落ちたのだろう。

前にもいったように、卓二は道徳観念のうすいところがあった。何の抵抗感もなしに他人の信書をのぞき見することのできる男なのだ。だからそのときもむっくり起き上がると、躊躇なく手帳をとり上げた。好奇心というよりも退屈しのぎの行為にすぎない。

手帳はポケットダイアリであった。正月の十日ぐらいまではみじかい記事がしるされていたが、それから後は空白になっている。日記が三日坊主におわることは中学時代に経験があった。彼女も克己心《こっきしん》に欠けるとみえるな。卓二の黒い顔にかすかな苦笑がひろがった。

卓二はなおもぱらぱらとページをくっていたが、そのうちに急に頬のあたりがぎくりとひきつった。左のページの上に《番場卓二》と書いてあり、その下に行をあらためて《body》と記入されていたからだ。はじめのうちはその意味が摑めなかった。解らぬままに前後のページを開いてみると、男が五人で女がひとりの、卓二を加えて七人の名がしるされている。

そして卓二を除いた男女六人の名の下には、金額をあらわす数字と、日付を意味している数字らしいものとが、鉛筆で書き込まれてあった。

考えられることは、石野征子が日付の当日にそれぞれの男女に対して金を支払ったか、逆に支払いを受けたかのいずれかであった。金額はいずれも一万円だが、彼女が払っていたとすると月の合計は六万円になる。三万円前後の給料取りにすぎない征子が、月に六万円の金を払っていたとは考えられない。とすると、これは六人の男女から一万円ずつの金を受け取っているものと解してよさそうであった。

卓二はそれが強請であることを直感した。おそらく、いずれの場合も交換手としての立場を悪用して盗聴したものに違いない。そこに記入された人名がそろって社の連中であることから、そう見当をつけた。

卓二は、唯ひとりの女である山辺和子《やまべかずこ》の顔を思いうかべてみた。アイススケートの上手なその子は茶目で明朗な性格の持ち主だったが、どうしたわけか、この半年ばかり前から妙に元気を失っていた。若い仲間たちは秘かにボーイフレンドに捨てられたんだぜと噂をし合ったものだ。が、ほんとうの原因はここにあったのではないだろうか。月々一万円、それも期限を切らずに強請られどおしというのでは、気が滅入るのも無理はなかった。

もう一度自分のページを開いた。そしてそこにしるされたbodyという英字を見ているうちに、卓二の顔はみるみる赤くなっていった。それは恥辱のためでもあり、同時にまた憤怒《ふんぬ》のためでもあった。彼は、月々一万円也の値段で肉体を買われたに過ぎないことを知ったのだ。

ふいに影がさした。

「見ちゃったのね？」

「見たとも」

開きなおったように答えた。化粧をおとした征子は一段とうすみっともない顔をしていた。その顔の半分を口が占めている。

「おれの値段が一万円だとは知らなかったな」

「そうじゃないの、そんな意味じゃないのよ。あなたをわが物にしたというつもりで書いたの。怒らないで、解ってくれるわね？」

抱きつかれれば抱きつかれるで一層おぞましい気持になる。むりやりに腕をほどいた。

「あとの連中も強請られてるんだな？」

「口止め料なのよ。交換手をしてるといろんな情報が入るの。聞くまいとしても入ってくるんだわ」

「恨まれるぜ。暗い道をあるくとき用心するんだな」

嫌味たっぷりに脅かしてやった。しかし彼女は平然としていた。

「対策は考えているわよ。あたしの身に万一のことがあったら、一切の秘密を書いてあるノートが自動的に警察の手にわたるからっていってあるの。みんな本気にしてるわ」

狡猾《こうかつ》なやつだと思った。また被害者たちにしても、月々一万円程度の実害では征子の生命を狙うこともないだろう。金額を一万円におさえたところにも、この女の頭のよさが認められるのだった。

「すると大沢《おおさわ》君も犠牲者のひとりなのかい？」

犠牲者といわれて一瞬いやな顔をしたが、すぐに頷いた。大沢敏夫《としお》は庶務課に籍をおく三十男だった。同時に彼は、第一、第三土曜ごとにこの家でひらく麻雀の会の常連でもあった。平素から顔色のわるい動作のにぶい男で、見るからにうだつが上がりそうになかった。パイをいじるその手つきからして不器用なのである。

「きみにいびられていながら、麻雀をやりに来るというのかい？　その気持が解らんな」

「大沢さんも好きなのよ。それに、本来ならば二万円以上の口止め料をもらわなければ間《ま》尺《しゃく》に合わないところを、一万円でがまんして上げているんだもの、麻雀ぐらいはつき合ってくれるのは当然だわ」

自分のいっていることが理屈に合おうが合うまいが、征子は平気だった。

卓二のタバコの袋からハイライトを引きぬくと唇にはさんだ。自分のタバコが切れてしまうと、彼女自身はハッカ入りのｍｆが好きであるくせに、誰彼のタバコを失敬しては吸うのである。それならば好みの品を一つ余計に買っておけばよさそうなものだが、そこが彼女の吝嗇なところなのだ。たかるのはみっともないから止めたほうがいい。以前にそう注意したことがあった。だがいうことをきくような女ではなかった。タバコって気分のものよ、ただで吸えると思うといつもの倍もおいしいわ。そう答えて洒々《しやあしやあ》としている。卓二は忠告するのを諦めた。

一つ寝床に腹這いになってふたりは黙々とタバコをふかしていた。

「ねえ、なに考えているの？」

「将来の設計さ」

と、彼はみじかく答えた。だが卓二の脳裡にあるのはまったくべつのことだった。征子から逃れるには殺すほかはない。いままで踏ん切りがつかずに躊躇していたのは、いいアリバイが考案できないからに過ぎなかった。小説にでてくるような素晴らしいアリバイを思いつくことができないからであった。では、そのかわりにだれかほかのものの犯行であるように工作して、そいつに罪を転嫁したらばいいではないか。うすぼんやりした大沢敏夫はその点で恰好のカモだと思った。

やがて一服のタバコを灰にしてしまうと、横に向きなおって征子に腕をまわした。

「でも、なにか厭な気持だな」

「何がよ」

「この手帳のことさ。ほかの連中はどうでもいいけど、ぼくの名がのってると思うと気が休まらないな。いまみたいにさ、いつだれがどこで覗くか知れたもんじゃない。そのときぼくの名の下にボディなんて書かれていたんじゃ、きみとの関係がいっぺんで判っちまう」

「いいじゃないの、そのうちに結婚するんだもの。それに、大切な手帳を落としたりなんかしないわよ」

「用心していてもさ、万一ということがあるよ」

と、彼はじれったい心を押えつけて甘い口調をつづけた。指先でちぢれた髪をなぶっている。この女にふさわしい鋼鉄のように固い毛だった。

「ほかの人がちゃんと金を払っているのに、ぼくだけが肉体を提供しているとなると、なんのことはない、ぼくはきみの男妾みたいに誤解されるじゃないか」

男妾という言葉にわざとアクセントをおいた。

「男性としてこんな恥ずかしいことはないからな。世間にはコールガールの向こうをはってコールボーイというのがいるそうだが、いくらゼニのためとはいえ、こんな情けない仕事をするやつの気が知れない。もし彼らが恥ということを知ったなら、即座に近くのビルの屋上にかけ上がって、そこから飛び降り自殺でもしなくちゃなるまいね。つねづねそう考えていたぼくがだよ、仮りにも男妾だなんて誤解されたとしたら、恥を知るものとして生きてはいけないね。男妾とコールボーイというものの間には後者が不特定多数の女を相手にする違いがあるだけだ、体を売るっていう点ではおんなじことなんだからね」

熱っぽい調子で囁いた。囁くというよりも、声こそ小さかったが、征子の耳に吹き込んだといったほうがいい。

卓二の狙いは、この手帳から彼の名を抹消することにあった。疑惑の眼を大沢敏夫に向けさせるためには、彼が強請られていたことを係官に悟らせねばならない。それにはこの手帳を目に触れさせることが必要だが、そこに卓二の名が記入されているとなると、彼にも動機のある事実が摑まれてしまう。それを避けるには、なんとしても卓二の名とボディという文字を消す必要があった。それも、征子自身の手で消したことをはっきりさせなくては効果がうすい。

「きみにはまだぼくって男の性格が解っていないらしいけど、ぼくは見てくれ以上に体面を気にするほうだからね。よく西洋人は決闘をやるだろう？　あの気持わかるなあ。ぼくだって体面を傷つけられたり名誉を傷つけられたりすれば、即座に手袋をつけるな」

こういう女には気障っぽいセリフのほうが効果的かもしれない。卓二はそう考えた。

「そんなに消してもらいたければ消すわよ」

卓二の口説きが効を奏したらしかった。ふいに彼女は手帳から細い鉛筆をぬくと、そこに記入された文字を塗りつぶしにかかった。しかし彼が欲しいのは征子の筆跡なのだ。

「なに、簡単に線をひいて消してくれたのでいい。その下にちょっと書き入れてくれないか」

もしれなかった。

「どんなふうによ」

「そうだな。……上記の件双方の諒解により抹消。これでいいんじゃないか」

征子は案外すなおに鉛筆を走らせた。こうした面倒な仕事は早くすませてしまいたいのかもしれなかった。

3

ひたすら石野征子を愛しているように見せかける一方で、ひそかに高林映子とのデートをつづけてきた卓二は、ここでまた一段と多忙になった。大沢敏夫を犯人とするにはどうしたらよいか、そのことに日夜知恵をしぼらなくてはならなかったからである。

もともと彼は大沢が嫌いだった。嫌いというよりも軽蔑していた。会社でもその存在を頭から無視していたといっていい。それがひょんなことから征子の麻雀の会に顔をだすようになって、大沢がメンバーであることを発見したのだった。意外だったが、先方でもおなじように思ったに相違ない。

卓を囲むようになって三か月たった現在でも、彼に対する印象は少しも変らなかった。かさかさとした表情のとぼしい顔や緩慢な動作を見ていると、ただむやみと腹立しくなってくる。必要があるとき以外は口もきかなかった。

そうした態度がもうひとりのメンバーである会計の関根《せきね》の目に余ったのだろうか、注意されたことがある。少しつっけんどんにすぎやしないか、というのだった。以来、関根の前では遠慮するが、それはあくまでも関根がいるときに限られていた。そうした大沢敏夫をいけにえにすることに、彼がためらいを感じるわけがなかった。

最初に考えついたのはあらかじめ大沢の所持品を失敬しておき、それを屍体のそばに置いてくることだった。例えばライターとか手帳といった、つねに持ち歩いている品物である。しかしよく検討してみると、それはいかにも工作めいていた。加えて、ライターにせよ手帳にせよ、相手に気づかれずに引きぬくことが難しかった。また、たとえうまく手に入れることができたとしても、彼が紛失に気づいてしまう場合もあり得るのである。ライターがなくなった、だれか知らないか。服のポケットをあらためた後、彼はそういいながら机の周囲をさがして回るだろう。その紛失したはずのライターが殺人現場に落ちていたとしたら、どんな愚かな刑事でも、犯人が大沢の犯行に見せかけるために故意に遺留していったことは容易に見抜くことだろう。あるいはまた、征子の家で恒例の麻雀をやり、終って立ち上がった拍子にポケットから、辷り落ちたのだと説明されれば、それでおしまいだ。反論のしようがない。

所持品を残しておくことはうまくない。そういう結論がでると彼はすぐその考えを捨て、べつの案を検討することにした。ゆき帰りの電車のなかでも寝床に入ってからも、彼が思考を集中したのはそのことについてであった。そうしてやっとのことで到達した名案は、つぎのようなものだった。

大沢は甘栗の好きな男である。土曜日の麻雀がおわって征子の家をでると、国電の駅前の焼栗屋に寄ってひと袋もとめるのが例であった。子供はなく、つれ添った細君は肺結核のため二年前から入院加療中なのだ。徒然《つれづれ》をもて余している大沢は所在ないままに、買って帰った栗をひとりでぼそぼそと齧《かじ》るのである。うす汚れた万年床にもぐって栗を食っているこの男の、不精髭《ぶしようひげ》の生えた不潔な横顔を、卓二はくっきりと思い浮かべることができた。

卓二が征子を殺した現場に、さり気なく、彼の指紋のついた甘栗の外皮をころがしておいたらどうだ。甘栗の皮には牛乳と砂糖がねっとりとまぶしてあるから、指紋がはっきりとつくことは間違いない。これほど持ってこいのものは他にないくらいである。

もっとも、これだけのことだったら大沢も容易にいい抜けができるだろう。焼いた栗が好きだから自宅にいるときしばしば食べる。その皮がズボンの折り返しにでも入っていて、征子の家で麻雀をしているときにこぼれ落ちたのではあるまいか。大沢がそう弁解すれば当局も否定するわけにはいかない。これでは先のライターの件と相違がないのである。その手を封じるためにはどうすればよいか。

答えはすぐに出た。被害者である征子にもまた、殺す直前に甘栗を食わせておけばいい。つまり、具体的にいえばこういうことになる。

犯行の日を五月の第三土曜に予定していた。会社がひけると卓二も大沢も征子の家に直行し、夕食のすしを食う三十分を除くと、あとはぶっつづけでパイをいじる。そして、九時がすぎたころに散会になるのが毎度のことであった。小じわを気にかけはじめた彼女は、睡眠不足が美貌の敵だという美容家の言を忠実に信奉しているからである。こうして九時半ごろまでには三人の客がそろって征子宅をでる。同時に征子も吸いつくしたmfを補給するために、近所のタバコ屋までついてくる。

さて肝心なのはここからだ。タバコを買った征子と別れたのち、卓二は殺意を胸中に秘め、何気ない顔つきで駅のほうへぶらぶらと歩いていく。そして大沢が国電に乗り、もうひとりの関根がバスに乗るのを見届けた後で、甘栗を買ってから再び征子のところに戻る。もちろん、彼女は大喜びで卓二を迎えるだろう。そこでおもむろに甘栗をすすめる。適当に食べたところで凶行。そののち、彼女が剝いた皮と自分が剝いた皮とを慎重に集めて袋に入れ、かわりに大沢の指紋のついた皮をほんの一つだけ、電灯のささない部屋の隅になげだしておく。

征子が解剖されるのは決まりきったことだし、そうすれば甘栗を食ったことはすぐ判る。それと、現場に残されていた皮の一片とから、メンバーと別れた後の大沢がふたたび甘栗の手土産を持って訪れ、二人してそれを食べたものと考えられる。その結果、大沢敏夫が犯人だとみなされることには百パーセントの期待が持てるのだった。

ただここで問題になるのは、麻雀が散会になってから先の大沢の行動だ。仮りに彼がどこかの居酒屋に入ってへべれけになり、看板になるまで寝汚く眠っていたとすれば、それで好個のアリバイが出来上がってしまうのである。だがうまいことに、彼は酒も呑めなければ女にも興味がないという不粋な男であった。加うるに細君の病気で出費がかさむ一方、麻雀ではカモにされる。ときには運がむいて大きく稼ぐ夜がないでもなかったが、大体においてしょぼくれた、うるおいをまったく欠いた生活をしていた。唯一の贅沢が甘栗を齧ることなのである。くる夜もくる夜も、自分の部屋でしょんぼりと膝小僧をかかえて栗の殻をむいているのだ、アリバイを立証できるわけがない。

しかし卓二はこれだけで満足はしていなかった。なるほど大沢が犯人とみなされることは間違いなかろう。が、万一なにかが狂って彼が疑われた場合にそなえて、自分のアリバイを用意しておかねばならない。欲をだした卓二は、さらにこの計画に熱中した。アリバイと簡単にいうが、いざそれを案出するとなると容易なことではなかった。会社でアミダがあったとき、彼が味噌あんの柏餅を葉っぱごと齧ったといって大笑いされたことがあったけれど、本当のことをいえば、心のなかではアリバイ工作の手段をしきりに考えていたからだった。

それから三日たったころ、ようやく一つの方法を思いつくことができた。麻雀が終ったあと、彼は新宿のゆきつけの呑み屋に入って一時間ほど酒を呑み、それを従業員やなじみ客に印象づけておいて征子の家に戻ることにする。だから卓二としては、犯行がこの一時間内にあったように見せかけることができたならば、呑み屋の一時間が確固としたアリバイになるはずであった。では、犯罪が実際よりも早く行なわれたようにするにはどうしたらよいのか。眼目はここにある。

前にものべたように、吝嗇でしかもタバコ好きの征子は、客があるとこれ幸いとばかりに御先《おさき》タバコをやる。気心のあった連中との麻雀のときは、自分のmfを吸いつくしてしまうと、決って客のタバコに手をのばす。そうして散会になったあとで客と一緒に外に出、角のタバコ屋でmfを買うのである。いわば習癖といってもよいこのことを、利用してやろうと考えたのだった。

mfを買った彼女は自宅に帰るやいなや封を切り、火をつける。卓二も関根もハイライト党だから、それまで口に合わないタバコを吸っていた征子にとってmfは、渇をいやしてくれるものだろう。一本では我慢できなくて二本目を吸い、三本目に火をつける。こうして、卓二が新宿から戻ったころには半分ちかくが煙になっているに違いない。

さて凶行後、その袋に、あらかじめ卓二が用意していったべつのmfをつめて、十九本入っているようにする。そして灰皿に一本分だけの吸殻を残しておけばどうなるか。タバコ屋から帰った直後、なにはともあれ一服したところに、犯人が訪れたものと解釈されることは確かだ。そのころ新宿で呑んでいた卓二が犯人たり得るわけがない、ということになる。

卓二はようやく満足した。その夜の酒がひどくうまかった。

4

第三土曜を二日後にひかえた木曜の夜、卓二は、板橋の大山《おおやま》に借家住まいをしている大沢をたずねた。すぐそこの先輩を訪問したら転居していた。そこで帰りかけたところ、ふっと大沢のことを思い出したから寄ってみたのだ、という口実だった。

訪問されるような親しい仲ではない。明らかに大沢は面くらっていた。うす汚れた袷《あわせ》の上に帯をしめなおすと、ともかく座蒲団をすすめて向かい合った。征子の家も小さいがこの家もそれに負けずにせまかった。障子は紙の色があせて黄色くなり、穴だらけである。雨戸がしめてなかったら灯火が洩れ、外からみればさぞ風情があることだろうと思った。壊れかかった電灯の笠はセロテープで補修がしてある。それがみるからに不恰好なのは、いかにも不器用な彼の仕事にふさわしかった。満足なものといえば古道具屋から買ったようなうす汚れた茶簞笥と、その上にかかげてある大型の版画だけだった。額縁と、それにはめられたガラスだけでもかなりの値段になるだろうから、おそらく絵ともどももらったものに相違ない。

「いい絵ですね」

と、卓二は目をほそめた。もっともがらくたばかりの家だから、客が褒めるのはこの絵に決っている。大沢はうす黄色い顔をねじ曲げると、感情のない口調で答えた。

「もらい物ですよ。わが家ではいちばんの宝です。三石《みついし》さんという、シュールの版画では一流の画家の作品です」

両手をきちんと膝の上にそろえて、まるで作法の先生と話をしているみたいだった。麻雀をやるときも、大沢はその姿勢をくずさない。息がつまるではないか、気のきかない男だ。

「シュールはどうも理解しにくくて苦手ですな。率直にいわせてもらうと、この絵にしてもどこがうまいのか解らない」

「わたしも同感です。えらい先生の作品だからいい作品なのだろう、そう思ってみている程度です」

愚直な男らしく本音を吐いた。

その絵はたしかに理解しにくかった。全体が真っ黒で、そのべた一面の黒い色の上を、ときどき思い出したように白と黄の直線が光っている。顔を近づければまだ他の色の線もあるのかもしれないが、離れた場所からではそれ以外の色は見えなかった。

「題はあるのですか」

「ありますが忘れました。なにか難しいギリシャ語みたいなもので、なんとかコズモスという題でした」

要するに猫に小判なのだな、と思った。版画のことはこれぐらいにして、早急に用をすませなくてはならない。卓二は手土産の栗の袋をだした。有楽町で求めた品だった。

「二人で食おうと思いましてね」

しまい込まれるといけないので釘をさした。大沢が恐縮したように頭をさげたとき気づいたのだが、三十を過ぎたばかりだというのに、もう鬢《びん》のあたりに白いものが混っている。どこまで爺むさくできているのだろうか。

台所から持ってきた二つの皿がまたちぐはぐだった。一つは赤っぽい有田《ありた》の安物で、もう一つは一枚十円程度の瀬戸である。細君がいないのでは無理がないともいえようが、同じく独身の卓二でも、陶器のセットぐらいはちゃんと揃えていた。所詮、この男は浮かばれないなと思った。

二人はそれぞれの前におかれた皿の上に、剝いた鬼皮をすてた。大沢は歯をあててかりっと嚙むと、なれた手つきで上手に皮を剝き実をとりだす。そして、琥珀《こはく》色の木の実を掌にのせてじっと嘆賞するように見詰めてから、ぽいと口に入れるのだった。その瞬間、ひからびた顔に満足そうな微笑がじわじわと拡がっていく。つかの間の幸福がそこにあった。はたからみていて軽蔑したくなるような、きわめてささやかな幸福であった。

「水を一杯……」

「あ、そうそう。食い気に夢中で忘れてました」

台所へ立たせたのは、その隙に大沢の指紋のついた皮を手にいれようとする作戦である。ポケットにはそれを保管するための小瓶を用意していた。

と、見ていないのを確かめてそっとピンセットで皮をつまみかけたときに、台所から声がかかった。

「お茶だと眠れなくなるのですか」

「そんなデリケートな神経じゃないですよ。どちらかといえば図々しいほうです」

あわてて手を引っ込めながら、笑いに誤魔化した。

「どうも気がきかなくてわれながらいやになる。お茶がよろしければ入れますよ。これも到来物ですが静岡の上等なのがあります」

茶を入れてくれたのはいいが、茶碗がうす汚いのには閉口だった。ちゃんと洗ってはあるのだろう。だが、渋が一面にくっついているのでなにか気持がわるい。我慢してようやく一杯飲んだ。

そろそろ口実をもうけて席をはずさせなくてはならない。そう考えていると、今度は逆に、卓二のほうで台所へとんでいかなくてはならなくなった。大沢が自分の膝の上にたっぷりと茶をこぼしてしまったからだ。

「すみません、手拭いを。台所の奥の洗面所にあります。すみませんな、立つことができないもんで」

卓二はいわれたとおり洗面所にいって煮しめたような色のタオルをとってきた。こんなときに茶をこぼすなんて大沢らしいぶきっちょなことだ。心のなかでそっと彼は舌打ちをした。

残った甘栗はあとの楽しみにします。大沢はそういってしまうと、茶だんすから、頂いたものですがとカステラをとり出し、すすめた。もらい物ばかりでいやがる。腹のなかで嘲笑いながら、卓二はカステラをつまんだ。

卓二が目的を果たしたのはそれから十分ほどたったころだった。大沢がトイレにいったチャンスをつかんで手早く二個の殻をピンセットでつまみ、小瓶におさめることに成功した。大沢が戻ったのは、彼がピンセットを上衣の内ポケットに入れ、さらに何食わぬ顔で茶を飲んでいるときであった。

ふいに気がついたように時計を見上げると、おや、もうこんな時間かと呟いた。みるからに自然な動作だった。

「初めてお尋ねしてすっかり長居をしてしまった」

「いえ、何一つおもてなしもできなくて」

「土曜の麻雀には出席ですか」

「出ますとも。麻雀はおもしろい。あれを発明したことだけでも中国人の頭の良さが解りますね。とにかく、勝負事のきらいなこのわたしを夢中にさせるのだから」

にぶい光をたたえた目が、その一瞬だけきらりと輝いたようにみえた。

家に帰ってから小瓶をとりだすと、ピンセットでつまんだ栗の皮を電灯の光にすかしてみた。指紋の筋がくっきりとうき上がるように認められた。二個のうち、拇指紋《ぼしもん》と思われる大きな指跡のついたほうを用いることにして、他の一つは燃やしてしまった。余計なものを保存しておいて、そこから足がつくようではつまらない。

凶器はタオルを使うことにし、すでにデパートの特売場で手に入れてあった。たとい出所がつきとめられたとしても、あの混雑した売り場では店員が彼の顔を覚えているわけもないのである。こうして一切の準備をととのえた卓二は、土曜日がくるのを待ちうけていた。

5

その夜の麻雀は五荘《ウーチャン》をたたかわせて九時十分に終了した。散らかった席をそのままに、征子がみなと外に出たのは九時半になろうとするところだった。

「空気が甘いわ」

強請屋とは思えぬ声をだした。それは他の三人の男にとっても同じだった。タバコの煙でにごったせまい和室から、降るような星空のもとに解放されてみると、だれしもが、思う存分に胸をひろげて深呼吸をしたくなる。

「今夜はついていなかったよ。かみさんが怖いね」

散々にすってしまった関根がなさけない調子でいった。強請られていないのも彼だけならば、粋な着流しも彼ひとりであった。バスで十五分ほどの距離に住んでいるから、着替えて出席することができるのである。

　三人の客にとって通いなれた夜道だった。

「ちょっと」

　そうことわっておいて征子はタバコ屋に駆け込んだ。関根は懐中からケースをとりだし、ハイライトをくわえた。大沢はぼんやりと空を見上げていた。

　征子が戻ってくると卓二は声をかけた。

「ｍｆかい？」

　名を確認しておく必要がある。万一ほかのタバコを買ったとしたなら、こちらもそれに応じた策をたてなくてはならない。

「そうよ。どちらかというと発売中止になったみどりのほうが好きだったんだけど」

　さらに百メートルほど先の四つ辻までくると、征子は立ち止まってだれにともなく手を振った。十一時前に卓二がもどって一泊する約束になっている。だが征子はそうした様子はおくびにも出さず、ただ素早く彼の二の腕をつねっただけだった。

「それじゃまたね。今度は関根さんに敗けてあげる」

「ぜひそうして欲しいよ。薄給の身ですからね」

　征子と別れ、卓二達は明るいアーケードの下を歩いて高円寺の駅にでた。

「ぼくは少し古本屋をひやかすことにする」

予定したとおりのセリフを卓二はいった。三人の男は声をかけ合って散った。関根はバスの停留所へ向かい、大沢は甘栗屋のほうに足をむけた。卓二は古本屋のある通りのほうへ大またで離れていった。が、角を曲がると急に立ち止まり、目が大沢の後ろ姿を追った。そして甘栗の袋を片手に改札口をぬけるのを確認すると、今度はバス停に目をむけて、関根が乗り込むまで辛抱づよく待っていた。彼が新宿行きの国電にのったのはそれから十分ばかり後であった。

ゆきつけの呑み屋は西口の裏通りにある。調理台の向かい側には白い上っ張りの料理人が六人、それぞれ豆絞りの手拭いで向こう鉢巻をしめ、忙しそうに包丁をさばいていた。いま赤貝の身を叩きつけているかッちゃんという名の若い衆が、妙に卓二と気が合う仲だった。彼はその前に坐り、顔見知りの常連に目で挨拶をしてから、赤貝と、あさつきのぬたを注文した。この店は燗酒のほかに一合升《ます》で冷やを呑ませる。卓二はまずそれを命じて半分ほど呑むと、今度はホヤの二杯酢をつくらせた。

「本当にうまいのかい？」

「こたえられねえってのはホヤのことですね。ただし慣れないうちはにおいがいやだって人が多いね」

「鼻をつまんで食うからいい。そいつを一人前だ」

しばらく常連たちとホヤ談義がつづいた。初めてホヤを食うということで人々に印象を残すのが彼の作戦なのだ。ついで酔いがまわったふりをして、いま何時？　いま何時？　としきりに時刻を訊いた。

「楽しみにしている番組があるんだよ。見のがしたら大変だからな」

なぜ時刻を気にしているのかと尋ねられると、そう答えた。これもあらかじめ用意しておいた言葉だった。

いよいよ勘定を払う段になって金が足りないという口実で腕時計をはずした。

「旦那、昨日や今日のお客さんじゃなし、いいんですよ」

「いやだ。気がすまないから取っておけ」

足もとをふらふらさせながら、酔漢らしいみえを切った。

新宿の雑踏のなかに入ると千鳥足がしゃんとなった。国電で高円寺までもどり、駅前のタバコ屋でｍｆを買った。本来ならば顔を覚えられぬように自動販売機を利用するのが賢明なのだけれども、ハッカ入りのような特殊な好みのものは備えていない。どうしても店で買うほかはないのである。

商店街のアーケードを歩いていると、不意に背後に足音がして肩を叩かれた。振り返ると見知らぬ男が息をはずませている。

「すみません、いまのタバコは専売公社に返品することになっているんです」

「返品？」

「カビが生えてるってお客さんから苦情があったもんで。こちらが今日入った新品です」

危ないところだ、カビがでたタバコをmfの袋に補給しておいたらたちまち怪しまれてしまう。

「こっちは大丈夫なんだろうな」

と、念を押した。おのずと口調が辛辣《しんらつ》になってしまう。

「はあ、それはもう……」

若者はしきりに頭をさげて離れていった。

彼が再び征子の家のドアをノックしたときは十一時をすぎていた。大体が不精な女だから、あれから二時間もたっているのに茶の間は散らかったままになっている。しかし、犯行があったのはタバコを買って帰宅した直後ということになるのだから、片づけられていたのでは却って困るのである。

奥の座敷には早くも床が敷いてあった。客用の座ぶとんをおって、バスタオルでくるんであることも、いつものとおりだ。

「あら呑んで来たの？」

咎めるようないい方だった。こんなのが古女房になったら亭主たるもの息がつまってしまうだろうな、と思う。

「お風呂わいてるわ」

「寝る前に入らせてもらうよ。どうだ、甘栗を食べないか。焼きたてだ、ほかほかしている」

しかし征子は大して欲しくはなさそうだった。腹がくちいから明日にするといって手を出そうとはしない。

「一つや二つは食えるだろう。きみがさぞ喜ぶだろうと思って買ってきたんだぜ」

少しふくれてみせると、機嫌をそこねてはまずいと考えたのだろうか、座卓のむこうに坐って手をだした。元来がうまいものだから、食べだせばはずみがついてくる。わずかの時間に卓の上は皮だらけになった。

「お茶を入れてくれないかな」

卓二はここでも同じようなことをいい、茶を入れている女の背後に回っていきなり頸をしめた。

征子の命をうばうことは思ったよりもはるかに簡単だった。が、逆に難しかったのは後の工作のほうであった。庭で木の枝をふみ折るような音がしたり、窓のあたりで微かな音が聞えたりするたびに、卓二は動作を止め顔色を失った。そして気のせいだ、だれも覗いているはずがないのだと自分にいいきかせて、残った元気をふるい起すのである。額の汗は、ふいてもすぐにまたにじんできた。

気をむりに落ちつけて、凶器のタオルと、テーブルの上の栗の殻を一つのこらず拾い上げて鞄に入れ、ついで小瓶のなかから指紋のついた殻をとり出した。犯人は栗の皮をのこらず始末したつもりでいて、つい一つを見のがし、そのために自分の頸をしめ上げる結果になるのである。だからそれは、犯人にとって盲点ともいうべきところに転がしておくのが最上であった。だがどう考えてみても手ごろな場所がみつからない。いたずらに迷って時間をつぶしていては危険なので、思い切って箪笥の陰におくことにした。争う拍子にそこまで飛んでいったのだが、興奮していた犯人はまさか箪笥の横に転がったとは気づかずに、それを拾い残して逃げ去った。……きわめて自然な、ありそうなことだった。

ついで灰皿に目をやった。関根と卓二がすてたハイライトの吸殻にまじって、口紅のついたのが十本余りある。征子が二人から強奪して吸ったハイライトであった。そのほかに、おなじく口紅のついたｍｆが八本。これは征子が先程タバコ屋で求め、帰ってから吸った分なのだ。つまり征子は、あれから二時間のうちに八本吸った勘定になる。卓二の計画は、このｍｆを一本しかのまないうちに殺されたように見せかけることにあった。彼はポケットからピンセットをとり出すと、八本のｍｆの吸殻のうち一本だけを灰皿にのこし、あとの七本をつまみ上げて持参した袋に入れた。

ついでまず買ったばかりのものの封を切る。そしてピンセットで手袋をはめた指を使って、卓上になげだされている征子のｍｆの袋のなかにあたらしく七本のタバコを詰めた。きちんとおさめるのは少し難しい仕事だったが、それでも時間をかけているうちに、どうやら恰好がついた。

　それがすむと今度は座敷にいって客用の枕をほどき、座ぶとんは座ぶとんのある場所に、タオルは湯殿にもどしておいた。その夜、衾《しとね》を共にする男が訪ねるはずであったことは知られないほうがいい。そう考えたからでもあったが、征子がタバコを買って帰宅した直後に殺されたのだとすると、床を敷くほどの時間的なゆとりがあっては不自然だからでもあった。夜具をたたむと押入れに入れた。

　一切の仕事はこれでおわったことになる。座卓の上には二人分の茶碗が並べてあるけれど、べつに手を触れたわけでもないのだから彼の指紋がついているはずもない。が、念を入れるに越したことはないと考えて、二個の茶碗をハンカチで拭き、茶箪笥にしまい込んだ。少し神経質になっているな、そう反省した。

　屍体のほうはなるべく見ないようにしているのだが、ともすると見えない糸に引っ張られるように、視線がそっちへ向いてしまう。その度に卓二は慌てて目をそらす。そして、落ち着くんだぞと自分にいい聞かせる。

　いちばん気をつけなければならないのは余分の指紋を残すことであり、つぎは所持品を遺留していくことであった。大沢を陥れるつもりでいながら自分の物を落としていったのでは、せっかくの苦労が水泡に帰してしまう。卓二は電車の乗務員が信号を口にだして確認するように、一つ一つ呟きながら鞄の中身を点検した。そして万事に遺漏のないことを確かめてから、電灯を消して死の家をでた。

6

さすが神経がまいってしまった。床に入っても容易に寝つかれない。睡眠剤のちからを借りて眠ると、それでも翌朝はすっきりした気持で目覚めることができた。ただ食欲がなかった。どう努力してみても、パンと牛乳がほとんど喉をとおらないのである。

月曜日。石野征子の無断欠勤は交換室内でこそ話題になったそうだが、それ以外の場所ではだれも問題にするものはなかった。彼女の家には電話がひいてないから、欠勤の理由を問いただす同僚もない。事件が発覚するのは早くて明日だ。卓二はそう考えていた。

朝起きると洗面の前にまず朝刊をひろげる。退社のときは駅前で夕刊を買ってのぞき込む。昼食をとりながら、目は終始ブラウン管のニュースに釘づけにされる。だが、火曜になっても水曜になっても、事件は報道されなかった。そのたびに卓二はほっとしたような、それでいて、落胆したような、矛盾した気持になるのだった。

発見がおくれる理由はいろいろと考えられた。職場に征子と親しい同僚がいるならば、彼女が帰宅の途中で寄り道をして様子をみるに違いないのである。そのことから推してみても、彼女が職場でいかに人気がなかったかということが判るのであった。また征子が家庭の主婦でもあったならばご用聞きの店員がやって来ることもあるだろうが、留守がちなオフィスガールなのだから、小僧が訪ねるわけもないのだ。偶然の機会に発見されるまでは、この状態がつづきそうに思った。

木曜日の夜のことだった。二合ばかり呑んでいい気持になった彼が、アパートの部屋に帰った途端にベルが鳴った。気のせいか妙にいらだたしげな音であった。卓二は靴をぬぎ捨てて受話器をとった。

ききなれた声が伝わってきた。

「わたしですよ。大沢です」

「なにか用ですか」

つい小馬鹿にした口調になってしまう。こんなつまらぬ男に電話をかけられるいわれはない。

「用があるからお掛けしたのです」

そういい返されてむっとした。いままでの大沢には似つかわしくない押しの太い口吻なのだ。

「用があるなら早くいってもらいたいですな」

売り言葉に買い言葉である。喧嘩腰でいい返した。

「それじゃいいますがね、一週間ほど前にわたしの家を訪ねて下さったことがありましたな」

「ああ」

「先輩の家にいってみたらいつの間にか移転していたので、同じく大山に住んでいるわたしのことを思い出したという話でした」

「そう」

「ついでにわたしが甘栗が好きだということも思い出して土産を買ったと、そういっていましたな」

いちいち念を押しやがる。腹が立ったから返事をしなかった。

「するとその甘栗は大山近辺で買ったことになるのですが、あの袋には有楽町の店の名が書いてありました。訝しいな、なぜつまらん嘘をつくのだろうと思いましたよ。疑りだすと、別段親密でもないわたしを、手土産さげて訪問すること自体が奇妙にみえてきます。なにか目的があるんだな、それに違いない。そう思って警戒することにしたのです」

「ふむ」

「あなたは唐突に水が飲みたいと言い出した。きたな、と思ったものですよ。そこで台所にいくと、水を汲むふりをして正面の壁にかけてある版画を見ていたのです。黒い絵の上をガラスがカバーしているから、いってみれば鏡みたいなものです。あなたの動作がはっきりと映っている」

はっとなった。急に相手の存在が不気味に思われてきた。大沢のいおうとすることが朧《おぼろ》気《げ》ながら解りかけた。

「わたしが声をかけるとびっくりして手を引っ込めたけれど、あなたの狙いが甘栗の殻を手に入れることにある、と直感的に見ぬけました。他人が食べた栗の皮が欲しいわけはない。とするならば、皮についたわたしの指紋に執心があるのだ。そう考えるほかはありません」

「…………」

「推察できたのはそこまでで、それ以上の見当はつかない。けれども、それが邪《よこしま》な目的に用いられるだろうということは察しがつきました。失礼ながら、あなたという人物がどんな人間であるか、つまりあなたの人間性は、わたしにはよく解っているつもりです。これは油断できないぞ、そう思ってつぎにとるべき手段を考えました」

受話器をにぎる掌がじっとりと汗ばんできた。卓二は呼吸するのも忘れていた。

「わたしは故意にお茶をこぼした。あなたに席をはずさせるためにです。そしてあなたが洗面所へいっている間に、手早く、わたしの皿の上にある皮と、あなたの皿の上の皮とを入れかえておきました」

「…………」

「だから説明するまでもなく、あなたの皿の上の殻はわたしの指紋のついたものだし、あなたが虎視たんたんとして狙っているわたしの皿の上の殻には、なんとあなたの指紋がついていたわけですよ」

「…………」

撲られたように頭がぐらっとなった。

「いいですか。わたしの皿の上には、あなたの指紋のついた皮がのっているのですよ。だからわたしは、取り替えっこをした直後から、甘栗を喰べることを止めてカステラにしたのです。これ以上甘栗を喰べつづければ、わたしの皿の上にわたしの指紋のついた殻を捨てなくてはならない。それを避けるためにです」

「………」

「もっとも、あなたには一向にわたしの心が見抜けなかったようですな。失礼ながら、そんな間抜けさ加減ではとうてい殺し屋はつとまらない。早くお止めになるほうが身のためでした」

調子にのって薄っぺらないい方になった。だが、卓二には反撃を加える元気もない。

「さて、今度はわたしのほうがわざと席をはずした。勿論、あなたに機会をあたえるためです。わたしは手洗いにいったふりをして、そっと覗いていました。あなたは少しも怪しまずに、わたしの皿から皮をつまみ上げていました。わたしは、こみ上げてくる笑いを必死になって押えつけていましたよ。いうまでもなく、あなたが小瓶につめたのは自分の指紋のついた殻だったのですからね」

卓二は色を失なった。立っていることができなくなってその場に坐り込んでしまった。苦心のすえ入手して、現場においてきた殻についていたのが自分の指紋だったとは！

「話はおしまいまできくものです。あなたがどんな犯罪を企らんでいるか解らなかったが、わたしが犠牲にされることは判っていた。だからわたしは必死になって自分の命をまもろうとしました。そして敵の作戦を知るためにあなたを尾行した。翌日の金曜日、会社がひけたあとのことです。あなたは地下鉄で池袋へでると、だれかを待ち合わせていた。てっきり高林さんとかいういつもの恋人と逢うのかと思っていると、そこに現われたのは石野さんでした。石野征子さん、あの狡猾な強請屋があなたの愛人だとは意外でしたよ」

「…………」

「どんな弱味をつかまれたのかは知らないが、強請られていることは明白です。こうなると、あなたが殺そうと計画を練っていたのがこの女であることも判ってくる。そして、その犯行をわたしに負わせようとすることも理解できました。わたしもあの女には強請られているのだから、明確な殺害動機がある。理想的な擬似犯人です」

「…………」

「しかしわたしはちっとも恐ろしくなかった。逆に、滑稽でならなかった。あなたが自分で自分の頸に縄をまきつけるとも知らずに、屍体のかたわらに甘栗の殻を捨てている図を想像するとね」

「…………」

「番場さん、聞いているんでしょうな？　気絶するほど気の弱いあなたじゃないはずだ」

「聞いてるとも」

負けずにいい返した。しかし事実は、そう答えるのがやっとのことだった。すべてはおわったのだ。

「元気がないですな。気つけにウイスキーでも呑まれたらどうです？」

「余計なことはいわなくていい！」

「おっと失礼。それでは話をつづけますが、わたしは終始わたしの神経を針の先のようにとがらしていた。ですから、あの麻雀のあとで石野さんがタバコを買った際に、あなたが『mfかい』と訊ねた一言がたちまちぴんときたのです。あの女はmf専門なのだからいまさら訊かなくとも判っている。それをさり気なく尋ねたところに、なにか重要な意味があるに違いない」

「…………」

「そこまではいったものの、具体的にどうするかはまるきり見当がつかないのです。そこで、こちらは何も気づいていないふりをしてなりゆきを見ることにしました。いつもと変わった行動をしては怪しまれる。そう思ったから例の如く甘栗を買い切符を買って改札口をぬけました。もちろんフォームには上がらない。多分あなたのほうも様子をうかがっているに違いないと思って、べつの出口からでて商店街の入口のところを覗いてみると、果たしてポストの蔭に立っている。あの恰好では関根さんがバスに乗るのを見届けるつもりに相違ない。そう考えたものです。まるで狐と狸の化かしっこみたいだが、間がぬけてるのは番場さん、あなたのほうだから、さしずめそちらが狸でしょうか」

「…………」

「そのうちにあなたは歩き出した。改札口をくぐって上りの電車にのったわけです。もちろんわたしは尾行しました。隣の車輛にのっていたのですが、あなたはちっとも気づかなかった。わかい女性のバストをしきりに観察しておいでだった。ふたりも恋人を持っているくせに、あなたは多情なお方ですな」

「うるさい、黙れ！」

「怒っちゃいけない。興奮しないで話を聞いて下さい。さて、一体どこへ行くつもりかなと思っているうちに新宿で下車した。途中で闇の女に袖を引かれたが邪慳《じゃけん》にふりほどいた。一見したところ堅蔵《かたぞう》みたいですけれど、すぐ後に殺人という大仕事が控えているのだから、それどころではなかったわけですな」

「…………」

「新宿の呑み屋での茶番も、離れたところから一部始終拝見しておりましたよ。呑めない酒を注文して酢蛸を食べながら、どうしても気になるのはｍｆのことです。一体あなたがどんなふうに用いようとするのか、幾ら考えても解らない。しかし見当がつかぬままに傍観しているわけにはゆきません。そこでともかく、あなたのｍｆが普通一般のありふれたｍｆではなくて、特殊なｍｆであるようにしよう。はなはだ消極的な手段ではあるけれど、ひょっとすると、いざというとき何かの役に立つかもしれない。そう決心したのです。特殊なｍｆであれば、どこでどんな工合に使用しようがすぐにばれてしまいますからね」

「特殊なｍｆ……」

小声で呟いた。相手のいう意味が理解できない。

「早い話が、あなたがこれから買おうとするｍｆに、一本一本インクで印をつけておいたらどうです？」

「…………」

「しかし実際問題としてそんなことは出来ない。そこで店の女の子に頼んで、ｍｆを一箱とピースを一箱買ってもらったのです。そしてｍｆのセロファン袋の底をはがし、更になかの紙袋のシールを破けないようにはがして中身をとりだすと、ｍｆのかわりにロングピースを入れておいて、元通りに封をした。つまり外側から見たところはｍｆだが、なかにはピースが入っている。あとは、このにせのｍｆをどうやってあなたに持たせるかというだけです」

唐突に卓二はカビが生えたタバコの一件を思い出した。

「すり替えたな？」

「ようやく気がつきましたな。高円寺に戻ったあなたがｍｆを買うのを目撃して、いよいよ決行の時がきたと思いました。そこで居合わせた若い男をつかまえると、考えておいたセリフを教えて、タバコ屋に化けさせたのです」

「…………」

「このタバコのなかにはおもしろい写真が入っている。前を歩いていくあの友人は融通のきかない堅物だから、少し教育してやる必要があるのだ。うまくいったら二千円やろうじゃないか。そんなふうに持ちかけたのです。結果はあなたが知ってるとおりですがね」

音をさせて唾液を呑み込んだ。

大沢のいうことが事実だとすると、いや、事実であるに違いないのだが、自分は、征子が吸い残したmfの袋のなかに違った品種のタバコを入れていたことになる。それがむなしいアリバイ工作であることも知らずに、ひたいに汗をうかべて一生懸命に……。

卓二はひくひくと喉を痙攣させた。

「おや、笑っている。笑っていますね？　わたしもおかしい。わたしを散々ばかにしていたあなたに、こんな見事な復讐ができたことを思うと、笑わずにはいられませんよ。アハ、アハ、アハハハ……」

耳の痛くなるような哄笑《こうしょう》であった。

敗北の打撃からともすれば失いかける意識のなかで、ふと卓二は、現場の窓の外から聞えた枯れ枝をふむ音を思い起した。空耳だとばかり思っていたあの物音は、本物ではなかったか。

そう考えたとき、大沢が、いままで考えていたのとは違ってずっと利巧な男であることに気づいたのだった。おめでたい顔をして卓二の計画にのせられたのは、単なる見せかけにすぎなかったのではないか。彼の真の狙いは、指一本よごさずに、ダニのように喰いついたきり離れようとしない強請屋を殺すことにあったのではないか。

憎い女は卓二が始末してくれる。しかも現場には、おのれを語るに名刺以上のもの、犯人自身の指紋を残していくのである。こんな結構なことはない。たとえ動機があるにせよ、またアリバイを立証できぬにせよ、大沢は疑われる心配がないのだ。その身は絶対に安全なのである。

「悪党……」

「なに？　もっと大きな声で。……聞えない。全然聞えないですよ。アハ、アハハハ」

ひとしきり勝ち誇った笑い声がつづいた。貧相な男のものとは思えない、ちから強い笑いであった。

卓二はふとい眉をよせ、受話器をおくことも忘れてこの笑いを聞いていた。

背徳のはて

1

ながい、そのくせ息づまるような行為のあとに、気だるい倦怠感《けんたい》がのこった。大里《おおさと》のごつごつとした指が、さもいとおしくて堪らぬように、北爪亜土《きたづめあど》のちぢれた髪をまさぐっていた。

亜土。この筆名は、大里がアドニスのような美少年であれとの希《ねが》いをこめてつけてくれた。事実亜土は、その名にふさわしい美青年であった。かねとちからは無かりけりの江戸川柳《せんりゅう》そのままに、痩せた体には細身のズボンがよく似合う。杏色《あんずいろ》の大きな眸《ひとみ》と赤く小さな唇とは少女小説の挿絵の人物を連想させた。その亜土を、大里は壊れやすい陶器でもあつかうように愛撫した。弟子の亜土をつねに傍《そば》に侍《はべ》らせておき、脚本書きという仕事に飽いてくると、日中であろうと寝室にひき入れた。

しかし、亜土がそれを嫌っていたというのは当らない。放送作家として世に出るためにはある程度の自己犠牲をいとうてはならないと思っている。大里の、力士みたいな毛むくじゃらの太い腕に抱かれることで作品が売れるようになったのは事実だから、辛抱した甲斐があったことは確かだ。が、ノーマルな人間にはとうていがまんできかねる醜悪な経験を何百回となくくり返してきたことからみても、亜土自身にその気があったという見方は否定できないのである。

高校生の頃の亜土は映画の脚本家を志望していた。傾倒したのはフランス映画だった。大学で仏文を専攻したのも、原語で鑑賞できるようになりたいと考えたからであった。フランスの作品に熱を上げ、サイレントのアヴァンギャルドが上映されているというので神戸まで出掛けたこともある。

輸入されたフランス映画の大半をみてしまった頃に、目から鱗《うろこ》がおちた。映画が斜陽芸術にすぎないことに気がついたのだ。映画づくりの難かしさが解ったともいえる。学校を卒業して社会人となったとき、これまで泡をとばしてまくしたてていた青臭い映画理論がなんの役にも立たぬことを知ると、さっさと放送作家になるべく方向を転換した。数百枚に達したプログラムもデュヴィヴィエの肖像写真も、一括して押入れに放り込んだ。

大里の門下に入って二年と少しになる。べつに彼の作品を高く買っていたからというのではなく、この下町出身の台本作家が放送界でかなりの顔役だという噂を聞いたからにすぎない。ボスがついていてくれれば自作を売り込むにもなにかと便利にちがいないという打算である。

亜土の狙いは誤っていなかった。正確に的を射た、といってもいい。書き上げたほとんどのものが電波にのった。もっとも、北爪亜土の名で発表された作品は一割ほどしかなかった。少しでも大里の筆が入ると、その作品の作者名は亜土から大里代二にかわった。

「きみ、ここんとこはブリッジでつなぐよりも、クロスフェイドさせたほうが効果があがる。解るね？」

持っていったラジオの台本を、そんなことをいわれてなおされたことがある。どういうわけでクロスフェイドさせたほうが効果的であるのか、その理由を少しも説明してはくれないから、「解るね？」と押しつけられるようにいわれても理解できるわけがない。そのたびに解らないのは自分の修業が足らぬからであり、やがては師匠がなぜ訂正してくれたかという理由にも思い当るに違いないと考えた。多分に女性的な性格の亜土には、疑問の点を積極的に問い返すだけの押しの太さはない。

そうした大里代二のやり方を、第三者はかなり批判的な目で見ている。そしてその声が亜土の耳に入ることもないではない。しかし亜土は大里のやりかたを不満に思ったことは一度もなかった。彼の性格がおとなしかったためでもあるが、師匠の名で売り込まれたほうが、たとえピンハネをされるにせよ、遥かにギャラがよかったからである。なよなよとした頼りな気な風情とは裏腹に、ものごとをすぐ天秤にかける計算だかい癖が彼にはあった。

大里代二は四十のなかばになるというのに独身であった。放送局員から聞かされた話では二十代にいちど結婚したことがあったが旨くゆかず、すぐに別れたという。つい先頃までよろめきドラマのヒロインをはまり役としていた著名な女優が、その細君だったのだと教えてくれた。あれほどの美人を妻にしてなんの不足があったのであろうか、亜土は不審に堪えなかったものだが、理由も間もなく解った。大里から挑まれたからだ。

陰湿な師弟の関係はすでに二年ちかくつづいている。その間、大里はまるで恋女房のように大切に彼をいつくしんできた。どんな熱烈な恋愛でも、結婚して二年もすれば女房が鼻につい てくるのが普通だというのに、大里の亜土に対する愛情は少しもうすれないばかりか、逆に等差級数《とうさきゅうすう》的にふかまっていくようでさえあった。つい先頃も、二万円もするネグリジェを買ってくれたばかりなのだ。罌粟色《けしいろ》をした寝巻をまとうと、亜土の白い顔と杏色の目はいちだんと淫靡《いんび》なものにみえた。それを大里はとろけるような表情をうかべて眺めるのである。そうした出費を大里は決して惜しまなかった。

「タバコとってくれないか」

けだるそうな声でわれに返った。ふだんはたしなまない大里だが、油こい料理を喰べたあとと行為のあとは無性に吸いたくなるという。亜土は心得たようにチェスタフィールドをひきぬくと、大里のぶあつい唇にさし込んでやった。ライターがかちりと鳴った。それは、この著名な台本作家の多忙な生活のなかでもっともリラックスした一瞬であった。

亜土は前々からこのときを狙っていた。舌で朱い唇にしめしをくれると、深い呼吸を一つしておいて、思い切ったようにいった。

「先生……」

「ぼくらの間で先生は止せよ」

「お話ししたいことがあるのです」

「話？　なんだね……」

大里は、つぶれたような平たい鼻を弟子のほうにむけた。

2

「あら、カネタタキが鳴いているわ。ね？」

麗子《れいこ》が足をとめていった。かたわらはオリンピックの水泳場だった。亜土も立ち止って芝生のあたりに耳をむけた。しかし虫の声はいっこうに聞えてこない。

「……空耳かしら」

「気のせいですよ。小さな虫だもの」

渋谷方面行の国電がながい音をひきずって過ぎた。ふたりともあきらめたように歩きだした。夕暮れであった。ひろい道にはほとんど人の姿もなく、うす暗い視界をとおして放送センターの建物が灰色の影のようにみえていた。

「大里さんは何ておっしゃったこと？」

「最初のときは不機嫌な顔をされただけです。でも二度目には叱られましたよ、こっぴどく」

やさ男にも似ない吐きだすような口調だった。

「解らない。あたし達の恋愛や結婚にどうしてあの人が口をだすの？」

女はむしろじれったそうだった。質問というよりも詰問にちかい。その底には優柔不断な亜土を非難する調子もあった。

「麗子さん、そのことで聞いてもらいたいことがあるんです。いままであなたに話していなかったことです。できれば話さずに、そっとしておきたかったことです」

女はまた足を止めた。ほの白い顔が真正面から亜土を見すえた。亜土はまぶしそうにまばたきをすると、気弱く視線をそらせた。

「大里さんにはホモの気がある。ながい間ぼくはその相手をつとめさせられてきたんです」

「ホモ……？」

その意味が麗子には解らぬ様子だった。

「牛乳にそんな名前があったわね」

「あれはホモゲナイズされたという意味です。ぼくらのはホモセクシュアル・ラブのことです。つまり同性愛――」

「解った、レズビアンのことね？」

「女同士の場合はレズビアンだけど、男同士だとゲイというんです。ぼくは嫌で堪らなかったんだ。だが大里さんの要求をこばむことはできなかった。拒絶すれば破門されてしまいますからね」

「いいじゃないの、独立すれば」

「その頃はまだ一本立ちする自信がなかったのですよ、習作の時代だった」

「いまはそうじゃないでしょ。この間の連ドラにしても好評だったわ。会社にいってるから見れなかったけど、家庭にいるお友達の話ではとても面白かったそうよ」

麗子が話題にしているのはこの夏民放から放送された正午の帯ドラマのことだった。テロップには北爪亜土原作、大里代二脚色となっていたが、九割九分までは亜土の作品だといっていい。例によって大里にごく小部分の直しをされた上で放送局にわたされたのである。視聴率は二十七パーセントをうわまわる好成績をおさめていた。

「でも経済的な面を無視するわけにはいかないのですよ。まして結婚すればなにかと出費がかさむわけです。ところが駆け出しのぼくの作ということになると値段を叩かれてしまう。一方、大里さんの名でだすと、あの人のランクはずっと上ですからね。おなじ作品でもギャラがものすごく違ってくるんです」

「それは仕方ないことだわよ、キャリアがものをいう世界だもの。だからあたしが頑張るわ。二人分の収入を合わせれば暮していけることよ。ね、当分の間は共稼ぎをするの」

麗子は気負ったいい方をした。小柄だがタフでエナージティックな女性であった。一文字にむすんだうすい唇と、キリリと引かれた細い眉とから、気のつよい性格がみてとれるのだ。

よわよわしく亜土は頷いた。

「ぼくも大里さんとの関係にはいい加減いや気がさしているんです」

「なら別れるのよ。ためらう必要なんかないじゃないの」

と、彼女はけしかけるようにいった。いまになってなお遅疑《ちぎ》する亜土が歯がゆくてならなかったのだ。

「問題はそんなに簡単じゃないのです」

亜土は相手を納得させようとして諄々《じゅんじゅん》として説《と》いた。

「ぼくが麗子さんと恋愛し結婚することは、師に向って弓をひくことにもなるのですから、怒るのは当然ですよ」

「なんて怒るのよ」

「妨害してやるというんです。ぼくの作品が売れないようにしてやる、放送界からしめ出してやるというんです」

大里がひたいに青筋をたて、声をふるわせて宣言したのは決してこんな穏やかなものではない。亜土はそれをオブラートに包んで軟かい言葉に翻訳して聞かせたのである。麗子にショックをあたえたくないと思ったからだ。

「酷い人ね。そんな脅しにびくびくする必要はないわよ」

「麗子さんは知らないからそんなことがいえるんです。大里さんはボス的存在ですからね、睨まれたら大変です。あの人のためにペンを折らなくてはならなくなった作家がぼくの知るだけでも三人います。憎まれたが最後、あらゆる面で妨害されるから手も足もでなくなるのですよ」

「実力の問題だと思うわ。亜土さんは一本立ちできるだけの力量があるんだもの、そんな人達と一緒にされないわよ」

そう、自惚《うぬぼ》れかもしれないが実力ではだれにもひけを取らないつもりだ。だが、この世界は実力があるだけでは充分でなかった。プロデューサーと昵懇《じっこん》になるためにはある程度の社交術も必要だし、それよりも大きくものをいうのがコネであった。はなやいでみえるくせに、非情で厳しい世界なのだ。そしていま、亜土が恋人との結婚話をきりだすと、大里はみるみる顔色をかえ、脚本作家としての亜土の将来をぶち壊してやると語気あらくいきまいたのである。

「呆れるわ。非常識よ」

「麗子さんをえらぶか自分をえらぶか、二つに一つだ。絶対に妥協はあり得ないぞといわれました」

「勇気をだすのよ。勇気と決断がすべてを解決するんだわ。ねえ亜土さん、しっかりして。

大里さんと断乎《だんこ》として闘うのよ」

「きみのいうとおりだ、ぼくは断乎として宣戦を布告したいと思いますよ」

しかしそれは、自分で自分の頸をしめることにもなるんです。声にはださずにそう呟いた。

放送作家から転落したらどうなるのか。亜土には台本を書く以外には何の才能もなかった。算盤《そろばん》の足し算ですら、二桁になるともう答が怪しくなる有様である。やさ男の彼に力仕事が無理なことはいうまでもない。となると、亜土にできることといえばドサ廻りのストリップ一座の舞台監督ぐらいであろうか。

にわかに亜土は不安になってきた。だが麗子が彼の表情のかげったことを知るわけはない。亜土の腕をとると、ちからづけるように強く握りしめて歩きだした。

「頼もしいわ、亜土さん。実力があれば世の中にこわいものはないのよ」

「ああ」

「ねえ、近いうちに公団住宅の募集があるの。申し込み用紙をもらってあるのよ。ごはんを喰べながら、どこの住宅にするか検討しましょうよ」

「ああ」

小柄の麗子は亜土に歩調を合わせようとして弾むような歩き方になっていた。ペーヴを踏む靴音がいかにも楽しげに聞えた。亜土は麗子に気づかれないように、横をむいてそっと吐息をついた。

亜土としても早急にはっきりした線をうちだせるわけがない。煮えきらぬ態度を麗子に非難されながら、歯をくいしばって、いままでどおり月四本のペースで仕事をつづけていた。出来上がったものを大里のところに持っていく。大里はそれに若干の加筆をして放送局に送る。すべてが従来のとおりであった。

3

「どうかね、その後は、結婚話は断念したのかい？」

単発ドラマを書き上げて届けにいったとき、原稿には目をとおそうとはせずに大里が訊いた。晩秋であった。まだストーブは持ちだされてなかったが気温はひくい。大里は赤いセーターを着て暖かそうにみえた。中華料理の皿が机のはしにのせてあるのをみると、いま昼食をすませたところらしいのだ。厚い唇にチェスタフィールドをくわえている。

「はあ」

と、亜土はいくらか曖昧に答えてライターの火をさしだした。

「おれはきみが必要だ。手放しはしないよ」

「はあ」

亜土がはっきりした返事をしないことが大里をいらだたせたのだろうか、癇性《かんしょう》の人がするように、ふとい眉の間にたてじわを寄せた。

「きみの以前にも何人かの青年を愛したことがある。いってみればドンホァンが理想の女を漁《あさ》ったように、ぼくは美少年狩りをしたのだ。そしてやっとのことで亜土という宝物にぶち当った」

「はあ」

「創作に疲れたときや壁にぶつかったときに、きみがどれほどぼくの心の慰めになってくれるか、きみには解るまいな」

「はあ」

大里は煙が目にしみたのかしきりにまばたきをした。いつもはニコチンが恐しいからといって二、三服すると捨ててしまうタバコを、まだくわえていた。

「今後は絶対に恋愛をしないと約束してくれるね？」

「はあ」

「これは亜土が結婚したいなどといいだした罰だよ」

ぐいと手をつかまれた。非力な亜土には抵抗するすべはない。よろけて大里の膝に倒れ込んだ瞬間、手の甲に激しい痛みを感じて悲鳴をあげた。大里がタバコの火を押しつけているのだった。

「熱――」

「我慢するんだ、わるい子にはお灸《きゅう》をすえるのが古くからのしきたりだ」

その灸はたっぷり一分間はすえられただろう。タバコを離したとき火はすっかり消えていた。皮膚の焼けた異様な臭気がふたりの間に漂っている。大里はむしろその臭いをたのしむように小鼻をひくひくさせた。

「よく解ったろうね?」

「はい」

ひりひりする激痛に亜土は顔をしかめていた。なんというひどい仕打ちをするのだろうか。痛さと口惜しさがないまぜになって、亜土の薄っぺらな瘠《や》せた胸のなかで渦をまいた。

亜土がたずねて来たらこうしてやろうということは、前々から考えていたに違いなかった。机の上の緑色の函《はこ》をあけると、大里は脱脂綿、消毒薬、ピンセット、チューブに入った火傷の薬などをとりだし、慣れた看護婦のように器用に手当をしてくれた。

「特効薬をつけておいたからすぐに痛みはなくなるよ。化膿する心配もない」

「はい」

「このチューブは持って帰りなさい。四時間毎にガーゼをとりかえる必要がある」

チューブを袋に入れてよこすと、くるりと机に向きなおって原稿を読みはじめた。

亜土は黙って痛みをこらえていた。五分たち十分たつうちに薬が効いてきたのだろうか、痛みはほんの少しずつ、うすらいでくるようだった。下界で豆腐屋のラッパが聞えてくるほかは、十階のマンションの部屋までとどく物音はなに一つなかった。静寂のなかで、大里の原稿をめくる音だけが断続していた。

痛みがひいていくにつれ、亜土の心はさまざまな感情でみたされていった。亜土を私物のようにみなしている大里に対する怒り、サジスチックな狂態をみせた男に対する驚きと脅え、そして傷つけたものに対する憎しみ。それらが胸のなかで攪拌《かくはん》され、加熱され、そして徐々に沸騰点にまで高められたときに、亜土の心中では本人がそれと意識しないうちに殺意が形成されていた。この男を殺すことによってのみ、おれの自由をとり戻せるのだ。

むくむくと着ぶくれた大きな背中に目をやりながら、亜土は決意を固くしていった。

「よくできているよ。一つ二つなおせば満点になる」

読みおえた大里は机に向ったままでいった。手をのばしペン皿のなかから赤い万年筆をとり上げると、原稿の一、二個所を消してなにかを書き込んだ。それが済むと第一ページにもどり、原作・北爪亜土とした横に肩をならべるようにして、亜土よりも少し大きな草書体で脚色・大里代二と書き入れた。すべてがいままでのとおりであった。弟子の作品を横取りすることは、大里にとって空気を呼吸するのと変りはないようだった。なんの抵抗を感じる様子もない自然な動作であった。

「それから頼みたいことが一つある。明日でいいんだがレコードを買って来てくれないか」

大里は音楽好きだった。このマンションには百万円を少しでたステレオを持っているし、伊東の別荘にはテープレコーダーを置いていて、気に入った放送があるとテープにとるほどのマニアであった。レコードを頼まれるのは今回が初めてではない。

「ちょっと待ってくれ、メモを渡すから」

曲目を記している間に、亜土はオーバーを着て手袋をはめ、ドアのところに立っていた。思い出したように手の疵《きず》が疼《うず》いた。

「レコード番号ははっきりしないが店員にみせればすぐ判るよ」

そう言ってメモを渡した。『ベートーベン、ピアノ協奏曲五番、グレン・グールド、ストコフスキイ』『モーツァルト、ピアノ協奏曲二十六番、ハンス・アンドレ、W・カラヤン』の二枚である。前者は《皇帝》の名で、後者は《戴冠式》の名で知られたポピュラーな名曲だった。どちらもピアニストがしばしば手掛ける曲だから、独奏者、伴奏のオーケストラ、指揮者のさまざまなコンビで幾種類かのレコードが発売されている。そのくらいの知識は亜土にもあった。

「売り切れていたら他の演奏者のものでもいいですか」

「それは困るね。特にモーツァルトのほうはハンマーフリューゲルという昔のピアノで演奏しているんだ。それを聴いてみたいのだよ。なに、二、三軒あるけば必ずあるはずだ。最近発売された盤だからね」

この音楽愛好家は音楽の話になると夢中になる傾向があった。いまもハンマーフリューゲルというピアノがどんなものであるかを亜土に説いてきかせた。弟子の手に火の刑罰を加えたことなどとうに忘れているに違いなかった。それを思うと亜土の火傷の痕は急にずきずきと痛んでくるような気がした。

銀座まで都電でいった。タクシーと違って一時間ちかい時間がかかるけれど、そのかわり安全だ。よほどのことがない限り、亜土は車にはのらないことにしている。

電車はすいていた。亜土はがらんとしたイスにぽつんと坐って手の痛みを味わっていた。ひりひりとした感覚はときには遠のいて薄れるようでもあり、また以前のように激しく痛んで亜土の顔をしかめさせたりした。

気をまぎらせるために何かを考えることにした。うまい工合に亜土の目の前にはもってこいの材料が転っていた。大里に報復することがそれだった。

こうして彼は電車が銀座につくまで、大里代二殺しを空想していた。それは結構たのしいことであった。事実、停留所をひとつ乗り越してしまったほど、亜土はそのなかに没入していた。

4

大里はジャガーを持っている。運動不足から下腹のつきでてくることを気にしているくせに、外出するときは愛車を利用した。歩くということをほとんどしないのである。

おれに車の知識があったらなあ……。しばしば亜土はそう嘆いてため息をついた。外国の推理小説をよんでいると、エンジンかなにかにちょいと細工をするだけで、運転者に事故をおこさせ、殺してしまう話がしばしばでてくる。新聞をひろげれば一件や二件の交通事故がのっていない日はないほどの昨今なのだ、何といっても運転のミスから死亡したようにみせかけることがもっとも上策であった。居眠り運転もしくはわき見運転ということで簡単に片づけられてしまうに違いないからだ。だが残念なことに、亜土はカーにはまるきり興味も関心もなかった。いまになって泥縄式に教習所にかよえば、かえって怪しまれるもとになるだけの話である。

車の事故死を断念すると、それにかわる方法を考えることにした。自分のアパートの台所で、おりから遊びに来ていた麗子に珈琲をいれようとしてガスに点火したときに、亜土の脳裡にインスピレーションが閃光した。そうだ、ガスストーブのゴム管がはずれたようにみせかければいいではないか。冬になれば一週間のうちに必ず一件や二件は発生する事故だ。そして亜土の記憶によれば、ガス事故を疑惑の目でみられたことはただの一度もないのである。それは登山中に生じた死が、つねに本人のミスや登山技術の未熟によるものと断定されていることにも似ていた。

「どうしたの？　なにか嬉しいことがあるみたい」

珈琲の盆をもってもどってきた亜土をみると、麗子はめざとく彼の表情の変化に気づいてそういった。

「麗子さんが来てくれたのだもの、嬉しくないことがあるものですか」

いくら相手が恋人であるにせよ、本当のことをいうわけにはいかない。盆をテーブルにおくと、こぼれてもいない珈琲を拭くふりをして麗子の追及をかわした。

亜土が大里のマンションを尋ねるのは、書き上げた原稿をみてもらうときに限られていた。だしぬけに訪問したのでは妙な目でみられるおそれがある。だから亜土は原稿書きに精をだした。そして疲れてくるとペンをおいてガス殺人のことを考えた。

初稿をもっていったのは六日後のことであった。二日つづきの曇った空からはいまにも白いものがちらつきそうに見えた。もし雪が降ってきたら、それは大里の挽歌にふさわしいと思った。

しかし、必ずしも今日という日に決行しなければならぬ、というわけはない。その場のなりゆき次第で都合がよければ実行に踏みきればいいのだ。そう思うと気が楽であった。緊張のあまりそれが態度にでてしまうと、大里に気づかれてしまう。

マンションの大里の部屋には女の先客がひとりいた。一見して雑誌社の記者だとわかるテキパキした感じの女性だったが、亜土がかかとの高い靴をはき、折り返しのない細身のズボンのすそから赤い靴下をちらつかせているのを見ると、嫌悪とも軽蔑ともつかぬ目をした。

だが、これも大里のお仕着せなのだ。大里のマンションへいくときはこの服装をしてゆかないと、機嫌がわるくなるのである。

変な目でみられるのも無理はないことだ、と亜土は思う。だが旨くいけば明日から赤いソックスをはかなくても済むようになる。宝石の密輸業者みたいに、男のくせにハイヒールをはかなくてもいいようになるのだ。亜土はそう考え、窓辺のソファに控えていた。空はますます暗くなってくる。亜土は頸筋のあたりが寒くなってきた。

客が帰ったあと、大里は原稿をひろげて目を走らせた。テーマの持っていき方が面白くないといわれ、二、三の指示をうけた。一週間以内に再稿を持ってくるということで仕事の話はおわり、夕食を喰べていけとすすめられた。これも毎度のことである。長年の独身生活の結果として当然のことながら、大里は料理をつくるのが旨い。ふだんは店屋物ですませているが、気がむくとあっと驚くほど素人ばなれしたものを作るのだ。

「今日はボルシチーだ。たしか亜土は初めてだったろうな?」

と、自信ありげだった。

「おれのを喰ったらロシヤ料理屋のボルシチーなんてまずくて喰えたもんじゃない」

「そんなにおいしいのですか」

「ああ、秘訣があるからな。だが台所をのぞいちゃいけないぜ。秘法を盗まれるといけない。亜土はここでテレビでも見ていてくれ」

スリッパを引きずるようにしてキチンへ消えた。もうあらかた煮えているのだろうか、ドアを開けたとたんに野菜と肉のまじり合った、なんともいえぬいい匂いが漂ってきた。

食事のあとで一時間ばかり休息をとり、それから寝室に入るのがいつものコースである。服をぬいだとき、亜土はそっとシャネルの五番を肌にすり込んだ。アメリカの裸女優が愛用したという話をきいた大里が、自分でわざわざデパートへいって求めてきた香水であった。

裸になった拍子にくしゃみをした。先程からうすら寒かったのが、暖いロシヤ・スープを飲んだおかげで忘れたようになっていたのに、シャツをぬいだためにまた風邪をひきなおしてしまったのだ。

「待ってろよ、よく効くカゼ薬があるんだ」

まだ服をぬいでいない大里ははずんだ調子でそういうと居間にもどっていったが、すぐに二粒の錠剤と、水をみたしたコップを持って入ってきた。ボルシチーをたっぷりと喰べたあとの水は旨く、亜土はカゼ薬よりも水のほうに礼をいいたかった。

ことがおわると亜土は浴室にいって手を洗った。ほんとうはシャワーを浴びて不潔な汚れを洗いおとしたかったのだが、風邪気味なので我慢した。

ふたたび寝室にもどって服をつけた。アルコールを飲んだせいで大里はベッドに横になったまま、口をあいて寝汚なく眠りこけている。亜土はそっと毛布をかけてやった。愛情からではなく、身についた習慣なのであった。

服を着おわると寝室の扉をあけたままにして、そっと居間にもどった。大里とちがって酒も飲まないのに、どうしたわけか大儀でならない。それはいつも感じる疲労感もしくは倦怠感とはまるきり異質のものであった。

これから大切な行動に移ろうとするのだ、しっかりしなくてはいけない。自分にそういいきかせながら、部屋の中央のガスストーブに近づいていった。

壁から黒いゴム管がのびており、それがストーブに接続してある。大里が夜中に手洗いに立ち、そのとき床のゴム管を踏むことは充分に想像できるのだ。素足ならばともかく、大里の寝室用のスリッパは兎の毛のついた厚手の品だった。これで踏んだのでは気づかなくても不思議はない。その瞬間に炎は消え、以後はガスがしゅうしゅうと不気味な音をたてて噴出する。間もなく部屋中に一酸化炭素がひろまって、大里はいやでもそれを呼吸しなくてはならないことになる。

二度と目をさますことなく死亡するかもしれないし、苦しさのあまり目ざめるかもしれない。が、気づいたところで毒は呼吸器官から全身にまわっているのだ、もう体の自由はきかない。いずれにしても彼を待っているのは死でしかないのである。

亜土がここに来たことは先程の雑誌記者が知っている。あるいは彼女が亜土にとって不利な証言をすることも考えられた。しかしガスのコックに彼の指紋でもついていれば証拠になるだろうが、足でゴム管を踏むだけだからその心配もないのである。たとい疑惑の目でみられたにしても、夕食を一緒にしたあと帰宅したのだから自分は何も知らないと主張すれば、それ以上は追及のしようがないのだ。亜土の身は絶対に安全なのである。

そう考えながら管を踏んだ。青白くもえていた炎は一瞬にして消え、足をはずすと、不気味なあの音が勢いよく聞えてきた。ストーブの周囲には早くもくさった玉葱《たまねぎ》のような臭気がたちこめている。ぐずぐずしている場合ではない。下手をすると亜土までが中毒死をとげることになる。

亜土は急いで廊下に逃れようとした。だが足が重たくて歩けない。二、三歩いってへたへたと膝をついてしまった。訝しいのは足だけではなく、脳髄もそうなのだ。したがしびれてしまって眠くてならない。亜土は床に両手をついて辛うじて上体をささえていた。一体、どうして急に眠気をもよおしてきたのか、その理由が思いあたらないのだ。

亜土は死力をつくして床の上を這い廻った。やがてガスが充満すれば、冷蔵庫のスイッチの火花で引火して、部屋全体が一瞬のうちに爆発することもあり得たのだ。早く外に出ないことには亜土自身も中毒死をとげるか、さもなければ黒焦げの焼死体になってしまうのである。わずかに残る気力をふるって這った。そしてほんの数センチの距離を動いたとき意識は急にうすれていった。亜土は思いきり顎をうちつけ、それきり一切が朦朧《もうろう》としていった。

5

冷たい空気に頬をなでられて目があいた。大里のむっくりした顔がのぞき込んでいた。

「気がついたか。よかった、よかった、ガスの臭いがするもんだから、てっきり中毒したのかと思ったよ」

大里はいつもと少しも変った様子はなく、けろりとしていた。まだ洗面をすませていないとみえ、不精ヒゲがのびている。

「昨日のんだカゼ薬だな、あれがいけなかったんだよ。あの抗ヒスタミン剤をのむと眠くなるんだが、亜土の体質は敏感だから、人一倍に効いたわけだ」

だから眠くなって寝込んでしまったというのだった。不覚にも眠ってしまった理由はそれで解る。だが解らないのはなぜふたりとも無事でいられたかということだった。ガスが音をたてて噴出していたことは間違いない事実なのだ。ガスを放出させた直後に大里が目覚めてそれに気づき、あわてて起きてきてコックをとじたというのだろうか。とするならばガスの炎がなぜ消えていたかを疑問に思っていることはいうまでもない。

大里は甲斐甲斐しく腕をかして亜土を立たせてくれた。だが、大里のそうした親切な態度が亜土には不気味でならないのである。大里がよほどの馬鹿でもないかぎり、亜土の殺意に気づかぬ筈がない。それなのにこの思いやりのあるやり方はどうしたことなのだろうか。

亜土をソファに坐らせると、大里は開放されていた四つの窓を片端からとじて廻った。

「もう換気はできたろう」

「あの……」

と、亜土はとぼけて訊いた。

「ストーブのガスが消えていたのですか」

「そう、危いところだった」

「ひょっとすると、ぼくがガス管の上に倒れたためかもしれません」

故意でないことをそっと強調しておこうと思った。誤ちでやったなら、大里も怒りはしないだろうし、まして亜土に殺意があったなどと勘ぐることはしないだろう。

「ぼくはともかく、先生を危く道づれにするところでした。申し訳ありません」

「ハハ、心中かね？　われわれの屍体が発見されたら、世間ではそう思うかもしれないね、アハハ」

意外にも大里は上機嫌で笑い、ついでふっと真顔にもどった。

「謝るのはぼくのほうだ。昨晩はこの近辺でガス管の取替え作業があることになっていた。回覧がまわってきたからぼくも承知していたのだよ。だから電気ストーブに切りかえておかなければいけなかったんだが、酔っていたもんでつい寝込んでしまったんだ」

「…………」

「朝、ぼくが目覚めたのと前後してガスが出はじめたんだ。午前六時に修理がおわることになっていたからね。ぼくはそれを思い出すとあわててコックをひねって窓を開けたというわけだ。もし目が覚めるのが十分おそかったとしてみたまえ、ぼくのほうこそ亜土を道づれにするところだったのだよ」

「…………」

咄嗟に適当な言葉がでてこない。ガス工事があったとは予想もしなかったことだが、大里は炎の消えたわけをそのせいだと解釈しているのである。

「謝るなんて、そんな水臭いことはおっしゃらないで下さい。道づれにされたら、ぼくは本望だったかもしれない」

相手に充分に聞えることを計算に入れて、亜土は呟いた。そうした媚態が大里の心をくすぐることは、いままでの経験からよく判っている。果して大里はハハ、ハハハと嬉しそうに笑った。殺されかけたとは少しも気づいていない間の抜けた笑いであった。

亜土にとって、殺意を悟られなかったことは好運だった。警戒されたらやりにくくなるところだったが、逆に大里のほうで責任を感じているのだから世話がない。亜土は捲土重来《けんどちょうらい》を期した。今度こそ成功させなくてはならぬ。失敗はゆるされないのである。ふりだしに戻った亜土は、ふたたび大里代二の殺害計画をねりはじめた。

二度ともなるとさすがに用心ぶかくなる。この間はガス工事のおかげで危いところを救われたが、そうそう偶然の出来事が重なるわけでもない。だから万一疑惑の目でみられた場合にそなえて、しっかりとしたアリバイを用意することにした。

外出先で電話をかけようとしたときであった。オーバーのポケットから大型の手帳をとりだした亜土はそこに大里のメモがはさんであることに気づいた。しわ一つついていない、一見メモ帳から切りはずしたと思える白い紙片であった。まてよ、これを何かに利用できるのではあるまいか。反射的に亜土はそう考えた。このメモを受け取ったときの亜土は手袋をはめていたのだから、彼の指紋はついていない筈なのである。そこに価値がありそうな気がした。

家に帰った亜土は、メモの最も効果的な用い方について頭をしぼることになった。つぎの日も……、そしてその次の日も。そして彼は三日目に至ってようやく一つの案を思いついたのだった。

大里は気がむくと伊東の別荘にいってしまう。その機会を狙って犯行することに決まった。計画は充分に練り上げられている。自信があった。

手の甲に火を押しつけられて以来、亜土は二度と結婚の話を持ちださなかった。麗子と逢ったあとは必ず入浴して移り香を消すほどの慎重さだった。なにはともあれ、相手を安心させることが計画の第一歩なのであった。

それが効を奏したのだろうか、そのうちに大里も例の一件について気がとがめるようになったとみえ、フランスから男性化粧品のセットをとりよせ、亜土に贈ってくれたりした。

ただ、何としても我慢できないのは寝室でふたりきりになることだった。かつて麗子に告白したように、麗子の女性によって開眼されて以来、こうした関係には堪えられなくなっていた。しかも大里はガニマタで不細工な男なのだ。興奮してくると鼻がつまる癖がある。亜土の耳もとでその鼻をぐずぐずやられると、それだけで鳥肌がたつ始末だ。そうしたときの亜土は固く目をつぶり、もう少しの辛抱なのだと自分にいいきかせてことのおわるのを待つのだった。

十一月の中頃のこと、大里に脚色の仕事ができた。往年、大里がまだ文学青年だった時分に書いた短篇小説をラジオドラマにして欲しいという依頼なのだった。

「あの頃はおれも純粋だったな」

書棚からとりだした四六判の短篇集を手にして、さすがに感慨ぶかげにいった。いまは台本作家になっているが、むかしは短篇のほうでもかなりの才能をみせた大里なのである。おのれの短篇ともなると愛着があるのだろう、こんどの仕事だけは人委せにはさせないで、自分で気がすむまで推敲《すいこう》を重ねて仕上げることになった。

「一週間ばかりいってくる。留守をたのむよ」

そういうとその書物を一冊もっただけで出掛けていった。伊東の別荘にはインクも原稿用紙もおいてあるから、身一つでいけばいいのだ。それを見送る亜土のほうが緊張から頬の筋肉をかたくしていた。

少くとも一週間は滞在することになっている。亜土は、大里がむこうについて四日目にあたる十一月二十五日の土曜日に決行することにした。

大里が出発してからというもの、亜土は麗子とのデートもことわって、殺人計画に慎重にとり組んだ。なにも逢い引きする時間がないというわけではないけれども、目的を達成するためには、それだけの心構えが必要だと考えたからだった。仕事が忙しいからといえば、麗子は簡単にうなずいてくれる。

いよいよ明日が伊東行だという前の日に、かねての計画どおりに大里宛の手紙を書いた。文面は左のとおりである。


伊東は暖かいことと思います。お仕事の進み工合はいかがですか。

さて、出発される前に言い残してゆかれた二枚のLPのことですが、《皇帝》も《戴冠式》も同曲盤がいくつもあるそうで、店員から反問され返事に窮してしまいました。最新の盤としては《皇帝》のほうにケンプ、バックハウスの老練に対して若手のクライバーン、ゲルバー等が、また《戴冠式》のほうにはリリー・クラウス、クララ・ハスキルの両女流の秀れた盤がでているのだそうです。いずれも店頭にありますので簡単に手に入ります。どれを求めましょうか、おついでの節にハガキでも電話でも結構ですから、ご連絡ねがいます。お帰りになるまでに揃えておきますから。
帰途、熱海駅で鯛めし弁当を買って頂けたら幸いです。

十一月二十四日

北爪亜土

大里代二先生

封をしてポストに落した。この手紙は順調にいけば明日の午後、大里のもとに届くのである。配達されるのが午後三時から三時半にかけての間であることも、いままでの経験から知っていた。

大里は健康に気をつかうたちだった。台本作家の多くは深夜に仕事をするのだが、彼は日の出とともに起きて机に向い、日没になるとペンをおく。どんなにさし迫った仕事があっても夜業はやらない。十一時にはベッドに入ることにしていた。亜土は彼のこの習慣を利用して明日の早朝に伊東へ赴き、目的をとげる予定だった。

やがて大里の屍体が発見される。そのとき机上に開封されたこの手紙と、演奏者名をしるした例のメモがおいてあれば、大里は手紙をよみ、メモをしるした後で殺されたことになるのだ。つまり、郵便物が配達された午後三時以後の犯行だ、というふうにみなされるのである。その頃すでに亜土は東京に帰っているから、犯人たり得ないことは明らかであった。こうして彼にはどう叩かれてもビクともしないアリバイが出来上がるのであった。

6

五時二十分発の一番電車にのっても伊東着は七時四十分になる。別荘は伊東駅から歩いて十分ちょっとの丘の上にあった。東京へ通勤している中級サラリーマンの家が四、五軒、それに小さな会社のしもた家ふうの寮が二軒、それに大里の別荘とで一つの集落をつくっていた。この辺りは温泉はでない。

別荘といってもふた間しかない小さな木造家屋だった。一つを食堂兼居間兼客間として使い、もう一つを寝室と仕事部屋にあてている。寝室といっても大袈裟なものではなく、折りたたみ式のキャンバスベッドをひろげて寝るという安直さだ。日中はたたんで押入れにしまい込んであるから、ここが寝室であることに気づく人は少ない。

大里はセーターの上にオーバーをまとって机に向っていた。畳がしいてないから椅子にかけている。足もとに書きそこないの原稿がまるめて捨ててあり、数えてみると七つあった。これが十個以上になると筆がスムースにのっていないことになる。機嫌がわるく、うっかり話しかけると怒鳴り返されたりするのだ。

だがいまはラジオが鳴っていた。放送を入れているときは気持にゆとりのある証拠だった。

「だしぬけにどうしたんだ?」

「陣中見舞いですよ。ウイスキーとハムと、アスパラガスの罐詰を持ってきました」

「邪魔をされると困るんだがな」

「すぐ帰ります。先生の顔をみれば気がすむのですから」

もってまわった下手な口実はもうけないほうがいいと思った。

「あとパンでも買ってきましょうか」

「そうだな。興がのると買い物にでるのが面倒でね。昨日は朝めしも昼めしも喰わなかったよ」

立ち上って石油ストーブの炎を大きくしてくれた。

「やはり違いますね、東京よりぐんと暖かいです」

「五度は違うだろうね。蚕豆《そらまめ》の花も咲いている頃じゃないかな」

散歩したことがないからこの目でみたわけではないが、といいそえた。

不意にオートバイの音が聞えてきた。タンゴの透明なバンドネオンに聞き入っていた亜土は、ふっと顔を上げた。新聞配達だった。姿をみられてはまずい。あわてて、しかし大里に気づかれぬように窓から身をひいた。

大里はべつのことを考えていたらしく弟子をかえりみた。

「そうだ、パンを買うついでに朝刊をたのむ。ラジオのニュースばかり聞いていると活字に飢えてくるんだ」

「はい」

低姿勢に、鞠躬如《きつきゆうじよ》として答えた。殺意を気取られぬためには、できるだけ油断をさせておかねばならない。

「どうだい、仕事がおわってからの話だが、西伊豆探険でもやらないか。猪もそろそろ旨くなる季節だ」

「いいですね、ぜひ」

大里はうんとかああとか相槌を打ちながら、ふたたび背を向けて机の前にたった。亜土はそっとポケットからとりだしたロープの両端をにぎりしめた。ありふれたロープだから、これで足がつくというおそれは全くない。そして大里が腰をおろした一瞬をねらってすばやく頸にかけ、ちからまかせに締め上げた。その上で息をふき返さないように、固く結んだ。結び方には自信がある。

活字に飢えていたという大里は、その飢えを充たすことなく、机に身をなげかけるようにしてこと切れていた。わずか一分か二分の間の出来事だった。これでようやく桎梏《しつこく》から脱れることができたという歓びよりも、人間の命のなんともろいものだろうかという感慨のほうが大きかった。しばらくの間、亜土は呆然としてその場につっ立っていた。

やがてわれに還《かえ》ると、てきぱきと現場の処理をはじめた。すべては頭のなかに引かれた設計図のとおりにやればよかったから、べつに難しいことではない。まず窓のカーテンを閉じた。大里は今日の夕方に殺されることになっているのだから、それより以前に死んでいたことを見られてはまずい。つぎに手袋をはめたままの手でストーブのコックをねじり火を消した。兇行時刻を実際よりも八時間以上も後にみせかけるのが狙いなのだから、その時間差に気づかれないためには、室温をできるだけ低く保つことが必要だった。

屍体が早目に発見されたのでは困る。犯行時刻が朝であるのか夕方であるのか、解剖してみてもはっきりとした線がつかめないようにさせるには、ある程度の時間がたってからでなくてはならない。それには二十四時間をみておけば充分だと考えた。亜土は明日の午後ふたたびこの別荘をおとずれ大里が絞殺されているのをみつけて一一〇番に電話する予定にしていた。それまでに事故が発覚しないように、別荘の戸締りは充分にしておかなくてはならないのだ。

彼は入念に窓と入口の施錠をたしかめておいてから、鍵束と、ウイスキーおよびハムを小脇にかかえ、裏にでた。

しっかりとカギをかけておいて鍵束はポケットに入れた。これは二日後に来たときもとの場所にもどしておけばいい。

サングラスをかけてからそっと周囲を見廻した。人影はない。たとえ見られても、彼の特長である赤い靴下やハイヒールの靴ははいていないから、それが北爪亜土であることは判るわけがないのだ。身をかがめると足早に駅へむかった。

自分のアパートに戻ったのは正午に五分前であった。疲労を感じた。食事をすませると銭湯にいって張りつめた神経をもみほぐし、ベッドにもぐった。昨夜も興奮気味だったのでほとんど寝ていないのだが、やはり気がたっているせいか眠れない。大里の頸をしめ上げたときの感触がいまだに手に残っているような気がして、布団からそっと指をだして眺めてみたりした。

時刻は三時をすぎていた。昨日投函した手紙は、ちょうど今頃配達されている筈であった。ふと亜土は、自分のアリバイがあの手紙一本の上に成立していることを考えてみた。年末ともなれば毎年のように郵便物の滞貨が問題になり、新聞紙上をにぎわすのだが、いまは十一月だからまだその心配はない。東京で投函した手紙は、間違いなく翌日の午後には大里の別荘に配達されることになっていた。

だが、もしなにかの手違いがあってそれが狂ったらどうなるか。局員がその一通をうっかり床に落したとする、そのため配達されるのが翌日廻しになったらどうなるのか。

誤配ということも計算に入れておくべきだった。すぐに付箋をつけて局に戻してくれたとしても、その間に二日や三日はかかるだろう。とすると、亜土が明日伊東の別荘をたずねたとき、その手紙はまだ届いていない場合もあり得るのだ。そうなると彼のアリバイはなり立たないことになる。

そうしたことが起るとは考えられなかった。だが万一のことを考慮しておかなくては完璧なアリバイ工作とはいえない。郵便物がはたして無事に配達されたか否かは、明日別荘をおとずれれば判ることだが、そのときになって届いていないことを発見しても、もう間に合わないのである。

亜土はベッドに起き上っていた。じっとしていることのできない気持だった。いまのうちに何とか手を打たなくてはならない。アリバイを確立させるために、大里が殺されたのは今朝ではなく、今日の夕方もしくはそれ以後であることを、なにかの手段ではっきりさせておかねばならないのだ。

だが幾らあせってみても、いいアイディアがうかぶわけがなかった。考えつかれてかたわらのラジオに手を伸ばしかけたときに、ふっとその名案がうかんだのだった。

別荘にいるときの大里はレコードのかわりにＦＭ放送をテープにとり、くり返し聴く習慣になっていた。中波と違って音質がきれいだから、ＬＰを聴くのと変りがない。

そこでいま、適当な音楽の放送をテープにとり、それを別荘へ持っていって向うのレコーダーにかけておけば、そのラジオを録音したのは大里だということになるではないか。そして大里は、少くともその放送のあった頃までは生きていたものと考えられるはずであった。

そうだ、この手がいい。

すぐに新聞をひろげてみた。いまのところFM放送はまだ実験的な段階ということで、音波をだしているのはFM東海とNHKの二局しかない。このうちFM東海は出力が小さいため伊東でキャッチするのは難しく、大里が録音したとするとそれはNHK―FMということになる。亜土の目は、NHK―FMのプログラムの上を這った。

大里はクラシックが好きだった。いわゆるポピュラーなるものには大して関心がない。そう思いながらみていくと、午後五時の〝リクエストアワー〟という番組にベートーヴェンの《田園》があった。指揮がH・カラヤン、ベルリン・フィルのグラモフォン盤としてある。いかにも大里の食指が動きそうなレコードであった。時計をみると十分あまりで五時になるところだ。彼はただちにベッドから辷りおりると、スペアのテープをとりだして録音の仕度にとりかかった。演奏時間は35分36秒としてあるから、辛うじてこのテープいっぱいに入るのである。

五時になる前からラジオのスイッチを入れて待った。五時の時報があり、ステレオ放送だというので左右のスピーカーの分離テストがあり、五分ほどたってからいよいよ針がおろされた。同時に亜土はレコーダーのバーを回した。

録音は快適にすすんでいった。亜土のレコーダーは大里にすすめられて買ったおなじ型の器械であった。録音器のなかには派手な宣伝ばかりやって内容のお粗末なものもあるが、これは地味なわりに機構がすぐれていた。二つのレコーダーでとった音が違っているという心配もないのである。だから亜土は、この計画に十二分の自信をいだいていた。

曲が第三楽章まできたときに、録音をここで打ち切ったらどうだろうという考えが閃いた。大里が最後まで録音をしないで中途で止めるということはないから、そこになにか異常な事態が発生したことが想像されてくるのは当然だ。そしてそこに大里の屍体が転っていれば、異常事態が犯行と結びつけられることもまた、解りきった話なのである。

当局はこの放送がいつなされたかを追及するだろう。テープの冒頭にはアナウンサーの声が入っているから、十一月二十五日の午後五時から放送されたものであることはすぐ判明する。その結果、異常事態の発生が何時何分であったかということまで容易につきとめられるのである。

早速、亜土はこの思いつきを実行することにして、時計の針が五時三十二分をさしているときにレコーダーの回転を停めた。これで犯行があったのは五時三十二分ということになるから、東京にいる亜土には犯行の機会がない。これに手紙の工作を加えれば、彼のアリバイはいよいよ完璧なものとなるのだった。いままでの不安な気持をわすれたように、亜土ははればれとした顔になり、いそいそとしてテープをはずした。

亜土としては斎戒沐浴《さいかいもくよく》して犯行にあたるつもりでいた。だから一切がおわるまでは麗子にも逢わないことにしていたのだ。だが、テープをアリバイに用いることになったいま、五時半という時刻には伊東にいなかったことを明確にしておく必要に迫られた。だれかに会って、亜土がこの時刻に東京にいたことをはっきりさせておかなくてはならない。亜土はその証人のひとりに麗子をえらんだ。

そそくさと外出の仕度をととのえると、管理人室に顔をだし、少し早目だがといいながら室料を払った。領収印には時刻までは入っていないけれど、もし刑事が訪れてきたならば、亜土が日の暮れ方に部屋代を払っていたことぐらいは証言してくれるだろう。

「おじさん、電話を借りますよ」

「どうぞ、どうぞ」

証人は多いに越したことはない。亜土は麗子のほかに気心の知れたテレビ局のプロデューサーに連絡をとり、夕食を誘った。アパートの管理人のほかにプロデューサーと麗子と、あわせて三人の証言があればどれほど疑りぶかい刑事でも納得しないわけにはいかないはずだ。

食事は銀座のドイツ料理店ですませた。キャベツの酢づけを喰いながら、亜土はしきりにプロデューサーを誘い、明日は伊東の別荘へいこうではないかと口説いた。

「いい作品を書かせるには陣中見舞いをすることですよ。あの先生の性格はぼくがだれよりもよく知っているが、そういうことをされると非常に喜んでね、それが執筆態度に影響するんですよ……」

亜土はそんなことをいってプロデューサーの気をあおったのだった。

しかし、その前に舞台装置をととのえておかなくてはならない。翌る二十六日の朝、亜土は例のメモとテープをおさめた鞄をかかえると、昨日とおなじく一番電車で伊東へむかった。サングラスにソフトをかぶった姿は昨日のとおりだが、仮りに途中で知った顔とすれちがっても、これが亜土だと気づくものはいない。

裏口に廻ってカギ束をとりだしたときに、表のほうでオートバイの音がした。先日耳にしたのとは少し違った爆音である。ご用聞きだとまずいぞ、そう思ってそっと様子をうかがうと、おなじ新聞配達なのであった。少し神経質になりすぎている。落着け。ツツジの蔭に身を低め、自分にそう言いきかせた。

カギを使ってなかに入る。すぐにマスクをはめたが、異様な臭気はすでに家中にひろがっていた。しかしこれに閉口していては仕事ができない。意を決して内部へすすんだ。

まず鍵束をもとのとおり机の引き出しにしまい込んでから、原稿用紙の横においてあるレコーダーにスイッチを入れ、そっとテストしてみた。万一レコーダーが故障していたとしたら、飛んでもない結果になる。こわれたレコーダーで録音できるわけもないのだから、そこに《田園》をとったテープがセットしてあったら、犯人の狙いがどこにあるかも忽ち見抜かれてしまうだろう。ひいては実際の犯行時刻が数時間前だったことさえ気づかれるかもしれないのだ。

おなじことはラジオについても言える。だから入念にそれぞれの器械をテストしてみて、どちらも正常な状態にあることを確認してから、持ってきたテープをかけた。しかしこのリールには、亜土の指紋がやたらとついているかわりに、大里の指紋は一つもついていないという不自然なところがある。その問題は、大里のからのリールを持ち出して、再度巻きなおすことによって容易に解決できることであった。つまり大里のレコーダーには大里の指紋のついた二つのリールがセットされていることになる。係官が音を再生してみれば、犯人がスイッチを切ったところで《田園》の録音もまた中断された状態にあることが判るのである。

兇行のあと、現場から逃亡しようとした犯人は、目の前の机の上で無心にまわりつづけているテープをみて、ふと手を伸ばして回転を停止させる。それは本能的な行動であったとも考えられるし、このまま回転をつづけさせておけばモーターの過熱から出火するおそれがあり、それを避けるためのごく自然な動作だったとも考えられるだろう。いずれにしても、この点から捜査官の疑惑をまねくということはない。亜土はそう判断して、さらにラジオのスイッチも切った。

これでレコーダーの工作はすんだことになる。からになった自分のリールを鞄にしまうと、つぎにメモの工作に移った。

玄関をのぞいてみると、亜土が一昨日の夕方投函した手紙がなげ込まれてあった。今日はまだ郵便が配達される時刻ではないから、届いたのが昨日であることが判るのである。また、別荘宛ての郵便物はほとんどこないから、たまに届いたこの手紙は、配達員の印象によく残るに違いなかった。亜土はそのこともまた当てにしていた。

仕事部屋にもどると鞄から鋏《はさみ》をとりだして封を切った。大里の鋏を使うと、たとい手袋をはめてやるとしても、そこについている大里の指紋を消してしまうことになるから、それを避けるために自分の鋏を用意してきたのだ。だが、おなじことはなかの便箋についても、封筒についてもいえる。大里が封を切ってよんだ以上は、そこに彼の指紋がついているのが当然であった。

亜土は気味のわるいのを辛うじて堪えながら、死者の手をとり、適当な個所に指紋を付着させた。そしてそれがすむと、便箋をたたんで封筒におさめ、机にのせた。

最後にのこった仕事は、いままでのことに比べるときわめて簡単であった。亜土は手袋をはめたままの手で鞄からメモをとりだすと、いまの手紙と重ねて、その上にガラスの文鎮をおいた。このメモをしるした万年筆は大里が愛用しているものであり、仕事をするときは常に持って歩いている。いま原稿用紙の上になげだされてあるのもその万年筆だから、筆記器具の相違によって工作がばれるという心配もない。

これで一切の準備はおわった。亜土は満足の目であたりを見廻していたが、ついで鞄をかかえると、今度は玄関から外にでた。午後、プロデューサーをつれてみたびここを訪れて殺人事件を発見する予定になっているが、すでに舞台装置はでき上っているのだから、その前にだれか予期しない訪問者がきて死体をみつけたとしても一向に差支えはないのである。

帰途は熱海から新幹線にのった。プロデューサーと約束した時刻に遅れてはまずいと思ったからだ。東京に着くとその足で局に寄り、いかにもいままでアパートで寝ていたように眠そうな顔をしてみせた。

「昨夜は久し振りで面白い小説をよみましてね、徹夜しちゃいましたよ。わるいけど列車のなかでも眠らせてもらいますよ」

そういって小さな欠伸をしてみせた。

7

屍体を発見したときの演技はわれながら旨いと思っている。演出が専門のプロデューサーだから役者のお芝居にはなれているはずだが、その専門家ですら亜土にはまんまと騙されているのだ。

ドアの前に立って声をかけても大里の返事がしないときの訝しそうな目。不安になって扉に手をかけると、思いがけなくさっと開いたときの意外な表情。殺された大里の横に立って愕然としたときの顔つき。赤電話で一一〇番するといって走りだしたプロデューサーの後を追い、おそろしいからひとり残していかないでくれと嘆願したときのおろおろした口調……。どれを思いだしてみても、満点をつけたい気がするのだった。

刑事がやってきて型通りの訊問があったが、それも旨く切りぬけた。昨日の夕方は東京にいたことをそれとなく匂わせてもおいた。すべてが、予想していたよりも遥かにすらすらと運んでくれたのである。

勝利はおれのものだ、と思った。これで解放された、これからはだれにはばかることなく恋愛もできるし、麗子を妻とすることもできる。亜土としては歓喜の叫びを上げて麗子を抱きしめたいところだった。だが、師が死んだ、それも無惨な殺され方をしたということになれば、弟子たるもの悲嘆にくれたふりをしなくてはならない。みえざる犯人に向って怒りの拳をふり上げねばならないのだ。当分の間は仮面をかぶりつづける必要がある。その期間を、亜土は三か月とみた。べつに根拠はない。常識的に考えてこの数字をわりだした。

故人ともっとも親密であったし、事件の発見者でもあるというわけで、亜土はその後もひきつづいて二度、伊東の捜査本部に呼ばれた。室内を物色した様子がないから強盗の仕業とは思えない、ひょっとすると犯人は被害者としたしい人間かも知れないと考えられるので、その面で協力してほしいというのだった。むかしから警察の建物は陰気で虫が好かなかったけれど、いやというわけにもいかなかったから、電車でかよった。もっとも、交通費は先方でもってくれた。

三度目に呼ばれたのは屍体が発見されてから六日目にあたる十二月二日のことだった。警察まで出向くと、現場検証のやりなおしをしているから別荘へいってくれ、といわれた。無駄足をふまされ少しむっとしたが、相手が警察だと顔にだすわけにもいかず、亜土はオーバーのポケットに両手をつっ込んで、うつむき加減にてくてく歩いた。クリスマスセールの飾りつけをしたアーケードを、土産物の干物やミカンの袋をさげた温泉客がのんびりと駅へ向っていくのをみると、幾度も警察に呼ばれる自分が何となく腹立しく思えてきた。

そうだ、三か月たって世間のほとぼりがさめた頃に、麗子をつれて温泉旅行をしよう。歩きながらそんな空想をしてみる。だが、伊東だけは避けたいと思った。やはり気がとがめるのだ。

十五分ほどで別荘についた。ご免下さいと声をかけると、待っていたように扉を開けてくれた。丸顔で髪が濃くて、ずんぐりした体つきの玉井《たまい》という刑事だった。小さな目が吊り上っており、そのくせ茫洋《ぼうよう》とした大陸的な顔をしている。

「ちょうどよかった。五時を少しすぎていますが、面白い実験をやってみたいと思っているのですよ。さ、どうぞ」

なかに入ると故人の仕事部屋にふたりの男がいた。ひとりは制服のわかい警官だが、もうひとりは中年で私服を着ていた。目つきが鋭いから刑事に違いないと睨んだ。

「大丈夫ですよ、屍体はとうのむかしに片づけてあります」

入口でとまどっていると、後ろをふり返って玉井がいった。東京で葬儀をとり行なったのだから、ここに屍体がないことぐらいはいわれなくても知っている。

机の上にはテープレコーダーが回転していて、コードで接続されたラジオの針は82・5M

Cをさしていた。ＮＨＫのＦＭ放送を録音していることはそれで判ったが、一体なぜそんな真似をするのか、合点がいかない。

「どうしたのですか」

「まあ黙って坐っていらっしゃい、いまに説明します。そうだな、石油ストーブに火をつけてくれんですか。少し寒いようだ」

警官がなれた手つきで点火し、室内は少しずつ温かくなっていった。亜土はポケットから手をだした。三人の係官はなにかを待っているふうにみえた。

二十分もした頃に遠くのほうでかすかな爆音がひびいてきた。と、みるみるうちに大きくなり、家の前を走りすぎていった。新聞配達のオートバイに相違なかった。

それまで黙々として坐っていた刑事達がにわかに動きだしたことから、彼らが待っていたのがこのオートバイであったことは判ったが、判らないのはその目的であった。オートバイがどうしたというのだろうか。

玉井は立って机の前までいくと、ラジオを消し、テープを少し逆転させてイヤホーンで再生音を聴いていた。間のびした顔が一瞬ひきしまって、ひどく神経質なものにみえる。依然として亜土には意味が理解できかねた。あとで説明するといった玉井の言葉をあてにして待つほかはなかった。

しばらくすると玉井はリールの回転をとめ、ふたりの同僚にうなずいてみせた。緊張した表情のなかにも満足そうないろがうかんでいた。

玉井刑事はあらたまった顔つきで亜土をみた。亜土はあかい唇をなめた。

「大里氏が殺されなくてはならない動機を調べているうちに、あなたのことが浮かんできたのですよ。あるときは大里氏自身が非常に怒った口調になって、北爪君はおれに背こうとしている、背いてみろ、ただではおかんなどと怒っているのを周囲の人々がきいているのですな。それでこれは何かあるぞと思ったものですから、更に手をひろげて調査をしてみました。その結果、あなた方に同性愛の気のあることや、あなたが麗子さんという女性と恋愛関係にあること、やがて結婚にゴールインしたい希望を持っていることなどを知りました」

意外な話の展開に、亜土は気を呑まれていた。

「おれを裏切ったと大里氏がいわれたのは、あなたの恋愛のことだと解りました。では、ただではおかぬという脅し文句は具体的にどうなのだろうか。それもまた、関係者の間をたずねて廻っているうちに見当がついてきました。大里氏が弟子を破門したときには単に縁を切るということだけではなしに、徹底的な妨害戦術にでる。過去にも何度かそうしたケースがあったことを知ったのです。そこであなたの動機というのも理解できたわけですよ」

「そんな……」

抗議するように弱々しくいいかけ、言葉を呑み込んだ。

「アリバイがあるといわれるのですか。おっしゃるとおりで、だからあなたはシロかもしれないと考えていたのです。しかしはっきりした動機がでてくると話はべつだ、偽アリバイではないかという疑いもでるわけですよ」

「偽アリバイだなんて……」

「大里氏が、あなたからの手紙をみて返信を書こうとしたのか電話をかけようとしたのかは解らないが、ともかく返事をするときの心覚えとして演奏者の名をしるしたメモも、疑いの目でながめるとまた違った解釈ができそうな気がしてくるのです」

「…………」

「大里氏がこのメモを書いたのはずっと以前のことで、あなたがそれをアリバイ工作に利用したのではないか。大里氏が用もないのにこんなメモを書くわけはありません。想像されるのはこれこれのレコードを買ってきて欲しいというわけで人に依頼する場合です。そこで東京の都心のレコード店をあたってみると、果して銀座の店員が覚えていてくれました。一枚買ったというなら記憶にのこるわけもなかったでしょうが《皇帝》と《戴冠式》を、それもグールドと、あまり有名でもないアンドレなどというピアニストの盤を買ったとなると、印象にのこるのは無理ないことですよ。だから、忠告めいたいい方になりますが一枚ずつべつの店で買うとよかった」

「…………」

玉井の余裕のあるいい方がますます亜土を不安にさせた。いまから思えばたしかに玉井のいうとおり別々の店で買えばよかったのだ。だがあのときはまだメモをアリバイに用いようなどとは考えてもいなかったのだから、止むを得ない。

「ところで北爪さんのアパートは住宅街のおくに引っ込んだしずかな場所にあるからご存知ないのかもしれないのですが、わたしなんかは町のまんなかに住んでいるものだから、しょっちゅう悩まされることがあるのです。わたしも音楽が好きで休みの日はＦＭのステレオ放送をテープにとって楽しんでいるのですが、ときどき家の前を車が通ると、エンジンから発生する妨害電波がとび込んできて、せっかく綺麗な音でとれているところを掻き廻してしまうのですな」

「…………」

「マーラーのシンフォニイなどになると一時間以上もかかりますから、その間に車がとおらないということはあり得ないのですよ。腹が立つけど先方がわるいわけではないから、怒鳴りつけるわけにもいかない」

亜土は不思議そうな顔をした。アパートにも車を持っているものは何人かいるがラジオの音が乱れたことは一度もない。いや、この別荘の前をオートバイが通ったときも、すんだ音でタンゴが鳴っていたではないか。

その疑問を刑事は敏感によみとったようだった。

「外車のエンジンはその点よくできていて迷惑をかけませんな。なにしろアメリカなんか昭和十六年からＦＭ放送が始まっているのだから、自動車会社がそうした点に意を用いたのは当然ですよ。なにも日本の自動車メーカーだけが馬鹿だというわけではない。国産のものでも最近はそうした面に気をつかってくれていますが、まだまだ数の上からいえば妨害電波つきのいやなやつが多いです。爆音が聞えてくるたびにひやひやするのは、録音マニアだけが知っているスリルですよ。精神衛生上、じつに有害だと思っていますがね」

玉井はそうした話をするのを楽しんでいるふうにみえた。捉え所のないおおまかな顔がにこにこしている。

「しかし防禦《ぼうぎょ》するてだてがないわけではない。指向性のするどい多素子アンテナを買って、通りから顔をそむけるように張れば、まあまあ目的は達せられるんですが、そんなことをするのは面倒でもあるし贅沢をいえる立場にはないので、テレビ兼用のアンテナで我慢をしているわけです。聴取者にかねをかけさせるよりも、自動車会社がわれわれを嘆かせないようなエンジンを早く大量につくって普及させなくてはいけないのです」

亜土は、しかしそんな話は面白くない。少しいらいらしてきた。このときも玉井は彼の胸中をすばやく読んだようだった。話をうち切るとレコーダーのほうを向いてスイッチを入れ、テープを回転させた。スピーカーから再生された音がながれてきた。

「これに、北爪さんがみえる直前からＮＨＫのＦＭをとっていたのですよ」

そういっているうちに曲がおわり、アナウンサーがつぎの曲名をアナウンスした。亜土の知らないポピュラー音楽だった。

「もう少し先です。この曲が始まって二分とちょっとたった頃です。この〝FMジューク・ボックス〟と称する番組は五時から始まるんです。その、時刻にして五時二十三分頃に――」

いいかけて口をつぐんだ。亜土は、彼が聴かせたがっていたものが何であるかをすぐに悟った。それまで美しい音でながれていたポピュラーのなかに、ふいにバリバリという雑音が入ってきたからである。その雑音はみるみるうちに大きくなり、すんだ曲のながれを傍若無人にかき乱して、二、三十秒ほどつづいたのち徐々に消えていった。

「これですよ、これがエンジンのだす妨害電波です。微々たるポピュラー音楽はどうでもかまわないが、マーラーやブルックナーの長大な曲を録音していて、あと一分でおしまいになるというときにこいつに入られると、全くがっかりですよ」

のんびりした顔つきに似合わずこの刑事は愚痴っぽいたちのようだった。

「ところで北爪さん、いまの雑音は先程の新聞屋のオートバイの音です」

「そんなはずはないです。あの日――」

いいかけて思わず口をとじた。大里を殺した朝もこのオートバイは走っていったけれど、ラジオから聞えていたタンゴの音は少しも乱されなかったではないか。亜土はあのときのバンドネオンのすんだ音まではっきり覚えているのである。だが、刑事の前でそんなことはいえないのだ。

「なんですか。何かおっしゃりたいことがありますか」

「いえ。夏から秋にかけて十日ばかり泊ったことがあるんですが、オートバイでFM放送が邪魔された記憶はなかったです。玉井さんはぼくを犯人だと疑っているから、なにかペテンにかけようとしているのではないでしょうか」

「そんなことはない。そんな卑劣なことはしませんよ、誓って。ですがおききのとおり雑音が入るのは事実です」

「…………」

「テープに中途まで録音されていた《田園》が偽アリバイにひと役かっていた以上、それを追及するのは当然です。だから、わたしはここで録音器を自分でいじっていたのですよ。時刻も、あの犯行があったとされている五時半前後のことでした。と、テープには入っていない筈の夕刊を配達にきたオートバイの雑音が入ってきたじゃないですか。これは訝しいと思いました。大里さんが《田園》を録音していた時間にも、この夕刊配達のオートバイは当然ここを通ったわけですからね。そこで呼び止めて訊いてみると……」

亜土はおそろしいものでも見詰めるように刑事の唇を凝視していた。亜土に理解させるためだろうか玉井はゆっくりした口調になった。

「いつもは電波のでない新型のオートバイを使っているんだが、生憎とそいつが故障してしまったので、修理がおわるまでオンボロに乗っているというのですな」

「…………」

「故障したのはいつか。それがわたしにとっては大きな問題です。もっとも、これは北爪さんにとっても重大問題となるはずですけどもね」

「…………」

「大里さんは先月の二十五日に殺された。兇行時刻がいつだったかは、解剖してみても正確なところが摑めなかったのですが、殺される直前までいじっていたテープの音から、犯行は当日の午後五時半前後ということがつきとめられた。これが容疑者のアリバイを追及する上で一つのポイントとなっていたわけです。われわれ捜査陣はこれを基点として行動を起していた」

「…………」

「ところが新聞配達の人にあって話を聞いてみると、故障を起したのは二十五日の正午近くだったというのです。昼食のカレーパンを買いにいって信号無視の自家用車に接触したんですな。本人に怪我のなかったのは何よりですがオートバイは大破してしまいました。無精をしないで歩いていけばよかったとこぼしていますよ」

「…………」

「解りませんか」

自分の素晴しい推理を亜土が理解してくれなくては、刑事としても残念だったのだろう。

そう訊ねた。だが亜土としてもそんな簡単な推理が解らぬわけがない。考えるのがむなしくなっていただけだ。

「二十五日の正午に事故があって壊れたとすると、その日の夕刊を配達するときは旧型のオンボロに乗って歩いたわけなのですよ。だから大里さんがこの部屋でFM放送を録音していたなら、テープのなかにはいまおきかせしたと同じ雑音が入っていなくてはならないのです……」

「…………」

「ところが現場にあったテープにはその音が入っていない。ということはどこか別のところで録音したテープを後で持ってきて、現場のレコーダーにセットしたことを意味しているのですな。単なる酔狂からそんなばかな真似をするものは世の中にはいない。アリバイ偽造の狙いでやったに相違ないのです」

「証拠がない」

心に思っていたことが無意識に口にでてしまった。喋った亜土のほうがはっとしていた。

「ありますよ、立派なやつが」

「…………？」

何だろうか。指紋一つ残したはずはないのに。

「兇器のロープですよ」

まだ解らない。どこででも手に入れることのできる、ありふれたロープではないか。

「大里さんの頸をしめた上で、ぎゅっと結んだ、その結び目です。絶対にゆるまない効果的な結び方ですが、専門家にみてもらうと閻魔《えんま》結びという特殊な方法だそうですな。地獄でお閻魔さまが取り調べるときに、罪人が逃亡しないように結びつけるのが閻魔結びの名の起りだという話でした」

名前なんか知らない。しかし高校生の頃にふと覚えたこの結び方が便利なものだから、亜土はしばしばこれを応用していた。いまでは習慣になっているのだった。

「あなたのアパートの管理人の協力で倉庫を調べさせてもらったのですが、北爪さんの荷物はほとんどすべてが閻魔結びになっていましたよ。それから、大里さんの爪の間から発見された繊維があなたのオーバーと同じものだったことも判っています。二度目に署までご足労ねがったのは、じつをいうと北爪さんのオーバーの毛をむしり取らせて頂くのが目的だったのですよ」

私服の刑事は腕組みをした手で頰をなでている。警官はいざというときに飛びかかれるよう、油断のない構えだった。

だがその必要はない。亜土は悄然《しょうぜん》と肩をおとしていた。うす暗くなった部屋のなかで、いつもは赤い唇がいまは色を失って蒼白にみえる。刑事が気づいて電灯をつけたとき、彼らは、亜土が女のようにに声をしのんでしずかに泣いているのを知った。

牝の罠

1

妻の富子《とみこ》が交通事故をおこして失踪したという通知をうけたのは、月曜日の正午のことだった。発信人が庶務課長の大滝《おおたき》であることは判っているが、事故の内容についてくわしいことはなに一つ判明しない。東京から社の出張所までが長距離電話、それから先は幾つかの山小屋を中継点として、水無瀬《みなせ》ダムの工事現場にとどくのである。だから一方交通であった。こちらから問い返すことはできない。

「どうもはっきりしなくてねえ」

木造の食堂に入っていくと、汚れたコック帽をかぶった主人がその帽子をあみだにずらしていった。はっきりしないことが自分の責任とでも思っているような、すまなそうな口調だった。

「すぐ帰らなくちゃならん。バスに間に合うといいんだがな」

腕時計の針と、すすけたボンボン時計の針を比べながらいった。

った。

「間に合いますよ。つぎの便まであと二時間あるからね」

バスの停留所までは二里ちかい山道を降りなくてはならない。だが、二時間あれば充分だった。

「よし、仕度をしたらすぐ出掛ける」

「もう少し具体的にいってくれるといいんだがねえ」

「全くね」

矢代卓造《やしろたくぞう》も気がせいている。わざわざ庶務課長が知らせてきたところから推測すると大きな事故だったに違いないのだが、失踪したというのはどんなことなのか。ともすると悪いことを想像して沈みがちな気持ちを払い落とそうとするように、矢代ははげしく首をふった。一とき、大滝の不親切な知らせ方に腹立たしい思いもしたが、十個所ちかい中継点を経たことを考えると、途中で尾鰭《おひれ》がとれて結局は骨格だけが残ったというふうにも想像されるのである。とにかく、急いで山を降りることだ。

「気をつけてね」

扉を閉じたとき、背後で親爺のどなる声がした。

秋もたけなわだというのに、山ではオオルリに混じってウグイスがしきりに啼いていた。だが、いまの矢代にはその声すら煩わしかった。頸にまいた手拭で邪慳に汗をぬぐうと、大きな歩幅で宿舎のほうへ歩いていった。

山を降り、麓で半刻ちかくバスを待ったが、これが落石のため一時間あまり延着といった有様で、予定していた急行に乗りそこねた。矢代は、つぎの急行を待つ間を利用して社の出張所に電話をかけてみた。くわしい連絡が入っているかもしれない。交通事故も大したものではなく、妻が失踪したと思ったのは早合点で、じつは近くの病院に収容されていたのだが極めて軽傷である……とでもいうことになっていれば、こんな嬉しいことはないのである。ダイアルを回し終えた矢代は、陽にやけて真っ黒な顔を緊張させて、祈るような気持ちで待った。だが、責任者が県庁に行っているということで一向に埒《らち》があかない。結局、矢代は不安な気持ちを抱いたままで帰京したのだった。

上野駅に下車したのは朝の五時すぎだった。すぐにも会社に電話して宿直員をたたき起こしたい思いだったが、なにぶんにも時刻が早すぎた。タクシーを拾うと、ひとまず玉川の用《よう》賀《が》にあるアパートに走らせることにした。列車の上でもくりかえし想いえがいてきたように、ひょっとすると頭の辺に真っ白い包帯をまいた富子が、案外元気な顔をして待っていてくれるかもしれない。

「大滝さんからの知らせで、今朝あたりお帰りになるだろうと思って、おみおつけをこさえて待ってたのよ。あなたのお好きなナメコなの」

「ナメコは食いあきるほど食べてるよ、山でね」

「あら、うっかりしていたわ、ご免なさい」

矢代は眠りもやらずに、頭のなかでそうした会話を反復していた。

「大滝さんてかた、案外そそっかしいのね」

空想のなかの富子はそういって白い歯をみせる。その白い歯と大きな派手な目と、矢代がいくらか誇張してギリシャ彫刻のようだといっているすんなりとした鼻筋とが、富子の魅力であった。

ダム建設という仕事の性質上、矢代には長期出張が多い。その出張をおわって帰宅したとき、駅のホームまで出迎えてくれる富子の美しさにわれながら圧倒される思いがするのだった。美しい妻とならんだ矢代は肩をはってゆっくりと歩く。心のなかで〝ただ勇者のみが美人を獲得する資格がある〟という西洋の古諺《こげん》を思いだすのである。

カーブにさしかかったとき車体がゆれた。その拍子に矢代ははっとして現実にかえり、顔をあげた。うす茶色の壁のアパートが並木の間からみえてきた。その病院を思わせる冷たく四角い建物の線が、矢代の甘い空想を切り裂いた。不安な思いが胸いっぱいにふくれ上がってくると、矢代はいたたまれずに半ば腰をうかした。

十分後に矢代は洗面所の鏡の前でヒゲを剃っていた。やはり富子は戻っていなかったのだ。郵便物を調べてみたが妻からの便りは一通もまじっていない。玄関の床になげ込まれていた三日分の新聞をひろげて社会面をさがしてみたが、富子が遭難した交通事故らしき記事は一つもないのである。矢代はなにかに化かされているような気持ちになり、とにかく珈琲でも呑んで気分を落ち着けようと思った。

ヒゲを剃って熱い珈琲を呑んでいるうちに気がしずまってきた。彼はふたたび新聞をひきよせると、土曜日の夕刊から順に目をとおしていったが、富子の名のでた交通事故の記事はやはり載っていなかった。このことから、妻が交通事故に遭ったのは事実であったとしても、それは報道するに価しないような些細なものだったという解釈が成立するのである。それと、妻の失踪という現実の問題との間には矛盾がないではなかったが、事故が日常茶飯的なものであったという考え方が、矢代を落ち着いた気持ちにさせたことは事実だった。

待てよ、ひょっとすると実家に帰っているんじゃないかな？　そう思いつくとじっとしていることが出来なくなり、すぐ京都の家に長距離をかけるために立ち上がった。

しかし、結果は失望だった。富子からは、十日ほど前にハガキが届いたきりだという。

「夫婦喧嘩でもやったのですか。珍しいじゃないの」

富子の母親はそう笑い、学生時代の友人の家に泊まりに行っているのだろうといって、四、五人の親友の住所氏名を知らせてくれた。できることなら老人に心配をかけたくはない。矢代はそう考えてあたりさわりのない応答をして通話を切った。ついで教えられた友人宅に電話をしてみたが、返事はどれも同じだった。富子はどこも訪ねていないのだ。

手を洗いに立った矢代は、そこの床に明らかに血をふいたものと思われる痕跡を発見して顔色をかえた。その後で居間に入ると、ミシンの上に薬箱がおいてあることに気づいた。栓のとれた消毒薬の瓶が横だおしとなり、なかの薬液はすっかり蒸発してしまっている。平素の富子からは考えられないだらしのなさであった。矢代は、妻が必死で傷の手当てをしている姿を想像した。目が血走っている。追われる身なのだ、薬箱を片づけるゆとりもなかったことだろう。

時刻は七時をすぎていた。大滝課長も目覚めている頃であった。職員名簿で番号をしらべてからダイアルを回した。

受話器をとったのが大滝だった。普段からあまり接触する機会のない男である。したがってほとんど口をきいたこともない間柄なのだ。お互い、他人行儀な口調になった。

きっとあなたからの電話だろうと直感した。大滝はひくい声でまずそんな挨拶をした。

「じつは会社のほうでもくわしい事情は知っておらんのですよ。いま判っていることをかいつまんでいうと、奥さんは土曜日の夜、自家用車を運転して横浜の辺りを走っておられたときに、土地の男を跳ねて死亡させてしまったんですな。奥さんは非常に驚かれたらしいのです。それで車をその場に乗り捨てると、歩いて姿を消してしまわれたのですよ」

「…………」

「以来、奥さんを見掛けたものもなくて、警察では行方を懸命にさがしているというわけです」

矢代は山男をもって任じていた。それだけに多少のことでは驚かないつもりでいた。学生時代には山で転落事故を三度も目撃しているし、いまの土木会社に入ってからも現場では何回か大きな突発事故に出会っている。そうした数度のアクシデントをつうじて常に冷静さを失わずにテキパキとことを処理し得たのは矢代だけであった。彼の自信はそうした過去の経験を基盤としていた。だがその自信がいまはもろくも崩壊してしまったのである。矢代は、ほとんど返事らしい返事をすることができなかった。頷き返す余裕すらなかったのだ。

「いや、お気持ちはお察ししますよ。そこでこれは警察側の希望をお伝えすることになりますが、至急あちらの警察に連絡をとって出頭して頂きたいのです。神奈川県庁のなかの県警本部の、三神《みかみ》という警部です。捜査一課の三神さんです」

「捜査一課?」

思わず声がたかくなった。これは殺人専門の警部ということになるのではないか。

大滝はいいにくそうに声をおとした。

「奥さんは故意に相手の男をひき殺した、というふうに考えているのですよ」

「判りました。お世話さま。早速そちらに連絡をとります」

「お疲れさま。なにかの間違いであることを祈っておりますよ」

矢代はもう一度礼をのべて受話器をおいた。色の黒い四角い顔がいつになく紅潮していた。相手の心のこもった暖かい言い方が身にしみて嬉しかったからだった。

隣県の出来事だから記事として載らなかったのだ。それを思い違いをして些細な交通事故だと判断していただけに、いまの電話から受けた打撃は大きかった。そしてようやく自分をとりもどしたとき、胸中にはさまざまな疑問が湧き起こってきた。事故を起こしたのは土曜日の夜だという話だったが、その時刻に富子は何処へなにしに行ったのだろうか。殺された男はだれであり、彼との関係はどんなものだったのだろう。その男を殺さねばならぬ動機はなにか。行動にでる前に、たとえ手紙ででもよいからなぜ相談をしてくれなかったのであろう。男の存在がそれほど秘密を要するものであったのだろうか。矢代は服装をととのえながらしきりにそうしたことを考えつづけていた。

2

担当の三神警部は、うすい唇と細い目が特徴の四十男だった。矢代と同年か、もしくは一つ二つ年長といったところである。

三神は顔をつきださないときこえぬくらいのしずかな口調でものをいった。予想していたのと違った紳士的な態度が、むしろ矢代には無気味な感じがした。

「いままで判明していることを要約してお話しすると、こういう次第なのです。今月七日の土曜日の夜、時刻は八時頃のことですが、南区《みなみく》南太田町《みなみおおたまち》で宮園忠八《みやぞのちゅうはち》という男が轢《ひ》き殺されたのですな。現場は丘の上で、見はらしが大変よろしい。街の灯がそれこそ宝石をちりばめたように見渡せるところですが、同時に人通りの少ない淋しい場所でもあります。発見者は、路上に駐車している車に道をはばまれたタクシーの運転手でして、様子がおかしいので下車して近づいてみると、いまいった宮園忠八が轢かれて死んでいたというわけです」

「…………」

「調査の結果判明したのは、車は奥さんのものであること、運転席に奥さんの血がおちていたこと、その奥さんの行方がわからないこと、被害者の宮園忠八が日ノ出町《ひのでちょう》のドヤに巣食っている麻薬の売人で前科が三つあること等です。もう少しくわしくお話ししますと、宮園はほとんど即死で、管轄の寿《ことぶき》署員がかけつけたときはまだ体温があったといっていますから、殺されたのはタクシー運転手が発見するほんの五分か十分ほど前だったということが判りました。それで兇行時刻がはっきりしたわけですが――」

「ちょっと。警部さんは家内が殺したと仰有いますが、交通事故だとは考えられないのですか」

「ええ、最初は係官もそう考えて事故の処置をとろうとしたのですよ。ところがいろんな事実が浮かび上がるにつれて単なる事故ではないことが明らかになってきました。例えば、宮園の服をあらためるとポケットのなかから手の切れるような一万円札が十枚でてきたのです。被害者の日常生活から考えてみるとこれは只事《ただごと》ではない。なにか不正な真似をして得た金であることは疑いないのですよ。そこで銀行方面に手を回してしらべてみますと、当日の正午前に奥さんが預金からおろした紙幣であることが判明したのです。あたらしい一万円札だったものだから番号がチェックしてあった、そうしたわけで奥さんがおろしたことは間違いのない事実なのですよ」

富子は自分名義の口座をもっている。たしか預金額が百五十万ほどになっているはずであった。預金をおろしたとするとその金ということになる。

「銀行はどこですか」

「昭和相互の用賀《ようが》町支店です。行員も奥さんの顔をよく覚えていましたよ。土曜日だから銀行は正午まででですが、奥さんは十二時少し前にこられたそうです」

その十万円が宮園某の手に渡っていたとなると、富子が恐喝されていたのではないかという想像がつくのである。

「われわれもそう考えています。もっとも、最初から殺意はなかったのでしょうな。脅かされてみすみす十万円を取り上げられたとするならば、こんなに口惜しいことはないでしょう。金が惜しいというよりも相手の男が憎くてたまらなくなる。そこで宮園めがけてアクセルを踏んだということも充分に想像がつくのですよ。立ち木にぶつかって前部がこわれていました」

三神の声に好意的なひびきのあるのを察した矢代は、相手に悟られぬようにかすかに吐息をもらした。

「相手が死んだことを確認するためか、ポケットの十万円を取り返そうとしたのか、それとも介抱する気になったのかは判りませんが、車からおりて宮園を抱きかかえようとした形跡があります。途端に宮園が息絶える。奥さんは慌てふためいて一刻も早く現場から立ち去ろうとするが、車は壊れてしまって役に立たない。そこで再び車からでると後をみずに走っていったわけですが、その姿を目撃したものがいるんですよ。谷をへだてた向こう側の家の勉強部屋で宿題をやっていた女子高校生ですがね」

「恐喝だとお考えですか」

「そうです。訊きにくいことですが、奥さんがあなたの留守中によその男と交際していたという様子はなかったでしょうか」

と、三神はいっそう声を小さくした。矢代ははげしく首をふった。

「そんな馬鹿な――」

「そうでしょうか。あなたは出張がちの仕事だときいていますが、留守中に奥さんが浮気をするというケースは意外に多いのですよ」

「家内にかぎってそんなことはしないはずです。われわれは結婚する前に、家庭に秘密を持ち込まないことを約束しました。それから十二年になりますが、お互いにルールは守ってきたという自信があります」

少し激した口調で彼はいった。警部の細い目がかすかに笑ったようにみえたのは気のせいだったろうか。

三神は内ポケットからハトロン紙の封筒をとりだした。

「この写真の男をご存知ではないですか」

年頃は、三十一、二だろうか。肉づきのいい見るからに楽天的な丸顔が口を大きくあけて上機嫌で笑っている。豊かな髪が獅子のたてがみを連想させた。

この男が妻を誘惑したというのか。怒りとも嫉妬ともつかぬ奇妙な思いに駆りたてられながら、矢代は長い間だまりこくって写真を見詰めていた。開放的だけれど決してしまりのない顔ではない。太くてきりりとした眉と大きな鼻とから、タフで仕事熱心で、かなりな野心家であることがうかがわれるのである。

「……いかがです」

「知りません。見たこともない男です。家内がこんなものを持っていたのですか」

「いや、そうじゃありません。男が所持していたのですよ。金を払わなければこの写真を夫にみせる、こっちにはこの他にそのものずばりの写真もあるんだ。やつらはそういって脅すんですな。常套手段です。ところで事後承諾の形になりますが……」

と、三神は改まった表情になった。

「アパートの管理人のかたからおききになったことと思いますが、あなたのお帰りを待っていることができなかったので、管理人に立ち会ってもらって家宅捜査をさせて頂きました。

ですが、この写真は奥さんが持っていたのではありません。宮園忠八のポケットからでてきたのです。勿論、奥さんを脅すために用いたものでしょうけどね」

矢代は管理人に帰宅を告げたわけではないから留守中のことはなにも知らない。家宅捜査のこともはじめて知ったのだった。自分の家の中を勝手にかきまわされるのは、たとえ相手が警察であっても気持ちのよいものではない。

矢代は、不快な感情が頭をもたげてくるのをぐっとこらえながらいった。

「なるほど、金を払わなければ、その写真を夫であるわたしに見せて、一切をぶちまけるというわけですか」

「だと思います。ですからひょっとすると奥さんはこの男のもとに走った可能性がつよいのですよ。そうでなくても参考人として当人を喚問したい。われわれのほうでも全力をあげて男の正体を追及しておるのです」

警部は自信あり気にそういうと、指にはさんでいたタバコにはじめて火をつけた。

「ところで矢代さん。このボタンに見覚えはありませんか」

封筒をさかさにすると、コトリという音とともに径四センチばかりの黒っぽい貝の飾りボタンが転げでた。男性はこんなものは付けないから、訊ねるまでもなく婦人服用のボタンだ。掌にのせると、光線の角度で虹のようにさまざまな色がでる。

「四国の南の海でごくまれにとれる、ひどく珍しい貝だそうです。したがって値段も一万円はするということですが……」

矢代は自信なさそうに首をふった。

「服装のことは気にしないたちですから」

「いや、覚えがなければよろしいのです。話が変わりますが矢代さん、お宅を捜索した際に屑籠《くずかご》の汚れ物のなかから血のついたタオルがでてきました。かなり多量の血です。早速、鑑識にまわしたのですが、その結果、奥さんの血液であることが判りました。それも極めてあたらしい血です。そのことと、居間のミシンの上に薬箱がおいてあることからですな、奥さんは事故のショックでかなり負傷していることが想像されるのですよ。といって追われる身だから病院に駆け込むわけにもいかない。自宅にもどって応急の処置をした上で失踪した、とこんなふうに考えているのですが、この男のほかに身をひそめるような心当たりがあったらおきかせ下さい」

矢代はゆっくりと首を横にふり、京都の実家にも親しい友人のところにも姿をみせていないことを語った。

「いや、京都の親御さんのもとにいないことは判っています。ご両親に無用の心配をおかけするのもどうかと思って、刑事にそっと探らせたのです」

三神のそうした思いやりに矢代はふかく頭をさげた。すべて警察官というものはいざ取り調べをするとなると、人が変わったように峻烈な態度に一変するということをきいている。

三神とて例外ではあるまい。本人はべつに意識しているのではないようだが、なにかの拍子に細い切れながのいやな目つきでじっと矢代を見詰めることがある。そうしたときの彼は、ただそれだけのことで頸筋のあたりがうそ寒く感じるのだった。そのことを考えただけでも気の許せない相手だけれども、人並みの人情味をもっていることもまた事実のようであった。矢代は、この警部が事件の担当官であることを、妻のために喜んでいいのではないかと思った。

「目下のところ、われわれは写真の男の発見に全力をあげています。ご覧なさい、この男の様子からみると会社の運動会のスナップみたいではないですか。バックの風景はどうやら豊《と》島園《しまえん》のようだ」

「なるほど」

「だからこの場所を借りて運動会を開いた会社や団体の名をしらべだして、片っ端からチェックして回るのです。骨の折れる仕事だし時間もかかるかもしれません。しかし運がいいと、案外早くかたがつくものです」

自信ありげに三神はいった。

3

ことがあまりに重大なものだから、会社のほうも気をきかして工事現場には代理のわかい技師を派遣してくれた。矢代は一件落着まで東京本社勤務ということにされた。

ながい出張から帰って出社すると、会社の雰囲気に染まるまで二、三日かかるのが毎度のことだったが、今回の矢代をとりまく空気はいままで経験したものとはまるっきり異質のものだった。同僚も女子社員も表面はさりげなく挨拶をかわしながら、そのあとは遠くのほうでそっと矢代を観察しては何事かを囁きかわすのである。彼は八時間の勤務がやりきれなかった。山の奥の現場へもどりたかった。富子には気の毒だけれど、人を殺した以上は止むを得ない、一日も早く姿をあらわして法の裁きを受けてもらいたいと思った。

だが現実は矢代の希望するようには展開しなかった。矢代富子の所在が判明したのは失踪してから八日目の十月十五日のことだった。箱根山中で死体となって発見されたのである。発見者は小田原の植物を専攻する高校教師で、休日を利用して地衣《ちい》類《るい》の新種をもとめて森の小路をわけていくうちに、欅《けやき》の大木の根元に仰臥《ぎょうが》している死体をみつけたのだ。

最初から死体の身元がわれたわけではない。だが、県下の各署に手配がまわっていたから、届け出をうけた警官も逃亡中の矢代富子ではないかということにすぐ気がついて、本部に連絡をとったのだった。

知らせをうけた矢代は、会社を早退して横浜の県警本部に駆けつけ、そこから警察の車に乗せられて箱根へ向かった。現場までの一時間半を、彼は口をかたく結び両手を膝にのせたきり、上体をうつむき加減にして終始無言だった。あんな虫ケラみたいな男を殺したといって自殺するには及ばない。むしろ社会を浄化したことを誇りにしてつよく生きてもらいたかった。矢代は死体が妻でないことをただ祈りつづけた。

小田原をぬけると箱根新道に入った。山の好きな矢代も、幾度か妻をのせて箱根のドライブをたのしんだ道であった。オーバーヒートしたエンジンを冷やしている間、二人で腰をかけたことのある松の切り株が目に入ると矢代はたまらなくなってまた目を伏せた。

矢代が連れていかれたのは、俗称七曲りにちかい二子山《ふたごやま》のふもとの欅林のなかで、そこはすぐそばを貨物便のトラックが走っていながら、滅多に人が踏み入れることのない場所だった。死体は陽陰の小道を三十メートルほど入ったところに、先着の三神と数名の警官にまもられるようにして横たわっていた。矢代は正視することができなくて目をそらせていたが、三神に催促されていやいや顔をむけた。

「奥さんでしょうか」

「ええ。間違いありません」

矢代はしっかりした口調で答えた。

「確かですね？　もっとも、指紋を比べればすぐ判ることですが」

と、三神はだめを押すようないい方をした。

死体は、欅の木の下に折りたたんだオータムコートを枕にして仰向きになっていた。スカーフで顔をくるみ両手をごく自然な形で胸にのせていた。苦しんだ様子のほとんどないことが唯一の救いだった。

三神が頷いてみせると、かたわらで待機していた三人の白衣がすすみでて慣れた手つきで屍体をタンカにのせ、しずかに小道をくだっていった。矢代は顎を胸にうずめるようにして頭をたれた。

一行の姿が林のかげに見えなくなってしまうと、三神は細い目を矢代にむけた。

「奥さんは睡眠剤をのんだとみえますな」

指さした先のくさむらにジュースの空き罐が一つと薬の空き瓶が三個ころがっていた。自殺を決意した富子が逃走の途中で薬局をたずね、睡眠剤をひと瓶ずつ買い求めてあるく姿を想像しただけで矢代の胸はいっぱいになる。声がつまり、ただ黙ってこっくりした。

三神の話では、死後一週間乃至《ないし》十日を経過しているという。バイパスと違ってここは夜になると真っ暗になる上に足場がわるい。懐中電灯を持ったとしても歩行は困難であった。だから富子は事件の夜をどこかで息をひそめて過ごしたのち、夜が明けそめるとともに山に入って服毒したことが想像された。

「訝しいな」

耳もとで、刑事の声がしたのでわれに返った。

「なにがですか」

「ハンドバッグがないのです。猿かなにかが持っていったのかな？」

矢代たちがそうした会話をしている間に、三神は富子が枕がわりにしていたコートをひろげ、ポケットに手を入れたり裏を返したりして熱心に調べていた。と、ふいにくるりと振返ると手にしたコートを差し出すようにしていった。

「奥さんは自分の身許がわれないように苦労をされておりますな。服のネームも剝いであったがこのコートの名前もちゃんと破りとっています。ハンカチの一部分も裂きとってありましたが、あれもイニシアルなり名前なりが入っていたからでしょう。亡くなったから同情をするわけではないですが、旦那さんに迷惑をかけまいとした心根が憐れですな」

三神はしんみりした調子だった。細い目がいつになく優しくまばたいて矢代をみていた。彼が留守中に買ったのだろう、コートはまだあたらしかった。

そのとき矢代は、三神が手にしているコートの前の部分に目をとめた。二つある貝の飾りボタンのうちの一個がとれてなくなっている。矢代は不意に、県警本部の小部屋で三神警部がみせたボタンを思いだした。あのとき三神は言葉をにごしていたけれど、そのボタンをどこで発見したのであろうか。

「あれはですね、宮園忠八が握りしめていたのです、掌のなかにね。奥さんが宮園を抱き起こしたということをいいましたが、おそらくそのときにボタンをちぎられたものだと思います。ですから宮園が即死といわずに、ほとんど即死に近かったといったわけなのです。あ、それからもう一つ、忘れるところでしたが写真の男の正体がわれましたよ」

「だれでした？」

矢代は思わず声を高めた。貞節な富子が自分から異性に接近するはずがない。誘惑したのは男のほうに決まっている。その結果として富子がこうしたあさましい姿となったことを思うと、冷静でいられるわけもなかった。

「近日中に参考人として出頭させて事情聴取をやりますが、いまの段階ではある紡績会社の社員とだけ申しておきます」

体をかわすように三神はかるく応じた。

その日の夜おそく、矢代の家の電話が鳴って解剖の結果が伝えられた。富子が飲んだのは、薬瓶のレッテルが示していた通り睡眠薬で、死んでから一週間乃至十日を経過していることは警部の言と一致していた。事故の際に鼻を打ったらしく、ショックでかなりの傷を負っていたが、それについて係員が何気なく触れた一言がつよく矢代の胸を打った。富子は鼻を整形していたという。

「整形を？　家内がですか」

「ご存知なかったんですか」

逆に先方がおどろいていた。

矢代はそのあとひとりでウイスキーのグラスを傾けながら、幾度となくその言葉を反芻《はんすう》していた。

長期間の出張の多い矢代としては当然のことだけれども、留守中は妻を信じて家庭をまかせる以外に方法はない。その信頼をゆるぎないものとするために、ふたりの生活には一切の秘密を持ち込まぬことを提案し、富子も即座に賛成してくれたのである。にもかかわらず、当の富子が鼻のなかに小さな秘密をかくしてそしらぬ顔をしていたというのだ。それを裏切りと呼ぶのはいささか酷にすぎるけれども、約束を守らなかったことは間違いない事実であった。矢代は索漠とした思いで機械的にグラスを口にはこんでいた。

4

玄関に入ったとたんに美知《みち》の機嫌のわるいことに気づいた。只今《ただいま》といったのに返事もしないで引っ込んでしまったからだ。また何か怒ってやがる。大倉夏人《おおくらなつんど》はそっと舌打ちをした。金持ちの我儘《わがまま》娘にありがちなことだが、美知は自分の感情を制御するすべをまったく心得ていない。小娘がそのまま大きく成長したようなものだった。日曜日などは一日のうちに三回も四回も機嫌をわるくし、はては大声で泣きだす始末である。その原因というのが愚にもつかぬことばかりで、例えば美知の意見をちょっと批判したとか、ポタージュの味が塩辛かったといったとか、テレビのコマーシャル女優の目つきが綺麗だとほめたとか、およそ詰まらぬことで爆発するのだった。

ふたりは三田の高級マンションに住んでいる。住人はどれもおつにすました気取り屋ばかりだから、もしその泣き声がきこえたら大変なことになる。そうした場合の夏人はただもう平身低頭して赤ン坊をあやすように機嫌をとりむすぶ他はなく、美知は美知でますます図にのって思うがままに振る舞うのであった。

彼らがはじめて知り合ったのは赤倉《あかくら》のスキー場だった。転倒した美知が上半身を雪のなかに突っ込み窒息しかけていた。それを、滑走してきた夏人がみつけて引き出してやったのである。ところが美知はあらと一言いったきり礼ものべずに、派手な色のアノラックの雪をはらいおとすと、シュプールを残して下っていった。夏人はむっとして、みるみる小さくなっていく小娘の後ろ姿を眺めていた。

その夜、彼が山小屋の火を囲んで雑談しているところに階上の部屋から降りてきたのが美知だった。美知はそこに夏人がいることを知っていたらしく大きなチョコレートの函をかかえていたが、隣にわり込んで坐ると銀紙をむいて夏人の口に押し込んだ。

二回目の対面は六本木のイタリア料理店においてであった。夏人が、大学時代の友人に誘われて深夜族の生態を観察しにでかけたときのことである。美知は髪をながくのばした不良みたいな恰好の男友達と並んで、スパゲティの早食い競争をやっていた。口のまわりをソースだらけにして食べている美知をみた夏人は、いい加減の家庭に育った馬鹿娘にちがいないと見当をつけた。だから気軽に声をかけてデートを申し込めたのである。

その美知が信越紡績の会長の末娘であり、現在の副社長が長兄であるのを知ったのは食事を二、三度共にした後のことだった。それ以来、夏人の野心に火がついた。なんとしてでもこの小娘を妻にせねばならぬと決心して、あらゆるテクニックを用いて美知の歓心を買い、ついに目的を達した。それが二年前のことである。

結婚した直後に信越紡績の営業部に入社して今日に至っている。だが、そうした情実は抜きにしても、販売課員としての夏人の成績は、かなり上位にランクされていた。仕事が彼の性に合っていたのだ。会社で仕事をしていると愉快でならない。それに反して美知との生活はうまくいっていなかった。家に帰るのが少しも楽しくないのである。が、どれほど腹を立てることがあっても、美知と別れたいなどという気持ちは、決して起こしたことがない。こうして忍びがたきを忍んで美知の夫の立場を維持しつづけてゆけば、エスカレーターに乗ったように出世コースを進んでゆき、四十代のなかばにして信越紡績の重役の地位につけるのだ。それから先は人生を思うがままにエンジョイすることができる。あと十年の辛抱であった。

手を洗って服をガウンに着かえてから、居間に入った。美知はそしらぬ顔でソファにかけたままアブサンを呑んでいた。平素はほとんど手をださないのだが、腹を立てたときは手当たり次第に強烈な洋酒を呑むくせがあり、一本あけてもほとんど酔った様子をみせたことがない。

「止したほうがいいんじゃないかな。体にわるい」

「あら、美知のことを心配してくれる誠実さがあるというの？　信じられない」

「あるとも」夏人は挑戦的ないい方をうけながして坐ろうとした。

「止して！　近よらないで頂戴。胸がわるくなる」

「美知」

「判らないの？　あたし怒ってるのよ」

「何を怒っているのか説明してくれなきゃ判らないじゃないか。ぼくの悪いことがはっきりすれば謝るからさ」

美知はグラスをことりとサイドテーブルにのせると、きっとした顔で夫をみた。まつげにこってりとマスカラを塗り、吊り上がった目にはりを入れている。夏人はこのどぎつい化粧が嫌いだったが、美知はこれが流行しているのだといって決して改めようとはしないのである。

「まだとぼけるおつもり？　あたしを誤魔化しとおせると思っているの？」

「おいおい、一体なんのことをいってるんだ」

「それをあたしの口からいわせようと仰有《おつしや》る気？」

いつになく語気がするどい。普段ならばこの辺でヒステリックに泣きだすはずだけれど今夜はちがう。容疑者を訊問する検事に似たところがあるのだ。

「美知、たのむからもう少し気を落ちつけてくれないか。その上でぼくに判るようにきかせてくれ」

「ですからご自分の胸にお訊きなさいといっているのよ。あたしという妻がありながらあんな真似をするなんて、恥ずかしいと思わないこと？」

「だからさ、あんなことだのこんなことだのといわずに、ちゃんと具体的に説明してもらいたいんだ。きみという妻がありながら何をしたというんだね？」

立ち上がったと思うと、夏人の頬が音をたてて鳴った。外国映画の真似をして美知がしばしば使う手であった。慣れているから大して痛いとは思わなかったが、不意を衝かれたのでソファに尻もちをついた。夏人はぐっと唇を噛みしめた。怒ったら大事になる。ここが我慢のしどころなのだ。自分にそういいきかせて辛うじて怒りを押し殺した。

「一時頃だったわ。ショッピングに出かけようと着替えをしているところにベルが鳴ったのよ。だれだと思って？」

「さあ……」

「刑事よ。ふたりづれの刑事なのよ。横浜から来たんだといって手帳を見せたわ」

夏人は呆気にとられて妻の唇をみつめた。唇には、桃色とも白ともつかぬ妙な色の口紅が塗ってある。それを塗ると唇が厚くみえてまるで類人猿そっくりになる。いくら止めるようにいいきかせても、美知はとりあわなかった。

「刑事がなぜきみに用があるのかな」

「ばかなことを仰有らないで。あなたのことで見えたのよ」

「ぼくのことで？　判らないな。ぼくが何をしたというんだい？」

まったく心当たりがないのだ。いつもは楽天的な丸い顔が、いらだたしそうに歪んだ。

「じらさないでいってくれ。ぼくが何をしたんだ？」

「あたしに隠れてよその奥さんと逢い引きしてたじゃないの。刑事に教えられなかったらまだ知らずにいるところだったわ」

おそらく刑事は会社にも来たのだろう。だが夏人は午後から千葉にいって留守をしていたのだ。もし会っていたら納得のいくまで話しあえたのに、と残念だった。

「美知、それは誤解だ」

「もう沢山よ、あたし実家に帰ります。帰ってあなたのことを報告するわ。いいこと？　判って？　あたし達の結婚生活もこれでおしまいよ。あなたはこのマンションを出てどこかの安アパートに引っ越すの。そして一生うだつの上がらない平社員で送るのよ。あたしもこれでさばさばするわ。いままでにも、あなたのどこに魅かれて結婚したんだろうかって自問自答することがよくあったの。あたし一日だって後悔しない日はなかったわ」

「いいから黙りなさい。ぼくが浮気していた相手はどこのだれだというんだ。そんなにぼくを信用できないのなら、ふたりでその奥さんとやらに会おうじゃないか」

美知は鼻をならすと、口をまげて軽蔑したような笑いを浮かべた。

「なにをとぼけているのよ」

「とぼける？」

「会うわけにいかないじゃないの、自殺してしまったんだもの」

「死んだ？」

「そうよ。横浜の悪いやつがあなたの浮気の事実をキャッチして、その奥さんをゆすっていたのよ。奥さんは頭にきてそいつを殺して自殺したというわけ。あなたのせいよ」

「……判らない」

「まあ、まだとぼける気なの？　あなたってそんなに性根の腐った卑怯な人だったの？　あなたとのかりそめの情事がもとで相手の奥さんは人を殺す羽目になるし、家庭は目茶苦茶に破壊されてしまったじゃないの。あなたその責任を感じないというの？」

「ま、待ってくれ」

「いやよ、待ってなんかあげるもんですか。そのうちに週刊誌のトップ屋がくるわ。妻として夫のふしだらを許せるかとか、自殺した奥さんをどう思うだとか、もっともっと沢山の質問を浴びせかけられるのよ。来週あたりの週刊誌にいろいろのことを派手に書き立てられるわ。そしたらどうなると思うの？　あたしの名誉もパパの名誉も泥まみれになるのよ。家名に泥をぬられるのがどれほど辛いことなのか、あなたなんかには判らないでしょうけど」

「判らないさ。きみと違って毛並みはよくないからな」

べつに皮肉をいったわけではない。腹を立てたわけでもなかった。夏人は北海道石狩平野の産であった。獣医の父親が苦労をして大学教育をうけさせてくれたのだが、さもなければいま頃は親爺のあとをついで緬羊《めんよう》の仔をとり上げているに違いなかった。べつに父の職業を卑下しているわけではないけれども、富と地位とを手に入れるためにはどう軽蔑されても意に介さぬことにしているのだ。

「いくらいってもきみは信じようとしないが、ぼくはそんな奥さんなんか見たこともないし、まして浮気などしたことがない」

「また嘘をつく！」

「嘘なものか」

「それじゃこういうことにしたらどうなの？　一週間という日限をつけて、それまでにあなたの潔白を証明するのよ。休暇は年間に七日もらえる規則だから堂々と請求すればいいわ。潔白だってことが判ったらこのまま結婚生活をつづけてあげる。だけどもし証明することができなかったら、即座に離婚するのよ。いいこと？」

「判った、判ったよ」

彼は話を打ち切るように手をふった。いいだしたら後にひくことのない妻であった。

5

美知が身の廻り品を小さなスーツケースに詰めてスポーツカーで走り去ってしまうと、夏人は居間にもどって棚から酒瓶とグラスをとった。夕食の仕度はできてなかったから、あとですしでも届けさせればいい。チーズを肴にウイスキーを呑みながら作戦をたてた。トップ屋に嗅ぎつけられて記事が週刊誌にのってしまったら、本当に離婚されかねない。真剣にならざるを得なかった。

ひと瓶をからにして得た結論は、自殺した矢代富子の夫に会って富子のほんとうの浮気の相手がだれだったかを訊きだすことだった。もしかすると夫もまた真相には気がつかなくて夏人が張本人だと信じているかもしれない。そうした場合は先方を説き伏せて富子の日記なり手紙なりを調べさせるのだ。いくら富子が慎重に隠したつもりでいてもどこかに手落ちがある。男の名前までは判らなくても、電話番号ぐらいは残されているに違いない。

大倉夏人は丸い顔とさがり気味の目尻から想像できるとおり、かなりの楽天家だった。そのときは酒の酔いも加わってすっかり自信がついていた。自分が潔白であることは明日か明後日のうちに立証できると思うといっそう気がはれてくるのだった。だが、短時日で目的を達することができたとしてもぎりぎりになるまで美知には知らせまいと思った。折角の独身生活なのだ。しかも大威張りで会社を欠勤することもできる。約束の期限をぎりぎりまで楽しんでから電話をかければいい。そのときの美知のびっくりする顔を思い描いてみると一段と愉快になり、さらにウイスキーを半分ほどあけた。すし屋が注文した品を持ってきた頃の彼は呂律がまわらぬくらいに酔っ払っていた。

翌日は二日酔いの気味で頭がおもかった。朝風呂をわかしてゆっくりと入り、濃い珈琲をつくって、砂糖もミルクもなしのやつをたっぷり飲んだ。こうして二時間もソファに寝ていると、まずほとんどの場合が気分爽快になれるのである。だが、調子にのって一本半もやったのがいけなかったらしく、予定した時間がすぎても一向に頭痛はよくならない。十一時になると思い切って起き上がった。動くと胃のなかでコーヒーが音をたてた。

大手町の伊東土木まで地下鉄でいった。受付に意をつうじると矢代はすぐにエレベーターで降りてきた。彼としては当然のことだが、夏人をみる目に憎しみの色がこめられている。挨拶をかわすときも終始夏人をにらみつけるようにしていた。

かなり離れたビルの地階の喫茶室につれていかれた。

「珈琲だ。二つ」

と、彼は夏人の好みを訊ねもしないで注文した。目つきもそうだが早くも語調が戦闘的になっている。

「よく来てくれましたな」

皮肉っぽい言い方だった。

「家内をああした目にあわせておきながら一言の挨拶もないので、内心大いに憤慨していたところですよ」

じろじろと見つめながらいった。これが亡妻の間男なのか、といった目つきで観察をしているのだ。

「じつはそのことで参ったのですが、はっきり申してぼくは誤解されています。あなたの奥さんとは逢ったこともなく、名前すら知らない。同様にぼくの写真をもっていた横浜の男、奥さんに殺されたというその男のことですが、これも全然おぼえがないのです」

ふンと冷笑している顔つきだった。美知とおなじくこの矢代という男もまた、夏人のいうことを頭から卑劣な弁解だときめてかかっているに相違なかった。

「本気にしてもらえないということは予期しています。ぼくの妻ですら嘘をついていると思っているんだから。あなたにしろ警察にしろ、殺された与太者《よたもの》がぼくの写真を持っていたので直感的に奥さんとぼくを結びつけてしまった。それは無理ないことですよね。だけどそれは解釈が違っています。彼が、あの男がぼくの写真をどこで手に入れたのか、それを何に使う気でいたのか、後ろ暗いところのないぼくには見当もつかないのですが、あの写真を持っていたのは全く偶然なことなのですよ」

「金額にしてどれくらいゆすられたのですか」

矢代は彼のいうことなどまるきりきいていないらしく、だしぬけにそう質問した。

「だれにですか」

「決まってるじゃないですか、殺された男にですよ」

「ゆすられた覚えはないです」

「そんなはずはない。きみが大会社の社員でしかも会長の娘さんを嫁にしていることは判っているんです。わたしの家内から十万円を絞りとった以上、きみのほうからはその十倍の金はゆすっているとみなくちゃならん」

「だからゆすられたことはないといっているでしょう。そいつの顔をみたことさえないんだから」

「信じられないな。だがそんなことはどうでもいい。この機会に訊いておきたいことが二つあるんだが、正直に答えてほしいのです。まず、道義的に今回の出来事をどう思っていますか」

「道義的に？」

と、夏人はとまどって問い返した。

「そう。妻の死は自業自得だったと思っている。夫であるわたしを裏切ったのだから、冷たくつき放していえば止むを得なかったことだ。仏壇に線香をあげるとき、家内はそうされることを恥じて横をむいているんじゃないかと、そんなふうに思うことがあります」

「しかし――」

「しかしね、妻の死は仕方ないとして、わたしの家庭を破滅させてしまった責任をきみはどう感じているのか。きみみたいな金満家とは違ってささやかな家庭だったが、家庭の幸福は金で左右されるものではない。わたしの家庭の暖かさ、穏やかさというものはきみの家庭以上だったかもしれないのです。それをきみは破滅させてしまった……」

美知とおなじことをいう。頷きながらそう考えた。

「もう一つは、きみらの間の汚らわしい情事はどちらが最初に誘惑したのかということだ。いまさら知ったところでどうなるものでもないが、気持ちを整理する上に役立つかもしれない」

「矢代さん」

珈琲カップを音をたてておいた。二日酔いのことなどとうに忘れていた。

「前にも申したことですがぼくは奥さんというかたを存じ上げていない。ですが、自殺をなさった奥さんに対していまのいい方は酷ではないですか」

「なに？」

「ぼくと奥さんの間を疑るなんてじつにノンセンスだ。勝手に情事とやらを空想して、その空想に酔っていらっしゃる。逢ったこともなし、いわんや手を握ったこともない奥さんを不貞呼ばわりされるのは、余りに奥さんが可哀想です。それとも、ぼくとの関係を告白した遺書でもあったのですか。そうとすれば失礼ながら奥さんは大法螺吹《おおぼらふ》きだ」

「遺書はない。だが——」

「それなら——」

「きき給《たま》え。家内は職業的な殺し屋とはちがうんだ。人を殺せば気が転倒しただろうし、人影をみればそれが刑事ではないかと思って身も心もちぢみ上がっただろう。箱根の山中でふるえながら一夜を明かすと、翌朝早く毒をのんだのだ。遺書や手紙を書くほどの落ち着いた心境にはなるわけがない」

「するとあなたはどこまでも奥さんを信じたくないと仰有《おつしや》るんですな」

「そうだ」

「どうして？」

「そんなことまで説明する必要はないよ」

「いや、ありますよ。ぼくの潔白をちっとも信じてもらえないのは、根本において、奥さんを信じられないことから出発している。そうじゃないですか」

カップを皿にのせて矢代は苦い顔をした。

「それならいうが家内はわたしとの約束を破ったからだ。わたしみたいに一年の大半を山のなかのダム工事現場でおくるような人間は、留守を預けた妻を信じていなくては仕事ができない。だからわれわれは結婚をするにしても顔なんかどうでもいい、とにかく信用のできる女であることがなによりの条件になるのだ」

黙って頷いた。その話ならば夏人にも判る。

「そういう視点からわたしはあの妻をえらんだ。そして当然のことだが、結婚する前にお互いが決して嘘をつかないことを約束した。家庭に秘密を持ち込まぬことを誓い合ったのだ。世間の細君の間ではざらにあるヘソクリすら厳禁した。夫にかくれて小金をためるぐらいは大目にみろというかもしれないが、わたしが怖れたのは、亭主を騙して小遣い銭をかすめているうちに良心が麻痺してきて、やがてはもっと大きな欺瞞《ぎまん》行為を平気でやるようになるのではないかということだ。夫にかくれて浮気をしたのも、いまいった欺瞞行為の最たるものだがね」

皮肉は無視して先をうながした。

「顔などは二の次だといったが、きみも知ってるとおり家内は決して不美人ではなかった。だから誘惑されたことにもなるわけだ。まあ亭主であるわたしの口からこんなことを言うのも滑稽な話だけど、わたしはあれの鼻の曲線が好きだった。鼻の先がつんと上をむいたところなど、拗《す》ねているようで可愛らしいといったこともある。ところがきみ、思わぬときにボロがでたのだよ」

「…………」

「与太者を轢き殺したときにフロントガラスに鼻をぶつけたらしいのだが、そのショックで曲がってしまったんだ。よくみると整形をしていたというんだな。きみらのような他人からみると何でもない些細なことだろうが、わたしにとっては違う。富子はこのわたしに、自分の鼻が整形美容したものであることを一言だって洩らしたことがない。この、夫に秘密にしていたということが問題なのだ。あれがわたしを欺いていたことを知った瞬間から、妻を悼む気持ちなんて跡形もなくふっ飛んでしまったね」

「しかしそれは少し気短すぎるんじゃないですか」

と、大倉夏人は目尻のさがった目で批難するようにいった。山奥で働いていると、こうも融通がきかなくなるものだろうか。

「あなたの額にホクロがあるけど、自分ではヒゲを剃るときに鏡をのぞいていても気がつかないでしょう。奥さんが鼻に入れていたのはプラスチックだかシリコンだか知りませんが、それが体の一部に入り込んでしまうとそんなことはまるきり忘れてしまうんじゃないかな。たとえ思い出して話そうとしてもですよ、ご主人が鼻を賛美すればいまさら本当のことはいいにくくなるものです。そのうちに、この秘密だけは何としても守らなくてはならないという気持ちにもなるでしょう。判るなあ、その心境は」

矢代は返事をしなかった。黙々として冷えた珈琲をかきまぜていた。

「矢代さん」

と、沈黙を破って夏人がいった。

「先刻の質問にまとめて答えますよ。ぼくは奥さんと何事もなかったのだから道義的にせよ精神的にせよ、責任なんて感じません。どちらが誘惑したなどという質問は、質問自体が無意味です」

「……………」

「ところでお願いがあります。ぼくを信じてもらえないのは残念だが仕方がない。だが信じる信じないはべつにして、奥さんがもし浮気をしたとすると、そこには異性の相手がいたわけですが、その男の正体をつきとめたいのです。今度の事件のお陰でぼくまでがピンチに立たされているのですから、どうですか、そいつを追及することで共同戦線をはりませんか」

彼が美知から宣告されたことを掻いつまんで語ってきかせると、矢代はようやく顔を上げ、関心らしいものをみせた。

「共同戦線というと？」

「奥さんの手紙とか手帳、メモの類を徹底的にしらべて頂きたいのです。どこかに手掛かりがないとも限りませんからね」

「それはわたしもやりましたよ」

もの憂そうに首がふられた。

「警察があなたを突きとめるのを便々《べんべん》と待っていられなかったものですから、手紙や日記などを片っ端から開けてみた。しかし愛人らしい男の名前はどこにもなかったのです」

夏人が口をひらこうとすると手で押し止めて先をつづけた。

「堂々と男の本名をしるしておくはずがないというのでしょう？　わたしもそれには気がついた。ですから女性の名前であっても一応は疑ってかかった。記入してあるすべての人に問い合わせしてみました。しかし男を発見することはできなかったのですよ」

「なるほどね」

元気の失せた声でいった。矢代卓造から何かを摑もうとする計画は完全に失敗したようであった。ただ彼の言葉の調子から、どうやら夏人のいうことを信じだした様子がみてとれた。それだけが収穫といえばいえるのだった。

矢代とわかれた後、国会図書館へ回って神奈川新報の綴じ込みを閲覧した。つぎに打つ手を考えるためにも、事件の内容を頭に入れておくことは必要であった。東京の各紙にほとんどのらなかったことが、その地方紙には発端から解決にいたる経過が写真と見取り図入りでくわしく報じられていた。

現場から富子のハンドバッグが紛失していたという点がミステリアスでちょっと面白かったが、そのつぎの日の朝刊をみると、茶店の飼い犬がくわえてきたものであることが判った。バッグのなかに住所と電話番号をしるした富子の名刺が五、六枚入っており、それをみた店の親爺が自殺者の持ち物であることを知って、あわてて届け出たというのであった。大倉夏人はあつがしらの髪をしきりにかき上げながら、要点を入念にメモにとった。

6

二日目の朝のことであった。大倉はまだ朝刊を読みおえぬうちに刑事の訪問をうけた。ふたりづれだった。仕方なく居間にとおすと、富子と夏人との関係を質問された。すでに富子が自殺したことで事件は解決しているので、そのせいか、質問の調子にもどこかおざなりな様子がみえた。

「何度もいうとおり矢代さんなんて人妻は知りませんよ。家内にまで疑いをかけられて閉口しているのです。じつに迷惑だな」

語気あらくいうと、まあ仰有ることを信用しておきましょうということで了解してくれた。ついでに刑事が持っている複写した写真をみせてもらった。

「覚えがあります。会社の運動会のスナップです」

だが、だれがとってくれたかということまでは、どう考えても思い出せなかった。

彼を困惑させたのはこの刑事ではなくて、どこで嗅ぎつけて来たのかトップ屋であった。刑事が帰って五分もたたぬ頃に現われたのである。うす汚れたトレンチコートを脱ごうともしないで立っている。ワイシャツの衿が黒くなっていた。

「あはは、デカなんてやつは案外馬鹿でしてね。自分達は尾行の名人だなんてうぬぼれてるが、てめえが尾行されていることには気がつかない」

平べったい顔にヤニで染まった歯をむきだしにして得意そうに笑い、いい部屋ですなあと、とってつけた世辞をいって内部を覗いた。

「なにしろ財閥のお嬢さんをもらってるんだからかなわない」

「用件は？」

つっけんどんに訊ねた。人を食ったいい方が癪《しゃく》にさわっていた。

「はは、改めてたずねることはないでしょう。矢代夫人との一件ですよ。おっと、隠そうとしても無駄です。ちゃんとネタは握っているんだから」

みえすいたハッタリをいっている。それを滑稽に思うよりも腹立たしさが先に立った。

「不愉快だ、帰ってくれ」

「トップ屋を怒らせると損だがなあ」

「話すことはない。万事が誤解なんだから」

「誤解ねえ。あたしが会った連中は例外なしにそういうんですよ。駆けだしの時分にゃ本気にしてね、先輩に怒られたもんだ」

コートのポケットから手帳をとりだした。

「帰ってくれといってるんだ」

「例の件を奥さんが知ったらどうなるんでしょうな」

「もう耳に入ってるよ」

「なるほど。奥さんの声がちっともしないが、外出ですか。つまりその、臍《へそ》をまげて実家へ――」

「奥で寝ているよ、気分をわるくしてね」

男はにっと歯をみせた。

「ははあ、デカが来たのでご機嫌を損じた」

「きみ、話すことはないから出ていってくれ」

「あんた、そりゃ営業妨害ですぜ。まだ何も記事をとっちゃいない」

「だから話すことはないといってる」

「そちらはなくとも、こっちは訊くことがある」

「しつこいな、摘まみだすぞ」

腕をとったのがきっかけになってもみ合いが始まった。かっとした夏人は相手を撲りにかかったが体をかわされ、したたか壁を叩いて悲鳴をあげた。握り拳から血がたれている。

「喧嘩っ早いんだな、あんたって人は」

けろりとして男がいった。夏人のしかめづらを見てうす笑いをうかべている。

「よろしい、それじゃ帰ってやりますがね、記事の内容はこちらが適当に按配しますよ」

「いいとも。ただし滅多なことを書いたら承知しないぞ。名誉毀損で訴えてやる」

「どうぞご自由に。しかしね、名誉毀損にならないような書き方はいくらでもあるんだぜ。読者のほうではあんただってことがすぐ判るが、あんたにゃどうすることも出来ないという書き方がね」

荒々しく扉を叩きつけて出ていった。夏人は朝っぱらからすっかり不愉快になってしまった。いずれは美知のところへも行くだろうし、そうなると美知の態度が硬化することは目に見えている。彼女と夏人に取材を拒否されたトップ屋は悪意にみちた中傷記事を書くに決まっていた。そしてまたそれを読んだ美知が身をふるわせて怒り、その怒りを夏人にむけて叩きつけることも予想されるのだ。なんとか穏やかに相手をしてやればよかったと後悔したが、もう追いつかない。

入浴してヒゲを剃ると、八重洲《やえす》通りの近くの古びたビルの二階の探偵事務所をたずねた。昨夜、職業別の電話帳のなかから手頃のものを選んでおいたのである。所長は黒のダブルを小粋に着ていたが、胸板があつくていかにも腕力がつよそうだった。やがて五十にとどきそうな年輩である。

「そら、ええ考えでんな。大体が犯罪者ちゅうもんは、仲間うちでは口が軽いもんでしてな。その宮園なる男が住んどったドヤ街にいって周囲のものにあたってみれば、なに、だれかに洩らしてまっしゃろ。ただ、そいつの口を割らせるためにはちっとばかり費用がかかるかもしれませんな。その点はあらかじめおことわりしておきまっせ」

彼は純粋の大阪弁で喋った。東京へ出てきてなお関西弁で語るのは、性格が強情であるか、さもなければ余程のつむじ曲がりということになりそうだ。

「金のことは心配しないでいいです。ぼくが心配しているのはもっと他のことです」

「といいはりますと？」

「宮園が麻薬の売人だとすると、彼は恐喝を本業としているわけじゃないでしょう。その単なる売人にすぎない男がですよ、他人の情事の現場をつかんだり、それをネタに金もうけを企むなどという知恵があるとは思えないのです」

「さよか」

「ですから恐喝犯人は宮園の背後にいるのであって、宮園は使い走りのチンピラにすぎないのではないかと思うのです。ぼくの写真を手に入れたのも宮園のような男にはできないことですよ。バックにはもっと頭の切れる冷酷なやつがいるんじゃないですか」

「そうでんな」

「冷酷で兇悪な男ですよ。だからそこに乗り込んでいくにはよほどの用心をしていかないとならない。ぼくがこちらに依頼したのもそうした事情があるからです」

所長は大袈裟におどろいた表情をつくってみせた。顔中がしわだらけになった。

「ま、部下のもんにも充分気ィつけるよういうときますから委しておくなはれ。そうなると危険手当を増して頂きとおまんな」

「費用のことなら心配しないでいいといったはずです」

「いやいや、それは判ってま」

判ってるならいわなけりゃいい。

「こちらの希望としてはできるだけ早く調べてほしいのです。三日もあれば充分じゃないかな」

「お客はん、それは短兵急《たんぺいきゅう》なお話でんな」

と、所長は難しそうに渋面をつくった。顔中がまたしわだらけになった。

「わが社は目下のところ多忙ですよって、三十名の所員が、フルで活躍してもまださばききれない有様です。先客を押しわけて至急やって欲しいいうことになりますと、それだけ料金も余計かかります。いや、判ってま」

と、所長は手を上げて夏人の発言を制した。

「ほんなら明後日の夕方までちゅうことで」

夏人は契約書に署名した上で申し込み金と特別料金を払ってビルをでた。いわれるままに支払ったのでかなり高価なものになったが、所長がいうとおり餅は餅屋であった。専門家にまかせてしまえば安心である。あとは遊んでいればいい。

銀座にでて暇をつぶそうと思った。が、どこで同僚の目にふれるか判ったものではない。そこで地下鉄で池袋に回り、映画を二本みて帰宅した。夕食はレストランで軽くすませてある。

ガウンに着更えて居間にくつろぐと、パイプとウイスキーをテーブルにおいてテレビのスイッチを入れた。思いきり脚をのばして一杯やりながら、久し振りで好きな漫才をみた。美知がいるとろくに漫才もみられない。低俗で下品だというのだ。

その夜の九時すぎに、別居してからはじめて電話がかかってきた。

「進行状況はどう？」

「旨くいってる。きわめて満足すべき状態にあるよ」

「あと五日しかありませんからね、期限が切れたら容赦しないわよ」

夫に向かって「容赦しない」といういい方はなんだ。そう怒鳴りつけてやりたかった。片手にもったグラスの液体をひと息で呑んでしまうと、つとめて優しい声をだした。

「ああ、よく判っているよ。風邪をひかないようにするんだぜ」

それだけいうとこちらから通話を切った。いまの調子ではまだトップ屋は訪ねていっていないようだ。夏人はほっとした。

7

約束の日の夕方、探偵社から大阪弁の電話がかかってきた。てっきり吉報だと思って喜んだが、そうではなかった。昨日と今日の二日間にわたり三人の所員が横浜へ出張して調査したが、宮園がゆすっていた情事の相手をさぐりだすことは完全に失敗したというのである。相手を信頼していただけに夏人は大きな衝撃をうけた。

「そんなわけはない」

「いえ、これだけ調べて駄目なもんは駄目ですわ。嫁にいっとる姉さんのとこも訪ねてみましたが、なに一つ判りまへん。背後にタカリ専門の主犯がいるんやないかちゅうことも徹底的にしらべました。が、これもあきまへん、宮園がつきおうとるのは薬の仲間ばっかりやで。それででんな、あの奥さんは情事には関係なかったもんと考えてみたいのです」

「というと？」

「あんさんがいいはったように、宮園がポケットにあんさんの写真を持っとったのは偶然のことで、あの奥さんがゆすられたのは情事とは全然べつのわけがあったんと違うやろか」

「ふむ」

「例えばでんな、人妻が万引きをやったり、名流夫人が詐欺をする世の中ですからな、あの奥さんがひょんな出来心からなにか悪いことをやって、その現場を宮園に目撃されてゆすられることになった、ちゅうことも考えられるんやおまへんか」

なるほど、浮気にばかり気をとられていたからうっかりしていたが、そうした見方もできる。

「そこででんな、今度はそっちのほうを——」

「こちらは時間が限定されているんですよ、焦っているんだ。至急、明日中にしらべて欲しいんだが……」

「明日は無理でんな。やっぱり最低二日間は要りま。明後日の夕方……、いや、報告が入り次第お知らせしまさ」

「頼みます。あんたのところだけが頼りなんだから」

「へえ、よろしおま」

受話器をもどすと、大儀そうに坐った。余すところあと三日しかないが、こうなると探偵社を信用してのんびりと構えているわけにはいかない。といって、夏人がうろうろしてもどうなるものでもなかった。所長がいうように、矢代富子が万引きかなにかの現場を押えられ、それがもとでゆすられていたのであるならば、それで美知も納得してくれるはずである。夏人としては気がせくのも無理はないけれど、じっと坐って探偵社の働きに期待をかけるほかはないという結論になるのだった。その夜もつぎの夜も、夏人はあせりをまぎらすために酒を呑んだ。

六日目になると我慢していることができなくなり、夏人のほうから探偵社に電話をした。女子事務員がでて所長は外出中であり、調査は目下続行中だと答えた。所長が留守なのは第一線にたって所員を督励しているからではないか。そう考えると少し気分がおちついてくる。夏人は急に食欲を感じ、電気釜でめしを炊くと電車通りの食料品店から塩鮭を買ってきて、茶づけを腹いっぱい喰った。美知と生活しているとこうしたものも喰べられないのである。下賤な食物を喰うことは人格の否定につうじるのだそうだ。

午後に入るとふたたび気持ちが落ち着かなくなり、探偵社にダイアルを回した。依然として所長は不在であった。女子事務員はガムをくちゃくちゃ嚙みながら、結果が判ったらこちらからお電話しますとややうるさそうに答えた。

待望の報告が入ったのは入浴していたときだった。夏人はバスタオルで腰をくるみ、あたふたと受話器をとった。

「どうだった?」

「いや、今度ばかりは苦労しました。大至急というお話やったんで所員を六人も投入しましてん」

「ご苦労さん。あなたも大変だった」

「わてが?　あたしは病院ですわ。あたしの水虫はひつこうてなあ、まだ痛みよる。いや、こんな話どうでもよろしおまんがな」

「矢代夫人が脅かされていた秘密は何でしたか」

「それがな、アパートの住人に訊いても近所の店屋の人に訊ねても、えろう評判のいい人でんねん」

「結論をはやく頼む」

緩慢な大阪弁のテンポでやられるといい加減じりじりしてくる。

「そやさかい、どこを突いてもボロが出てきまへん。良妻賢母を絵にかいたようなお人でんねん、ゆすられるような真似をするわけがおまへん」

「だって現に十万円とられている」

「それでんねん」

と、彼は少し元気づいた声になった。

「あの奥さんが宮園にゆすられる理由がないちゅうことになると、宮園に金を渡すわけもなくなりま。ではあの十万円の金を銀行からおろしたのは何の目的やったのやろう、それがどないなわけで宮園のポケットに入ったのやろう。この疑問を明らかにしてみよう思うたんですわ」

なるほど、これはいい考えだ。彼がいつかいったとおり、たしかに餅は餅屋である。いままで夏人はこのことに気づかなかった。

「で、結果はどうでした？」

「まず銀行へいって、預金をおろしやはったのがほんまに矢代夫人かどうか確かめよう思いました。他のだれかが化けていったちゅうことになると、話は変わるよってな」

「で、どうなったんです、結果は」

夏人はおなじことを繰り返した。どうもこの所長は話をもったいぶる癖がある。

「それがあかんのですわ。銀行の預金係の話では、十万円おろしに来はったのは間違いなしに矢代夫人やったそうです」

「ふむ」

「ただ、人目を忍んでマスクをはめなはっていたそうで。いつもは朗らかなお人やのに、このときに限って元気がなかったいうとります。どことのう影がうすかったので、後になって自殺しなはったちゅうことが知れたとき、皆でそのことを話し合うたそうです」

「ふむ」

人目を避けたというところをみると、金の使い途がかんばしいものでなかったことが想像できるのである。

「そやさかい、あの金はやはり宮園に払うためのものやったのやろなと思うとりま」

つまるところ、何一つ収穫はなかったというのである。それをきいた夏人は受話器を叩きつけてソファにもどると、たてつづけに何本ものタバコを灰にした。無能な探偵社を信用して貴重な六日間をふいにしたことが癪にさわってならない。

それでも、三十分も坐っているうちに興奮もおさまってきた。気持ちがおちついてくると、無能な探偵社に依頼した自分が馬鹿だったことに気がつくのである。夏人は大阪弁の所長を罵ることを止めた。いたずらに立腹している場合ではなかった。

残された日はたった一日しかない。その限られた時間内で自己の潔白を立証しなくてはならないのだ。

夏人はソファの上に仰臥して明日という日をいかに有効に使うべきかを考えた。しかし名案は容易にうかんではこなかった。すでに思いつく限りのあらゆる手段は試みてしまっていた。しかもそれらはすべて失敗に終わっているのだ。どう頭を絞ってみてもこれ以上はなにも思いつくことができなかった。どちらかというと彼は理詰めに物事を考えていくのが好きだった。けれどもこの事件にはまるきり歯が立たないのだ。夏人は絶望しそうになると目の前にさがっている巨大な富のことを思った。十年後には自分のものとなるはずの幸福をみすみす逃すてはない。

そう考えることによって自分をちからづけた。三時間あまりそうしていたが、思考は停滞したきりだった。しまいには頭のしんがずきずきと痛んでくる。室内の空気はタバコの煙ですっかり濁っていた。起き上がって窓を開けようとしたときに電話が鳴った。

探偵社があたらしい情報を摑んだに違いない。そう直感して受話器を耳にあてた。きこえてきたのは美知の声であった。

「あと一日しかないのよ、どうなってるの？」

「着々とすすんでいる」

「この間もおなじことをいったじゃない？　泣いても笑ってもあと一日ですからね。あたしって宣言したことは実行するたちなのよ」

「きみの性格ぐらい判ってるよ、二年も一緒にいたんだからな」

おやすみもいわずに切った。

立ったついでに窓を開け、タバコの煙でにごった空気を追いだしたあと、自己流の体操を十分間ほどやって血のめぐりをよくした。ついで珈琲をわかすとモーニングカップにたっぷり二杯も飲んだ。疲れと眠気がいっぺんで吹きとんでしまった。

窓を閉じてふたたびソファに坐ると、今度はべつの面から考えてみることにして、図書館でメモをとってきた手帳を開いた。読みながら、夏人は頭のなかで事件の首尾を立体的にえがいてみた。横浜の南太田などはいったことがないので、熱海の山の手のホテルの窓からみた市街の夜景を想像した。

珈琲が効いていっこうに睡くならない。彼はソファの上に坐りなおすと手帳の文字を幾度となく読み返した。するとそのうちに、いままでうっかり見過ごしていた妙なことに気づいたのである。犬がくわえて持ち去ったハンドバッグがそれだった。

矢代富子は自殺する前に、自分の身許がわれて夫に迷惑をかけることを嫌い、オーバーや服のネームを破り捨てている。一方、茶店の主人は犬がくわえてきたバッグのなかの名刺をみて自殺した矢代富子の持ち物であることを知り、あわてて派出所に届けでたというのだ。あれほど入念に自己を抹殺しようとした彼女が、肝心の名刺を処分しなかったというのはどうしたわけだろう。名刺には住所から電話番号まで刷り込んであるというのである、これを忘れるはずがない。夏人は冷えかけた残りの珈琲をひとくちで飲んだ。にわかに興味を感じてきたのだ。

8

翌日の夜、矢代卓造を彼のアパートに訪ねた。その日、近県の菩提寺《ぼだいじ》で夫人の埋骨式があったため、矢代の帰宅が夜おそくなった。夏人はそれを待って訪問したのである。扉をあけた矢代は、前もって電話で行くことを知らされていたものの、怪訝な表情を隠そうとはしなかった。

「せまいところですが、どうぞ」

「吉報をお持ちしました。奥さんは宮園殺しの犯人ではありませんよ」

「え？」

咄嗟にその意味を理解することができかねたらしい。しばらくの間、かすかに口をあけて突っ立っていた。

八畳の洋間にとおされた。室内はきちんと片づけられてはいたが、どことなく潤いに欠けていた。花瓶が飾ってあっても花がさしてない。書棚の上の置き時計は十時を少し過ぎていた。途中、車が混んで暇どったわりにしては早く到着できたと思った。

矢代が無器用な手つきで茶をいれてくれた。膝の上にメモをひろげ、その茶を飲みながら、夏人はハンドバッグのなかに名刺が入っていたことから話をはじめていった。

「そこでぼくはこう考えたのです。なによりも先に破るべきだったハンドバッグの名刺が破棄されていなかったわけは、それを破ろうにも破ることのできぬ状態にあったからではないかと」

「…………」

「では破ることができなかったのはどういう状態のときだろうか。一つは、奥さんが自殺する目的で薬をのんだ結果、次第に意識が朦朧となっていた場合です。すでに判断力がにぶってしまった、指先のちからがうすれてしまった……、そういう場合です」

「なるほど」

「しかし、もしそうだとしたならば、現場にはさきに裂きとったイニシアルのついたハンカチの切れ端や服のネームが捨ててなくてはならないはずです。睡気をもよおしていた奥さんには、それを始末するだけのゆとりはなくなっていた、だから剝ぎとったネームはその辺に散らばってなくてはならないはずなのです」

「……………」

矢代はすっきりしない表情をしている。夏人は無視して先をつづけた。

「ですからこの考えを捨てることにしました。さて次は、名刺を破りたくても名刺が手許になかった場合です。いいかえれば、手の届くところにハンドバッグがない場合のことです。ところであなたもご存知のように、一歩家をでた女性というものは帰宅するまでハンドバッグを手放すことはありません。奥さんだけが例外であるわけもないのですから、その奥さんがハンドバッグを手放したのは、茶店の犬がくわえていったとき以外には考えられないのです」

「判ります。で?……」

「普通の状態だったならば、奥さんは当然その犬を追い払ったに違いありません。日本犬とスピッツの雑種で、石を投げれば逃げだすようなチビだそうですから。にもかかわらずハンドバッグを犬に奪われたのは、そのときすでに奥さんは昏睡状態にあったか、さもなければすでに亡くなっておられたことを暗示していると思うのです」

矢代は目を伏せて頷いたが、すぐに顔を上げた。

「判りました。先をつづけて下さい」

「ここで一つの結論がでます。薬をのまれたということは、いいかえれば、奥さんには名刺を破る意志がなかった、名前を抹消する必要がなかったことを意味します」

「なるほど」

「ですから更に一歩すすめていえば、名前を抹消する意志がなかった以上、コートや服のネームを剝がす必要もなかった。いいかえると、コートや服のネームを取り去ったのは奥さんではなかったことになるのです」

予期しない人物が登場してきたことに、矢代は陽にやけた顔をきっと緊張させた。

「というとだれですか」

「知りません、残念ながら」

「するとその男がネームを剝ぎとりにやってきたときには、すでに家内のバッグは現場になかったことになりますね。いいかえると、茶店の犬がバッグをくわえていってしまった後に到着したことになるわけですね？」

みじかく肯定した。そんなことはどうでもいい。

「この人物の名をXの符号で呼ぶことにしますが、するとここで疑問となってくるのは、Xはなぜ奥さんの名前を消したのだろうかということです。この場合も二つの仮定を立てることができますね。一つはいままでと同様に奥さんの身許をかくすためだったということです」

「…………」

「ぼくにいわせれば身許を不明にするためではないかというこの見方はノンセンスです。なぜなら横浜の現場には車が乗りすてられてある、車検証も遺留されているというわけで、犯人が奥さんだということは明らかになっています。当局は懸命に奥さんの行方を追及するに決まっているのです。そうした折りに箱根山中で三十代の婦人の服毒死体が発見されれば、奥さんじゃあるまいかというふうにみなされることは当然でしょう。たといネームを剝いでおいても、屍体の指紋から、歯の形から、さらに血液型から屍体が奥さんであることは容易に判ってしまうことなのです。だれにだってすぐに気がつくこうしたことをですよ、Xが気づかなかったはずがない。ですから、Xが奥さんの服やコートからネームを剝いでいったのは身許を不明にするためではなかったことが判るのです」

「なるほど」

夏人はちらっと時計をみた。自分の時計は入浴したときにはずしたきり、腕にはめ忘れてきたのだ。時刻は十時半になろうとしている。美知には約束の期限ぎりぎりに電話をしてやるつもりだった。まだまだ時間はある。

「他にネームを剝ぎとる必要があるとしたら、それはどんな場合でしょうか」

「さあ……」

矢代は小首をかしげたきり返事をしない。やはり自分で推理をすることは苦手らしいのだ。

「ぼくはこう考えたのです。Xがなにかの理由で自分の服をぬいで奥さんに着せた。そしてそのことをだれにも知られたくなかったとします。こうしたケースを想定するならば、その服のネームはあらかじめ剝ぎとっておかなくてはならないことになるのです。勿論、この場合に奥さんは意識を失っていたか、さもなければ、亡くなっておられたことになりますがね」

「なぜそんな真似を――」

「まあ待って下さい。それは追い追いに検討していきます。ところで単に服の名札だけ剝いでおいたのでは怪しまれる心配があります。そこでそうした疑惑をまねかぬためには、奥さんが着ていたコートのネームを剝ぎ取らなくてはならない。ポケットのハンカチにイニシアルが縫い込んであったとするとそれも裂き取ってしまわなくてはならない……ということになるのです」

「でも、わたしが見た限りでは服を着せ替えた様子はなかったですよ。家内が生きていたならばともかく、屍体を相手にしてそんなことをしたなら、どこかに不自然な跡がのこりますよ。着せた服にしわができるとか、どこかがほころびるとか……。となると捜査官が見逃すはずがないでしょう」

その反論は夏人が予期したものだった。

「なにも服にこだわらなくてもいいのですよ。早い話がオータムコートであっても構わないのです。オータムコートならばしわになっても差しつかえありません。まるめて枕のかわりに頭の下にあてがっておけば、きわめて自然にみえるわけですからね」

「なるほど、あなたのいうとおりだ」

「あのときの奥さんはご自分のコートは着ておられなかったのかもしれない。コートなしで外出されたのかもしれないのです。そうした場合のXは、用意してきたコートをただ枕にするだけだったから非常に簡単な仕事だったわけです。しかし、もしコートを着たまま亡くなっておられたとしても、脱がせるのにそれほど手間がかかりはしません。鋏なりナイフで切って脱がせればいいからです。そのコートは、家に持って帰ったらすぐ焼き捨ててしまわねばならない。切ろうが裂こうがそんなことはどうでもよかったのです」

「なるほど」

「一般に世間のご亭主は、奥さんがどんなコートを着ているかまるっきり無関心なものです。奥さんが見慣れないコートを持っていても、それを妙だなと思うわけがありません。勿論、世間には女房の服装に関心をもっている鼻の下のながい亭主もいることでしょう。そうした場合にそなえて、つまり見掛けないコートについて夫が疑惑をもった場合にそなえて、Xは Xなりの釈明を用意していたはずです。考えられることは、あの奥さんにお貸ししたの……という逃げ口上ですが、こうなるとXは矢代夫人ときわめて親密な仲であることが推測されてくるのです」

「…………」

「あるいは、矢代夫人の旦那さんが長期出張の多いかただから、そのコートを見たとしても、出張中に買ったんだなというふうに解釈してべつに怪しもうとはしない」

「そうです、わたしもそう考えたわけですよ。出張から帰ったら、事後承諾を求めるつもりだったんだな、と」

「そこですよ。そこから、というのはあなたが出張勝ちの職業についていられるのを知って、それを利用したことから、Xがあなたの家庭の事情につうじた人物、いいかえれば奥さんとある程度は親しい人物であることが想像されるのです。勿論Xは女性ということになります」

「そう説明されてみると納得がいきます。だが、だれだろうな」

必死に思いめぐらせている様子だった。かなりの間、沈黙がつづいた。

やがて矢代は顔を上げると、呟くように訊いた。

「しかし、Xは自分のコートをどんな理由があって家内のコートにみせかけたのでしょうか」

「問題はそれなのです」

夏人はそう答えながら時計をみた。ゆっくりと、相手が理解しやすいように語っているので案外に時間を食うのである。

9

「ぼくは南太田の犯行現場の様子を思いうかべてみたのです。ご承知のように宮園を殺した犯人は、宮園が完全に絶命したかどうかを確かめるためだと思うのですが、車から降りて様子をみました。ところが死にきれなかった宮園はいきなり犯人に武者ぶりついてちょっとした争いになったわけですが、このとき宮園は犯人が着ていたコートのボタンを引きちぎってそれを握りしめたまま死んでしまった。これもご存知のとおりです。犯人は夢中だったからそうしたことには気がつきません。それと知ったのは家に帰りついてコートを脱ぐときのことだったろうと思うのですが、とたんに心配になってくる。ボタンが途中で落ちたのなら別にどういうこともないけれど、もし現場の付近でとれたのだとするとえらいことになります。珍しい貝でつくらせたボタンであるばかりでなしに、裏に金具がついているのだから」

「金具が？　そうでしたかね？」

「ボタン自体に穴があいているのではなくて、穴のあいた金具がボタンにとりつけてあるのですよ。こうしたボタンをつくるためにはまず金細工師に頼まなくてはならない。ですからこのボタンを持って、細工師と洋裁店を洗っていけば、誰某《たれがし》の依頼でこしらえた、誰某の服にぬいつけたということは容易に判ってしまうのです。とにかく特殊なボタンなのですから」

「なるほど」

「勿論この犯人としては最悪の場合を予想して対策を考えていたでしょうが、とにかく明日になるのを待ちかねて神奈川県の新聞を買いに出掛けた。そして開いてみるとちゃんと記事が載っている。しかもボタンは被害者の掌に握られていたというのです。これでは絶対に言い逃れはできない」

「…………」

「そこであらかじめ前の晩に考えておいた計画どおりにことをはこぶことにした。つまり問題のコートを箱根へもっていって、それが奥さんのコートであるように見せかけることにしたわけです。あとで刑事が訪ねてきたときに、先程も言ったようにあのコートは矢代夫人に譲ってしまったから自分の与《あず》かり知るところではないと釈明すればいい」

「するとですよ、この犯人とXは同一人物だということになりますな」

「そうです。矢代さんの奥さんは中肉中背のかただったときいていますが、Xもまた中肉中背であった、極端にのっぽでもなければ小さくもない、肥ってもいなければ痩せてもいないことが判ります。Xのコートの寸法と奥さんの体格が食い違っていたら、忽ち当局に見抜かれてしまう。見抜かれることが判っていれば最初からこんな真似をするわけがないのです」

「なるほど」

「そんな女性に心当たりはないですか」

そう訊くと、矢代はふたたび考え込んでしまった。

「家内の友人は十人や十五人はおりますし、大多数が中肉中背ですから……。しかしここまで追いつめたのに残念ですな」

「なに、範囲はもっとせばまりますすよ」

夏人は自信のある口調できっぱりと断言すると、冷たくなった茶で喉をしめした。それに気づいた矢代があわててあたらしく入れなおそうとするのを、手で制した。そろそろ急がなくてはならない。

「奥さんが犯人でなかったことはこれでお判り頂けたと思いますが、それは別の面からもいえることなのですよ。奥さんとぼくの間になんの関係もないことは再三言明したとおりのことで、ですからそれを材料に宮園がゆするわけがない。そればかりでなしに奥さんは品行方正の模範的な女性ですから、ほかのことでゆすられる理由もないのです。脅迫されるわけがない以上、奥さんとしても宮園を殺すわけがありません。つまり動機が存在しないのですよ。動機のない殺人なんて考えられませんからね、これからみても奥さんが潔白であることは明白です」

「ははあ」

「奥さんが潔白であることは確かだとして、だれも殺さなかったのに自殺をはかるはずはない。となると、むごいことを申してすみませんが、殺されたとしか考えられないのです。現場にジュースの空き罐や睡眠剤の瓶がおいてあったのは、服毒自殺にみせかけるための犯人の小細工だということになりますね。すると宮園のポケットから発見された十万円はどうしたわけだろうか。この問題を解明するために、私立探偵に調査を依頼しました。つまりですね、奥さんの口座から金を引きだしたのは奥さんに化けた偽者かなにかで、この女と宮園とがグルではなかったかと、そういうふうにも考えられたからです。ところが銀行にあらわれた女性はマスクをして顔をかくしていたばかりでなく、動作が妙に人目をしのぶようであったというのです」

矢代がひとひざ乗りだしてきた。

「これはてっきり偽者かと思ったのですが、行員は間違いなく奥さんだった、奥さんとは顔見知りだから人違いをするわけはないという。そう主張されてみればやむを得ません、預金をおろしたのは奥さんだったということになります」

「………」

「では、奥さんはなぜ十万円を引きだしたのだろうか。そのお金を何に使うのだろうかという疑問が生じてくるのですが、ここでその前に一つ追及してみたいことがあります。それは銀行にあらわれたときの奥さんがなぜマスクをしていたのだろうかという疑問です。いえ、疑問というほどのことではないにしても、真冬でもないいま時分どうしてマスクをかける必要があったのかという点にひっかかりを感じたのです。風邪をおそれる季節でもないのに、マスクをしていたとなると、考えられるのは顔をかくすためではないでしょうか。その日、奥さんの顔にはなにか異常があった。女学生ではないのですから、吹き出物ができたぐらいのことで、隠すはずはありません。もっと、大きな理由がなくてはならない」

矢代は、黙ったままでしきりに頷いている。

「ここで、ぼくはもう一つの事実を思いだしてみました。お宅の屑籠のなかに、奥さんの血のついたタオルが、押し込んであったという話です。警察では、奥さんが宮園を轢いた際のショックで鼻に怪我をした、その血をふいたのだろうと解釈しているわけですが、奥さんが潔白であることは、先にお話ししたとおりで、宮園を轢き殺すわけがない、したがって車のショックで負傷したことはあり得ないのです。宮園を轢き殺したのは、Xなのですから」

「待って下さいよ。……うん、なるほど」

「これらのことを綜合して判断をくだすと、奥さんは自宅で転ぶかなにかして鼻に怪我をされた、ということになります。タオルについた血はそのときのものなのです」

それをきいた矢代は、にわかに思い当たった表情をした。

「すると手洗いの床に血をふいた跡があったのはそのときのものだったんですね」

「更に想像をたくましゅうすれば、怪我をした結果、整形した鼻が曲がってしまったのではないでしょうか。だが整形したことはご主人に内緒にしていることなのです。こんな状態のところに会社の人でも訪ねて来たらば、いっぺんに秘密がばれてしまいます。奥さんとしては、何とかして早くなおしてしまわなくてはならない。そこで美容整形の医師をたずねることになったのですが、なんといっても先立つものは治療費です。奥さんは人目にふれることを避けるためにマスクで鼻をかくして銀行へいかれた」

「つじつまはぴたりと合っておりますな」

「ところがまずいことに土曜だからほとんどの病院は正午までです。奥さんとしては無理をきいてくれるような医師にかからなくてはならないわけですが、そういうわがままが通用するところといえば、奥さんと面識のある医師ということになってくるのです」

矢代卓造は話の途中から顔をどす黒く染めて、明らかに興奮した様子をみせていた。

「そうだ、高校を同期にでた女医がいる。東京の下町で美容整形の医院を開業している独身女です。たしか小淵沢《こぶちざわ》といったはずです」

黒い女の登場はまったく唐突であった。夏人自身も声をうわずらせていた。

「三神さんに知らせて上げて下さい。そいつが犯人です。ぼくの推理にまず狂いはないと思います。それはそれとして時間がないから話を端折ることにします。十二時まであと七分しかない。奥さんが車を運転して小淵沢医院へいかれたにもかかわらず、遺体の鼻は整形された跡がなかった。つまり手術を受ける前に亡くなられたことになります。すると自宅を出てから医院に到着する間に難にあわれたわけですが、白昼の大通りを走行中に衆人環視のなかで殺害されたとは考えられません。現場は小淵沢医院以外にないということになるのです」

「ちょっと。十二時はとうに過ぎていますよ。この時計は十三、四分おくれているんです。どうも家内を亡くしてしまうと手が充分に回らなくて――」

「しまった、そいつは大変だ」

夏人は色を失って棒立ちになった。茶碗が床にころがり落ちた。

10

（前略）

拙宅の時計が遅れていたため大変なご迷惑をおかけしましたことお詫びの言葉もありません。改めてここにご寛恕《かんじょ》を乞う次第です。

さて取り調べに当たった三神警部より種々お話を伺いましたが、先日ご指摘頂きましたことども、即ち小淵沢医師が亡妻に手術をするとみせかけて麻酔をかけ、眠ったところで胃中にハイミナールの水溶液を送り込んだこと、まだ息のある富子をその車に乗せて自分が運転して箱根へ運んだこと、宮園の手を借りて林のなかへ担ぎ入れたこと等々すべて正鵠《せいこく》を射《い》ており、明快なご推理のほど驚くばかりです。土曜日の午後であるため看護婦はすべて外出して不在でした。

したがって小淵沢はだれの目を怖れる必要もなかったのです。

さすがの悪女もすっかり観念したとみえ素直に自白したそうですが、箱根からの帰途、口実をもうけて人通りの少ない現場へ車を乗り入れますと、エンジンの調子のおかしいことを理由に下車させておいていきなりアクセルを踏んだということです。そして死亡した宮園のポケットに亡妻から取り上げておいた十万円の紙幣を入れ、同時に用意してきたあなたのスナップ写真をも入れたのでした。運転席の血も、前以って妻の体からとっておいたものを滴らせておいたのだそうです。ところで、彼女があなたの写真をどこから入手したかについて首をかしげておいでてでしたが、小淵沢の自白によれば馬鹿馬鹿しいほど簡単な話なのです。いつのことですか、彼女が古本屋で某氏の随筆集を求めたことがありまして、そのページの間にはさんであったのがあなたの写真でした。小淵沢はそれを引きだしのなかに入れておいたそうで、家内を睡らせたあとでふと、そのことを思いだして、利用する気になった由です。おそらくこの随筆集の以前の所有者はあなたであり、ご自分の写真をはさんだままで廃品回収に払われたのではないかと想像しております。

女医と宮園とは前々から手術用の麻薬を横流ししていた仲間で、家内が病院に駆け込んだときもオピスコのアンプルを渡していたところだったのだそうです。その現場を目撃された小淵沢は、秘密が洩れて免許をとり消されることを怖れ、宮園にそそのかされて殺す気になったということです。箱根はドライブでしばしば訪れる土地ゆえ地理を心得ていた由ですが、宮園のような悪党を生かしておくと後々恐喝されることは明らかなことなので、これを殺すことも初めからの計画だったのだそうです。富子が宮園を殺した自責の念から自殺したようにみせかけたやり方は、小淵沢が高校生時代から抜け目のない才女と評されていただけに、憎んでも余りある敵ながら舌をまくものがあるのです。

ところで、小生、身辺が片づき次第ふたたびダム工事現場へ戻ります。いまや小生にとってその土地は唯一のやすらぎの場となりました。あなた同様に、小生にとっても東京は悪しき思い出に充ちた都会です。お手紙によれば故郷の大平野で第二の人生を踏みだされるとのこと、心からご健闘を祈っております。

十一月×日

矢代卓造

大倉夏人様

月形半平の死

1

カネコ・カネコは漫画家の卵である。姓は金子、名は可根子。これをカタカナで書いてペンネームとした。大学時代には漫研のキャプテンをつとめたくらいだから、実力はあるといっていいだろう。周囲の学生たちは漫画を余技としてたのしんでいたのだか、彼女だけはべつだった。その頃から漫画家志望であった。

ややオデコの広すぎるきらいはあったけれども、カネコ・カネコは美人だった。目が大きく、ながいマツ毛がゆるいカーブをえがいている。仮りに女優になったとしても、カネコに限って付けマツ毛は不要だったに違いない。

哲学の主任教授が階段の途中でカネコとすれ違ったとたん、足を踏みはずして転げおちたことがある。

「神経痛の発作がおきたもんじゃからね」

謹厳な教授は、見舞いにくる客に陳弁これつとめたが、だれもそれを信じようとはしなかった。

これを機に、カネコの美貌は学内に喧伝され、六大学のリーグ戦のときは、応援団長から懇望されてダグアウトの上に立った。彼女がウインクすると敵のピッチャーのコントロールが乱れ、バッターは三振、守備陣はエラーが続出するのである。その結果彼女の大学は連続して覇をとなえ、選手はこぞってプロ野球入りをした。彼らの契約金が天文学的数字であったことは、野球マニアの間でいまでも語り草となっているほどだ。

しかしカネコ・カネコが美人であったということは、この物語とは何の関係もない。作者がそもそも美人に目がないものだから、つい筆が走りすぎたにすぎぬのである。

大学をおえた彼女は、すぐにある週刊漫画誌から連載をたのまれた。通俗雑誌だけれど、初仕事でもあり、大いにはりきって三か月分の作品を書きあげて持っていった。が、これがあっさり蹴られてしまったのだ。パンチがない、外国漫画の影響が多分にある、というのが編集長の意見であった。カネコの白いひたいはたちまち赤くなった。恥かしさのためではなく、怒りのためだった。内心、三流誌として軽蔑していたその雑誌から掲載を拒否されたのである。返された画を鞄に入れると、カネコは靴音をたてて編集室をでた。

男性とちがって酒で憂さを発散させるわけにはいかない。作品をみる目がないくせに、よくもまあ編集長がつとまるものだ。カネコはそう考えることによって、わずかに鬱憤を晴らした。だが、それが彼女の己惚《うぬぼ》れにすぎないことは間もなく分った。初めのうちはもの珍しさも手伝って注文もきたが、三か月もすると電話のベルは少しも鳴らなくなった。

「キミ、プロの世界はきびしいもんだぜ。いい加減できり上げてお嫁にいったほうがいいのじゃないかね？」

発想の貧困をついたのち、ある編集者がそう囁いた。後輩の将来を思って親切に忠告してくれたのである。だが、この一語が逆にカネコの意地っぱりな性格にカチンときた。表面はすなおにうなずいていたが、心のなかでは歯をむきだしていた。自分の才能を見くびったこの男が憎らしくすら思えた。

いままでの一匹狼的のゆき方をあらため、漫画家志望のわかい仲間グループに参加したのは、その直後のことであった。彼女と月形半平《つきがたはんぺい》の運命的な出会いは、ここに始まるのである。

2

月形半平は三十のなかばをすぎていた。カネコよりもひと回り年長になる。油気のない髪をのび放題にして芋くさい焼酎ばかり呑んでいるが、それはべつにポーズをとったわけではなく、ゼニがなかったからに過ぎない。

その齢になるまで独身でいたのも、妻子をやしなうだけの甲斐性がなかったからと想像された。

たまにグループ全員があつまるときがあるが、そうしたときの月形半平はほとんどしゃべることはせずに、黙って酒ばかり呑んでいた。グループには下戸《げこ》が三人いる。月形半平は彼らのぶんまで呑んでしまうのだった。それでいて少しもいやしさを感じさせないのは、内気そうで憂鬱そうな、伏目がちの目のせいに違いなかった。何かの拍子で顔を上げると、その黒い眸はハッとするほど綺麗にすんでいるのである。

ハキダメのなかの鶴みたい。カネコは密かにそう思い、彼に関心をいだいた。グループの事務所で一緒になると、用はすんだのに居残っていて、月形半平とおなじ電車で帰ったりした。半年もたつうちにふたりの間はかなり親密なものとなり、仲間の連中も、いずれは結婚するのだろうと考えて、あたたかい目で見守ってくれるようになった。

しかし実をいうと、周囲の観察はたぶんに先走っていたことになる。カネコと月形半平の間は、だれもいないときになるとそっと手を握り合うという程度までにはなったけれども、そこでぴたりと停止してしまい、それ以上は少しも進展しなかったからである。

才能が花開いたとでもいうのだろうか、ここ半年あまりの間に月形半平の画はぐんとうまくなってきた。近頃では月刊誌の連載と翻訳専門の推理雑誌の表紙を持ち、テレビの帯ドラマのテロップを二つ書かされるようになった。それがカネコの嫉妬心をあおったのだ。

彼女が愛した月形半平は、カネコの母性本能をくすぐるような、蒼白いひよわな男でなければならなかった。売れっ児になって、ソファの上でふんぞり返るような男ではいけないのだ。

だからといって、半平がのぼせ上ったというわけではない。彼は、才能のとぼしい、どう努力してもウダツの上りそうにない仲間に対しても、以前と同様の態度でつき合っていた。変ったことといえば、安アパートを引き払って郊外に家を借りたこと、焼酎をウイスキーに切りかえたことぐらいのものだった。

だが、カネコにとってみればそんなことはどうでもいい。問題なのは、月形半平がライバルとして巨大な姿を屹立《きつりつ》させたことだった。彼が敵であることを意識したその瞬間から、カネコの愛情は霧散した。のこったのは強烈なねたましさだけであった。ふたりの仲はこうして冷却していった。

「いまだからいうんだけどさ」

と、薬罐《やかん》の湯を茶碗にそそぎながら、卵のひとりが声をひくめた。

「結婚しなかったのはよかったと思うよ」

「あら、どうして？」

「月形君は、かつて精神状態が不安定になってね、発作的に自殺をはかったことが三度もある。月形君の態度が消極的だったのは、そうしたひけ目を感じているからですよ」

カネコは「まあ」といったきり、後がつづかなかった。

3

グループに入ってちょうど一年たった頃のことである。昨今の漫画ブームに刺激されたある有力な総合雑誌が、新人漫画家の育成と銘うって、新作漫画の懸賞募集をした。二十四コマを十二回分提出という条件で、賞金は五十万円。入選作品はその月刊誌に一年間にわたって掲載されるというのだった。五十万円という金額はいうまでもなく魅力である。だがそうしたことよりも、この一流誌の懸賞に入選すれば、それだけで箔《はく》がつく。そのことをきっかけとして、他の月刊誌や週刊誌から注文がくるようになることは明白である。カネコはこれに賭けた。

それから二か月間、文字通り寝食をわすれて制作に没頭した。こうした漫画の勝敗は、主人公の性格によって決定づけられる。カネコは明けてもくれてもそのことを考えつづけた。どうしても魅力ある主人公に思いつけないので、国会図書館に通って外国漫画を閲覧し、そのなかからヒントを得ようとした。そしてようやく気に入った人物を創造すると、あとは楽だった。十二回分の作品をほとんど二週間で書き上げた。カネコは〆切日の五日前に『ジャガタラ文ちゃん』を書留速達で郵送した。自信があった。

はじめの頃はべつにどうということもないが、発表日が近づくにつれて冷静でいられなくなるのは、応募者に共通した心理である。カネコとても例外ではない。じっとして坐っていることができないのだ。ことに寝床に入ってからそのことを考えると、心臓のあたりが妙にたよりない気持になってきて、眠られない。輾転《てんてん》反側しているうちに、思いきって編集長を訪ねてさぐりを入れてみることにした。おなじ大学を十五年ほど前にでた先輩だから、同学のよしみということで情報をもらしてくれるかもしれない。

思い立ったことをただちに実行にうつさないと気がすまない。それがカネコの性格だった。翌日カネコはその出版社をたずねた。

美人を前にした編集長は、いささか多弁の気味があった。

「ここだけの話ですがね。選考は一週間前にすんで、入選者は決定しましたよ。金子君はほんとうに残念だが、一位を逸した。二位でしたよ」

二位の賞金は五万円、作品は掲載されない。一位と二位の格差はあまりにも大きすぎた。血の気の引いていくのが自分にも分った。カネコは唇をなめてからいった。

「一位はだれでしょうか」

「月形半平君ですよ。うちの雑誌ではまだ一度も頼んだことがないが、応募作品は達者なものでした」

カネコの体は小刻みにふるえだした。それをさとられまいとして、テーブルの下の脚をふんばった。入選者が無名の新人だったなら、これほどのショックは受けなかったはずだ。

「おめでとうをいわなくちゃ」

「知ってるんですか」

「おなじグループですもの」

カネコはたゆとうような微笑をうかべていった。そうした笑顔をみせるとき、男はだれでもそれがカネコの本心だと思うのだった。

4

受賞式を二週間ののちにひかえた夜半のことである。月形半平はひどい悪寒におそわれてふと目をさました。カゼをひいたわけでもないのにどうしたのだろう。そう思い、やがてさむ気がおさまると共に眠りにおちたが、はからざりき、それが痛風の前兆であった。

翌朝から足指の関節がいたみだし、夕方には激痛をともなって足首全体が象のそれみたいにはれ上った。往診を乞うた医師は、こともなげに、痛風ですな、この痛みは五日間はつづきますよ。外出できるようになるには最低二週間はかかるでしょうからそのつもりで、といった。

月形半平の病状は、いくらか誤って編集部に伝えられたようだった。ある日、グループの事務所に編集長から電話がかかってきた。ちょうど居合わせたカネコがでた。

「月形君が重態だそうですが、経過はどうですか。電話してもでないんですよ」

「身動きできないのは事実ですけど、重態っていうのはオーバーですわ。痛風なんですの」

「痛風ですか、鈴木義司《すずきよしじ》さんとおんなじだな。それなら安心だ。痛いけれども生命に別条はないですからね。しかし、場合によっては受賞式を延期しなくてはならんかな」

編集長は私語するようにいい、言葉をつづけた。

「ほっとしましたよ。ここだけの話ですが、月形君が死んだりすると、入選はとり消さなくてはならない。大金を投じて掘りだした新人には、ひきつづき活躍してもらわなくては……」

つまり、月形半平が死ねばカネコ・カネコが繰り上げ入選になるところだった、というのだ。彼女の心に殺意が芽生えたのは、この瞬間であった。

勿論、はじめからそのような恐ろしいことを考えたわけではない。だが、浴槽に身をしずめているときや、炊事場で人参の皮をむいたりしているときに、カネコは宙を見つめるような目つきになって、晴れの受賞パーティの席上で先輩の漫画家や出版関係者にかこまれ、祝福されている自分の姿を想像してみるのだった。それは心がとろけてしまうような甘美な空想でもあった。

やがて芽生えは亭々《ていてい》たる大木に生長していった。カネコは『ジャガタラ文ちゃん』を創造したときに劣らぬ熱意をもって、いかにして月形半平を殺すかという問題に取り組んでいた。

5

月形半平の死を自殺にみせかけることが最良の策だ、という結論にカネコは到達した。

月形半平は以前にも発作的に自殺未遂をやったことがあるという。だから彼がここで死んだとしても、その唐突な自殺は、怪しまれることなしに受け入れられるはずであった。

「ふだんから翳りのある男でしたよ」

「厭世観《えんせいかん》につきまとわれていましてね」

グループのだれかれが、新聞記者にそう説明するだろう。だが、そのときカネコは小首をかしげ、あのたゆとうような目になって、あえてこういってやるのだ。

「そうかしら。あたしにはちっともそんなふうに見えなかったけど……」

さて、前にも述べたように、カネコは思いついたことを実行しなくては気のすまぬ性格だったから、練り上げた計画を青写真にとると、それにしたがって行動を開始した。

風のない、初秋の晩のことであった。カネコは、私鉄の終点からさらにバスに乗っていった郊外の家に、月形半平をたずねた。

「お見舞いにきたのよ」

居間に入ると、それとなくあたりを見回しながらいった。恋愛感情が失せたとはいえ、仲たがいをしたわけではない。カネコの来訪を、彼が不審がることはないのである。カネコは鞄のなかから乾燥肉、サラミソーセージ、ハムなどといった酒呑みのよろこびそうな食品をとりだした。痛風は肉のとりすぎが原因だとされている。月形半平が怖気づくのを計算に入れた上で、肉製品ばかりを持ってきたのだった。

果して彼は手をふった。

「うまそうな肉ばかりだな。ありがとう。でも、当分は肉食をつつしむように医者にいわれているもんだから、食えないんだ」

サラミソーセージを手にとり、いかにも残念そうである。

「そう、じゃ冷蔵庫にしまっといて上げる」

そっと取り上げた。

「お酒ならいいんでしょ」

「ああ。蒸溜酒ならかまわないそうだ」

「それじゃサラダでもこしらえましょうか」

痛風は急速に、予期しないときにおそいかかってくる。しかし、激痛がおさまった後でも、歩行困難の状態はかなりつづくものであることを、カネコは知っていた。予想どおり、半平は椅子に坐ったきりで動こうとはしないのだ。

「週刊誌を買ってきたの。読んでいなさいよ」

鞄からとりだした雑誌をわたしてやると、立って、酒棚からタンブラーとシャントリーの茶色い瓶を手にとった。可愛らしい絹の手袋をしたままだから、指紋はつかない。

「先に呑んでて頂戴。急いでサラダをつくるから」

タンブラーをテーブルにのせ、ウイスキーを注いだ。タンブラーの中程まできたところで瓶はカラになった。

「もう一本ある。そいつを出してくれよ」

月形半平は酒棚をあごで示した。焼酎できたえられた彼は、ストレイトでがぶ呑みしなくては気がすまないのだ。

カネコはいわれたとおりシャントリーをとりだすと、紙をむいて、あとは相手にまかせておいた。半平は卓上のタンブラーに琥珀色の液体をみたし、目をほそめて舌なめずりをしそうにしている。タンブラーの底に白い粉末が入れてあることには少しも気づいた様子はない。一分もすれば、その毒は完全にとけて混ってしまうのである。

6

「足はどうなの？　受賞式に出席できるの？」

その一分間の時間をかせぐために、カネコは受賞式のことを話題にもちだした。

「できるとも、足がなくなったら這ってでも出席する」

受賞の話になると半平の目の色がかわり、にわかに饒舌になった。カネコはいまいましい思いを押しかくして話の相手をつとめた。

「足が痛くて眠れなかったとき、受賞式のスピーチのことを考えて、内容をメモしておいたんだよ。どうだいネコちゃん、一つ読んでみてくれないか」

ヌケヌケとそんなことまで言い出す始末だ。カネコは腹立たしさを殺しながらメモを一読した。愚にもつかぬゴタクが並べてある。

「あんたの気持がよく表現してあると思うわ。案外、文才もあるのね」

おだてると、フフフと含み笑いをしている。このウスラトンカチめ！　とカネコは舌打ちをする。

だが、そうしている間に三分ちかい時間がすぎていった。毒物は完全に溶解してしまった筈である。

「じゃ、サラダこしらえてくる」

「悪いなあ。冷蔵庫に高原トマトとセロリが入れてあるよ。アスパラガスの罐詰もあるんだが、痛風患者は食っちゃいけないそうだ。尿酸がたまるんだとさ」

うきうきしていた月形半平は、一変して無念そうにしょげた声でいった。

台所へいったカネコは、サラダをつくるふりをして時間をつぶした。本気になって料理をする気はない。半平の死体を解剖したときに、胃袋のなかからサラダが出てきたら、おかしなことになる。毒酒をあおった男が酒の肴をつまんでいたなら、ホームズでなくてもこりゃ怪しいということがピンとくるはずである。

カネコの作戦は、できるだけ台所でグズグズすることだった。酒呑みは意地がきたない。目の前にウイスキーをみせつけられれば、肴が運ばれるまで待ってはいられまい。そのうち我慢ができなくなり、タンブラーに手をのばすことは間違いなかった。カネコはそのように計算した。

「まだかい？」

「いまセロリの筋をとってるのよ」

「慢々的《マンマンデー》だな」

そう独語する声がしたと思うと、急にしめつけられるような叫びが上った。カネコはその場に立ちすくんだ。つづいて倒れる物音。……それきり家のなかはしずまり返った。もう、うめき声一つきこえてこない。

足音をしのばせて居間をのぞいてみた。半平は両手を前に、テーブルの上に上体をなげだすようにして倒れていた。近づいてそっと肩をゆすぶる。ついで懐中鏡を鼻先につきつけてみた。完全にこと切れている。

タンブラーのウイスキーはほんの僅かだけ減っていた。効き目のはやい毒素だということは聞いていたが、ただひと口のんだだけで死んでしまうほどすごいものとは思わなかったのである。

彼女は鞄のなかから毒薬の小瓶をとりだすと、自分の指紋をよくぬぐったのち、あらためて半平の指ににぎらせた。こうして半平の指紋をつけておいてから、テーブルの端においた。栓をあけておくか否かについて迷ったが、かるくゆるめておくことにした。

テーブルの上には二本のシャントリーの瓶と、まだウイスキーのなみなみと入っている大型タンブラー、それに毒の小瓶と、スピーチのメモがのせてある。受賞のよろこびをめんめんと綴ったメモを前にして自殺をとげたというのは、だれがみても矛盾している。カネコは真先にメモを鞄につっ込んだ。

つぎに気になったのは、あたらしく栓を抜いたシャントリーとあき瓶の二つが、おなじテーブルに並んでいることだった。片方を始末しておかなくては恰好がつかない。カネコはから瓶をそっとつまみ、台所へもっていった。玄関の下駄箱の上の電話がけたたましく鳴ったのは、そのときであった。カネコは死人に肩をたたかれたように跳び上り、その拍子に瓶をとりおとしてしまった。

ベルは執拗に鳴りつづけた。だれがどんな用でかけてきたのだろうか。カネコは立ちすくんでいた。心臓が口からとびだしそうだ。ベルがようやく鳴りおわったとき、彼女は台所のイスにへたへたと坐りこんでしまった。

7

気がつくと、コンクリートの床におちた瓶は三つにわれていた。厄介なことをしてしまったものだ。そう思いながら破片を拾っているうちに、今度はガラスのふちで指先を刺してしまった。白絹の手袋がみるみる赤くそまり、血がにじんでいった。カネコはあわてて指先にハンカチをあてて血の止るのを待った。血が床にたれれば、彼女がここにいたことは否定し得ない事実となるのだ。何としても血をしたたらせてはならない。

血が完全にとまったことを確認してから、ふたたび行動にうつった。指を刺したガラスの破片にも、ごくわずかだが血がついている。これをゴミ箱に捨てておいても気づかれることはないだろうが、でも、用心するに越したことはない。ハンドバッグから予備のハンカチを持ってくると床の上にひろげ、その上に破片をのせた。さらに周囲一帯をほうきで掃きよせ、一切のゴミをハンカチの上に集めた。居間にもどると、今度はみやげのハムやソーセージを鞄につめた。床におちていた週刊誌も鞄に入れた。いうまでもないことだが、半平の死を自殺とみせかけるためには、カネコが訪ねてきた痕跡はすべて消し去らねばならない。

こうしておいて彼女は家をでたのである。後には、ものいわぬ屍体が一つのこされた。カネコは自分の完全犯罪を信じていた。どこにもミスはないと確信していた。にもかかわらず、翌日の正午すぎに、彼女は刑事の訪問をうけた。

「お嬢さん、あなたには動機がありますな。昨夜あのひとを訪ねたのは、あなたではなかったですか」

「なぜそんなことを訊くのでしょうか。テレビで見ましたけど、自殺——」

「いや、われわれは他殺だと考えてますよ」

カネコは息をつめた。一体、どうして他殺ということが知れたのだろうか。

「あのひと、精神状態が不安定だったんです。あたしは自殺だと思うんですけど」

「まあ聞いて下さい。月形さんは大型のタンブラーになみなみと酒をついで、ほんのひと口のんだだけで死んでしまった。ところが、刑事のひとりがちょっとした思いつきからなんですが、その酒をウイスキーの瓶にもどしてみたんですよ」

「…………」

「いいですか。すると、瓶の口もとまでいっぱいになったにもかかわらず、タンブラーのなかにはまだ半分ちかい酒が残っていた」

「…………」

「だから、もう一本の瓶の存在したことが想定されてくるのです。ところが、その瓶はどこを探してもない。となると、現場にだれかがいて、その瓶を持ちだしたに違いないということになるではないですか。これでもなお、月形さんの死が自殺だと主張なさるんですかね？」

霧の夜

1

六月一日から一週間ばかりを、野沢隼人《のざわはやと》は東北の蔵王《ざおう》温泉ですごした。有名なテレビタレントのマネージャーと付き人をかねているので、日常生活はむしろ野沢のほうが多忙だ。まとめて七日におよぶ休暇がとれたのは、この仕事について以来はじめてのことだといえる。

野沢隼人は日に三回は湯に入り、めしの合間にはごろりと座敷に寝て小説本をよんだり散歩をしたりした。客室にもテレビがおいてあるが、野沢隼人はスイッチに触れようともしなかった。野沢は、テレビの世界に食傷したとも言っている。野沢隼人自身、かつては中堅のテレビタレントだったことがあるのだ。

野沢がテレビ役者だったことを知る人はほとんどいない。しかし、当時は、一部の人からではあったけれども、成長株として買われていた。目のくぼんだ瘠せこけた顔は、特異なマスクとして意欲的なプロデューサーに珍重された。だが、野沢隼人は自分を売り込むことについてあまり積極的ではなかった。大体が自己宣伝をきらうたちの男だったのである。

野沢が役者をやめたことにはそれなりの理由があるのだが、あらためてマネージャーという商売をはじめてみると、いままでの消極性を忘れてしまったように、押しのつよい男になった。喜劇役者の笠原和彦《かさはらかずひこ》を今日の一流スターに仕上げたのも、強引で機をみるに敏であるこのマネージャーに負うところが多い、といわれている。

蔵王温泉にやって来たときの野沢はかなり疲れた顔色をしていたが、それは、テレビタレントのマネージャーという仕事がいかに多忙であるかを語っているようだった。しかも付き人を兼ねているのだ、気骨《きぼね》のおれることはいうまでもない。

しかし、野沢隼人のそのやつれた顔も、二、三日するうちにはすっかり血色がよくなっていった。目のおちくぼんだ貧相な顔そのものにはかわりがないにしても、眸や唇の色にかがやかしさとみずみずしさとがあらわれてきた。蔵王温泉は硫黄のにおいのすることが欠点だけれども、そのかわり人里はなれた山中だから空気は清澄だ。野沢とかぎらず、ここを訪れる浴客のだれもが、わずかの間に生色《せいしょく》をとりもどすのである。

しかし、マネージャーという仕事をしていると、テレビ界から完全に隔絶することは実際問題としてできない。休暇をおえた笠原和彦がスムースに仕事に入っていけるように、テレビ局その他に対して何かと連絡をとっておかねばならぬことがある。笠原和彦のほうは仕事をすっかり忘れて遊び呆けることができるとしても、野沢隼人は、今後のスケジュールを組むことについていろいろと考えておかねばならない。宿に到着してからも、しばしば東京のテレビ局に電話をかけていた。

六月三日の夕食前に、野沢は東京の渋谷にあるメエゾン鴻《こう》ノ巣《す》に電話をしたが、相手がでないので受話器をおいた。メエゾン鴻ノ巣は、近頃やたらとふえた高級マンションのなかでも豪華さを誇る点では随一という評判である。アブクゼニの入る連中でもなければとうてい住むことはできないという噂だ。したがって居住者のなかには芸能人が多く、そこに部屋を借りることが、流行歌手やジャズプレイヤー、俳優などの虚栄心を満たすことになっていた。笠原和彦はここの九階に住んでいるのだ。

野沢は夜の十二時に一度、さらに午前二時になるのを待ってもう一度電話をした。仕事の性格から、芸能人のなかには夜更しをするものが少くない。笠原のように休暇をとって一時的にタレント業から解放されたとしても、平素の習慣を早急にあらためることはできぬはずである。昼間は外出し、夜中に帰宅する公算が大きかった。

「いくらお呼びしてもお出になりません」

と、不寝番の交換台がねむそうな声で告げた。

「そうかい、悪かったな。お休み」

「お休みなさいませ」

声で、肥った猪頸《いくび》の女中であることが判る。昼間はほがらかで愛嬌のある女だが、深夜ともなると早く寝床に入りたいのだろうか、どこか素っ気ない調子があった。

その翌日、午後の外出からもどった野沢はただちにメエゾン鴻ノ巣の笠原の部屋をよびだした。だが依然として返事のないことを知ると、あらためて管理室にダイアルを廻すように命じた。

「笠原さんは昨日の朝からおでかけになりましたよ」

わかいはきはきした声で管理人が答えた。昨日というと六月三日のことになる。

「箱根だな？　それにしてもおかしいな、でかける場合は知らせてよこすはずなんだが……」

そうした言い方を聞いて、声の相手がマネージャーだと察しがついたようだった。

「野沢さん……でしたね？」

「そう、蔵王に来ているんですよ、昨日も三度ばかり電話したんだが、朝から出ていったとなると、留守だったのは当然だな」

「箱根かどうかは存じませんよ。なんともおっしゃいませんでしたからね」

「行くとすれば塔《とう》ノ沢《さわ》の別荘なんだが、弱ったな、あそこには電話がないんでね。連れがあったかどうか、解りませんか」

「さあ、そこまでは……」

「どうも有難う。……しかしなぜ連絡をしないんだろうな」

あとは独語になっている。そして受話器がかけられた。

野沢隼人はその翌日から外出することを止めた。こちらから連絡をとる方法がない以上、先方の電話を待つほかはないが、それがいつかかってくるか解らないからだ。

しかし、五日、六日となっても何の音沙汰もないのを知ると、野沢は目立って不安そうになった。東京の各テレビ局の文芸部や企画部に電話をかけ、知り合いの局員をよびだして雑談をしながら、さり気なく笠原の所在をさぐってみる。マネージャーのきみが知らないことをおれが知ってるわけがないよ。そんな返事をされるたびに、野沢はとってつけた笑い方をして話をそらしてしまうのだった。そこには下手に騒ぎたてたものの後で何事もなかった場合に、笠原に恥をかかすまいとする心づかいがうかがわれた。

野沢隼人が宿をたったのは六月七日のことである。朝のバスにのって山形駅につくと、そこから特急で上野へむかった。空は連日にわたって快晴だったが、野沢は、宿をでたときもバスの上にあったときも、終始うかぬ顔つきで黙り込んでいた。

2

〝やまばと〟の上野着は14時10分である。野沢はただちにマンションに電話をかけた。そして依然として笠原が姿をみせぬことを聞くと、早口でなにか述べ、そそくさと通話を切った。ついで野沢は東京駅で湘南電車にのり、箱根へ向った。だが塔ノ沢の別荘の床は埃がつもったままだった。笠原がここに来た気配はないのだ。東京に戻った野沢は暗い顔つきをしていた。

その夜から十日までの三日間を、このマネージャーは休む暇もなく各テレビ局を訪ねて歩き、喜劇役者の所在を知ろうとつとめた。それでも埒があかないことが判ると、今度は芸能人の間をとび廻って笠原の行先をつかもうとした。しかし野沢の努力はむくいられるものがなかった。野沢は背をまるめ、いっそう翳った顔になっていった。

野沢隼人が渋谷のメエゾン鴻ノ巣をたずねたのは、帰京して四日目のことだった。はじめのうちは野沢の心配性を嗤っていた仲間も、しだいに気がかりになってきたとみえ、このとき同行していたふたりも、笠原とは気の合ったタレント仲間であった。しぶい脇役で人気のある梓川呆助《あずさがわほうすけ》と、濃艶な役柄で知られた池《いけ》ノ端明子《はたあきこ》である。化粧のせいか、濃みどりのサングラスをかけた明子の顔はひどく蒼ざめてみえた。

「いや、どっかに潜んでいるんですよ。予定した休暇はあと二週間あります。だから二週間目にひょっこり現われようって算段ですよ」

マンションの階段をのぼりながら、野沢がちからづける始末である。池ノ端明子はドーラン焼けのした顔をうつむけて黙ってうなずいていた。

立っている守衛に声をかけたが、この大男は首をよこに振って、三日の朝以来、笠原の姿はみかけないと答えた。

「裏口から入ってくれればべつですがね、ここを通ればかならず目にとまりますよ」

通用門をぬけて裏口をとおるのは、商人にかぎられている。笠原としてみれば、よほどの事情でもない限り裏口から出入りすることは考えられない。

「とにかく昇ってみましょう」

じりじりした顔つきで立っていた梓川が、顎でエレベーターをさした。

「待った。キイをもらって来なくちゃならん」

と、野沢はぞんざいな口調で応じた。かつて役者をしていた頃にはおなじ釜のめしを喰ったことがある。その世界に身を投じたのは野沢のほうがずっと早く、そうした意味からいえば先輩であった。先輩であることを自覚するとき、野沢の言葉はそれらしくなる。

守衛室の隣に管理人室がある。野沢は三田《さんだ》というわかい管理人をよんで小声で交渉をしていた。しかし容易に納得してくれないらしく、しまいに野沢は顔をあかくして相手の肩をゆさぶった。

三田はある国立大学をでているというので週刊誌が話題にしたことのある男であった。事実フランス語と英語が達者で、住んでいる外国人連中にたいへん重宝がられていた。将来はこのマンションの経営者の一員になることが約束されているから、一介の管理人に身をなげた三田は賢明だったともいえるのである。

三田は、ふたりのテレビ役者に如才なく挨拶をしていった。

「マスターキイをお貸しする場合は、わたしが立ち会わなくてはならぬ規約になっているのですよ」

「解ってるわよ。そんなことよりも早く上へいきましょうよ」

池ノ端明子がとげとげした調子で答えた。ここにくる途中の車の上で、ひょっとすると笠原がなにかの発作をおこして倒れているのではないか、という臆測がでた。明子は、あきらかにそれを信じてしまった様子だった。すっかり神経質になっているその容貌からうける印象は、ブラウン管の上で妖艶ながし目をする女とはまるきり別人のようであった。

エレベーターの扉があいてセールスマンらしい青年がでてきた。四人はそれと入れ違いに乗った。管理人の三田が九階のボタンを押した。目的の階に達するまでのみじかい時間を四人は黙々としてつっ立っていた。せまい鋼鉄の函のなかの空気はいやに重っ苦しかった。

エレベーターをおりてホールを横切ると、左右と正面に廊下がのびている。笠原の部屋はその左手の廊下の中間にあった。

三田を先頭に、野沢をしんがりにして四人は、靴がもぐってしまいそうな赤い段通《だんつう》を踏んですすんだ。白く塗られた鋼鉄の扉はどれも固くとじられ、室内からは物音ひとつきこえてこない。壁や床に消音材料をふんだんに使ったことがこの建物の自慢でもあるからだ。だが、しいんと静まり返ったその空気は、四人の男女の不安な気持をいっそうかき立てるようであった。途中の天井で螢光灯が故障をおこしてまたたいているのを見ると、わかい管理人は不行届を恥じたようにわれにもなく顔をあからめ、小さな声でぶつぶつと独語した。

どうもわれわれ日本人てえものは、鍵をケチる傾向がございますな。わたし共みたいな鍵屋にしてみますと、そこが解せねえ。百万円の品物をしまう箪笥には一万円の鍵を、千万円の財産を入れとく金箱には十万円ぐらいの鍵をつけなくちゃ安心できません。なんでも一律に安物の南京錠かなんかをぶらさげて、それですむと思ってるから泥棒にやられるんでさ。

日本橋の鍵屋の主人がラジオでこう喋ったことがある。その点、メエゾン鴻ノ巣の扉のキイは精巧をきわめたものだった。かなり高価なものであったが、三つのパテントを持つ最新式のシリンダー錠を採用しているのである。そしてそのことが、問題を強引に一つの方向へひきずっていく結果になった。

シリンダー錠だから開けるのは簡単である。管理人が扉の前にたち、鍵をさし込んでひとひねりすると、ドアは音もなく開いた。時刻は午後一時をすぎたばかりの真昼間だが、窓にひかれた厚手のカーテンが陽光をさえぎっていた。室内は深海のようにほの暗く、空気が蒼味をおびている。三田は入口の右手にあるスイッチに軽くふれた。その途端に、四人が異様な叫びをあげた。

正面に窓があり、右手の壁にチッペンデイルふうの箪笥がおいてある。そのひきだしがことごとく引きぬかれて、絨毯の上になげだされているのだ。ひきだしも中身もその辺いちめんに放り出してある。笠原は喜劇俳優というおどけた風貌に似つかわしくない、癇性《かんしよう》の男だった。持物をきちんと整頓しておくのが好きなたちだから、こうした乱暴狼藉をやるはずがないのである。明らかに、笠原以外のだれかが侵入し、なにかを探したに違いなかった。

しかし、一同をおどろかしたのはそれだけではない。

「あれはピストルじゃない？」

明子が指でしめしたテーブルの下に目をやったとき、だれもがしばらくの間ぽかんとして拳銃をみつめていた。いまは熱がさめているが、笠原がかつてガンマニアだったことは有名な話である。だから、ひきだしのなかにしまい込んであった拳銃がそこに投げ出されたものと考えればべつにどうということもないのだが、電灯の光を反射してにぶくかがやいているオートマチックは、場合が場合であるだけに酷く不気味にみえた。

「泥棒のしわざかな」

「そうじゃないですよ」

即座に三田が否定した。口をとがらせ、いつになくむきになっている。

「このマンションの鍵はそう簡単に合鍵をつくることはできない仕組になっているんです。だから泥棒のしわざじゃありません。侵入したのは鍵を所持している人間に違いないのですよ」

「すると笠原さん自身がこんな真似をしたというわけですか」

三田は、ポマードで固めた頭をふった。

「鍵を持っておいでなのは笠原さんおひとりではありませんな。この管理人室のスペアを加えると、全部で三個のキイがあるわけですから」

「別れた奥さんのことをいってるのね？」

決めつけるような口調で池ノ端明子が応じた。

「ええ、あの奥様はまだ正式にご離婚なさったというわけではありませんから、キイはお渡ししたままにしてあるのですよ。正式にご離婚なさいましたらお返しして頂きます」

「あのひとのことはわたしもよく知っている。だが、こんなこそ泥みたいな真似をやる人間だとは思えないな。堂々とやってくる筈です。こそこそやる必要はないんだ」

野沢が少しおこったようにいった。おん出された細君でもない、笠原でもないとなると、では一体だれが忍び込んだというのか。

「管理人さん、あなたキイをだれかに貸したことはないですか」

右手にぶらさげている鍵をみつめながら、梓川呆助はいつにない意地のわるい目つきになった。

「とんでもない。鍵の保管はもっとも大切な役目なんですよ。そんな真似をすればたちまちクビになってしまう。ぼくはこの職を失いたいとは思わんです。居心地はいいし、それに給料もいいですからね」

さすがに目にかどを立てるようなことはしないが、内心の腹立しさが言葉の抑揚にはっきりとでていた。

「三田さん」

と、野沢はとりなすように穏かな口吻で話しかけた。

「あとで問題が起きるといかん。あの拳銃を下の金庫にしまっておいてくれませんか。あ、指紋を消すといけないから、そっとハンカチでくるんで持っていって下さい」

小腰をかがめた管理人は、いわれたとおりハンカチを取り出して拳銃をつつむと、気味わるそうにポケットに入れた。野沢のこの処置の間違っていなかったことが後になって知れた。

「もう一つ、部屋が荒らされていたことはしばらく内緒にしておいて欲しいのです。それから拳銃のこともね。笠原さんが帰ってきたときに、迷惑になるようなことがあってはいけない。いざとなれば警察にはぼくが話す。あと五日間でいい。それまでは黙っていてもらいたいのです」

「解りました。しかし何かが起った場合に、その責任はあなたが負って下さいますね？」

三田ははっきりした調子でそういい、相手がうなずくのを待ってから、野沢の申し入れに協力すると答えた。

野沢は部屋をよこぎって窓の前に立つと、厚いカーテンを半分ばかり開いた。視界の斜め下を地下鉄の高架線が走っており、その向うのビルの上にＮＨＫのテレビ塔がそそり立ってみえた。野沢にとって、それは見慣れた風景だった。そうした下界のたたずまいに目をなげかけながら、野沢と笠原和彦とは、毎夜のように熱っぽい議論をたたかわせたものだった。あるときのそれは演劇論であり、またある夜のそれはいかにしてテレビ局のギャラを引き上げるかについての作戦であった。

笠原和彦には、金銭に関することとなると目の色をかえるような吝嗇な性格が多分にあった。プロダクションに所属することを嫌って野沢をマネジャー兼付き人にしたのは、プロダクションに払う分担金や手数料、斡旋料が惜しかったからに他ならない。それに比べれば、野沢に支払う給料ははるかに少ない金額だった。

3

マネージャーとしての野沢が打った手は、決して非難されるべきものではなかった。笠原が無許可で、しかも非合法的な手段で入手した拳銃を持っていたことが明るみにでれば、記事に飢えている芸能週刊誌が得たりとばかり喰いついてくる。それが笠原の人気を失墜させることに直接むすびつかないにしても、固い放送局から出入りをさしとめられることは容易に想像がついた。現に、売り出しかけた二枚目役者のなかにそうした例があるのである。

五日間という日数をかぎった野沢は、くぼんだ目に憑かれたような光をうかべて、連日心当りを訪ねまわっていた。しまいには笠原の高校時代から大学時代の友人にまで手をひろげてみたが、喜劇役者の行方は杳《よう》として知れなかった。

約束した五日間がすぎると、野沢と三田は連れだって渋谷署をたずね、いままでのいきさつを詳しく説明した。同時に野沢は、笠原和彦の失踪届をだした。

野沢をたずねて小田原署の刑事がやってきたのは、さらに一週間がすぎようとしている頃であった。野沢は、自宅にちかい信濃町駅のそばの喫茶店を指定して刑事と会った。

「どんなご用でしょうか」

珈琲にたっぷりとエバミルクを注いでから、目を上げて刑事をみた。顔のまるい、刑事には似合わぬ福々しい頬をした男だった。

「笠原和彦さんのマネージャーですな？」

「ええ」

「じつはこれを見て頂きたいのですよ。笠原さんのものであるかどうか、それを知りたいと思いましてね」

刑事は飴玉をしゃぶったような声でいいながら、いそがしく扇子をつかっていた。小肥りの刑事には、この程度の冷房は役にたたぬようであった。

刑事がとりだしたのは茶色の革の短靴だった。一見して上物の山羊《やぎ》だということが解る。

「見覚えありませんか」

「さあ……」

「失踪された笠原和彦さんの靴ではないかと思うのですが……。靴屋の話ではキッドのメッシュというんだそうで、かなり高価なものです」

刑事のまるい顔を野沢はまじまじとみた。

「それはどういう意味ですか」

「いや。ただですな、笠原さんの身の上になにか悪いことが起っていなければいいがと、そう思っているのですよ」

「とおっしゃいますと？」

「説明しましょう」

刑事は靴をそっとかたわらにおき、テーブルの上におちた泥をハンカチで払った。いかにも不器用なやり方だった。

「今月四日の午前九時頃のことなのですがね、箱根の芦ノ湖のほとりにある派出所に電話がありまして、ボート小屋の床下に靴がおちているというのです。まだ新品だから捨てられた古靴ではない。気になるのであたりを探してみたが、片方しかみつからないという。両方そろっていれば脱ぎ忘れたという解釈もできるし、はだしになってボートに乗り込んだことも考えられますが、右足だけしかないのはどうも妙な気がしてならない。見つけたひとはハイカーだそうですが、そう知らせてくれたのですね。たまたま電話のあった直後にわたしが行き合わせたものだから、ちょうどひまでもあったし、そのボート小屋へいってみて拾い上げたのがこの靴なのですよ」

「…………」

「その辺を見廻したところほかの靴はありません。わたしも少し気になったもんですからかなり熱心にしらべてみたのですが、多少あたりの草が踏みにじられている程度で、べつに怪しいと思うものも発見できなかったわけですな。そのうちに事件が起ってわたしも忙しくなった。靴なんかにかかずらっている余裕なんかなくなってしまいました」

刑事は言葉をきると、またひとしきり顔の汗をふいた。野沢は大きな水槽をおよいでいる海水魚をながめていた。

「その事件がかたづいたのは二、三日前のことです。少し気持にゆとりができてくると、またぞろ靴のことが気になってくる。そこでメーカーのネームを頼りに靴屋をさがしだして訊いてみたのですよ。この靴を注文したひとはだれか、とね」

「なるほど」

「結果はすぐ解りました。笠原さんが贔屓《ひいき》にしている店の主人が、名前と住所をおしえてくれたのです」

「靴屋さんがそういうなら間違いないでしょう。わたしと違って笠原は身だしなみのいい男ですから、靴でも服でも非常に凝ったものをつくらせます」

野沢はしだいに絶望的な表情になっていった。

「これが落ちていたとすると――」

「マンションを出られたのは今月の三日だということでしたな。この靴が発見されたのは、先程もお話ししたとおり四日の朝なのです」

説明されるまでもなく、刑事のいわんとしていることは明らかだった。

「芦ノ湖のほとりに転がっていたわけですが、笠原さんが箱根へいらしたのはなにか目的があったのでしょうか」

「別荘があるのです、塔ノ沢に。一か月ばかり休暇をとってのんびりしたいと、そんなふうにいっていました」

「なるほどね。しかし、ま、あまり不吉なことは考えないほうがいいですな」

慰め顔でそういい、手帳をひろげてしばらくなにか書き込んでいたが、急にそれを閉じると顔を上げて野沢をみた。

「芦ノ湖におちたとすると、そろそろ屍体が上がってくる時分ですが、そのときはまたご連絡します。屍体認知をして頂けるでしょうな？」

「ええ」

気がすすまぬように野沢はいった。

「あれだけ有名な男ですから、刑事さんがご覧になったらすぐ判るのではないですか。あなただって一度や二度はテレビでみられたはずですよ」

「いや、わたしはファンでしたからね、非番で家にいるときはよく見たものです。われわれみたいなものには、まじめなドラマは肩がこっていかんのです。漫画とか落語とか喜劇とか、そういった番組がいい」

その刑事はファンのことを不安というふうに聞こえる言い方をした。

「しかし認知して頂くには、遺族やあなたみたいな立場の人でなくては困るのです。そう、遺族といえば、笠原さんと奥さんとは離婚なさったそうですな」

刑事は低い鼻のあたまをハンカチでこすりながら、さり気ない訊き方をした。

「ええ」

「それも、ごく最近……」

「ええ」

「どういうわけですか」

「いくらマネージャーでも、そこまでは知りませんよ。ひとくちでいえば性格の不一致ということではないですか」

と野沢ははぐらかすように答えた。

「性格の不一致ねえ。ふむ、よくあるやつですな。わたしと家内もおなじように性格が合いませんでしたよ。喧嘩をしいしい二十年をすごしてしまった。踏ん切りがつかないままに、ついずるずると今日に至ったわけですよ」

「わたしは独身だから解りませんが、どこのご夫婦でもそんなものではないですか」

「かも知れんですな。しかし、笠原さんといえば喜劇役者でしょう。私生活でも朗かに笑ってばかりいるんではないですか」

野沢はくぼんだ目をふっと苦笑させた。喜劇人のすべてがそうだというわけではないが、家庭にもどると苦虫を嚙みつぶしたような顔になるものがかなりいる。しかし笠原の場合は簡単にそういい切ることもできなかった。

細君や野沢を相手に、舞台そこのけの珍妙な演技をして腹をかかえさせるかと思えば、一夜あけると別人のようにむっつり黙り込んでしまっている。いってみれば笠原は多分に躁鬱《そううつ》病的な性格の男なのだった。夫婦が別れた理由はいくつか数え上げることができるが、極端な機嫌買いだった笠原のわがままな性質がいちばん大きな原因であったことは否めないのである。

「すると、自殺かな?」

「まあ、芦ノ湖に身をなげたとすると自殺でしょうね。塔ノ沢の別荘へはわたしも行ってみましたが、立ち寄った形跡はまるきりないのですよ。ですから芦ノ湖へ直行して投身したのではないか、そんなふうに想像するのですがね」

暗い面持で野沢はいった。刑事は無言でうなずくと、またハンカチで顔の汗をふいた。

4

笠原の屍体は、六月末のある朝早く、芦ノ湖の水面にぽっかりと浮び上がった。小田原署の刑事の予想よりかなり遅れていたが、それは、屍体に錘《おもり》のようなものが結びつけられていたためらしかった。胴体に巻きつけられた紐の状態からそうしたことが想像されるのである。

屍体の右足は靴下だけだったが左足には靴をはいていた。この左靴と、ハイカーが発見したという右靴とが対をなしていることが、数時間後に明らかになった。

ながいこと水底に沈んでいたため、屍体そのものはかなりいたんでいた。生前の、二枚目でありながら何ともいえぬとぼけた可笑《おかし》味《み》のある顔は、ほとんど面影をとどめていない。屍体をみせられた野沢隼人はくぼんだ目をかっとひらき、必死に感情を押えているようだったが、やがて自信なさそうに首をふった。似ていることは似ている、しかし断定することはできかねるというのだった。屍体が笠原和彦に相違ないことが確認されたのは、メエゾン鴻ノ巣の笠原の部屋で採取した指紋と屍体のそれとが一致したからである。

笠原はダンディだといわれていた。水面にうかんだときも、焦茶の上着にうす茶のズボン、おなじくうす茶のしまのワイシャツに茶のネクタイ、茶の靴下という、いかにも粋好みの凝った服装をしていた。服の生地は麻とポリエステルの混織であるリネトロン、胸からのぞいた飾りハンカチも絹の上等のものであった。

所持品はハンカチに紙、ライターと、マンションの鍵と爪みがきといったありふれた品物ばかりだったが、七万円あまり入った札入れは手をふれた様子がなく、そのまま残されていた。この現金は上着の内ポケットにあったのだから、犯人がどれほど慌てていたとしても見逃すはずはない。金欲しさからの兇行という線は、はじめから否定されていた。

ズボンのポケットをあらためた際、靴べらのほかに一匹のしで虫の屍骸がでてきた。なにかの拍子にまぎれ込んだものの、笠原に殉じて水死してしまったのだ。こうした場合によくあることだけれど、魚の卵が上着の袖についていた。

最初から自殺の線は問題にならなかった。七・六五ミリの拳銃弾が背後から心臓をつらぬいているからだ。即死であった。肺中には一滴の水も入っていない。

現場はボートの上ではないかという説もでた。しかしボート小屋の床下から靴が発見されたことから考えると、犯人は岸辺で笠原を殺し、屍体が発見されることをおそれて湖に捨てたのではないかという説が強力だった。靴は屍体をはこぶ途中でぬげたのだ。それに気づいた犯人がボート小屋の床下に蹴とばしたものとみればよい。

摘出された弾丸はただちに鑑識にまわされ、マンションの笠原の部屋から発見されたモーゼルＨＳｃのオートマチックと比較検査をうけたが、双方の条痕は完全に一致した。つまりあの拳銃が兇器だったということになる。すると常識的に判断して、笠原の部屋に拳銃をおいていったものこそ犯人だと考えられるのだった。

兇行の時点をわりだすことは容易だった。笠原が六月三日の午前中にマンションを出たことは、守衛が覚えていたし、管理人の三田も言葉をかわしたからはっきりと記憶していた。笠原が入口のそばの管理人室をたずね、しばらく留守になるからといって、酒屋に支払ってくれるようウイスキーの代金を預けていったのだ。

マンションをでてから後の足取は未詳である。裏がとれていない。だが前後の様子から判断すると、塔ノ沢の別荘をたずねるつもりで箱根へおもむいたのではないかということが考えられた。だが彼は別荘に到着する前に、途中で犯人に出会い、湖畔におびきだされたらしいのだ。マネジャーの野沢がいっているように、別荘には人間が入った痕跡がないからである。笠原が渋谷から箱根へ直行したとして、その時刻は正午すぎというふうにみなされた。犯行があったのは、三日の正午すぎから四日の朝の靴が発見されるまでの十数時間だ。一応、そうした数字がでた。

さらに細かい点が検討された。日中の兇行は人目にふれるおそれがあるから、夜間のことではないかという意見もでた。三日の夜は、六月にはめずらしいことだが芦ノ湖一帯にふかい霧がたれこめていた。犯人はその霧に溶け込んで笠原殺しをやったのではなかったか。

拳銃の発射音は、水面をわたってかなり遠方まで聞こえたに違いない。しかし元箱根のあたりは交通量が多いから、住民の耳はそうした種類の爆発音になれている。気にとめるものはいなかっただろう。

以上のようなことから、犯人がマンションの笠原の部屋に侵入したのは、三日の夜から、野沢達によって拳銃が発見された十一日までの間のことと判断された。東京にとんだ小田原署の刑事は、メエゾン鴻ノ巣の守衛や居住者をひとりひとりたずねて廻り、彼らの間から目撃者をさがしだそうと努めたのだけれども、これは結局失敗におわった。刑事自身が実験をやってみて解ったことだが、裏門から入って階段を上っていくと、ほとんど人目にふれずにすむのである。数基あるエレベーターが一度に全部故障をおこさぬ限り、階段を利用する住人はいない。

豪華なアートペーパーに印刷されたメエゾン鴻ノ巣のパンフレットをみると、このマンションの自慢の一つが各扉にとりつけられた精巧な鍵にあることが知れる。居住者はいずれも金のある連中ばかりだから、いったん泥棒が入ったとなると被害が大きな額に達することは明らかである。だから、経営者が戸締りの鍵に重点をおいたのは当然のことだといえた。目撃者から犯人をわりだすことに失敗した捜査陣は、ついで鍵の面から犯人を追及していった。

鍵は各室に二つずつ備えられている。そして管理人室の金庫のなかにもう一つが保管されていた。部屋の扉をあける鍵は、この三つ以外にはない。ところでこの事件の場合だが、笠原の鍵は屍体とともに沈んでしまっている。だから犯人が用いたのは元夫人の柳沢浪江《やなぎさわなみえ》の手にある第二の鍵か、三田が保管している第三の鍵かということになる。遅かれ早かれ浪江に疑惑の目がむけられるだろうということは、だれもが予想していた。だから、浪江が示した驚愕の表情はあさはかな演技にすぎないと思われた。役者は、こうした場合でも誇張した芝居をしなければ気がすまないのだろうか。

近頃でこそあまり出演する機会はないが、かつての柳沢浪江は清純女優として鳴らしたものだった。宣伝費をかけることで知られた化粧品会社の専属だった時分には、浪江がブラウン管から微笑まない日はないといってもよかった。笠原と結婚した頃から浪江はテレビ界から遠ざかるようになった。笠原和彦がそれを望んだからだという噂がながれた。

三十五歳になった現在、いまさら清純女優でもあるまいが、細面の、伏目がちにものいう柳沢浪江は、依然としてトレードマークである清純なイメージは失ってはいなかった。固いイスに坐らせられて訊問をうけた浪江は、言葉少なに、しかし終始刑事の質問を否定した。その内気そうにみえるくせ意外に強情なそぶりが、刑事の心証をさらにわるくしたようであった。

刑事は音をたてて番茶をのみ、音をたてて湯呑をおいた。

「きみはそんなことはしないといってるがね、鍵を持っているのはきみ、柳沢浪江だけじゃないか。きみ以外の第三者が合鍵を用意しておいて、その鍵を用いて侵入したということも考えられる。理屈の上では考えられてもだよ、合鍵というものはそう簡単にできるもんじゃない。特にあのマンションの鍵にはいくつかの特許があるからね、一般の店では合鍵をつくることができないのだ」

「…………」

「わしらはわしらの調査に百パーセントの自信を持っとるがね、あの鍵の合鍵をこしらえたものはひとりもおらんのだ」

「…………」

「つまり、あの部屋に入れたものはきみか、さもなければ管理人のどちらかなのだ。だが管理人には笠原さんを殺す動機がない。動機があるのは、性格が合わなくてしょっちゅういがみ合っていたきみだ。きみ以外に犯人はおらん」

「…………」

「それとも、だれかほかに笠原殺しの犯人がいて、そいつに鍵を貸してやったとでもいうのかね？　簞笥をひっくり返したのはその人物だというのかね？」

「…………」

「あの簞笥にはなにが入っていたんだい？　きみが探し求めたのは、一体何だったんだね？」

柳沢浪江はほとんど顔を上げなかった。かすかに首をふって否定の表示をすることもある。しかしほとんどの問いに対しては答えることをしなかった。刑事にしてみればそれが質問を無視しているものと解釈したくなるのである。

「きみ、顔を上げるんだ。聞こえたら返事ぐらいしたらどうだ！」

怒鳴りつけたくもなるのだった。

浪江の立場はどうみても不利であった。アリバイをのべようにも、対象が三日から十一日までの一週間ということになると、どうしようもない。あまりにも守備範囲がひろすぎるのである。

この二月にメエゾン鴻ノ巣をでた浪江は、二、三日ほど姉のところに身をよせていたが、間もなく小石川のちんまりしたアパートに移った。義兄に対する気がねもあった。別居したことを知って動きだした芸能誌のインタビューを避けるためでもあった。すでに世間からも忘れられかけている往年の「人気女優」ではあるが、まだまだスキャンダルのタネにはなるのだ。

それ以来、ときたま友人をたずねることはあっても、ほとんどは自室にひきこもって編物をしたり本をよんだりしていた。第一線をしりぞいた女優ではあるが、人気コメディアンの妻であれば来客も多く、自分の時間をもつことは不可能といってもよい。別居した浪江は何年ぶりかでしずかな生活を楽しむことができた。それは、刑事が扉を叩くまでつづいていたのである。

浪江はただ一度だけ反問した。

「あたしが性格が合わないということだけで笠原を殺さなくてはならないのでしょうか」

「それは自分の胸に訊いてみることだな」

ひげづらの刑事は意地わるい言い方をした。

「手切れ金のいざこざじゃないのかね？　きみの旦那さんはケチという評判だ。きみの要求をはねつけて何としても応じようとしない。きみはその話に決着をつけようとして箱根へいったのだ。主人を尾行してね」

「………」

「拳銃は、前もってそっと盗んでおいたんだろうね。そいつをハンドバッグに忍ばせて笠原と逢ったんだ。明らかに計画的な犯行だな」

つじつまが合いすぎている。浪江は他人事のように、漠然と考えていた。

5

永野正樹《ながのまさき》は万事について派手なことが嫌いなたちだった。蟹は甲羅に似せて穴をほるものだ。しばしば永野はそういった。高校の教師は高校の教師らしく堅実に、という意味のようであった。永野はある工業高校で数学を担当している。夫婦の間に子供がいないから暮しはかなり楽だったが、生活は地味にしていた。

だが、地味というといかにも永野が始末屋であるように誤解されそうである。この教師の場合、金ばなれはよかった。金についてはむしろ恬澹《てんたん》としており、町内の寄付などにも快く応じるのがつねなのだ。

永野が地味にせよというのは、例えば室内の装飾についてであった。派手な原色をもち込むことは頑として許さない。家が古くて煤《すす》けているせいもあるが、灰色の壁にかこまれて暮していると、何か早く老けこんでしまいそうな気がして、妻の静江《しずえ》は不安でもあり不満でもあった。もっと明るい、ぱっと輝くような生活をしてみたい。よくそう思う。

派手なことの嫌いなたちだから、永野は、義妹である浪江夫婦ともほとんど交際をしなかった。笠原が出演するテレビドラマはたいてい見ている。このコメディアンが滑稽なしぐさをすると腹をかかえて笑うことがある。それでいて、笠原という人間には興味も関心も示さなかった。芸能人なんていう連中は浅薄な拝金主義者だ、俗物の集団だよ。永野はしばしばそうしたことをいった。おれの城に俗物を入れることはならぬ。永野は勇ましく宣言し、それを実行した。

夫の見方はあたっていなくもない。静江はそう考えていた。すべての芸能人を浅薄な人種だときめつけるのはいかにも永野らしい潔癖さであり、同時に狭量さをあらわしているようだった。しかしこと笠原に関するかぎりでは、それほど外れているとは思えないのだ。たしかに笠原は異性と金銭に汚なかった。地方公演にいくたびに女性と問題をおこし、おれは女性にもてるなどとうそぶく始末だった。喜劇役者ではあったが、笠原は色の白いつややかな皮膚をしている。目鼻立ちもととのっており、どちらかというとやや女性的ですらあった。小都会の女が花束をとどけたりするのは無理ないことかもしれないが、問題は、そうした女性をホテルに引き込む笠原のほうにあった。

永野夫婦のそのような批判的な考え方が態度にあらわれぬ筈もなく、こうしたことに敏感な笠原はすぐさまそれを悟って、義姉の一家を毛嫌いし軽蔑する態度にでた。おれは永野より十五歳年下だ。それなのに収入は二十倍ある。おれと永野を天秤にかけるとどっちが偉いのかな。笠原はそう妻に問いかけ、さも旨そうにウイスキーを呑んでいたという。浪江からその話をきいたとき静江は、夫には黙っていようと思った。余計なことを喋って夫の気をわるくする必要はない、そう考えたからである。

渋谷のマンションを出た浪江から笠原と別れることにしたという話をきかされた永野は、よかったとも悪かったともいわなかった。芸能人同士のくっついた離れたということはあまりにも日常茶飯事的でありすぎるので、にわかに信じにくかったのかもしれない。そのうちにまた元の鞘《さや》におさまるさ。安直にそう解釈したのだろうか、ひととおりの話がすむとそれを待っていたように横をむき、テレビのスイッチを入れた。浪江がわずか二、三日滞在したきりで小石川のアパートへ移ってしまったのは永野に対する遠慮からというよりも、義兄の愛想のなさに腹を立てたのではあるまいか。当時の静江は真剣になってそう心配したのである。

しかし永野は義理の妹がにくいわけでは毛頭なかった。浪江のいないところで料理のことをあれこれ指図して心づかいをみせたりした。学校の帰りに浪江の好きなパイナップルを買って来て、台所に入って自分で皮をむいたり、芯をぬいて器に盛ったりしながら、浪江の前にでるとそうした様子はおくびにも出さない。万事がそうであった。

最初のうちはどうだか判らないが、やがて浪江も義兄の思いやりに気づいたらしかった。永野が在宅する日曜日を避け、月に二回は姉をたずねてやってくる。そうしたとき、辛党の義兄にはウニやウルカの手土産を忘れなかった。

「でも、お兄さんにはあたしが買ってきたなんていわないほうがいいんじゃない？　まずくなるわよ」

「そんなことあるもんですか。あれで結構あなたに愛情を持っているのよ」

静江はそういって妹の言葉を否定しながら、案外それはほんとうなのだと思った。

夕食のときにそのことを話すと、べつに有難そうな顔もしないし旨いともいわないが、かならず銚子を追加させた。色彩にとぼしい座敷のなかで、夫の顔だけがほんのりとした桜色に染まるのである。

浪江が参考人として呼びだされ、ついで否認のまま送検されたという知らせは、静江に大きなショックをあたえた。しかし夫の永野正樹はべつに驚いた表情もみせずに、芸能人なんて人間の屑みたいなもんだからな、碌《ろく》な真似はやらんと吐き捨てるように呟いた。本気でそういっているのか、例によって口のわるい強がりをのべているに過ぎないのか、静江には見当がつきかねた。

要するに、おろおろしているのは静江ひとりだったといえる。面会にいってみると、浪江はすっかり覚悟をきめているように微笑さえうかべている。逆に姉のほうが雰囲気にけおされ、しゃくり上げそうになったりした。

「お兄さんにはすまないといってたわ」

「すまないって、何をだね?」

「浪江があなたの義妹だということは、遅かれ早かれ解るというのよ。そうすればあなたの出世にひびくじゃないの」

「おれが出世なんてことに無関心なのはお前も知ってるはずじゃないか。余計な心配はするなといっておけよ。そのうちにおれも面会にいってちからづけて来よう」

「でもねえ、PTAにはやかましい人がそろっているじゃないの」

「いいたいやつにはいわせておくさ。おれは浪江君の潔白を信じている。彼女が潔白であるかぎり、だれになんといわれようがこわいものはないよ」

永野はそういうと話はすんだとでもいうふうに立ち上がり、縁側の端にいって爪をきりながら庭をながめている。猫の額ほどしかないが、遠足にいくたびに拾ってくる各地の石がおいてあって、その間からトクサが伸びていたりツワブキの花が咲いていたり、一応は庭らしい恰好をそなえていた。夏になると石に水うちをし、風鈴を聞きながらビールを呑む。それが永野のささやかな贅沢であり銷夏法《しょうかほう》にもなっていた。しかし今年はまだ風鈴をさげていない。そうした気分になれないからだ。

「どうも、寄ってたかって浪江君を犯人にしたがっているようだな」

膝を抱くようにして永野がいった。

「そうなのよ」

「屍骸のポケットに入っていた鍵は水の底にあるからどうにもならん。浪江がやったことでは勿論ない。とすると合鍵をつくったか、さもなければマンションの管理人が犯人だと考えるほかはないね」

「ええ。管理人が犯人でないとすれば、犯人に鍵を貸してやったのよ」

「そういう仮定も成立するな」

永野はそこでくるりと半回転すると、座敷のなかの静江をふり返った。部屋のなかはほの暗いが縁側はまだ明るい。静江のほうからは夫の顔がよくみえた。色が黒くて目が小さく、眉がぼっさりしている。まだ五十に達していないのに、髪は半白だ。何とも見映えのしない夫であった。だが、頭はいい。それが唯一の取柄だと思う。

「警察側がその点の調査をなおざりにしているとは思えないが、あの管理人をシロだと断定しているところをみると、どこかに見落しがあるに違いない。間もなく夏休みだが、休みに入ったらいくらでも暇がある。おれがじかに自分の目で納得がいくまで調べてみようと思うのだよ」

静江は、一瞬返事をすることができなかった。浪江の身をそれほど案じてくれているのかと思うと、嬉しくて咄嗟に言葉がでないのだ。

数学教師であるだけに、永野は物事を理づめに考えることは得意である。それは、いままでに何かにつけて感じたことだった。けれども、平素から多分にものぐさで、学校と自宅の間を定期船のように往復することしか知らない夫に、刑事の真似がつとまるのだろうか。嬉しさのあとを追いかけるようにして、すぐにそうした心配が湧いてきた。

6

静江の心配は杞憂《きゆう》におわったようだった。永野は学校にかよっているときと同様に、朝食をすませるとすぐに家をでていった。調べが早くすめばすむで、そうしたときには図書館にたち寄って各紙の綴込《とじこ》みに目をとおし、メモをとった。だから帰宅するのは夕方になる。

静江は夫にかわって小さな庭に水をうった。そして永野が帰るとすぐに行水をつかわせ、枝豆のつきだしと冷やしておいたビールをすすめた。浴衣の袖をかるく押えて酌をする静江は妹ほどにととのった顔立ではなかったけれども、まずは美人のほうだった。永野は、旨そうに喉を鳴らしてひと息にジョッキをあけてしまう。そして、枝豆をつまみながらの報告がつづいた。

慣れない仕事であった。素人なんだもの、最初からスムースにいくわけがない。夫も妻もそうしたことをいって励まし合っていたが、一週間がすぎる頃から永野の態度にあせりがみえはじめた。無理もないのである。三田は自分から希望してポリグラフにかかり、潔白であることを立証したというのだった。

「嘘発見器というのは百パーセント信用できないものなのよ」

静江は唾をとばして力説した。

「学生時代に警視庁へ見学にいったことがあるんだけど、お友達にずうずうしい人がいて全然あたらないの。技師さんが汗をたらしてやってるのに本人はケロリとしているのよ。呆れたわ」

「きみが学生時代の話じゃポリグラフも旧式だったろうよ。しかしいまは違う。警察でも百パーセント適中するとはいっていないがね。だが、参考になるのだそうだ」

「…………」

「あの管理人は仕事熱心だし私生活にも欠点のない男だそうでね、居住者の部屋に忍び込んだり、犯人に鍵を貸して犯罪の片棒をかついだり、そんなことをするような馬鹿じゃないというんだな。おれが会った印象もそうだった。出世主義者だね、あの男は」

永野は苦がそうにビールを呑んだ。

翌日の夕方は足をひきずって帰宅した。マメができたのだ。この数日で黒い顔がいっそう黒くなり、歯の白さが目立つのである。

「今日は鍵屋へいってきたよ」

「すみません、毎日」

「抗生物質を注射すると、はじめのうちはすごい効き目だ。だが、そのうちに耐菌性をもったやつが出現してこいつがはびこる。薬屋は、こういったずうずうしい菌に効果のある新薬を発見しなくてはならんことになる」

「………」

「いや、これは鍵屋の主人のうけ売りだがね、鍵屋の世界も似たようなものだそうだ。どんな精巧な錠前をこしらえても、それを開ける鍵はかならずあらわれるという話なんだ。つい先頃、この店ではアメリカの軍人から三十万円もする錠前づくりを頼まれたそうだがね」

「三十万……。何にとりつけるのかしら」

「タイムロックに磁気錠まで組み込んだやつで、だから値段もたかいわけだが、これでも百パーセント安全というわけにはいかないらしい」

「それならあなた、笠原のマンションだって開くわけですわね」

と、静江は表情を明るくした。

「いや、それとこれとは話が違うさ。泥棒の名人の手にかかれば針金一本で開けられてしまうそうだが、この場合は錠前が疵《きず》だらけになる。笠原の部屋の錠にはそんな形跡はまるきりなかったというから、鍵をさし込んであけたに決っているんだ」

「じゃ、やはり合鍵ね」

「その合鍵も否定されてしまったんだ」

と、永野はいらいらしたように声を荒らげた。ふだんは滅多に憤ることのない夫なのである。

「あのシリンダー錠はあたらしい製品でパテントが三つついている。目下のところ、というのは耐菌性ができない間はという意味なんだが、目下のところでは製作所にもっていかないと、合鍵をつくることは出来ないというんだね。そこで荻窪にある工場へ行ってみた。だが結果は失望だったよ。あの錠前を発売して以来二年あまりになるが、合鍵づくりの注文をうけたのはたった五件しかない。その五件が五件とも、笠原の鍵とはまったく別物なんだよ。依頼主の住所氏名もちゃんと記録されている。疑う余地はどこにもないのだ」

真青に茹《ゆだ》った枝豆を、永野はまずそうに口へはこんでいた。疲れた夫がごろりと横になり、そのまま大きな鼾《いびき》をかきはじめたのをみると、静江はそっと縁側にでてその日つるした風鈴をはずした。

「野沢隼人というテレビタレントあがりのマネージャーを知ってるかい?」

それから二日目の夕方のことだった。行水をすませて卓袱台《ちゃぶだい》のむこうに坐った夫は、だしぬけにそう切りだした。

「知ってますわよ、浪江がよく話をしてましたもの」

「むかしは相当ならした男だそうだな」

「ええ、達者な役者さんでしたわ。万引きする老刑事をやったときの演技は最高よ。幕切れの横顔なんかいまでも目にうかぶわ」

「ふん、どうせお涙頂戴のドラマだろう。日本のシナリオライターはどうして泣く場面が好きなのかな。おれはめそめそしたのが大嫌いだ。だから漫画と喜劇と推理ドラマしか見んのだ」

話が横道にそれたようだ。静江は黙って先をまっていた。

「笠原の屍体のポケットに七万円ちかい大金が残されていたことは知っているだろう」

「はい」

「金が目当ての殺人でなかったことはこれで解るな」

「ええ」

「追剝ぎやチンピラの犯行ではない。言い替えれば犯人は笠原に密着していた人物だということになる」

「…………」

「浪江君のほかにだれがいるだろうか、そう考えたときに、あのマネージャーのことが頭にうかんだわけだ」

「警察では、犯行後に兇器をマンションに持ち込んだことにばかり気を奪われているが、ここがおかしいと思うな。犯行以前のことも考えるべきだよ」

「…………」

「あの拳銃が笠原のものだということは明白なんだから、犯人はそいつを笠原の部屋から盗みだして兇行につかったのだ。いいかえれば犯人は笠原の身辺にいて拳銃がどこに隠されていたかも知っているし、隠し場所に近づいても怪しまれない人物だということになる。浪江君をのぞけば――」

「野沢さんじゃないの」

「そうだよ、彼だ。そこで今日はまる一日かかって野沢という男の身辺をしらべてみた」

昨日までとはうって変った喋り方である。旨そうにビールを呑み、旨そうに枝豆をつまむ。言葉にはずみがついている。

「あの男がなぜ役者をやめたか知ってるかい」

「いいえ」

「いまはビデオテープの時代だからそんな心配はないが、つい三、四年前まではナマ放送だったから、本番がそのまま各家庭のブラウン管に映るわけだ。間違ったら一大事だ、やりなおしができないのだよ。だからタレントは必死でセリフを覚える、役柄をマスターする、本番でとちらぬために全神経をそこに集中する。ところが役者のなかには、稽古のときは申し分なくできたくせに、いざ本番になると震えがきてセリフをど忘れしてしまうような人がいる。瞬間的に失語症になるんだな」

「…………」

「神経のこまかい人間が緊張するとこうなるんだ。妙なことだが、頭のいいタレントが得してこうなるんだそうだがね。その役者はこれがきっかけになって、つぎの芝居でもまた自分が穴をあけることになるんではないかという恐怖におそわれる。そこで再び震えがきておなじ失敗をくり返すというわけだ。しまいには放送局のほうで呆れて役をくれなくなる。早くいえばクビを切られたとおなじことだ」

「浪江は一度だってそんなことしなかったようだけど、タレントなんて職業は気の小さな人にはつとまらないわね」

「そうさ。野沢ほどのベテラン役者がそれで失敗した。それ以来、彼は本番の前になるとウイスキーの小瓶をあけることにしたんだな。酔った勢いでやっちまおうという作戦だ」

「…………」

「この方法はうまくいった。それに味をしめたあの男は、本番のたびごとにウイスキーでから元気をつけていたんだ。そのうちにカラー番組に出演することになった」

永野はつまみ物の追加を命じた。喋ることが楽しくてたまらない様子だ。

「カラー放送のときには、白黒番組の場合とちがってライトの数を倍にしなくては映らない。だからスタジオは焦熱地獄だ。本番の真最中に野沢の胃のなかのアルコールが沸騰しはじめた。その結果、彼は一時的な精神錯乱におちいったんだな。お陰で放送は滅茶苦茶になってしまった。その晩かぎりで野沢は役者を廃業することにしたんだよ」

「…………」

「たまたま、そのころ人気上昇中だった笠原がプロダクションをとび出して独立した。笠原にしてみれば、放送界の事情につうじている野沢をマネージャーにすると何かにつけて便利だ。なにしろ前身が役者だから、笠原が多忙でどうにもならないときは野沢が替玉になって本読みをやる、立ち稽古にも加わるといった按配だ、こんな役に立つ男はいない」

そうした深い事情は浪江も聞かせてくれない。静江にとってすべてが初耳のことばかりだった。

「笠原にとっては必要欠くべからざる助手、というわけね」

しかし、その野沢がなぜ笠原を殺すようになったのだろうか。静江の胸のなかでは、あの哀れな老刑事に扮した野沢隼人と、殺人者としての彼のイメージが、どうしても一致しなかった。

「今日は警察に寄ってね、それとなくカマをかけてみたんだよ。その結果解ったことなんだが、彼らもこのマネージャーに対して手は打ったんだな。野沢の容疑が濃いということでね」

「動機は？」

「使い込みをしているんだ、マネージメントを委されている立場を利用してね。それがひょんなことから笠原にバレた。笠原はあのとおり守銭奴みたいな男だから、約束の期日までに弁償しなければ訴えるとかなんとかいったんだろ。野沢は追いつめられてしまったのだよ」

「なら犯人はあの人に決ってるわよ」

「ところが彼にはアリバイがあった。事件の起るずっと前から蔵王温泉にいっていたというんだよ。刑事の話では、疑う余地のない完璧なアリバイなのだそうだ」

「あたし、信じられない」

かわいた声でぽつりといった。

「そうだ、おれにも信じられない。アリバイは偽物に決っているさ、刑事は旨く誤魔化されて帰ってきたにちがいないんだ。だから、おれが自分の目でたしかめてみたいと思うんだよ」

「蔵王にいらっしゃるの？」

「うむ。明日の朝の急行でいく。今夜は早寝だ」

永野はそういうとごはん茶碗をつきだした。

7

蔵王には二十軒ばかりの旅館がならんでいる。野沢が滞在していたのはいちばん奥にある蕗屋《ふきや》という宿であった。バスから降りた永野は客引きの手をふり払って温泉町をつきぬけると、蕗屋の入口をくぐった。

上野から急行で七時間、さらにバスで一時間あまり揺られてくると、さすがにくたくたになった。連日の疲労も加わっている。しかし旅程は限られていた。のんびりと湯にひたっている場合ではない。茶をはこんできた女中をつかまえて直ちに仕事にとりかかった。

色の黒い、半白の髪を無造作にかき上げた永野の風貌はどうみても数学教師でなければ哲学者といったところだが、そのてきぱきとした質問ぶりから、女中はてっきり刑事と思い込んだらしい。先日もべつの刑事さんがみえたが、あのお客さんがなにか悪いことでもしたというのか。聞き取りにくい山形弁で女中はそう反問した。

永野の調査はその女中を皮切りに、番頭、風呂番、下足番というふうに手をひろげていったが、翌日の午前中であらかた、かたがついてしまった。問題のポイントは六月三日夜から四日朝にかけてのアリバイだから、調べるほうもしらべやすいということがいえた。

野沢のことを最もよく記憶していたのは係の女中である。しかし彼女の証言にもまして、否定することのできない強固なアリバイの証人がいた。この温泉町をながして稼いでいる女マッサージ師がそれだった。永野は、郵便局の裏にあるしもた家の二階に住む彼女をたずねた。夜行性の彼女にとって午前十一時という時刻は深更《しんこう》にひとしかった。汚れた浴衣の衿《えり》をかき合わせるようにして降りてきたマッサージ師は、寝不足のはれた目をしょぼしょぼさせ、みるからに不機嫌そうだった。マッサージ師とはいっても盲人ではない。宿の女中の話によると、彼女の客は脂ぎった中年男にかぎられているというのだった。

百円札を五枚にぎらせた途端に、彼女は笑顔をみせた。汚い部屋だが上がらないかと下手な愛想も言った。

女マッサージ師はほとんど毎晩のように野沢に呼ばれた。野沢の場合いやらしいことをするのではなく、もっぱら全身の筋肉をもみほぐすのが仕事であった。野沢は彼女を退屈させまいとしてか、マッサージをしてもらいながら、思いつくままにとりとめのない話をした。野沢が元テレビタレントだということを知ったのも、そうした雑談をしていたときだった。

その頃の彼女は仙台で土建屋の二号をしていた。旦那がこない晩は暇をもてあましているから、テレビをよく見る。贔屓にしているのはいうまでもなく二枚目だが、演技派の野沢隼人も、目のおちくぼんだ独特の顔つきから印象にのこっていた。

「あたしファンでしたわ」

と、腰のあたりをさすりながら社交辞令をいった。

「そうかい、こんな山のなかにぼくを覚えてくれているものがあるとは思わなかったなあ」

野沢も嬉しそうだった。このゆきがかり上、彼女はサインをせがまねばならなくなった。するとと野沢は快く応じて、スーツケースを開けると三枚の色紙をとりだし、マジックインキで達磨《だるま》大師だの自画像だのを器用にかいてくれた。

「ときどき古いファンと出会うことがあるもんでね、旅にでるときは色紙を用意しているんですよ」

三枚の絵を手渡しながら、野沢は眉をあげていった。しかし彼女は、客の言葉をまに受けるようなことはなかった。こんな詰まらない顔の元役者にサインを求める酔狂なファンのいるわけがない。

「そのときの色紙がこれなんです」

二階から取ってきた達磨の絵をみせて彼女はいった。六月三日という日付と署名入りである。

「後の二枚は刑事さんが持っていきました。返すというから要らないといってやったんです」

「なかなか旨いね」

永野は眉をよせ、いう必要のない世辞をいった。目をむいて虚空をにらんでいる達磨は、表情といい姿といい、いかにも拙《つた》なかった。

刑事が持ち帰ったこの色紙は、慎重に筆跡鑑定がおこなわれたのだろう。その結果、野沢の書いたものに間違いないことがはっきりしたのだ。野沢に使い込みという動機がありながら、そのアリバイを認めている当局の態度から、永野はそうした結論に到達した。

マッサージ師はむっちりと肥った胸元をかくすように、衿をかき合わせた。永野は肩をおとした。連日の疲労が重くのしかかってくるような気がした。もうこの温泉町に用はない。

正午発のバスにのった。硫黄の臭気がうすくなるにつれ、温泉帰りの浴客達は蘇生したようにお喋りをはじめた。黙々としているのは永野ひとりぐらいのものだった。

養魚場をすぎ、須川《すかわ》のながれに沿ってバスは下った。前方に平らな山形盆地がみえ、その背後にいくつかの山がかすんで見えた。朝日《あさひ》連峰と、女性的なやわらかい稜線の月山《がっさん》であった。

「お客さん」

声が聞こえたかと思うと、あいている座席に移ってきた三十男がいた。サングラスをかけ派手な色の半袖シャツを着ているので解らなかったが、眼鏡をはずした顔をみると蕗屋の番頭だった。

「今度は冬においで下さい。樹氷が素敵ですから」

「ぼくはスキーが出来ないんでね」

「ロープウェイで見物するんです。五十人乗りのすごいやつですよ。東京にも大阪にもない立派なロープウェイです」

　自慢話がしばらくつづいた。朗かそうな青年なので、くさくさした気分を忘れるためには恰好の話相手だった。

　バスが、車体をきしませながら棚田のかどを曲ったときだった。後方の網棚から音をたてて荷物がおちる気配がした。

「危いな」

　独りごちながら振り返っていた番頭は、反射的になにかを思い出した顔になった。

「あのお客さんがお帰りになるときも、同じバスに乗り合せたんですよ」

「野沢という男のことかい？」

「ええ。やはりこの辺りでボストンが落ちましてね。そのショックで中身がとびだしたんです。わたしも手伝って拾い集めてあげたんですが、それが妙なものでした」

　永野はかるい興味を感じて番頭の口もとをみた。ひげがきれいに剃ってある。

「てっきり靴会社のセールスマンかと思いましたよ」

「なぜ？」

「中身が靴だからですよ」

「ふむ」

「黒い短靴が一つと茶色が一つと。どっちも片方だけなんです」

永野は激しくまばたきをした。

「片方というと右ですか、左ですか」

青年は即答をしないで再びうしろをふり返った。意味の解らない山形弁が相手の男との間にかわされた。つられて永野が背後をみると、話をしているのは初老の下足番だった。これはハッピに下駄ばきという恰好である。

視線が合うと番頭は会釈をした。うすくなった髪のてっぺんが桃色に光っている。

「わたし共は食料を仕入れにいくんです。で、あのときもおじさんと一緒だったんですが、そこは役目がら履物のことはよく見ているのですよ」

「というと?」

「どっちも左の靴だったそうです、黒も茶も」

永野はまたまばたきをした。なにかが摑めそうな気がした。

8

卓袱台の前にくつろぐと、はだけた胸にうちわで風を入れた。永野は扇風器をおかない主義であった。うちわが持っている季節感が好きなのだ。

「宿屋の上等の部屋よりも、やっぱりわが家がいいな」

「そうでしょうか」

と、静江は懐疑的な目でよごれた天井をみあげた。

「暑かったでしょう。また一段と陽やけしたわ」

「東北の夏はすずしいのかと思っていたが、おなじだね。東京とちっとも変らん。谷川では山の子供が泳いでいた」

「そんなことよりも報告がききたいわ。収穫あったのでしょう？」

「うむ、帰りのバスのなかでな。まったく思いがけない収穫だったよ」

話を止め、馬みたいにがつがつと枝豆をたべている。生徒には絶対にみせることのできない図だ。

「さて、なぜ片方の靴を二つも持っていたのかという問題だが、お前はどう考えるね？」

「いきなり問われても解るもんですか」

「なにもそう威張らんでもいいだろう」

指先をタオルでふきながら笑った。

「列車のなかでいろいろと推理してみたんだが、結局、こういう結論になったな」

「…………」

「ボストンバッグのなかに持ち歩いていた茶色の靴は、芦ノ湖のボート小屋の付近でハイカーに発見された靴の片われではないか、とね」

「もう少しゆっくりといって下さらない」

「あのとき芦ノ湖の周囲をさがしてみれば、黒い靴の片われも発見できたのではないかな。実際問題としてあれだけ大きな湖のまわりを探して歩くことはできないが、もしやってみたらということだ」

「よく解りませんけど……」

「そりゃ解らんだろうとも。学生時代のお前は代数の成績がわるかったというからな」

数学ができないやつは馬鹿だというのがこの教師の口癖だった。多分に独断的な夫のこの悪口を、静江はかるくうけ流すことにしていた。それが本当ならば、文士や画家は馬鹿の集団ということになる。

「砕いて解りやすく話をしよう。金の返済をせまられた野沢にはその当てがなかったんだな。そこで笠原を殺して追及から逃れようとしたんだが、元来が頭のいい男だから、偽アリバイをつくろうと考えたわけだ」

「どんな」

「休暇をとったふたりが旅にでることは、前々から決っていたことだと思うな。スケジュールは野沢が立てたんだろうが、まず自分は先に蔵王温泉にいく。そして何日か後になって、雑用をすませた笠原がマンションを出るという予定だ」

「塔ノ沢へですか」

「いや、箱根じゃない。おれの推理では蔵王温泉の近くだな。上山《かみのやま》だとか峨々《がが》だとか、あのあたりにはいろいろな温泉があるからね」

「どうして蔵王の近所でなければいけないのですか」

「それは後で触れる」

「それならばいっそのこと、蔵王温泉にいったらよさそうなものだけど」

「それもまずい。理由は後になれば解るがね。とにかく笠原はサングラスでもかけて人相を隠すと、変名でもつかって逗留《とうりゆう》していたんだろう。ああした連中がお忍び旅行をするときの常套手段だからな。いうまでもないことだが、この旅行のスケジュールは一切あのマネージャーが立てたものだと思う。だから彼は、笠原がどこの温泉のどの宿に泊っているかもちゃんと知っている。散歩にいくとみせかけて外出すると、その温泉宿に笠原をたずねたことは間違いない。こう推理したわけも、いま説明しなくても後になれば解ってくる」

なぜ勿体ぶるのだろうか、静江にはその理由が呑み込めない。

「さて、予定どおり笠原が近くの温泉地に到着したことを確めると、野沢はアリバイ工作の第二段階に入るべきときがきたことを悟った。そこで笠原がマンションを留守にしたことを確認しておいてから、四日の朝、小田原警察に電話をしたのだよ。ダイアル式の電話は郵便局にある。だれにも知られずにかけることができるのだ」

「それじゃ、あの電話がそうなんですか。ボート小屋の床下で靴をみかけたという……」

「そうだ。おれはいまアリバイ工作の第二段階という言葉を使ったが、第一段階はまだ東京にいた頃すませてあるんだ。まず、笠原の靴のなかから黒一足と茶を一足もちだしておいたのだが、衣裳持ちのあの男のことだ、三十足もある短靴のなかから一足や二足なくなっていたところで、気がつくまい」

「なぜ二足も持ち出したのかしら」

「後で説明する、黙って聞きなさい」

教室で生徒をたしなめるときのように、きびしい口調でいった。

「さて、信濃町の自分の家に帰った野沢は、二足の靴をそれぞれ右と左にわけて鞄につめた。日をあらためて箱根へ向うと、まず右足の茶の靴をボート小屋の下に投げ込んだ。ついで黒の右靴もおなじように放り込んだに違いないが、これがどこであるかは解らない。野沢を捕えて自供させるまではね」

「………」

「ここで間違えないで欲しいのは、ハイカーからの知らせによって茶色の靴が発見されたのは四日の朝だが、当の笠原は死んでいないことだ。のんびりと山の湯にひたっていた彼は、自分の靴の片方が小田原署に保管されているなどということは知っちゃいない。つまり、殺人があったのは三日から四日の朝にかけてのことであると思わせるのが、野沢の計画だったんだ。例の色紙に絵をかいたことだって、日付とサインという完璧な証拠をのこすのが本当の狙いだね。なかなか旨く考えてある」

　静江は黙ってこっくりした。うっかり言葉をはさむと、また叱られそうだ。

「さて、野沢は、渋谷のマンションに長距離をかけたりして、笠原の行方が知れないことを心配しているようなお芝居をしたのち、頃合を見計って、事情をしらべるために東京に帰る、といいだす。もっともらしい口実だからだれも怪しむものはいない」

「…………」

「だが本当の目的はそうではない。笠原をさそって箱根へ向うと、芦ノ湖へ連れだして殺してしまう筋書なのだ。笠原は、こうした際にすぐ連絡がつくような場所にいてくれなくてはならない。それには遠方の九州の温泉などにいられては困るのだよ」

「…………」

「塔ノ沢には別荘があることだし、蔵王温泉を引き揚げて箱根へむかう口実はいくらでもあっただろう。おそらく、上野駅に到着したその足で芦ノ湖にいったのではないかね。笠原は三日の正午すぎから四日の朝にかけて殺されたことになっているのに、その本人が元気で生きている姿を目撃されては万事がぶちこわしだ。できるだけ早く始末をつけなくてはならないからね」

「…………」

「あらかじめ盗みだしておいた拳銃を用いて射殺すると、屍体を水のなかに投げ入れたんだが、そのわけが解るか」

「解りますとも。笠原が殺されたのは三日か四日のことであるようにみせかける必要があるのよ。それなのに、いま殺したばかりの新鮮な屍体が発見されたのではせっかくの苦心が水の泡になるじゃありませんか。いつ殺されたか判らなくなるように、しばらくの間は人目にふれないようにする必要があったのよ」

「お前の頭は思ったほど悪くはないな」

と数学教師は感心したようにいった。

「それじゃもう一つ訊くが、屍体を投げ込む前にまだやらなくてはならん仕事がある。何だろう？」

「…………」

「笠原がはいている左右の靴をぬがせておいて、鞄のなかに入れて持ち歩いた茶色の靴、つまりマンションの笠原のところからこっそり持ち出した靴だが、こいつを屍体の左足にはかせることだ」

「…………」

「よく考えないと解らなくなるぞ。鞄に入れて持って歩いていたのは左足の靴だ。帰りのバスのなかで転げだしたやつだな。一方、右足の靴のほうはいまいったように小田原警察に保管されている……」

「解りますわ」

静江はきっぱりといった。べつに難しい問題ではない。

「説明するまでもないだろうが、これがアリバイ工作の第三段階だ。こうしたことで、笠原が三日もしくは四日朝に殺されたことになるから、蔵王温泉にいた野沢には立派なアリバイが出来上がるのだ。それから後の野沢は、屍体から脱がせた一足の靴を鞄につめると、そそくさと現場を立ち去った。その足でいったん塔ノ沢の別荘をのぞいてから東京に帰ったというわけだ」

「質問してもいいかしら」

「ああ」

「バスのなかで転がり出た靴は、茶色だけじゃなかったわね。黒もあったという話だったでしょう」

「ああ」

「なぜふた色も用意しておいたのかしら」

「女のくせに馬鹿だな、お前は」

永野は呆れたように口をとがらせた。

「マンションを出るときの笠原がどんな服装をするか、解ったもんじゃない。仮りに鞄のなかに持ち歩いていた靴が黒だけだったとしてみろ、浮き上がった屍体は茶色で統一された凝った服装をしてるのに、靴だけ黒い色をしたやつをはいているのはおかしいじゃないかということになる。お洒落の笠原がこんなチグハグなことをするわけはないから、殺した後で犯人がはかせたものではないだろうか。こういう疑惑をいだかれたらおしまいだ。ハイカーと自称して電話をかけた発見者は、じつは犯人だったのではないかということになる。こうした失敗を避けるためには、どんな服装にも適合性のある靴を用意しておく必要があるわけだ。それには、最小限黒と茶を持って歩かなくてはならない」

「………」

「先刻《さっき》もいったことだが、東北へ出発する前に箱根へやってきた彼は、茶のほうをボート小屋の床下に入れておいたんだが、黒のほうもどこかそのへんに隠したに相違ないのだ。ここで話が前後するけれど、野沢が小田原署に電話をする前に、笠原の服装を自分の目でみて、黒の靴が似合うか茶の靴が似合うか確めておかなくてはならない。そうした点からいっても、笠原が滞在する温泉地は蔵王のごく近所でなくてはならないのだ」

「そこまでは気がつかなかったわ。では、おなじ蔵王温泉にいなかったことはどうやって説明するの？」

「それは結果論になるんだが、ふたりが蔵王温泉に泊っていたとすると、おなじバスに乗って山形駅へ向ったに違いない。つぎのバスで降《くだ》ったのでは列車に乗り遅れてしまうからね」

「……それはそうですけど」

「ところで野沢はバスのなかでボストンバッグの中身をぶちまけているんだよ。もし笠原が乗っていたなら、自分の靴が妙なところから現われたことを黙って見逃すはずがないじゃないか。問いつめられた野沢は返事に窮するだろう。だが実際にそうした事件は生じなかったし、だから笠原も野沢の態度を少しも怪しまないで箱根へ赴いたことになるんだ。このことから逆に考えて、笠原が蔵王温泉にいたはずはないと結論したのだよ」

「解りましたわ。さすがは数学の先生ね、理路整然としています。おビール、もう一本ぬきましょうね？」

「いや、止めとこう。褒められるのは光栄だが、謎が完全に解けたわけではないからな。あの鍵の件だよ。犯人が野沢であることは解ったが、彼はどうやってあの部屋に入ったか、そいつが何としても解明できないのだよ」

永野は嘆息して腕を組んだ。

「それじゃ今度はあたしがお話しする番ですわ」

「話？」

「ええ。野沢がどうやってあのマンションのお部屋に入ったかという問題の解答よ」

夫は小さな目をせいいっぱいに開いて妻の顔をみつめた。

「お前が解いたって？　まさか……」

9

静江はきちんと坐りなおすと、両手を膝の上にのせた。

「あなたがお留守の間に、新聞を読みなおしてみたんです。すると、ズボンのポケットからしで虫が出てきたという記事が目に止まったの。だって変でしょ？　お洒落のあのひとがズボンのなかにしで虫を入れておくわけがありませんもの」

「しで虫ってなんだい？」

「昆虫よ。図書館でしらべてみたんだけど、動物の死骸をたべる禿鷹《はげたか》かハイエナみたいな虫なの。森や林のなかに入ると、小鳥やモグラの屍体にゆき当りそうなもんだけど、そんな経験は一度もないでしょう？　夜の内にしで虫が喰べてしまうからなのよ。いってみれば掃除係ね」

永野は妙な顔をしていた。

「笠原が自分で虫をつまんでポケットに入れる筈がないとなれば、虫のほうで入り込んだことになるでしょ」

「うむ」

「ところがこの虫は死骸が専門なのよ。体温のある動物は敬遠することにしているの。温かい動物は生きているのだし、生きてる動物にちょっかいをだせば、自分の命が危いもの」

「…………」

「ですから、笠原のポケットにもぐり込んだということは、あのひとの屍体が冷たくなるまで地上に横たえられていたことを意味するわけよ」

「ふむ」

「あなたがいままで思い込んでいたように、射殺された屍体はすぐ湖のなかに投げ込まれたのじゃないのよ」

「…………」

静江は一段と声を高くした。

「いいこと？　屍体が何時間か地上に横たえられたとなると、野沢は屍体からマンションの鍵を引きぬいて東京へ往復することができるじゃない？　笠原のお部屋に拳銃をおいたのは、嫌疑を浪江にかぶせるのが狙いよ。こうすれば自分の立場はいよいよ有利になりますからね」

「うむ、卑怯なやつだ」

「その目的をカバーするために、箪笥のひきだしを引っくり返したりしたの。その後で大急ぎで箱根へもどると、鍵をポケットに返しておいてから、屍体を水のなかに投げ入れたわけ」

「……これは驚いた」

間をおいて夫は再び同じことをくり返した。

「じつに鮮かなものだ。これで万事が解決したじゃないか。明日になったらすぐに警察へいってくる。それにしても、これほど頭がいいとは思わなかったよ」

「あんまり褒められると恥かしくなるわ。それよりも、おビールいかが?」

「祝盃だ、ぬいてくれ。だがその前にあれを吊してくれないかな」

永野は縁側の軒に目をやって言った。その耳にはもう風鈴の音が聞こえているのだろうか、小さな目を糸のようにほそめていた。

非常口

1

「女と遊ぶのもいいけどな、非常口の用意をわすれちゃ駄目だぞ」

おなじ課の先輩とおでん屋で一杯やっていたときに、新吉《しんきち》はそんな注意をうけた。

「非常口？」

「ああ。つまりさ、手を切るときの逃げ道だよ。治《ち》にいて乱《らん》を忘れずというではないか。どんな気に入った女でもやがては鼻につくときがくる。そのときのことを計算に入れておいて、それとなく伏線をはるわけだな」

その先輩は偽悪家ぶる傾向があった。酔って機嫌がよくなると、いっそう度がつよくなる。

「おれが使った手にこんなのがあったな。前々から、ときどき思いだしたように、頭痛がするの、頭がおもいのといっておくんだ」

「はあ」

「いよいよ女と縁を切ろうというときになると、コブ茶にジャムを入れて呑んでみたり、めしの上に粉末のセンブリをぶッかけて、さも旨そうに舌鼓を打って喰ってみせる」

「ははあ」

「以前から頭痛がしていたのと、今回の奇妙な振舞とをみて、まずほとんどの女が、いよいよアタマにきたと思って逃げていくもんだ」

「なるほど。すると早発性痴呆症にまちがえられたわけで」

「そうじゃない。近頃はやりの性病にやられたように見せるんだ。バイドクなんていいと思うよ」

その話を、新吉は単なる笑い話としてきいていた。本気になって傾聴していたならば、後日ああした運命にはあわずに済んだはずなのである。

彼がひとりの女性と交渉をもつようになったのは、それからひと月もたたぬ頃であった。大滝《おおたき》ミチ子《こ》というわかい女が、新吉の学生時代の先生の紹介状をもって訪ねてきた。生命保険の勧誘であった。保険というものは好きではなく、むしろ嫌悪感をもっていた新吉だけれど、旧師の顔をつぶすわけにもいかないので思い切って加入した。

話がかなり具体的なところまですすんだある日のこと、ミチ子は街角で新吉とおちあうと、先に立ってホテルに入った。なるほど、これが契約のリベートなのか。新吉はそう判断し、ブリーフを脱いだ。買ったばかりの、イギリス製のブリーフだった。

「ボディビルやったのね？　いい体をしているわ」

先にベッドに横たわっていたミチ子は、新吉をつくづく眺めてそういった。男の裸を見なれているような、落ち着いた目の色だった。

ミチ子は外見は痩せていたけれど、スポーツ選手のようにしまったいい肉体をしている。新吉はたちまちわれをわすれた。

ミチ子との情事は一回きりのことかと思っていたが、そうではなかった。新吉はその後もおりにふれて誘われた。

「ホテルは後腐れがなくていいのよ。あたしの趣味にも合ってるし、もし人に見られても何とでもいいぬけができるでしょ。その点、温泉旅館はいけないわ。同僚に見つけられたらそれきりですもの」

ミチ子はどうやら商売気をはなれてつき合っているようだった。ボディビルはやっていないが、学生時代に重量挙げの部員だったおかげで、いまもって筋肉がコブみたいに盛り上がっている。ミチ子はその肉体美にいかれているに違いなかった。二十五歳、結婚の前歴のある彼女は、新吉以上にベッドマナーに通じていた。

ふたりの逢瀬は週に一回のわりで二年ちかくつづいた。つづけて同じホテルを利用すると従業員に顔をおぼえられてしまう。二年目のおわり頃には東京中のホテルを歩きつくし、横浜へ足をのばすほどになっていた。

わかいサラリーマンの新吉にそんな金のあるわけがない。費用のほとんどはミチ子が負担した。勧誘員として支部ではトップの地位を占めるベテランである。収入も新吉の十倍ちかい額であった。

はじめのうちこそ女に飼育されているような気がして、なにか抵抗を感じることもあったものだけれど、そうした不快感も慣れるにつれて消失していった。

2

まる二年たった頃のことである。部長の家に招かれ、ことわることもできないででかけていって、姪の菊江《きくえ》を紹介された。新吉は相手の美しさにすっかり圧倒され、上気してドギマギしていた。

積極的ではあるが勝気で、情事をホテルでたのしむという見栄っぱりのミチ子。その人ずれのしたミチ子にない新鮮なういういしさを菊江は持っている。

部長は専務の椅子を約束されていた人物だった。部長の姪を妻にすることは、新吉が出世コースに乗ることでもあった。新吉はミチ子と手を切ろうと決心した。

新吉は、シーサイドホテルのベッドの上でそのことをもちだし、断乎とした拒絶にあった。彼は二年前の先輩の注意を卒然として思いだし、忠告を無視していたことをふかく後悔した。少しぐらい苦いのを我慢してもセンブリをなめておけばよかったと思ったが、すべては後の祭りであった。

「いやだわ、断じて別れてやらない」

「そういうけどきみ、ここは一つ冷静になってくれなくては困る。ぼくらはなにも婚約した覚えはないんだぜ」

「急になにをいいだすのよ。あなた変よ、いつもと変ってるわ。だれかほかに女ができたんじゃない？」

「ば、ばかな！　そ、そんなことが……か」

図星をさされてあせったのがまずかった。ミチ子の目の光がにわかにするどくなったかと思うと、唇の端がピクリとけいれんした。

「新吉さん、いいこと、裏切ったらただじゃおかないわ。怒ると、あたしって女はこわいんだから。これでも執念ぶかいたちなのよ」

それは知っている。ミチ子はすぐにカッとなる女だった。頭に血がのぼるとなにをするか判らない。バスのなかで、男の車掌の頬っぺたを思いきりひっぱたいたこともある。

「いいわね？　あたしを捨てたら、その女の人のところへ怒鳴り込んでやるわ。そしてあなたとの関係を一切合財ぶちまけるわよ」

「ば、ばかな。女がいるなんて思いすごしだ」

「じゃ、なぜ別れるなんていったのよ」

「お、お互いに人目につかないうちに止めたほうがいいと思うんだよ。ほら、阿漕《あこぎ》が浦《うら》にひく網《あみ》もっていうじゃないか。ぼくらのことも、いつバレないとも限らないんだ」

「それなら結婚すればいいわ。あたしもこうしたコソコソしたやり方がいやになったとこなの。最初のうちはスリルがあって面白かったけど」

藪をつついて蛇を追いだしたようなものだった。新吉は女を抱きよせながら、胸のなかでは何とかしてミチ子から逃れる方法はないものかと、忙《せわ》しく思いめぐらしていた。

3

ミチ子を殺そう。そう決意するまでにはかなり時日がかかった。ミチ子が可哀想だというわけでもなく、罪の深さをおそれたというわけでもない。万一発覚した場合、絞首刑になるのが恐ろしかったからである。

ミチ子を殺し、しかも自分が疑われぬようにするには、どうしたらいいか。

それには、何といっても事故死に見せかけるのがいちばんだ。例えば、ミチ子が山に登る。新吉は同行するなりひそかに尾行するなりして、人目につかぬ処にさしかかったときに突き落としてやるのだ。数ある山の遭難事故のなかで、殺人であることを疑ぐられたケースはただの一度もないのである。

ただ具合のわるいのは、新吉もミチ子も、登山というスポーツにはまるきり興味もなければ経験もなかったことであった。

交通事故死にみせかけるのも、日常的なうまい手段だった。まず駐車してある他人の車をぬすみ、ミチ子を誘いだしておいて轢き殺す。たとい現場に塗料やライトのガラスの破片がおちていたとしても、轢き逃げ捜査班がつきとめ得るのは車の所有者までであって、それを盗んだ新吉のところには手がとどかないのである。確かにこれも名案だったけれど、一つだけ欠点があった。新吉には車の運転ができないということだ。

あれこれと頭をひねった後で、事故死にみせかけるのが思いのほかに難かしいことを悟った新吉は、つぎの案に移った。ミチ子を殺し、これを自殺にみせかけようというのである。屍体を発見した当局がミチ子の死を自殺であると断定すれば、それで万事にピリオドが打たれる。旨くさえやるならこれほど理想的な方法はない。

思い迷った新吉は、以後、この計画を完璧なものとするために思考を集中した。その間にもいつものとおりホテルに誘われたが、のりのきいた純白なシーツにくるまっているときでも、新吉は命題を考えつづけていた。

「どうしたのよ。さっきから天井ばかり眺めているじゃない？」

左利きの彼女は、細巻の外国タバコを左手の指にはさんでいた。

「ど、どうもしないさ。ただ、結婚の費用をどうやって捻出しようかと、そのことを考えていたんだ」

新吉はドギマギした声でそう誤魔化した。

偽装自殺計画は、新吉の心のなかで次第に熟していった。まず兇器をなににするかという問題だが、これは拳銃を使うことにした。いつだったかミチ子の家に招かれたとき、大型の旧陸軍のピストルをこっそり見せられたことがある。実弾がこめてあった。

「死んだ父の遺品よ。職業軍人だったの」

ミチ子はそう説明し、去年の狩猟シーズンのときに妙義山《みょうぎさん》のふもとに遊びにゆき、山のなかで試射してみたがなかなかいい調子だったといいそえた。新吉はその拳銃を用いることに決めた。

しかし、それだけでは充分だとはいえない。自殺の動機を設定しておいてこそ、タテから見てもヨコから見ても、ミチ子の死は自殺であるということになるのである。では、ミチ子は何を悲しんで、あるいは何に失望して死をえらぶに至ったのか。

まず、病気を悲観したというのはどうだろう。残念なことに彼女は健康でピチピチしている。病気になる柄ではなかった。

では人生に絶望したというのはどうか。生憎なことに、ミチ子は金があり新吉という恋人がいた。生きることが楽しくてたまらない。人生を懐疑したりするわけがないのだった。

新吉はさらに頭を絞ってようやくのことで旨い方法を思いついた。ミチ子が新吉に求婚し、新吉がこれを拒否した手紙をだす。それを読んだミチ子は落胆のあまり発作的に拳銃自殺をとげる……という筋書だった。ミチ子は通いの家政婦をやとい、親ゆずりの家にただひとりで住んでいるから、偽装自殺をとげさせるには万事都合がよかった。屍体は、翌朝やってくる家政婦が発見し、びっくり仰天して一一〇番に電話するだろう。現場の机の上にその手紙がのせてあれば、すべての捜査官が一致して自殺と断定することは明らかであった。

4

実行の日を土曜の夜ということに予定した。そして金曜日の昼、会社の休憩時間に「土曜の晩お訪ねしたいが都合はどうであろうか」という内容の手紙をポストに投じた。封筒には記念切手がはってあるが、その理由はあとになれば解る。

その手紙は明日の午前中に、おそくとも午後には配達される。それを読んでミチ子はあわてて新吉のアパートに電話をかけ、「待っているからぜひ来て頂戴」といってくるだろう。新吉の耳には、そう告げる彼女のはずんだ声がきこえるような気がした。殺人計画の歯車は、この瞬間から回転をはじめたことになる。

翌《あく》る土曜日の夜、予期したとおりミチ子から電話があった。

「いま会社からもどって読んだのよ。電話をくれたほうが早いのに、なぜ手紙なんか書いたのよ」

　その手紙があとでものをいうのだ。そう答えてやりたいのをぐっと我慢して、新吉はさり気なく笑った。

「電話じゃ味気ないよ。たまには手紙のやりとりをしたい」

「そうねえ。そういわれてみると、あたし達いつも電話ばかりだわね。まだラヴレターを交換したことなかったわ」

　みじかい溜息がきこえた。

「そっちにだれもいないの？」

　新吉が尋ねると、ミチ子はクスリと笑った。意味をとり違えたらしかった。

「いないわよ。大体、あたしのところにお客さんは来ないのよ。自分の家にお客さんを呼ぶのが嫌いだもの。でも、あなたは別よ。待ってるわ、早く来てね」

　ミチ子は電話を切ろうとして、ふと思いついたように夕食の支度をしておこうかと訊ねた。

「いや、いいんだ。夕食はすませたよ」

　二人前の夕食の用意をされたのでは、客が来たことがバレてしまうではないか。

　通話をおえると、すぐに外出の支度をしてアパートをでた。現場の靴跡から足がつくことのないよう、古道具屋で値をたたいて買った古靴をはいている。犯行をおえて帰ったなら、底の革を切りきざんで処分することにしていた。

巣鴨駅で国電にのった。ミチ子の家は武蔵小金井《むさしこがねい》駅から一キロばかり北にいったところにある。新宿駅で手洗いに入ると、ポケットからハンチングと黒いサングラスを取り出して、簡単な変装をこころみた。中央線では知人にあう機会が多い。そのときの用心のためだった。

ミチ子の家はまばらな林のなかに建っていた。前が国道で車の往来ははげしいけれど、通行人はほとんどない。背後はゴルフリンクスになっているから、日中はべつとして夜間は無人の芝生であった。新吉が姿を見られることは、まずないのである。銃声をきかれるおそれもなし、仮りにきいたものがいたとしても、車のバックファイヤーの音だと誤認することだろう。すべての点でお誂《あつら》え向きにできていた。

「よく来てくれたわね」

「これ、おみやげだよ」

途中で求めてきた果物の包みをさしだした。こうした場合、果物のみやげは無難だった。あとで包装紙を持ち去っておけば、みやげの品だということは判らない。ミチ子が買っておいたものとみなされるに違いなかった。一歩ゆずって客が持ってきた品だということになったとしても、包装紙がなければ、どこの店で売られたのかも判らないし、買った人間の人相をつきとめることも困難になるのである。彼は、そうした細かい点にも充分に気をくばった。

ミチ子の家をおとずれたのはこれが三度目である。玄関を入ってホールに上がると、左手にフラッシュドアがあり、そのなかが洋風の客間兼書斎になっている。今夜も、そこに通された。ミチ子が珈琲をだそうとするのを、新吉は眠れなくなるからといってことわった。二人分の珈琲カップが残されていては露見するもとになる。そうかといって殺人のあとで新吉のカップだけ洗っておくのも面倒くさい。兇行のあとは一刻も早く立ち去るのが賢明なのである。

「ところで昨日だした手紙だがね、急いでポストに入れたもんで、切手の図案をよくみていないんだ。もう一度ゆっくり眺めてみたいんだけど」

「そういえば記念切手だったわね。待ってて頂戴、すぐに持ってくるから」

ミチ子はそういうと立ってでていった。あの手紙はあとでこの机の上にのせておかねばならない。それを持って来させる口実として、記念切手をはっておいたのだった。

5

一時間ばかりたった頃、新吉はきわめて自然に、さり気ない様子で、おもむろに話題を拳銃のほうにもっていった。

「思いだしたけど、きみんとこに陸軍のピストルがあったっけな。あれをもう一度みせてくれないか」

ミチ子はまた奥に入っていったが、すぐに黒い革ケースを手にして戻ってきた。新吉はケースには手をふれず、ミチ子が中身をとりだすのを待っていた。拳銃自体に指紋をつけるのは止むを得ないけれど、その他のものにはなるべく触れないほうがいい。

「危ないな。実弾がこめてあるんだろ」

「だいじょぶよ。安全装置がかかっているんだもの」

そうしたやりとりがあった後、新吉は感心したように唸りながら、拳銃をおそるおそるひねり廻していた。やがてテーブルの下でそっと安全装置をはずしておいて、何気ない顔でミチ子の左手をそれに添え、銃口を白いこめかみに当てた。

「やいミチ子。おれと結婚しろ。いやだといったら射つぞ。さあ、イエスかノーか」

ミチ子は頭からそれをふざけているものと思い込んでいた。恋人の他愛のない冗談だと解釈した。

「勿論ノーだわよ」

引金がひかれた。轟音とともに新吉の手は大きなショックを受けた。ミチ子はポカンとしたように半ば口をあけ、ついでテーブルの上に上体をなげだした。創口《きずぐち》から吹きだした血が絨毯の上にあかいしみをつくった。

タマは反対側のこめかみを貫通している。行方を目で追うと、それは入口の扉の真正面にぶち当っていた。やわらかい頭だ。

新吉はむりに気をしずめ、じっと耳をすませた。銃声をききつけて人がやってくるとまずい。一分たち、二分たった。新吉は幸運だった。二分あまり全神経を耳に集中して立ちつづけていたが、だれも駆けつけてくる気配はない。新吉はほっとすると同時に、すばやく次の行動に移った。

まずポケットから用意してきた便箋をとりだすと、屍体の指紋をつけておいてから、机の上にひろげた。ミチ子の自尊心を傷つけぬよう、鄭重《ていちょう》に求婚をことわった文章が二枚にわたって述べられてある。いうまでもなく日付は、記念切手を貼ったあの封筒にしるされたものと同じにしてあった。

ついでその封筒をとり上げると中身の手紙をぬき、自分のポケットにおさめた。後刻、この現場にやって来た刑事は封筒の内容が入れ替えられたことには気がつかず、求婚をことわられたミチ子が落胆のあまり自殺をとげたものと解釈することは明らかだった。

新吉は机の上になげだされた拳銃をとり、自分の指紋を入念にぬぐい去った。つぎにダラリとたれさがったミチ子の左手の指をおしあけて握らせた。その仕事がすむと、みやげに持ってきた果物の包装紙をはいでポケットに入れた。蜜柑は、ミチ子が果物皿に盛ったままにしておいた。前にもふれたように、果物から足がつく心配はないからである。

新吉はあらためて周囲を見廻した。どんな微細なことも見逃してはならないのだ。眸をこらし、吹きだした汗をハンカチでぬぐいながら屍体のまわりを三度も四度もしらべ、なに一つ見落としたもののないことを確認してから部屋を後にした。

ホールにでてみると、台の上にのせてあった花瓶が大きく五つにわれて床に落ちていた。ミチ子の頭を貫通したタマがなおも勢いよく飛んできて、砕いたのである。新吉は陸軍拳銃の威力にいまさらのように舌を巻いた。

破片をよけて靴をはいたとき、ふと客間のなかでゴトリという音がきこえたような気がした。耳のせいかもしれない。しかし、屍体がまだ生きていて起き上がったのかもしれなかった。新吉の顔からにわかに血の気が失せた。玄関に立ったまま、おそるおそる頸をのばして室内の様子をうかがう。ミチ子は左手をたれ右手を机の上にのばして身じろぎもしなかった。タマが貫いた右のこめかみから、まだ血が流れている。新吉はあわてて目をそらした。

頭を射ぬかれれば即死に決っている。ミチ子が生き返るわけがなかった。新吉はしいて自分を納得させると、もう一度ポケットに手をつっ込んで、手紙と、果物の包装紙が入っていることを確かめた。汗をふいたハンカチも間違いなく持っている。新吉は大きな吐息をつくと、しずかに扉をあけて外の様子をみ、そっと辷りでた。

扉は自動的に錠がおりる。彼は泥棒猫のようにこそこそと林をぬけた。

6

その翌日、刑事が会社にたずねて来たときも、新吉は別段おどろかなかった。現場に新吉がだした結婚拒否の手紙がある以上、刑事の訪問をうけることは予期していたからだ。

　刑事は無表情の中年男だった。彼が手紙のことを持ちだしたら、新吉は申しわけなさそうに頭をたれ、まさかあの手紙でショックを受けて自殺するとは夢にも思わなかったと答えるつもりだった。ところが、刑事は予期しないことをいいだしたのである。

「管理人からきいた話では、昨夜あなたは外出されたそうですな。行先はどこですか。つまり、あなたのアリバイをお訊きしているわけです」

「ぼくのアリバイ？　なぜそんなことが問題になるんですか。正午のテレビニュースでは自殺だと報道していたではないですか」

「違いますな」

　刑事は無表情な顔で答えた。

「自殺にみせかけた他殺です。それというのも、犯人が大きなミスをおかしたから判ったことですがね」

　新吉は顔色がかわるのを意識した。一体おれはどこでヘマをやったというのだろう？　一体どこでヘマを……。

「ミスを犯した……？」

　新吉はあえいでいった。声がでない。

　そんなことがあるだろうか。ミチ子は左利きだった。だからそれに応じて左手に拳銃をにぎらせた。それがどうしてミスなのだろう。

「あの人が自殺したものだと仮定してみます。頭を貫通した弾丸はドアをつきぬけて、ホールの花瓶をうち砕いてしまった。ところが翌朝になって家政婦さんがやって来たとき、応接間のドアは開いたままになっていたのです」

玄関にたたずんで客間をのぞき込んだときのことを、新吉は思いだしていた。

「即死した被害者がノコノコ立っていって扉をあけたということはあり得ません。そうなると現場にはもうひとりの人物がいて、あの女性が死んだあと、あわてて扉をあけたままにして逃げ出していったことが考えられるわけです。さて、お判り頂けたところでもう一度お訊ねします。昨夜あなたは何処へおいでになったのですか」

占魚亭夜話

1

火が燃えていた。坐りごこちのいいイスがあった。人々は手にウィスキーソーダをもって、くったくのないくつろいだ表情だった。美術家あり銀行員あり技師あり自由業ありさまざまだったが、よくみるとその半分はやせているかわりに禿《は》げていて、あとの半分は肥《ふと》っていた。もちろん肥り方はいろいろで堅肥《かた》りもいたし土左衛門《どざえもん》型の色白の水ぶくれもいた。しかし肥っているという点では共通していた。

彼等はそろって推理小説が好きだった。それも単なる好きの境地をとおりこして、探偵小説が彼等の肉の一部であり血の一部となっていた。そうした類が友を呼んでいつしかグループができ、この手頃な占魚亭《せんぎょてい》というバーをたまり場にして、定期的に集まるようになった。

その集会では、こと探偵小説に関するかぎりなんでも論じられた。彼等はじつに熱心だった。海野十三《うんのじゅうざ》氏の作品に登場する科学探偵帆村荘六《ほむらそうろく》の名がホームズから来ていることを推定したのも、彼等の一人であった。

「荘六帆村とひっくり返してみたまえ、シャーロック・ホルムスにピタリじゃないか」

発見者は得意そうに云った。

そうかと思うと、鈴木三重吉《すずきみえきち》の「山彦《やまびこ》」が探偵小説であるととなえるものもいた。

「彼の『烏《からす》』だって探偵小説的手法をつかっている。横溝《よこみぞ》さんは三重吉党なんだな。『本陣《ほんじん》』にもその影響があるが、『八《や》つ墓村《はかむら》』はいちじるしいぜ」

そう云って鼻の孔《あな》をふくらませるものもいた。

さてその夜は、「推理小説を読んでいるといろんな悪人がでてくるけど、現実の世界では肥った男にわるいやつはいないね」と誰かが云ったのが論争の口火となった。

「そんなことがあるものか、禿げたやつにこそ悪人はいないよ。これは古今をつうじての定説だ」

禿げた一人がただちに駁論《ばくろん》した。いずれも分別ざかりの年輩ではあるが、ウィスキーの酔いが舌の回転を軽くした。たちまち二派にわかれて相手方を攻撃しはじめた。他愛のないやりとりが十五分あまりもつづいた。

そうした最中におくれて一人の男が入って来た。まるで忍び足でもするかのようなひっそりした動作だったので、彼の坐ったのに気づいたものはなかった。ただウェイトレスだけがそれと知って、ウィスキーソーダを持ってきた。

男はだまって論争の仲間に入ることなく、耳をかたむけているのかいないのか、ただ無心に味覚をたのしんでいるふうに見えた。ひょろりとした体に時代もののインバネスをきて、ちびた下駄をはいており、顔色が蒼白くてひどくやつれていた。ほお骨が高くてつり上った目が、初対面の人にキツネを連想させずにはおかない。いやその顔ばかりでなく、しずかですばしこそうな物腰までが、あの動物に似ていた。

「しかしだね、われわれ禿げ頭が善人ぞろいであることはたしかだが、つねに不合理を感じることが一つあるんだ。散髪料金がそれさ。手数もかからぬしバリカンもいたまぬはずなのに、ちゃんと一般なみの料金をとりやがる」

「そのくらいは我慢するんだな。ぼく等は体積がでかいもんだから、なにをするにも思わぬ面倒がついてまわる。早い話が今日デパートでバンドを買ってきたんだが、開いている穴だけでは役に立たん。ぐんととびはなれたところにもう一つ開けなくちゃならんのだから、手数がかかることだ。一事が万事この調子だな。しかしそういうやつ等に悪人はおらんのだよ」

そう云ったのを最後にして、どちらの側もお喋りに疲れたようにだまってしまった。一同はしばらくグラスの液体をすすっていた。

「ところでどうだい、原稿書けたか」

肥った一人が訊いた。彼等はようやく新来の仲間に気づいたらしかった。

「まだ書いてはおらぬ。だが腹案はできてる」

と、その男はややぶっきらぼうに、短く答えた。

「いつかの『白い密室』というのはオリジナリティにとぼしかったぜ」

「この間の『早春に死す』というのも、案外つまらなかった」

「時刻表のトリックはハナについたね」

「テンポがおそいよ。もう少しスリルとサスペンスがほしいね」

「女ッ気がたりんように思えたな」

「意外性のないのが最大の欠点だよ」

禿げたのや肥ったのが、口々に無遠慮にこきおろした。第三の男はよほど自尊心が高いとみえて、相手の勝手な批評をしいてこらえているようだったが、ひととおりの発言が終るのを待って、一座をぐるりと見回した。燃えるような眸《ひとみ》が彼の負けん気をあらわしていた。

「第一回目は密室物を書いた。二回目はアリバイ破りを書いた。おなじようなものをつづけるのは曲《きょく》がないから、三回目は犯人当てを書くつもりで腹案をねっているのだ」

「フム、そいつは面白そうだな」

「その腹案を、いまここできみ等に聞かせてみようと思う。もし即座に犯人が当るようだったら、この案は捨ててしまって、別のものを書く。しかし、失礼だがきみ等程度の粗雑な頭脳の持主では、たぶん当るまい」

「おい、いやに自信がありそうだな」

と肥っちょが云った。

「よろしく挑戦に応じようじゃないか」

と燦然《さんぜん》たるのが云った。

「題名はなんていうのだ？　まずそれから訊こう」

「用心しなくちゃいかんぜ。彼の犯人当ては題名からして曲者《くせもの》だからな」

「題名はまだ決っていない」

男は無愛想に答えた。そして急にとってつけたようにニヤリとした笑いをうかべると、禿げたグループをかえりみて、

「ぼくの小説の犯人も、ありきたりのバンドの穴じゃ間に合わないんだ。はなれたところにもう一つ開けなくてはね」

「ほう、じゃデブ公が登場するのか」

「ああ、三人ばかり出てくる」

「こいつは面白い。早くたのむぜ」

俄然《がぜん》禿げ組が元気づいた。肥った組は不満そうに鼻をならした。男はウィスキーソーダで喉をしめらすと、咳《せき》ばらいを一つして、おもむろに語りはじめた。

「舞台は三百トンほどの遊覧船だ。白ぬりの、白鳥のようにスマートな優美な船だ。時節は……そう、秋としよう。十月の中頃がいいだろう。船の名は、適当にまァ白鷗丸《はくおうまる》とでもしておくか……」

2

十三夜の月光をあびながら白鷗丸は、松島《まつしま》をあとにするといよいよ最後の寄港地である伊豆七島をさして、ひたすら南下をつづけていた。いまの速度はせいぜい八ノット程度であろう。波もない。風もない。ただスクリューの廻転するひびきが聞こえるだけの、しずかな、単調な船旅である。

一人後部甲板にたたずんでカクテルの酔いをさましていた貝島百合子《かいじまゆりこ》は、もうすっかりこの船旅にあきていた。そろそろ体の線のくずれてきたことは自覚しているが、しかしまだまだファッションモデルとしての容姿には自信をもっている。借り衣ではあるけれどもきらびやかな服を身につけてしゃなりしゃなりと舞台を歩き、なみいる小娘たちにため息をつかせるあの生活が、なんといっても生き甲斐もあるしハリもでる。早く東京に帰って舞台に立ちたい。離婚一歩手前まで来ている結婚生活のヨリをもどしたがっている夫が、なんとか気分の転換をはかろうとして計画した海の旅ではあったけれども、これほどつまらぬと知っていたなら、最初にキッパリことわるべきだったと思う。

……でも、東京港をふり出しに、奄美《あまみ》大島を経て日本海を北上したこの一周旅行も、あますところ三日で予定のコースを終え、ふたたび東京港にもどることになっているのだ。あと三日間の辛抱《しんぼう》！　百合子はこう思って、しいて気をまぎらわせてみた。月の光をあびてキラキラかがやく海面に、スクリューにかきまぜられた泡がほの白くうかんで、船の航跡をしめすようにえんえんとつづいている。手すりに身をもたせ乗りだすようにして眺めていた百合子のほおに、ふっとかすかな笑いがうかんだ。午睡《ひるね》すべくデッキチェアに横たわったとき、となりに坐った堀田早人《ほったはやと》という若い船客からささやかれた求愛の言葉を思いだしたためである。

自他ともに美人をもってゆるす百合子は、少女時代から今日の人妻時代にかけていくたび愛を求められたことがあるか、とても正確には覚えていない。だが、今日の午後に経験したようなズーズー弁むきだしの愛の囁きは、あとにもさきにもこれが初めてであった。百合子は船中にひびきわたるような声をあげて笑いころげた。いま考えてみても、おなかの皮がクックッと波をうってくる。

だが、そのおかしさが遠ざかるにつれて、百合子はふッと腹立たしくなってきた。身のほど知らぬ田舎漢《でんしやかん》から愛の告白をうけたことが、まるで激しい侮辱であったようにさえ思われた。図々しいにも程があるではないか！　百合子の酔いのさめかかったほおのあたりに、ふたたび赤味がさしてくる。

「いよお、奥さんもここにおったですか」

でっぷり肥った小柄な男がちかづいてきた。あから顔の、元なにがし党の代議士と称する網走孫左衛門《あばしりまござえもん》である。航海の第一日から百合子に目をつけていやな流し目をつかい、そのたびにツンとすましてみせるが、一向にこりる様子がない。禿げかけたタコ入道のような頭はそのまま胴に直結して、まるでモグラみたいに頸《くび》というものがなかった。あぐらをかいた鼻の下にチョビひげを生やし、みるからに虫酸《むしず》のはしる男である。

孫左衛門はうれしそうにそわそわした。

「どうですかな、こうしたロマンチックな晩に、わしにちイとばかり抱かれてみたいとは思わんですか。赤坂でたびたび芸者を抱いたことはあるが、ありゃどうも不潔でいかん」

自分のほうがよほど不潔だ。

「一度洋装のスマートな婦人を抱いてみたい思うとったが、幸いあたりに人もおらん。あんたも小娘じゃなし、そう遠慮することもなかたい。どうじゃろかね」

酒くさい息をプウとふきつけた。

「いまの内閣はそのうちきっと解散をやる。そのときは立候補して捲土重来《けんどちょうらい》、二百万票は獲得する自信があるです。そうすりゃあんた、わしは選良《せんりょう》ですぞ。汽車は二等がタダや。以前は一等に乗れよったが、鉄道大臣のバカが一等を廃止してしもた。どうです、ちょっとでええ、抱かれんですか」

「いやです。止《よ》して！　大声だすわよッ」

「みんな食堂でマージャンやりよる。聞こえはせんです。それよか、ここで思いなおして、一分間でええ、ちょいと抱かれなさい。あンたの亭主に比べて、そう見劣りのするわしでもないでしょうが」

「いや、いや。あなたなんか大嫌い。離して！」

ピシャリという音がしたかと思うと、孫左衛門はあわてて自分のほっぺたをおさえた。そのすきに百合子は身をひるがえして逃げだしたが何につまずいたか手すりにぶつかり、その反動でたたきつけられたように転倒した。

しめたとばかり孫左衛門、よちよち走りにかけつけて、

「ああ、どうなされた、これ、お女中……」

いくら精力旺盛でも、やはり明治生れはあらそえない。いざとなると云うことが涙香《るいこう》ばりになる。抱きおこすふりをして、これ幸いと唇をうばおうとした。

「あれエ……」

百合子もつりこまれて古風な悲鳴をあげる。あわや落花狼藉《らっかろうぜき》におよぼうとしたその瞬間だった、にわかに甲板を走る靴音が聞こえたかと思うと、孫左衛門の矮軀《わいく》はたちまち一回転してスッテンコロリとたたきのめされてしまった。

「ウヌ、なにやつだ？」

「ぼくだ、いい齢をしてバカなまねはよせ！」

「ウム、きさま、川口三平《かわぐちさんぺい》じゃな。たかが青二才の銀行員のくせに、天下の元代議士をなん

と心得ちょるか、ウーム」

うなりながらムックリ起き上ったかと思うと、怒気心頭《どきしんとう》に発した孫左衛門は、しっぽの針をさか立てたサソリのような恰好になった。

「さあ、かかって来い！」

老いたりといえど網走孫左衛門はかの乱闘国会で蛮名《ばんめい》をはせた男だ、青白きインテリの腕をへしおることぐらい、何でもない。

「お止めになって。喧嘩しちゃいけませんわ。あと三日でこの旅行も終りになるんですもの。無事にすませるように努力しなくちゃ……」
二、三のはげしい言葉のやりとりはあったものの、結局百合子の説得がものをいって、その場はともかくおさまることとなった。そして川口と百合子がつれだって去っていく姿を、のこされた孫左衛門はハッタとばかりに睨みつけていたが、やがてバリバリと歯がみをすると、満面に朱をそそいでののしった。
「ウーム、覚えちょれ、黄頷児《こうがんじ》！」

語り手はここでひと息いれると、ウィスキーソーダを飲んだ。

「なるほど、やがて川口三平が殺されて、肥っちょの代議士が疑ぐられるというわけだな」

「しかしこいつは犯人じゃなさそうだね。孫左衛門を犯人にしちまっては、それこそ曲《きよく》がないぜ」

「いや、案外作者は虚《きよ》をつこうとしているのかもしれん」

「それにしても表現がふるくさいね。黄領児なんて云っても、いまの若い読者に判るまいからな。国語読解力が落ちたのは教育の堕落だよ」

「そうだ、もっと平易な筆をつかってもらいたい」

「ぼくはわるふざけに不賛成だな。まじめにやってくれないと、犯人当ての興味が半減する」

口々にダメをだした。語り手はなおも黙々としてのどをうるおしている。

「登場人物の四人はこれで判ったが、あと何人でてくるのかね？　なにしろわれわれ粗雑な頭脳の持主だからな、一度にドヤドヤ出てくると覚えきれないぜ」

肥った一人がいささか皮肉な口調で云った。語り手はニヤリとしたうす笑いをうかべて、

「きみ等の頭脳を混乱させぬよう、充分に手をうつつもりだ」

と答えた。

3

トントントンと扉がたたかれた。

「どうぞ……」

鍋島《なべしま》青年がいくぶん元気のない返事をすると、ビヤ樽に手足をくっつけたような、しかしいかにも金持らしく、時代おくれの金ぶちメガネにチョッキの金ぐさりをじゃらつけた中年の紳士が、鷹揚《おうよう》な足取りで入ってきた。相撲とりやレスラーの中にも、ちょっとこれほどの肥大漢はめずらしい。

「ああ先輩！」

「なにか用があるという話だったが……？」

「ええ、じつはですね、ちょっとした心配ごとがおきたんです。それまであなたに善後策をご相談しようかと思って。おかけになって下さい、どうぞ」

鍋島青年と相手の大石重吉《おおいしじゅうきち》は、おなじ学校に学んだ先輩と後輩の仲である。どちらも思いきりよく肥っているが、会社重役で羽ぶりのいい重吉のしゃれのめしているのに反して、鍋島はカーデガンにしろズボンにしろ、数段落ちる安物をきていた。この二、三カ月は床屋にいったことがないのであろう、ボサボサに伸びた油気のない髪をして、どうも風采《ふうさい》があがらない。

「えらく散らかっとるな」

と大石重吉は先輩らしく云った。

「ええ、探しものをしてたんですが、やっぱりないんです。こんな中にまぎれこんでるはずはないけど、念のためにと思ってひっくり返してみたんです」

床の上に、机のひきだしやトランクが放りだされてある。中味が乱雑にとりちらかしてあった。

「どうしたんだ、一体？」

問われて鍋島青年は語りはじめようとしてゴクリと唾をのみこんだが、いざとなるとやはり言葉がつかえて出ないらしかった。

「ダメです。どうも云いにくくて喋れんです。でも、もしなにか騒ぎがおきたら、決してぼくに悪意があったわけじゃないんですから、よろしくとりなしてほしいんです」

大石重吉はわけがわからぬ面持で相手のデクデクとした体をじろじろながめていたが、しかし後輩のたのみを無下にしりぞけることもできぬらしく、鷹揚にうなずいて、承知の意をあらわした。

「ところで今夜ダンスの会があるというが、きみも出るのか」

「ええ、ぜひ踊りたいと思います。もっとも、近頃息切れがするもんだから、ブルース以外は踊れんのですが……」

「よろしい。それじゃきみ、俺の家内をそれとなく監視してくれんか。どこにおいても目立つ存在なもんだから、いろいろな男がちょっかいを出しおるらしい。だが別れるまでは俺の女房だ、めったなやつに手をふれさせたくはない」

大石重吉はそう云うと、ポケットから葉巻を二本とりだして一本を後輩にあたえ、嚙《か》みきった端をプッと床にはきだした。

　トントントンと扉が鳴った。

「…………」

　チータ花山《はなやま》はあわてた。あられもないスリップ姿でストッキングをはいているところであった。英語ならばノーの一語でいいわけだが、日本語には言葉がたくさんありすぎて、咄嗟の選択に間にあわない。

　扉が開いた。チータは両の手でわが胸を抱いた。堀田早人もドアのところで棒立ちになった。やせているから文字どおり棒のようであった。しかも、思いがけなくスリップ一枚の美女をみたものだから、朱塗りの棒のように赤くなっていた。

「し、失礼。ぼ、ぼくの部屋かと思ったんです」

　ズーズー弁で云ったかと思うとたちまち身をひるがえして、バタンと扉を閉じた。おなじような白い扉がズラリと六つ並んでいるから、間違って隣の部屋に入ることは決してとがめられないのである。彼女自身もよそのドアを開けようとしたことがあった。尤《もつと》もそこが空室であったため、赤面せずにすんだけれども。

「すぐに返事して上げればよかったわ。恥をかかせちゃって、あたしがわるかった……」

　チータは閉じられた扉に向ってそっとつぶやいた。隣り同士でありながら、いままでほとんど口をきいたことがない。いや内心ではあの土くさい東北弁を軽蔑していたのだ。だが、黒ぶちの近眼鏡をかけた白面の堀田早人が、みるみる赤くなったうぶな恰好を思いうかべると、なにか愛らしくもなる。

「……そうよ、あたし川口三平さんがいちばん好き。そのつぎに堀田さんだな。……でも、あのズーズー弁はどうにかならないかしら……」

チータ花山はクスリとしのび笑いをすると、ストッキングにガーターをはめた。

トントントンと扉がたたかれた。

「ランランランのラララランラン……」

川口三平は上機嫌でシャンソンをうたいながら、鏡に向って蝶ネクタイをむすんでいた。白鷗丸は一路東京港めざして船脚をいそいでいる。今夜はおなごりの舞踏会だ。この船の旅で相知った花山のことを思えば、胸がはずんでならない。ヘトヘトになるまで踊りぬいてやろう。上陸すればまたあのたいくつな帳簿にとりくまなくてはならないのだが、そうした憂うつな思いも、チータ花山とのあまい結婚生活のことを空想するとたちまち霧散《むさん》してしまうのである。

トントントンとふたたびノックが聞えた。

「おう、カムイン」

三平はうきうきと答えて、なおもネクタイの歪《ゆが》みを気にしながら、一心に鏡の中をのぞきこんで自己評価をしていた。いかにも線が細くインテリめいた顔だが、まんざら捨てたものではない。売り出し中の美しいジャズシンガーのチータ花山とは、似合いの好一対《こういっつい》じゃないか……。

訪問者は扉を開けて、部屋を横ぎるとすぐ三平のうしろに迫っていた。彼は一昨日網走孫左衛門と喧嘩したことなど、とうにわすれていたのである。そうでなかったならば、どの訪問客であれ室内にいれることについてもう少し神経質であったはずだ。

川口三平には油断があった。その油断が彼の命をちぢめた。三平の頸には蝶ネクタイよりもはるかにすばらしいものがからみついた。息がつまった。顔がふくれ上った。まぶたの裏に赤い星が花火のようにとびちった。ひたいの青筋がみみずみたいにのたくった。

間もなく三平の抵抗はやんだ。ずるずると床の上にくずおれていった。鼻から血をふきだしていた。

「これで登場人物は全部か」
「ほとんど登場した」
「ひいふうみいと、なるほどデブは三人いる」
「だが扉をトントンとたたくのは気になるな。やはりコツコツとしたほうがいい。これじゃまるで大工が屋根を葺《ふ》いてるみたいだ」

こまかなことまで気にするものもある。

「六人の男女をトントンでまとめたのはむりだな。だからどれも会話が平凡で、というより苦しまぎれのこじつけみたいなことになってる」

「それは知ってる。しかしこうでもしなくちゃきみ等にはのみこめんだろう」

語り手はむッとしたように云い返した。

「二人の女は美人にしといてくれよ。せめて小説の中では美人とつき合いたい」

「しかしチータというのはおかしいね。なんだかチンパンジーみたいだ」

「そんなことはない。ジャズの唄い手は猫も杓子《しやくし》も片仮名の名をつけたがる。チータで上等だ」

作者もなかなか強情であった。

4

三百トンの白鷗丸だから、専用のダンスホールがあるわけではもちろんない。食堂のイスやテーブルをかたづけての俄《にわか》づくりである。壁ぎわの小卓の上に三十枚ばかりのダンスレコードが重ねられていて、堀田早人がそれをオーディオにかける。

ホールの中央では鍋島青年が八頭身の貝島百合子と組んでブルースを踊っていた。彼もまた大石重吉におとらぬ堂々たる体格をしているから、ダンスの腕前をのぞいては立派なコンビだ。あまりうまくステップがふめないせいか、それとも間近かに見る百合子の美しさに圧倒されたためか、おでこに小さな汗の玉をうかべている。

ソファに坐ってこの様子をながめていた網走孫左衛門は、俄然自信を得たような表情になると、かたわらのチータ花山の彫りのふかい横顔をチラと見た。念入りにアイシャドウをほどこして長いつけまつ毛をしたチータの顔は、孫左衛門ならずともふるいつきたいほどきれいだった。切れ長の目、やや細いがすんなりとした鼻、赤くて形のいい小さな唇、ちょっとふれればハラハラとこわれてしまいそうなガラス細工のようにデリケートに見えた。そして、胸と腕をあらわにえぐったピンクのしなやかなカクテルドレス。

孫左衛門は芸者や仲居といくたびかの合戦をまじえた経験があるから、いわば千軍万馬のふるつわものであった。だからこの若いジャズシンガーが、いつまで待っても姿を見せぬ愛する男に腹をたてて、いささかお冠《かんむ》りであることを見抜くには、大して時間はかからなかった。

「お嬢さん、どじゃろかね、わしと踊ってくれんですか。わしはお嬢さんのファンでしてな。ええ、ほんとですわ」

女を口説くにはほめるに限るというのが彼の鉄則である。

「あなたに比べると、なるほど人気こそあるがペニス葉山というおなごは……」

「先生、ペギー葉山です」

レコードのラベルをのぞいていた堀田早人が顔も上げずに注意した。彼は孫左衛門がはじめて代議士に当選した時分から秘書をつとめているのである。孫左衛門もさすがに赤面してドギマギすると、あわてて話題をかえた。

「いや、じつにその、なンじゃね。あンたはジャズシンガーにめずらしくおとなしいとこがええたい。あンたに比較すると、いまあそこで踊っとる大石さんの奥さん、ありゃ一体なンですか。まるで自分が孔雀《くじやく》ででもあるかの如く傲慢にふるまっとる。先夜もわしは大いに憤慨するところだったが、奈良の神主《かんぬし》、駿河《するが》の神主ちう諺《ことわざ》もあるけん――」

「先生、それはならぬ堪忍、するが堪忍のことじゃありませんか」

秘書がまた注意をあたえた。孫左衛門はますますヘドモドした。

そうしているうちにブルースは終った。かわってスローワルツがはじまると、ようやくチータを口説きおとした孫左衛門が、紳士気取りで踊りはじめた。正に美女と野獣のコンビネーションだ。

一方踊り終った鍋島青年は、まだ興奮がさめやらない様子だった。

「奥さん、ど、どうもすみませんでした。こ、ここにお掛けになられたらいかがです？」

うわずった声でソファをさすと、自分もその左側にドシリと腰をおろそうとした。

「あら、こちら側にお坐りになって……」

百合子は体を左にずらして、ソファの右手をゆびさした。彼女もまた黒のファイユのカクテルドレスにダイヤのネックレスとイヤリングをつけ、そこは職業のファッションモデルだから一分のすきもない。かすかににおうジャスミンのかおりが、不器用な鍋島青年の心をあやしくもかき乱した。

「妙ですね、奥さんは……」

と彼は云われたほうの席に腰をおろした。

「そう云えば大石さんと話してらっしゃるときも、必ず左側に坐るんですね。なにかジンクスでもあるんですか」

「バカだな、きみは。ジンクスじゃない、エチケットじゃないか。男ってものは女の右側に坐ることに決ってるんだ」

レコード係の堀田早人がズーズー弁でたしなめた。彼は最初に一瞥《いちべつ》したときから、このうす汚いモジャモジャ頭の、どこか感覚のにぶそうな大男が気にくわなかった。また貝島百合子も彼の求愛をわらいとばした怪しからぬ女である。この二人がペアになって踊っているのを見ているうちに、むかついてたまらなくなってきたのだ。といって女性である百合子に毒づくことは紳士としての体面がゆるさない。

「お止しなさいよ、喧嘩するの」

「だって鍋島君があんまり非常識なこと云うからさ、教えてやっただけですよ」

「俺が非常識？　お前さんみたいに女についての常識がありすぎるのも変てこなもんだぜ」

「お止しなさいってば！」

デブとヒョロが互いに気色《けしき》ばんだのをみて、百合子はハラハラしたように二人を交互に見やった。

「お止めなさいって云うの判らないの？　これはジンクスでもエチケットでもないのよ。ほんとのこと云うと、こちらの耳、空襲のとき爆風をうけて鼓膜がやぶけちゃったのよ。まだ小学生の頃だったわ。一日中おいおい泣いてたの」

やせた男と肥った男は、どちらも意外な顔になった。この欠けたところのないヴィナスの化身のような女にも、やはりつらい経験があったのか。

「だから、右手に坐っていただかないとお話が聞こえないのよ」

「そいつは知りませんでした。しかしそんな秘密までお話ししてもらって、どうも……」

鍋島青年は丸い鼻を申しわけなさそうにヒクヒクさせ、あいまいに頭をさげた。堀田早人はそっぽを向くと、ざまァ見ろとでも云いたげに口笛を鳴らした。

そののち堀田はチータと組んで二度ほど踊ったが、曲が終ると彼女はすっと身をひるがえして外に出ていった。いつまでたっても現われない恋人に腹をたて、その様子を見に行ったのだ。白鷗丸の平和が、チータの悲鳴によって断ち切られたのは、その直後である。

語り手はここで話をやめると、そうするのが儀式ででもあるかのように、しずかにグラスを唇にあてた。いよいよ事件が発生したためか聴き手はいままでのように半帖《はんじょう》を入れることもなく、これまたさそわれてグラスを口元へはこんだ。

「百合子の左耳がわるいってとこ、あれが曲者だ」

「大いに用心する必要がある」

「もう少しスッキリした提示の仕方がないものかね」

例によって、口々に勝手なことを云う。

「だがきみ、左耳の聴覚がわるいというのは事実だろうな。彼女の言をそのまま信じてもいいのだろうね？」

「ああ、事実だ」

「話は変るけど、さっきのトントン物語はいずれも同じ日のことなんだろうな？」

「ああ」

「時刻は？」

「そうだな、夕食がすんで一時間ばかりのちのことだと思ってくれ。紹介した順であしたことが起きたと考えてもらえばいい」

「よし、じゃ先を聴こう」

「まて、その前に酒を補給させよう。おい、お嬢さん！」

やがて新しい飲物をかかえてめいめいがくつろぐのを待って、作者は中断された物語をはじめた。

5

白鷗丸はこの航海が最後のスケジュールであった。東京港について船客や乗組員をおろしたのち、浦賀《うらが》のドックに入ると化粧なおしをして、翌春あらためて就航するのである。シーズンには満員になる船室も、だからこの航海ではがら空きで、一人の客に二人用三人用のキャビンを提供したのも、会社側のサービスだったわけである。

川口三平は三人用の部屋に入っていた。せまいスペースをたくみに利用してベッドを配置したその部屋の中に船長と船医と、それから船客の一人で有給休暇をたのしんでいた警視庁の相当の年輩の警部が、検屍に立ち会っていた。いままで門前雀羅《もんぜんじやくら》を張っていた小柄な船医は、突発したこの殺人事件をたのしむように入念に屍体をいじくりまわしている。

三平の頸筋には赤いネクタイがくいこむようにからみついていた。赤いタイは近頃はやらない。多くの男がほとんど灰色の地味なものをしめている。だからこの赤いネクタイを一見しただけで、その持主が誰であるかを即座に思いだすことができた。

「兇行時刻は？」

とはじめて警部が口を開いた。陽やけのした中背の初老の男で濃い髪にも口ひげにもかなり白いものがまじっている。人生の年輪からくる感じか、おだやかな風貌の中に侵しがたい気品があった。永年きたえぬいた犯罪捜査に対する自信のほどが、その声音にも、その物腰にもみちあふれていた。先程事件発生の報をうけたとき、折角のたのしい旅がやぶられたのを惜しむかのように眉をひそめた表情は、いまやあとかたもない。

「体温がまだあたたかいですから、七時と七時半の間とみればいいでしょうな」

「七時半といえばダンスがはじまった時刻だが……」

とひとりごちて船長をかえりみた。汐焼けのした船長も肩幅がひろくてたくましく、晩年のピアニスト、シュナーベルのようなすぐれた風貌をもっていた。

「このネクタイが誰のものであるか確かめなくちゃならん。それに少々訊問したいこともあるんです。船客の諸君を食堂に集めてもらえませんか」

「よろしい、すぐ集めましょう」

と、船長は大きな肩をゆすぶってうなずいた。

三十分後の舞踏場にはぶきみに緊張した空気がただよっていた。イスにかけた六人の男女は、思いなしかどれもこれもぎごちない。ただ網走孫左衛門だけは傲然と反りかえっているし、チータ花山は声をしのばせて泣いていた。警部の表情も声もいままでとは少しも変らないようであるが、一同には妙にものものしく思えるのであった。

警部は一応の話をすませたところで、

「ところで参考のためにうかがいたいのですが、殺された川口三平氏と利害関係もしくは怨恨などをおもちのかたはいませんかな。ご存知のことがあったらば、一つ仰言《おつしや》っていただきたいのです」

誰もが返事をしなかった。部屋の中の空気がカチカチに凍ってしまったような感じがした。警部一人が落着いた眸で一同を見回していた。

「ございますわ」

百合子がだしぬけに叫んで皆を驚かせた。レンズの焦点をうけた火薬が発火せずにはいられぬように、警部の視線をうけた彼女はだまっていることができなかったのである。永いこと犯罪捜査に没頭してきた彼の眸には、おだやかであるけれども、そうした微妙な力がやどっているらしくあった。

彼女はそのしなやかな指で孫左衛門をさして云った。

「一昨日の晩、この人があたくしに失礼なふるまいをしかけました。運よく川口さんがかけつけて下さったので助かったんです。それを根にもって網走さんがきっと……」

離婚一歩前までいっている夫の大石重吉は、百合子とずっとはなれた位置に坐っていたが、彼女があらいざらいぶちまけるのを聞いているうちに、真赤になって網走をにらみつけていた。

だが孫左衛門は平気だ。どこふく風といったすました顔で応じた。

「なに云うとるのや、名誉毀損で訴えてもらいたいのか、ウジムシめ等が」

どこかの教祖さまみたいなことを云ってうそぶいている。その孫左衛門の横顔を、なみだにぬれたチータが唇をねじ曲げてにらんだ。

「どうですか、他にありませんか」

警部は一同を見渡していたが、誰も発言する気配のないのを見てとると、今度はテーブルの上に赤いネクタイをのせた。結び目をのこしたままチョン切られてあるから、それが兇行に用いられたネクタイであることは一見して判る。誰もの顔色が変った。しかしそのなかで一層あざやかな反応をみせたのが堀田早人である。

彼は中腰になって唇を半分ほど開くと、ポッポッポという音をだした。

「……ポク、ポク……、ぼくんだ、ぼくんだ、ぼくのネクタイだ……」

「あなたのネクタイがどういうわけで川口氏の頸にまきついていたんです？」

「し、し、知らない、ぼか知らない……」

顔が紅潮している。てのひらの中でハンカチがもみくしゃにされていた。

「知らんです、ぼかやらない。ぼくじゃない……」

「まあまあ落着いて。だれも堀田さんがやったとは云っておらんのだから。仮りにですな、犯人がこれを兇器に用いて嫌疑をあなたにかぶせようと試みたとすると、盗まれたのはいつです？」

「わ、わ、わからんです。昨日しめたきり、洋服ダンスに入れといたんです……」

「ま、判らなけりゃ仕方がないが」

警部がそう云ってネクタイをしまいかけたとき、いままで汗をうかべていた堀田が急に勢いづいて口をはさんだ。

「そ、そうだ。警部さん、こ、この鍋島君も、あ、怪しいですぜ」

当の鍋島ばかりでなく、一座のすべてのものが思わぬ発言に驚いて彼の顔を見た。

「ほう、それはまたなぜですかな？」

「な、なぜって、川口君が殺されたと判ったとき、こ、この鍋島君がびっくり仰天して、思わずライターをとりおとしたからです。ほかの人は気がつかなかったけど、ぼ、ぼくはちゃんと見ていた。そ、そんときの彼の顔色といったら、け、警部さんに見せて上げたかったです。ぼ、ぼくのネクタイを盗んだのは、き、きっと彼ですよ」

堀田の発言は、よほど注意していないと意味が聞きとれない。

「堀田君、根拠のないのに無闇なこと云うたらあかんぜ」

網走孫左衛門が忠告したが、彼は一顧《いっこ》だにしない。

「おい鍋島君、なぜあのように驚いたのか釈明する必要があると思うがどうだ？」

「そうだ、それが事実ならば鍋島さん、あなたがびっくりしたわけを訊かせてくれませんか」

警部にすすめられ、一座の視線をあびた鍋島猫也は、これまたたちまち顔を赤らめて肥った図体をもてあますように固くなった。そして観念したように上半身を警部のほうにねじ曲げて、おずおずと云った。

「はじめからお話ししないと判ってもらえないと思うのですが……」

「どうぞ。うかがいましょう」

「ぼく、余技に推理小説を書いているんです。目下ある有名な出版社が推理小説の原稿募集をやっていて、ぼくもそれに応募してみようと思ったもんですから、誰にも邪魔されずにプロットをねるつもりでこの船に乗ったわけなんです。そして苦心惨憺《さんたん》した結果、ようやく二、三日前に大体の筋立ができました」

「あら、スリラーね、どんなプロットなの？」

と百合子が興味をひかれたように云った。チータもすでに泣き止んで、猫也の話に耳をかたむけている。

しかし訊かれた鍋島青年はどうしたわけかひどくもじもじして、容易に口を開かない。

「早く話したまえ、それがどうしたと云うのかね？」

「はあ、つまりその、この白鷗丸を舞台にしてですな、連続殺人が起きるちうわけなんです」

「ほう。しかしそれだけでは、あなたがびっくり仰天したことの説明にはならんじゃないですか」

「はあ……」

彼はますます困りはてたように頸をちぢめて、先輩の大石重吉のほうに救けをもとめるつもりかチラチラと視線をなげた。

「じつはですね、その登場人物があなたがたをモデルにしているんです」

「なンだって？　俺たちがモデル？　おい、失敬なことするな。どうせ俺が真っ先に殺されるんだろ！」

堀田早人はここを先途とばかりにいきり立った。しかし猫也は彼を無視して話をつづける。

「ぼくのプロットというのは、こうなんです。お尋ね者の殺人鬼が船客に化けてこの船に乗りこんでいる――」

「その殺人鬼のモデルが俺なんだろ？」

「それを偶然のことから見抜いたのが、おなじ船客の中の銀行員川口三平なんです。しかし殺人鬼もさるもの、機先を制して彼を絞殺してしまうというのが発端なんです」

「あら、それじゃ小説とおなじ事件が起きたんじゃないの」

「そうなんです。だからぼく、息がつまるほど驚いたんです。じつは昨日、その構想を書きとめておいたメモをどこかに落して紛失してしまった。もし誰かがそれを拾ったとしたなら、なにしろ皆が実名のモデルとして登場してるんだからただごとじゃすまないと思って、ぼく大いにあわてたんです。先輩の大石さんにわけを話して、あらかじめ皆さんの諒解を得てもらおうかとも思ったんですが……」

彼はそこで語尾をにごらせると、

「そのメモを拾ったのが、今度の事件の犯人に違いないんです。そしてぼくのメモをまねて殺人をやったんだ。ぼくが心配するのは、ひきつづいてメモどおりの事件が起るんじゃないかということなんです」

「なんのために筋書をまねる必要があるというんですか」

と、船長がのみこめそうもない面持で云った。

「川口さんが殺されたのは偶然の一致ですよ。私はそう思いますな」

「いや、ぼくはそう思わんです。あらかじめ出来上っている筋書にしたがって殺人をやっていくと、犯人が真に狙っていたのは一体どの被害者なのだろうか、その点が判らない。つまり動機が不明になるんです。動機は犯人を探す上で重大な役をつとめますからね、こいつがはっきりせんと、それだけ捜査側の不利になる。云いかえれば犯人に有利になるんです。殺人の際に犯人が重要な証拠でものこしていけば別ですけど、そういうバカげたミスをやらぬ限り、動機不明の殺人犯は絶対につかまらないと思います。専門家の立場として、警部さんいかがです？」

当の警部はにがい顔をしていた。この男がメモを紛失したおかげで連続殺人でも発生しては一大事である。彼は直接そのことには答えずに、別のことをたずねた。

「鍋島さん、堀田さんのネクタイを盗んで兇器に用いるというのもあなたのプロットですか」

「いいえ、そこまでは指定してないです」

「なるほど、するとこの点は犯人自身が考えたことだな……」

警部はあごをなでながら考えこんでしまった。

「鍋島さん、あなたのプロットは連続殺人だと仰言ったわね。すると二番目に殺されるのは誰なの?」

泣いたあとの鼻のつまった声で、チータは彼を非難するような口調でたずねた。この男の立てたくだらぬ筋書のおかげで、最愛の三平を失ったのかと思うと、叩き殺して海の中に蹴おとしてやってもまだ気がすまない。

鍋島青年は妙な表情をうかべた。

「二番目の被害者はこのぼくなんです」

「あら、あなたが殺されるの?」

「いえ、殺されはせんです。什器でなぐられるけど、幸い助かるんです」

すると横合から堀田が口をいれた。ムカムカして、とうてい黙っていられないといった顔つきだった。

「なるほどな。じゃ犯人がメモどおりにやるかどうかということは、きみがぶンなぐられるかどうかによって判断すればいいわけだ。睡眠中も鉄兜かなにかかぶっているようすすめるね。きみがそのデコ頭をなぐられてタンコブこさえて、それ以上でこでこになったのを見るのは、あンまりぞっとしないからな。しかしほんとを云うとぼくは船長に同意するよ。メモどおりに事件が起ってたまるもンかい」

いかにも憎々しげな口吻《くちぶり》である。

そのときになっていままで黙りこくっていた大石重吉がはじめて口を開いた。重役会議で発言するように、落着いた云い方だった。

「鍋島君、きみのプロットによると事件はきみの遭難だけで終るのじゃあるまい、まだ殺人はつづくのだろう？」

「ええ」

「するとつぎに殺されるのは誰だい？」

「いえ、それはまだ云う必要はないです。ぼくが襲われないうちは、果して犯人がメモをまねて殺人をやったかどうか判らない。船長が云われるように、偶然の一致かもしれんです」

先程は船長説に反対したくせに、たちまち主張をひるがえして洒々《しやあしやあ》としている。しかしどこか動揺した気配がないでもない。

「フム、云いたくなければ強いて訊く必要もないが、きみのプロットだと犯人は誰なのかい？」

鍋島青年はますます落着きをうしなった。一同の様子をジロリとうかがったきり、大きな体をちぢめて黙々としている。

「ねえ、仰言って。その殺人鬼のモデルは誰なのよ」

チータに云われても、彼はだまってかぶりをふるのみであった。

語り手はそこで四たび話を切った。聴き手はいずれも話にひきこまれて、誰も憎まれ口をたたくものがなかった。作家ははりあいがなさそうにウィスキーソーダを喉にながしこんで、つぎに進んだ。

6

濃霧《ガス》がでていた。白鷗丸はレーダーをそなえていない。ぐっと速度を落とし、五分おきに太い汽笛をならした。おまけに風もでて、多少ローリングをはじめていた。

「いやな天気になった……」

警部は吐きだすようにつぶやいて、ベッドに横たわった。先程の訊問の結果ははかばかしくなくて、堀田の赤いネクタイを盗んだのが誰であるかという疑問もとけないし、殺害時刻に相当する七時から七時半にかけての三十分間における各人の行動もはっきりしない。しかも事件は続発する可能性を秘めているから、あれこれ思うと不安でならぬのである。

と、警部ははッとしたように枕から頭を上げた。たしかに男の悲鳴だ。つづいて甲板をにげる靴の音！　警部はベッドを蹴るとパジャマのまま廊下からロビイへ、ロビイから甲板へととびだした。

つめたい霧のつぶが顔をなで、喉にながれこむ。数メートル先の見通しがきかない。うめき声をたよりに甲板を這うようにすすんでいくと、ようやく倒れている男を見出すことができた。

「おい、きみ、どうした」

ひざまずいて手をかけようとしたそのとき、更に七、八メートルはなれたところでなにか綱のひきちぎれたような音がしたかと思うと、どすんと甲板に転落する音がつづいて、誰かの悲鳴がおきた。

警部が立ち上ったところに、ちょうど船長と船医が懐中電灯をもってかけつけてくれた。

「おお、これは鍋島さんじゃありませんか。なるほど頭をなぐられている」

鍋島青年は気を失ってだらりと伸びていた。

「ドクター、この人をたのみます。私は向うを調べてくる。すみませんが懐中電灯を一つ……」

警部は霧の中を模索してすすんだ。次第にローリングは激しさをまし、まっすぐ歩くことができない。まるで酔っぱらいのようである。

ようやくのことで倒れている人影を発見した。近づいて照らしてみると、元代議士の網走孫左衛門だ。どこかをしたたかに打ったとみえて、ひくい声でうめいている。手には切れた縄梯子をにぎっており、その切断面を照らしてみると、刃物で切ったのではなくてひとりでにちぎれたことが判った。

船長が呼びにいったのだろう、間もなく船員が二つのタンカをもって近づいて来た。猫也と孫左衛門の二人はそれぞれにのせられて、それぞれの船室にはこびこまれたのち、船医の診断をうけた。

鍋島猫也は意識をとりもどすことなく眠りつづけている。船医は眉をひそめて処置をしていたが、頭にぐるぐる包帯をしてしまうと、もう一人の負傷者である元代議士、孫左衛門のキャビンへ去っていった。

「警部さん、とうとうメモどおりになったじゃありませんか」

と船長が考えこんだ顔を上げた。

「そう、私もまさかこう早くやられるとは思わなかった」

「じつはね警部さん、この鍋島さんはやられる直前まで、私どものところに来ていたのですよ」

「あなた方の？　なにしていたんです」

「気分が落着かなくて眠れないと云って、ブリッジで航海士たちと三十分ばかり雑談していたんです。やがてお休みを云って帰っていこうとするから、メモどおりにいくと今度はあなたの番だから気をつけるようにと注意したのですが、それから二分とたたぬうちに悲鳴が聞えたもんで、私もびっくりしてかけつけたわけです」

そう云っているうちに騒ぎを聞きつけたとみえて、大石夫妻やチータが見舞いにやって来た。誰もひどく緊張した顔をしている。貝島百合子は、犯人は孫左衛門に違いないと信じきっているふうだった。

堀田もあとについて来ていたが、なにぶんやられたのが犬猿の仲の鍋島であるため、わりに冷淡なそぶりだった。

「命に別状はないんですか」と彼は訊いた。いっそのこと殺されてしまえばよかったのに、と云いたげな様子であった。

「おそろしいわね、いよいよメモのとおりになったわ」

「今度殺されるのは誰かしら……」

誰もが深刻な調子でヒソヒソささやいていた。

「な、なンですって？　先生も怪我をした？　そいつは大変！」

堀田はあわててとびだすと、孫左衛門を見舞いにかけつけた。警部も船長をのこしてあとにつづいた。

網走孫左衛門はおでこに赤チンをコテコテにぬられてふた目と見られぬていたらくである。船医はカバンを閉じる手をとめずに云った。

「縄梯子から落ちた拍子に尻もちをついて、腰をひどく打っとりますな。さらに反転して額をたたきつけたというわけで。しかし、大したことはありません」

孫左衛門はベッドにねたきり顔をしかめて目をとじていた。平素の元気はどこかに消えてしまって、いささか意気地がない。

「どうなったんです、一体……」

「……いや、面目ないわ。少々頭が痛うなったもんじゃから、つめたい空気を吸いに甲板にでたとですたい。すると、少々はなれたとこでいきなり誰かを撲りつける音がしたかと思うと、ギャアという悲鳴が聞えよった。これは一大事、曲者ござんなれちうわけで、わしはそいつの後を追いかけたです。見るとそいつはたれさがっている縄梯子をよじのぼって、早くも上甲板を逃げていく。この野郎のがしてなるものかとわしも縄梯子をよじのぼりはじめたが、五、六段のぼったとき南無三《なむさん》縄が切れて転げ落ちた。腰ば打ちよって、痛うてかなわんですわ」

話をするのさえ大儀そうにみえる。しかし警部は彼の語ることをそのまま信じることはできない。孫左衛門自身が犯人で、逃げるつもりの縄が切れて転落したために、つくり話をしているのではないだろうか。

そののち警部は各人の当時のアリバイをただしてみたが、誰も彼もが自室で横になっていたという。船がゆれて来たからそれはむりないことだけれども、誰も立証することができない。大石夫妻でさえもが、部屋をめいめい離れたところにとって別居中である。証人がいないのだ。

猫也が意識をとりもどしたという知らせがあったのは、それから三時間ほどもたってからであった。警部がたずねてみると、彼はふしぎそうにあたりを見回して、中断された記憶をうずめるのに骨をおっているふうに見えた。

「鍋島さん、あなたを襲ったのがどんなやつであったか、判りませんか」

猫也はまだ頭がいたむのか顔をしかめた。

「判らんです。はっと気がついたとたんに、ガツンとやられてしまった。それだけです」

「男か女か、背の高いやつか低いやつか、判りませんかね」

「ええ、全然……。足音さえしなかったようです」

どうも得るところがない。警部もいつか無念そうな表情をむきだしにしていた。

「ではもう一つお訊きします。あなたが作ったプロットでは、犯人は誰ということになっているのです？　われわれ全員がモデルにされて実名で登場しているんじゃないですか。誰です、犯人は？」

追及された猫也はうらめしそうに警部の顔を見上げていたが、

「それがそのウ……」

と云いにくそうである。

「誰です？」

「はあ……。じつは推理小説というものは、幕切れの意外性を重んじるのです。もっとも犯人らしからぬやつが犯人であると、それだけ読者をあッと云わせることができるんです。ですから、われわれの中で最も犯人らしくない人といいますと……」

「誰です？」

「はあ。その、はなはだ云いにくいことですけど、あなたなんです」

「え、私が犯人？」

「はあ、犯人は偽警部だったわけです。どうもすみません」

この突飛な結末には、単に読者ばかりでなく、ベッドのまわりにいた警部と船医をも唖然とさせる効果があった。

「なアるほど、警察官に化けていれば怪しまれるはずもないな。いや、なかなか面白そうだ。そこでもう一つ訊きますがね、あなたのプロットによると三番目の犠牲者は誰なんです？」

「そ、それは云えませんよ。つぎに殺される人の名を云ったら、当人は眠ることもできなくてノイローゼになってしまう。それにです、その人ばかり警戒していると、犯人は虚をついて別の人を襲うかもしれない。犯人がどの程度ぼくのプロットに忠実であるか、その点なんの保証もありませんからね。ですから各人が自分が狙われているものと思って油断しないこと、それがいちばんです」

口を酸っぱくして説いても、決して第三の犠牲者の名をあかそうとはしない。

「さあさあ、この辺でおひきとり願います。大分熱もあるし、ひと晩安静にしとかなくちゃなりませんからね」

船医にそう云われて、警部は仕方なしに自分のキャビンにもどった。

「その縄梯子ってのは前々から掛かっていたのかね、それとも犯人がにげるときの用意に、どこかで見つけて掛けておいたものかね？」

「どっちでも好きなように想像してくれ」

「各人の船室の位置はどうなっているんだ？」

「それも大して必要なことじゃない。客の数が少くて空部屋も多いわけだから、隣り合っているのもあるし、離れてポツンと部屋をとっている人もある」

語り手は傲然として答えた。

7

夜があけるとともに濃霧は文字どおりに霧散してしまい、すきとおったコバルト色の空をそめて秋の朝日がのぼった。風もしずまり波もないで、また平穏な航海にもどった。

食卓には警部と船長と船医と、それに堀田、網走、大石の三人の男性とチータが坐っていた。孫左衛門のうけた打撲傷は大したことはない。

鍋島猫也はまだ頭がズキズキ痛むと云ってベッドで食事をすることになっていたが、それにしても百合子の姿の見えないのはどうしたわけであろうか。

「奥さんどうなさいました？」

と、船長が気になるような顔をした。

「さあ、どうしたんでしょうな。どうもわがままなやつですから……」

夫婦仲が冷えきっているためであろう、大石重吉はまるで他人事のように無関心だ。

「体の具合でもわるいんじゃないですか。いままで食事におくれるようなことはなかったが……」

船医も気になる様子だった。

「お寝坊していらっしゃるのよ、きっと。昨晩あんなことがあったんですもの」

チータは元気のない声で誰にともなく云う。それを給仕のボーイが聞きつけて、寄ってきた。

「わたし、声をかけて参りましょう」

「すまんがそうしてもらおう。家内の部屋は判っとるかね？」

大石重吉が鷹揚に云った。でっぷり肥っているからなかなか押しだしがきく。

「どうもおなじようなドアがずらりと並んでおると、まぎらわしくてかなわんです」

ボーイが去ると、彼はパンにバタをなすりながら向い側の警部に云った。食卓ではしばらく船のドアのことが話題になった。

間もなくボーイは一人でもどって来て、ひどくあわてた様子で船長の耳に何事かささやいた。船長は音をたててフォークを皿になげだすと、となりの船医に耳打ちをし、ついで立ち上って警部の耳に口をちかづけた。

ただごとではない。食卓をかこむ他の連中の顔がさっとひきしまった。警部たちがそそくさと出ていったあと、しばらく無言のままたがいに顔を見合わせていたが、大石重吉が立ち上ったのをきっかけに、全員がぞろぞろと食堂をでた。誰もいなくなった食卓の上の七つのカップから、無心に紅茶の湯気がたちのぼっていた。

百合子は自分の船室の小卓の横に、イスにかけたままの恰好で殺されていた。卓上に最新型の豪奢なポータブルラジオをのせ、イヤホーンをあてた片耳を上に、右の頰を下にうつぶせになっていた。後頭部にむごい傷があって、さすがの船長も思わず顔色をあおくして目をそらせた。

人々は、廊下にたむろして、おそろしそうにささやきかわしている。間もなく船長が顔をだして固い表情であごをしゃくると、夫の重吉を無言で中へまねき入れた。そのとき開いたドアのすき間から、「兇行時刻は十二時前後ですな。兇器は鉄棒のごときもの、もちろん即死です」という船医の声が聞えてきたものだから、人々は蒼白いほおを更にひきつらせるようにして脅えた。

やがて三人はボーイにうながされて席にもどった。さめた食事がうまかろうはずはない。まして血なまぐさい事件の起きたあとの食事は、なおさらのこと味がなかった。

堀田早人は中途でナイフをほうりだすとナプキンで口をふいていたが、一同をかえりみると重々しく云った。東北弁では、本人がかるい気持で語っていても、聞くものに重厚な感じをあたえるものだった。

「歯に衣をきせずに云いますが、鍋島君が探偵小説のメモを紛失したというのはつくりごとじゃないですか。それが証拠には、つぎの犠牲者が誰かと訊いても、言を左右にして答えない。答えぬはずです、最初から探偵小説のプロットなぞ存在しちゃおらんのですよ。彼がなぐられて怪我をしたというのも、どこかに頭をぶつけてこしらえた傷じゃないかと思うです」

「どういう目的でかね？」

「自分も被害者の一人であるように見せかけるためですよ。被害者と思われていた鍋島君が犯人であるとは、われわれ誰も考えない。そこにあいつの狙いがあるです」

孫左衛門も食欲がないとみえてフォークをおくと、すぐさま反駁した。

「それはちと違うね。わしはあの男がやられたとき、すぐ近くにおったのだよ。犯人が逃げる後も追うたのだ」

「でも先生、あの深い霧の中ですから、何かを錯覚なさったのじゃありませんか」

「バカ云いなさい、わしの目に狂いはないたい」

元代議士はなかなか自説をゆずろうとしなかった。

チータは先に食卓を離れると、その足で猫也を見舞った。いや見舞ったというのは口実にすぎず、たしかめたいことがあったからである。船窓にはまだカーテンがひかれてあり、部屋の中はほの暗い。彼は大袈裟に包帯をまかれて至極しょんぼりして見えた。

「どう、ご気分は？」

「ええ、どうやら生きてますよ」

「いま百合子さんの屍体が発見されたのよ」

「ゆ、百合子さんが？　ど、どこで？」

と猫也はむっくり起き上ろうとした。そしてチータの説明を、目を丸くして鼻孔をヒクヒクさせながら聞いていたが、聞き終ると自責の念にかられたように興奮した口調で云った。

「困った、どうしたらいいかな。やはりメモどおりの殺人なんですよ。こうなるんだったら百合子さんの耳にいれておいて、用心させるべきだった」

チータは食堂で聞いた堀田の疑惑のことを話して聞かせたのち、それにつづけて云った。

「あたしも変に思ったことがあるわ」

「なんですか」

「昨日の夜中のこと。あたしおトイレに行った帰りに、あなたがロビイから甲板に出ていく姿を見かけたの。いいえ、間違いじゃなくてよ、たしかに鍋島さんだったわ。このことまだ誰にも話していないんだけど、あなたは重傷患者じゃないの、一体どうしたわけなの？」

思いがけぬ目撃者の出現に猫也はどぎもをぬかれたふうであったが、やがて観念したようにベッドに坐りなおした。

「見られた以上は仕方がない。正直に話しますけど、あの騒ぎで財布を落としましてね、大事な虎ノ子ですから放っておくわけにはゆかない。フラフラするのを我慢して探しに行ったんです」

「あったの？」

「ええ、運よくね」

「でも、あなた絶対安静じゃなかったの？」

「船医の診断じゃそういうことになってますけどね、ほんとはそれ程でもないんですよ」

「そうだったの？　じゃあのドクター、案外ヤブなのね」

「でしょうな」

「それじゃあたし、ますますあなたが怪しくなってきたわ。でも、あなたには大石の奥さんを殺したり川口さんを殺したりする動機がないわね」

するとで猫也はかまをかけられたとも知らず、むくんだような顔をニヤニヤさせた。

「ほんとのことを云いますとね、ぼくは乗船してひと目あなたを見たとき、完全にいかれちやったんです。この世に生をうけた以上、あなたの如き美人を妻にしたい。だがぼくみたいに器量がわるくてぶくぶく肥っていては、とうてい美女に結婚を申しこむ資格はないです。悩みましたね、じつに。そのうち川口君があなたとの婚約を発表する。口惜しかった、ほんとに口惜しかった。男という男は、正直のところ誰もが美人をめとりたいんです。美人は気位がたかいとかなんとか云ってケチをつけるものがあるけど、あれは美人と結婚しそこねた男たちの負け惜しみなんです。しかしぼくは、負け惜しみなんかで自分を偽ることはできなかったです。だから神の不公平をのろい、川口君の幸運をねたみましたね。といったわけで、ぼくに川口殺しの動機がないとは云えないんですよ」

「あら、それほんと？」

チータが真剣な表情でききなおしたので、猫也は少々あわてて首をふった。

「いや、これはぼくの小説的空想です。本気にされちゃ困りますよ」

むきになって否定してみせた。しかしチータは、必ずしも嘘であるとは思えない。彼がときどき熱っぽい眸でチータを見つめていたことを、彼女はよく知っていたからである。鍋島は川口殺しの動機を持っていると考えてよい。

「ねえ鍋島さん」

と彼女は話題をかえた。

「大石さんもあまり奥さんと仲がよろしくなかったようね？」

「ええ、性格の相違でね、離婚の一歩前までいってたんですよ。いざ離婚となれば莫大な手切れ金を請求されますからね、大石さんにとってはそれが悩みのタネなんです」

「それじゃ悩む必要もなくなったわけね？」

そうたずねられた猫也は、またまたあわてた。そして自分のお喋りをくやむように唇をかんだ。

「そ、そんな意味にとっちゃいけませんよ。あれでも大石さんは人格者ですからね、自分で奥さんを手にかけたなんて、そんなことがあるもんですか」

「いいわよ、あたしそんなふうに思っちゃいないんだから」

猫也は自分の失言にあいそをつかしたように、ゴロリと横になった。これ以上起きて喋っていると、どんなヘマを云わぬともかぎらない。それをおそれたような表情だった。

チータはつくづく猫也の顔を見ていたが、やがてしずかな口調でたずねた。

「あなたのプロットでは、殺人はこれきりで終りますの？」

「いいえ、もう一人やられるんです」

「あら、誰？　今度こそはっきり仰言ってほしいわ」

「云いますよ。最後の犠牲者は網走孫左衛門なんです。食事のとき料理に毒がまぜてあったためにイスからころげ落ちて、ストン、キュウといったあんばいに死ぬんです」

語り手はそこでプツンと言葉をきると、一同の顔を見渡しながら短く云った。

「さ、犯人を探してもらおう」

「え、もうデータは出たのか」

「とうに出てる」

「ぼくは気づいたよ。ほら、百合子が片耳にイヤホーンをつけて殺されていたというやつ、あれがデータだぜ」

と肥ったのがいちはやく云った。

「ははあ、そいつがデータか。しかしそれだけじゃどうもならんな。まだ他にもあるんだろう。え、おい」

「ある。だがきみ等はお素人衆とは違うはずだ。粗雑な頭脳の名を返上したけりゃ、つべこべ云わずにさっさと推理したらどうだ」

作者はキツネに似た切れ長の目に不敵な笑いをみせて、あざけるように云った。

8

東京湾に入る予定はその日の正午であったのに、思いがけない濃霧に足をひっぱられたため、ずっと遅れて夜になるということがホールに掲示された。オレンジ色の太陽が、海と船とを赤くそめて水平線にしずみかけた頃、食堂では航海最後の晩餐がひらかれていた。頭に包帯を巻いた鍋島猫也も出席しているが、あわれなのは犯人の魔手を警戒するため一切のものを口にせぬよう云いわたされた網走孫左衛門であった。これは喰い気のさかんな彼にとって難行苦行に違いなく、憤懣やるかたない面持で皆が口を動かしているのを横目で見ていた。

「しかしなンですなあ、大石さんも性格の相違などとことをあら立てないで、自己を殺して辛抱せにゃあかんです。わしの女房ちうのがそもそも百年の不作ですけん、わしはまたこれに調子をあわせとるです。論語にもあるとおり、狸は疝気《せんき》ですたい」

「先生」と秘書が聞きとがめて、「短気は損気の間違いじゃありませんか」

元代議士はとたんに赤くなってモグモグ呟いたきりだまってしまった。いかにも最後の晩餐らしく今夕の食卓は豪華なものである。それを喰べることができぬものだから、孫左衛門はしゃくにさわってたまらぬらしい。

「警部さん、あンたは犯人の名を夕食の際に発表するとふれ歩いておったけん、そろそろ云うたらどじゃろかい」

喰いつくように云った。

「そうあわてることもないですよ、食事が終ってからゆっくり申し上げます」

警部は落着いて云いながら、せっせと食物を口へはこんでいた。

やがて食事がすみ一同が果物を食べ終ったときである。頃合をみはからっていたかのように警部はせせっていた楊枝をすてて、咳ばらいをすると人々の視線が自分に集中するのをまって口を開いた。

「では犯人を指摘してごらんにいれます。その前にちょっと申しておきますが、貝島百合子さんはラジオを聞いているところをいきなり襲われたように死んでおった。すなわちイヤホーンを左耳にあてたままことされていたのですが、その姿をひと目みるや夫の大石重吉さんはすぐある矛盾に気づかれた。あなたがたの中に、同じようなことに気づいた人はありませんか」

誰もすぐには返事をしなかったが、やがて堀田早人がカマキリのようにやせた胴をくねらせて、答えた。

「あの、左耳にイヤホーンをあてていたんですか」

「そう、左耳です」

「じゃ、それが矛盾でしょう。あの人は左耳の聴覚を失っているはずですから」

「そうだ、ぼくも思いだした、そのとおりだ」

鍋島猫也はだまっていることが自分の立場を不利にするとでも思ったのか、ねばっこい口調で発言した。

「百合子の左耳は聴えません。だから百合子自身がそうしたまねをするはずはない。あれは犯人がやったことに違いないんです」

妻が惨殺されたというのに、しかしこの夫は少しも悲しむふうはない。邪魔ものがいなくなってせいせいしたと云わんばかりの顔つきである。

「なぜ犯人はそんなことをやったのじゃろ」

と孫左衛門が云った。

「いまの場合そんなことは問題じゃない。犯人はいかにも百合子がラジオを聴いている最中に殺されたように小細工した。だがそいつは生憎なことに百合子の左の聴覚がダメになっていることを知らなかった。いいですか、重要なのはここです。皆さんのなかには私が犯人であるように考えているかたもおいでのようだが、私は彼女の夫です、肉体上の欠陥を知らぬわけがない。だから私がやったとしたならばそんなヘマはしません。つまり犯人は私以外の人間だということになる」

「まァ！」

とチータはほおを染めてすぐさま切り返した。

「そんなこと仰言るんなら、こちらにも云い分はあるわ。あなたは奥さんの耳のわるいことご存知なもんだから、わざとその耳にイヤホーンをかけて、嫌疑をあたしたちに向けたのじゃないの？」

「賛成じゃね」

と孫左衛門も肥った短い手を上げた。

　それまで警部はテーブルにひじをついてあごをなでながら黙々と聞いていたが、渋味のある落着いた声で口論を制止した。

「まあまあ、そう云いあっていたところで水掛け論では決着がつかない。それよりも論理的に黒白をはっきりつけようじゃありませんか。そこでまずうかがっておきたいことがあるんだが……」

「なんです？」

「あなたがたのうち、大石夫人の左耳がわるいことを知っていらしたのは誰ですか。ああ、旦那さんはよろしい」

　大石が手をおろすと、のこったのは鍋島猫也と堀田早人の二人だけであった。

「鍋島さんはなぜご存知なんです？」

「昨夜ダンスのとき、はじめて知りました」

「ぼくもそうです」

　二人が口々に舞踏会のことをかいつまんで語ってみせると、かるくうなずいて聞いていた警部は、やおらチータと孫左衛門をかえりみた。

「すると、ご存知ないのはお二人だけですな？」

　うす気味のわるい声で念をおされ、チータは心細そうに、元代議士は傲然と胸をそらせてうなずいた。

「どうだい、黙ってばかりいないで、この辺で犯人の名をあげてくれなくちゃ困る。作者としてはりあいがないじゃないか」

と語り手は中途で催促した。一同は互いに顔を見合せたり溜息をついたり、容易に解答できない。

「まあ待て、せくなせくな。船長と船医は除外してもいいのだろう?」

「ああ」

「チータも除外していいわけだな。これはデータだとは云ってないし、その上女だからな」

「犯人が男性であるとは一言もことわった覚えはない。しかしオミットしたけりゃするがいい」

「すると、二から一を引けばのこった網走のおとッつぁんが犯人だということになるじゃないか」

「まさか、それじゃ他愛がなさすぎる。なあ?」

「そう作者にいちいちさぐりをいれるのはよろしくない。ズバリと犯人の名と指摘の理由を云ってみたらどうだ」

「弱ったね。肥ったやつが犯人だとなると親近感がわいてきて、どうも鉾先《ほこさき》がにぶるよ」

と一人のデブが頭をかかえこんだ。

「この小説は動機がゴタゴタしすぎてる。われわれの粗雑な頭脳を動機で惑乱しようというのはフェアプレイじゃない」

「というと粗雑な頭を自認したわけだな？」

「そうじゃないけどさ、どうも動機が入りくんでいる」

「それなら動機など無視していい。犯人は三つの事件でそれぞれヘマをやってる。それを加算し減算すれば、たちまち犯人の名前が出てくるはずだ。動機なんて問題じゃない。十分待つから答えてもらおう」

語り手は居直った借金取りのように腕をこまねいて、壁の時計をにらみはじめた。ストーヴの中で石炭のくずれる音がした。

しかしついに十分たっても解答をしめすものはなく、作者は物語をつづけなくてはならなくなった。

9

「さて、被害者の耳の秘密を知っているものと知らぬもののグループがはっきりしましたから、ここでは話を変えて、犯人がなぜそのような小細工をやったか、それを考えてみましょう」

老練な警部はおのれの推理をたのしむように、またそれを人々に呑みこませるように、ゆっくりと語っていった。誰も彼もが身じろぎもせずに、警部の話を聞いていた。

「仮りに、チータさんと網走さんが犯人であったとしてみます」

「わしは犯人じゃなかですぞ」

と孫左衛門は持ちまえの蛮声をはり上げて抗議した。

「たとえばの話ですよ。その場合ご両人は百合子さんの左耳が聴こえないことを知らないから、このようなミスをすることはあり得るのです。とすると、ではなぜイヤホーンをかける必要があったか」

警部はそこで発言を待つかのように一座を見回したが、誰も答える様子のないことを知ると、話をつづけた。

「答えはただ一つです。つまり百合子さんがラジオを聴いている最中に殺されたように見せかけること、即ちあの自分の部屋で殺されたごとく見せるためです」

「な、なンですって? 百合子はよそで殺されたんですか」

「まあまあ、だまって聴いて下さい。よそで殺されたとなると、その場所が問題となってきます。ところで、よその場所とはどこであるか、思うにそれは、二つにわけて考えることができるんです。あなたがたはどうお考えですか」

「…………」

人々が頭をふって意見のないことを示すと、警部はさらに語りつづけた。

「一つは犯人自身の部屋、もう一つは被害者の部屋でもなく犯人の部屋でもない一般的なところ。手取り早くこの食堂がそれだと考えてみましょう。さて犯人がここで殺人をしたとしてみても、なにもわざわざ重たい屍体をかかえ危険をおかして百合子さんの部屋にはこびこむ必要はない。屍体を放置しておくと自分に嫌疑がかかるという場所は、兇行現場が自身の部屋であった場合にのみかぎられることなのです。自分の部屋に百合子さんの屍体をころがしておいては、たちまち本人が疑ぐられてしまう。だからこの場合は、なんとしても屍体をはこび出さなくてはなりません」

「ちょっと……」

と船長が口をはさんだ。

「屍体をはこび出すことは判りますが、かと云ってわざわざ百合子さんの部屋までかつぎこむ必要がありますかね？　廊下のすみにおいておいただけでことは済むと思いますけど……」

「そのとおり」

警部はいともあっさりうなずいた。

「ですから百合子さんの屍体を当人の部屋にかつぎこんだのには、それだけの理由がなくてはならん」

「では屍体発見を遅らせるためですな？　事実事件は今朝まで発覚しなかったわけですが……」

船医が云った。二人は局外者だから、あれこれと意見をのべるだけのゆとりがあった。あとの連中はだまりこくって、目ばかりギョロギョロさせていた。

「そうじゃありません。発見をおくらせるためならば、まだ他にも方法があります。たとえば、救命ボートの中にかくしておいてもいいし、もっと安直な手段としては、海中に放りこめばいい。ところが犯人はそれをしなかった。となると考えられるのはただ一つ、犯人はただ単に屍体を自分の部屋からはこびだすという消極的な目的ばかりでなく、もっと積極的な目的、即ち嫌疑を他に転嫁させるためであったと解釈できるのです」

チータ花山は生色をうしなって、いまにも気絶してイスから転倒しそうだ。孫左衛門は警部の視線をはねかえすような強気な態度を持ちつづけていた。

「ところがです。網走さんと花山さんとはすでに明らかなように被害者の耳がわるいことはご存知ない。したがって聴えぬ耳にイヤホーンをあててどうしようという小細工を思いつくわけがないのです。つまり、犯人は百合子さんの耳がわるい事実を知っていたからこそああした細工を弄して嫌疑をチータさんと網走さんに向けようとしたのだということが判る。ですから犯人は、百合子さんの耳の欠陥をご存知だという大石さん、鍋島さん、堀田さんの三人の中にいるという結論になります」

俄然局面が転回した。チータと孫左衛門は明らかにほッとしたが、それに反してあとの三人は身を固くしてじっと警部の顔を見つめていた。

「さあ、二度目の挑戦だ。いや、三度目かな。容疑者の数が二人へったのだから、さっきよりは当てやすくなったはずだ。どうだい、五分待ってやろう」

誰も返事をしない。小学校の落第坊主のように夢中になって鉛筆をしゃぶっているものもある。

五分たったのち、作者はその物語をつづけはじめた。

10

「私が第三の事件を分析してみて得た事実は、以上のとおりでした。これによって二人の人物が白ときまった。チータさんはともかくとして、網走さんは相当不利な立場にあったと云わなくてはならない。なんとなれば鍋島さんが遭難したとき付近にいたのがあなたであったからです。犯人を追って縄梯子をよじのぼろうとしたと云われたが、じつはあなたが犯人であって逃げだす途中転落したため、その場のがれの出鱈目を云ったのかと思った。そう疑られても無理のない状況でした。しかしいま推理したとおり、あなたは潔白であることが判った。云ってみれば、犯人は嫌疑を他にふり向けようとした猿智恵のおかげで、逆に疑わしき人物を白にしてしまったというわけです。ところが犯人の智恵の影響は、単にそれだけにとどまらない。彼が予測もしなかった結果がそれによってみちびきだされてくるのです。何だと思いますか」

二人の肥った男は化石したように、呼吸することさえわすれているふうに見えた。警部はつくづくと二人を見やって、つづけた。

「網走さんもよく肥って見事な体格ですけど、大石さんや鍋島さんのほうがまだ数段大きい。これは測定したわけではなくて外観からの常識的な判断ですが、体重の点でも網走さんは三、四貫おとると思います」

「わしの体重がどうかしたとですか」

と孫左衛門が不服そうに口をさしはさんだ。

「いや。ところで話を第二の事件にもどしますが、網走さんの、犯人でないことが明白になったとすると、真犯人を追いかけて梯子から転落したと称する陳述も事実とみとめねばならん。すると、いいですか、あなたの体重に耐えきれずにちぎれた縄であるならば、あなたよりも重たい大石さんや鍋島さんがよじのぼれるわけがない。にもかかわらず逃走し得たとなるとです。その人物はずっと体重の軽い人、つまりチータさんか堀田さんでなくてはならぬことになります。しかるにチータさんが犯人でないことは、すでに論理的に立証してごらんにいれた。ですから残ったのは堀田早人さんだけです。どうです堀田さん、鍋島さんがこしらえたプロットにしたがって動機不明の連続殺人をやったのは、あなたではありませんか」

堀田は怒りに狂ったような血走った目で、人々の視線をはねのけようとした。

「なにを云うか、違う、俺は知らん」

やせた貧弱な腕をふりまわしてヒョロヒョロと立ち上ろうとしたとき、その肩をぐいと押しつけたものがある。たちまち堀田はストンとイスにしりもちをついた。いつの間に乗船したのか制服の警官が立っていた。

「当局と無電で連絡をとりましてね、港外まで出張してもらったというわけです。しかし堀田さんがおっては部屋を捜索するのに邪魔になる。そう思ったものですから、堀田さんともども皆さんにここにご参集ねがった次第です」

警部はあらたに入って来た鑑識課員らしい白い仕事衣の男に声をかけた。

「どうだったね、結果は？」

「ええ、いま済んだとこです。本人が着ていたセーターの袖口から被害者の血痕を検出しました」

「いや、ありがとう。兇器はとうに海中になげすてたろうし、物的証拠がないのではあるまいかと思って心配しておった。じゃ、連れていってもらおうかね」

老警部がそう云うと、警官はポケットの中からおごそかに逮捕状をとりだし、このやせた殺人犯を連行した。彼がランチに乗せられていく姿を、しかし誰も見送らない。弱々しいやせた男だけに殺人鬼というイメージがピッタリこなくて、なんとも痛々しかったからである。

白鷗丸の舷側をはなれるときにランチは甲高い汽笛を二度ならした。一座の人々はナイフではらわたをえぐられるような顔をしてそのするどい汽笛を聞いた。大石重吉が口を開いたのは、ランチの灯が水平線のかなたに消える頃であった。

「あの男が、またどうしてわたしの妻を……?」

「ま、それは取調べで明らかになるでしょう。ああした自意識過剰でエキセントリックな男は、ちょっとしたことで思いがけぬ事件を起こしやすいものなんです。ところで鍋島さん、屍体にイヤホーンをかけたのはあなたの小説どおりですか」

訊かれた猫也は質問の意味がわからずに、まばたきしながら、彼をみた。

「いいえ、あの奥さんの耳がわるいことは昨晩はじめて知ったんです。ですからプロットにはとり上げてありませんよ」

「するとあの小細工も彼自身の発案ということになる。犯人が川口三平さんを殺したときもこうした小細工をやったこと、覚えておいででしょう?」

「赤いネクタイのことですか」

「そうです」

するとそれを聞いたチータがふしぎそうに云った。

「あのネクタイ、堀田さん自身の品だと云っていたじゃありませんか。自分の品であんなまねしたらば、かえって自分が疑ぐられてしまうと思うわ」

「ところが誰も彼を犯人と思ったものはなかったじゃないですか」

「でも、冒険だわ」

「そう、よほど人間心理を洞察していなければああした思い切ったまねはできなかったでしょうな。しかし当人も、はじめは誰か他の人の品物を用いるつもりだったらしい。それが手に入らなかったものだから、逆にああして自分の品を使ったのだろうと思うのです」

そこで警部は老いた目をニンマリさせると改めて人々を見回した。

「彼にそれらしい行動があったことを、皆さんは気づかれませんか」

「さあ……」

「今朝の食卓で、似たようなドアが並んでいるため誤って他人の部屋のドアを開けたという失敗談が話題になりましたね。尤も鍋島さんはおられなかったからご存知ないことですけど、堀田がチータさんの部屋をのぞいたのは決して自室と間違えたのではなくて、あなたの品物を失敬してそれを兇器につかうつもりだったと思うのですよ」

「ほう、なぜそんな判断ができるのですか」

警部はにこやかな目を大石のほうに向けて、

「あの人はノックの返事がないものだからドアを開けました。すると案に相違してチータさんがシュミーズ姿であわてておいでなさった。そのとき彼はなんと云いました？」

「ですから、自分のお部屋と間違えたと謝ったんですわ」

「ほらほら、それがウソです」

「なぜですの？」

「自分の部屋に入るのに、ノックをする人間がどこにおりますかな」

「あら、ほんと。いままで気づきませんでしたわ」

と彼女は嘆息した。なるほど老練な専門家は目のつけどころが違うと思った。他の連中もおなじことである。

警部は事件を回顧するような口調になると、

「あの男は犯行を完全にやりぬいたとうぬぼれていました。しかし、よく検討してみると事件のたびごとになにか手掛かりをのこしています。私の長い経験からみても、完全犯罪というものはありません」

それは実感のこもった、老警部ならでは云えないことであった。するとそのとき、ドスンという地ひびきとともに、いままで無言でガツガツ喰っていた孫左衛門がぶったおれて、目を白黒させて悶絶した。

「まあ大変！」

「どうした、網走さん」

すでに犯人が逮捕されてしまったあとなので、人々はすっかり安心しきっていたのである。第四の犠牲者がプロットどおりに毒殺されようとは、誰が信じたろう。

かがみこんで診察していた船医は、ひたいの汗をふきながら上目で一同を見回した。

「大丈夫です、毒殺じゃない、ビフテキのかたまりが喉につかえたんです。いま活をいれますから」

「おどかすなア」

と、人々はゴム人形のようにだらりと横たわったデブをながめて苦笑した。

船はいま観音崎の灯台の下を通過しつつある――。


語り手は長広舌《ちょうこうぜつ》を終えると、少しかれた喉をいたわるようにウィスキーソーダを流しこんだ。一同はしばらく黙っていた。が、それも嵐の前のしずけさのようなもので、あとはめいめいが勝手に、蜂の巣をつついたようにわめきだした。

「けしからん、怪しからんじゃないか。犯人はヒョロヒョロのカマキリみたいなやせッぽちじゃないか。きみは最初、デブが犯人だとことわったはずだ。こりゃ卑怯だ、こりゃアンフエアだよ。当らないのは当然だ」

誰の発言もそれに一致していた。作者は少しもへこまなかった。皮肉なやせたほおに冷たい笑いをうかべて、

「そんなことは云わない。買ったままのバンドでは間に合わなくて、とびはなれた個所に穴を開けなおすと云ったのだ。きみ等がどう解釈したかは知ったことじゃないが、ぼくが意味

したのは長いバンドの中央ちかくに穴を開けることだ。そうしなくちゃ、ああしたやせた男はズボンがずりおちてしまう」

彼はそう云い終ると立ち上って、うなずくように頭をさげると、すたすたと出ていった。人々は毒気をぬかれた面持でやせたうしろ姿を見送っていたけど、彼がのこしたシニカルな冷笑が誰の頭にもこびりついて、酒もまずかったし話もはずまなくなった。

一人が立ち上るとストーヴのふたを開けて火搔き棒でかきまぜながら、誰にともなく云った。

「なあ、鮎川哲也から、トリックを引いたらなにが残るんだい?」

解説

山前《やままえ》 譲《ゆずる》
（推理小説研究家）

本書『占魚亭夜話　鮎川哲也短編クロニクル1966〜1969』は、先に光文社文庫より刊行された『夜の挽歌　鮎川哲也短編クロニクル1969〜1976』と同じく、光文社文庫の既刊書に収録されていない鮎川氏の短編を集成したものである。一九六六年から一九六九年にかけて諸雑誌に発表された十二作の他、鮎川氏の短編集では本書が初収録となる表題作が収録されている。まず長年未発表作として鮎川邸に原稿が眠っていた「占魚亭夜話」の、数奇な運命について論考してみたい。

この作品が初めて読者の前に姿を現したのは、一九九八年九月に原書房より刊行された『鮎川哲也読本』においてであった。一九五九年末、鮎川氏は江ノ電・極楽寺《ごくらくじ》駅の近くに一戸建ての新居を構えた。エッセイ「私の少年時代」にはこう書かれている。

あまり頑健でなかったわたしの体質を改善しようということから、両親は鎌倉に家をたてることを思い立ったのだが、折柄の大震災で契約をした土地がひどい被害をうけたため、一転して板橋に家を新築した。そこは字《あざ》の名に窪の字がついていたほどの田舎だった、わたしの家は丘の上にあって、晴れた日には坐っていても窓から富士山が見えた。

だから鎌倉にこだわりがあったのかもしれないが、その新居は作家としての地位が確立された証しだった。と同時に、中川《なかがわ》家の長男（鮎川氏の本名は中川透《とおる》）としての矜持《きょうじ》でもあったに違いない。

最初は平屋で、玄関の右手に応接室があり、特注のオーディオ装置で好きな歌曲のレコードを堪能することができるようになっていた。それはまさに念願だったろう。玄関から縁側を奥にまっすぐすすむと書斎があった。のちに（一九七〇年前後か）二階に二間を増築し、一方が仕事部屋、もう一方が寝室となった。

ただ、鮎川邸があった住宅地は湘南《しょうなん》の海に近い谷間で、湿気がこもりやすかった。新築から年月を経るなかで、その湿気が建物を蝕《むしば》んでいく。とくに一九八〇年代に入ると住環境は著《いちじる》しく悪化した。そこで、一九九〇年に北海道の北広島町《きたひろしま》（現・北広島市）に別宅を構えてから、長年住み慣れた極楽寺の鮎川邸の片付けが始まる。その際に発見されたのが「占魚亭夜話」の原稿だった。

発掘された、としたほうが正確かもしれないが、執筆時期に関することなどのメモの類《たぐ》い

は添えられていなかった。しかし、推理はできるだろう。作中人物のひとりが、

「第一回目は密室物を書いた。二回目はアリバイ破りを書いた。おなじようなものをつづけるのは曲《きよく》がないから、三回目は犯人当てを書くつもりで腹案をねっているのだ」

と発言しているからである。

江戸川乱歩編集長のもと、売れ行きの芳《かんば》しくなかった推理小説専門誌「宝石」のリニューアルがなされたのは一九五七年八月号からである。そして戦前の「新青年」に倣《なら》って企画されたのが三か月連続短編で、そのトップバッターに指名されたのが鮎川氏だった。一九五八年一月号に星影龍三《ほしかげりゆうぞう》物の「白い密室」が掲載された際、江戸川編集長のいわゆるルーブリックには、

昔の「新青年」には目ぼしい作品が現われたときには、六カ月連続短篇を書かせ、これに及第すれば、どこへ出しても恥しくない一人前の作家だと折紙がつく制度のようなものがあった。わたしは初期に辛うじてその関門を通過したが、他の古い作家も多くはこれを通過して世に出たのである。

わたしは「宝石」でもそれをやってみようと思い立った。試みとして六カ月ではなく三

カ月連続短篇ということに落ちついた。そして白羽の矢を立てたのが鮎川さんだった。鮎川さんは必ずしも新人ではないが、純探偵小説のこの人につづけて短篇を書いてもらったら、きっと面白いものができるだろうと考えたからである。

と書かれていた。そして二月号には鬼貫《おにつら》警部物の「早春に死す」が掲載され、さらに三月号には——。

「占魚亭夜話」はその流れで書かれたのではないだろうか。だがいささかお遊びが過ぎた「占魚亭夜話」は江戸川編集長のお気に召さなかった……のかどうかは分からないが、「宝石」の一九五八年三月号に掲載されたのは鬼貫警部物の「愛に朽ちなん」だった。

「少年画報」の一九五九年十一月号に、〝犯人さがし大懸賞つき!!〟の角書きで鮎川哲也作の「白鳥号の悲劇」の前編が掲載されている（解答編は十二月号に掲載）。賞品はA賞がフジペット・カメラ五名、B賞が少画人気者バッジ百名だったが、遊覧船内で起きた殺人事件は「占魚亭夜話」の一部を流用したものだった。だから、「占魚亭夜話」の執筆時期はこれより下ることはないだろう。そして大人向けに全面改稿された「霧笛」が「推理ストーリー」に掲載されたのは一九六四年になってからである。鮎川氏の改稿癖はつとに知られているが、「占魚亭夜話」の改稿の経緯は興味をそそられる。

他の十二作は十作以上も発表した年もある、いわゆる短編の時代の作品で、「漫画讀本」

「小説現代」「推理ストーリー」「小説宝石」「推理界」「オール讀物」「週刊新潮」、そして「小説サンデー毎日」の前身である「読物専科」と、発表媒体はヴァラエティに富んでいる。

　あまりの執筆のハイペースに、『黒い版画』（一九六八・五）、『白い盲点』（一九六八・十二）、『小さな孔《あな》』（一九六九・六）と短期間に三冊の短編集が刊行されたにもかかわらず、この時期の作品には短編集未収録作が多々あった。それらが簡単に読めるようになったのは、一九七八年十月にスタートした角川文庫の「鮎川哲也名作選」と翌月にスタートした立風《りっぷう》書房の「鮎川哲也短編推理小説選集」によってである。後者には「作品ノート」が付されていたので、適宜紹介しておこう。

「赤は死の色」はテレビ草創記の人気番組だったNHK『私だけが知っている』のシナリオを小説化したものである。「作品ノート」では〝雑誌社から短編を依頼されたもののいい案がうかばず、苦しまぎれに台本を小説化したのではないかと思う〟と振り返っている。

「ガラスが割れた」についても、〝ラストがいかにも唐突な感じで、呆気《あっけ》ない思いがする。締切りに追われていたのか、それとも約束の枚数を超過しそうになったためか、その辺に理由があるのだろう〟と「作品ノート」に書かれていて、当時の多忙さが窺《うかが》えるのだった。

「かみきり虫」については読売新聞社刊の『鮎川哲也自選傑作短篇集』の巻末に付された「私の推理小説作法」で触れられている。〝われながら図々しい男だと反省することがしばしばあるが、植物について解らぬ問題に出くわすと仁木悦子《にきえつこ》女史に電話して教えてもらう。そして昆虫について知りたいことがあると、推理作家であり翻訳家である梶龍雄《かじたつお》氏にダイアルを回転させる〟と、推理作家の交友関係が語られていた。

「黒い版画」の「作品ノート」では、アルコールに弱い体質ながら、晩酌にはビールのこびんをかかさないし、寝酒も嗜《たしな》む。喫煙の習慣はないくせに、気が向くと葉巻をふかしたり紙巻を吸ったりする、とある。ただそれは嗜むというレベルまではいっていなかったようだ。

「背徳のはて」には音楽趣味が反映されているが、〝FM東京がまだ試験電波を出していたころの話なので、伊豆地方では電波をキャッチ出来ないという設定になっているけれど、いまは事情が違っている〟と「作品ノート」には書かれている。本格ものの謎解きの苦労がここにある。

「霧の夜」は当時構想中の長編に生かされている。また「牝の罠」は長編化の話があったという。一年に十作前後もの鮎川短編を読むことのできた、幸せな時代の作品がここに収録されている。

◎初出誌一覧

赤は死の色　「推理ストーリー」一九六九年五月号
濡れた花びら　「読物専科」一九六九年四月号
てんてこてん　「週刊新潮」一九六九年三月二十九日号
ガラスが割れた　「小説現代」一九六九年三月号
殺人コンサルタント　「小説現代」一九六八年十一月号
かみきり虫　「オール讀物」一九六八年七月号
黒い版画　「推理界」一九六八年五月号「朝鮮ダリアの女」改題
背徳のはて　「推理ストーリー」一九六八年二月号
牝の罠　「小説宝石」一九六七年十一月号
月形半平の死　「漫画讀本」一九六七年九月、十月号
霧の夜　「推理ストーリー」一九六七年八月号
非常口　「漫画讀本」一九六六年六月、七月号
占魚亭夜話　雑誌未発表

光文社文庫

占《せん》魚《ぎょ》亭《てい》夜《や》話《わ》　鮎《あゆ》川《かわ》哲《てつ》也《や》短《たん》編《ぺん》クロニクル 1966 〜 1969

著者　鮎《あゆ》川《かわ》哲《てつ》也《や》

2024年11月20日　初版1刷発行

発行者　三宅貴久
印刷　KPSプロダクツ
製本　ナショナル製本

発行所　株式会社　光文社
〒112-8011　東京都文京区音羽1-16-6
電話（03）5395-8147　編集部
8116　書籍販売部
8125　制作部

ISBN978-4-334-10498-6　Printed in Japan

組版　萩原印刷